हसीनाबाद

"किताब के पात्र आश्चर्यजनक लगते हुए काल्पनिक हैं। इनका वास्तविक जीवन और पात्रों से उतने ही दूर का सम्बन्ध है जितनी दूर तक पाठक अपने कल्पना के घोड़े दौड़ा सके। अतः ऐसे किसी भी तरह के संयोग को संयोग मात्र ही माना जाये।"

हसीनाबाद

(एक गुमनाम बस्ती की बदनाम दास्ताँ)

गीताश्री

वाणी प्रकाशन

वाणी प्रकाशन

4695, 21-ए, दरियागंज, नयी दिल्ली 110 002

फ़ोन : +91 11 23273167 फ़ैक्स : +91 11 23275710

शाखाएँ

अशोक राजपथ, पटना 800 004, बिहार

कॉफ़ी हाउस कैम्पस, महात्मा गांधी मार्ग, इलाहाबाद 211 001, उत्तर प्रदेश

महात्मा गांधी अन्तरराष्ट्रीय हिन्दी विश्वविद्यालय, वर्धा 442 001, महाराष्ट्र

www.vaniprakashan.in
marketing@vaniprakashan.in
sales@vaniprakashan.in

HASINABAD

(EK GUMNAAM BASTI KI BADNAAM DASTAAN)

by Geetashri

ISBN : 978-93-87330-77-1

Novel

प्रथम संस्करण 2017

द्वितीय संस्करण 2019

मूल्य : ₹ 450

सिटी प्रेस, दिल्ली-110 095 में मुद्रित

वाणी प्रकाशन का लोगो मक़बूल फ़िदा हुसेन की कूची से

नवाजिशों में जो नाम आये–

ज़िया और उसका स्कूल : जिसने दिन में लिखने का वक़्त दिया।

अजीत और उनका ऑफ़िस : जिसने रात में लिखने का वक़्त दिया।

माय–बाबूजी और उनकी शिक्षा : जिसने दिन–रात लिखने की आदत दी।

दोस्त–अहबाब और उनकी नसीहतें : जिसने दिन और रात एक करती कहानियाँ दीं।

उन अनाम लोकगीतकारों और लोककवियों को जिनके गीत और कविताएँ लीं।

शाम दहक रही थी और वे दोनों एक ही जगह पर न जाने कब से खड़े थे। एक स्त्री उस दहकती शाम को अपनी कामनाओं के गुप्त तलघर से बाहर आना चाहती थी। एक पुरुष, स्त्री की उत्तप्त कामनाओं की देहरी पर अवाक् खड़ा था। अँधेरे की हल्की पारदर्शी चादर उस मकान और आसपास के खेतों पर पसरती जा रही थी। सुनसान जगह में बने उस मकान से दूर–दूर तक खेत दिखायी पड़ रहे थे या कुछ बिजूकाएँ। हवा के झोंके से हौले–हौले हिलती हुई छाया प्रेत की तरह लगती थी। इस निविड़ अकेलेपन में दो परछाइयाँ अपनी–अपनी भावनाओं पर काबू पाने का प्रयास कर रही थीं। उनका मौन लम्बा खिंचता कि टिटहरी टीं–टीं...ई–ई करती हुई उन्हें सचेत कर गयी। कहीं हल्की–सी सरसराहट हुई तो दोनों अचकचा गये। गज़ भर की दूरी पर परछाइयाँ काँप रही थीं। मकान के अन्दर कमरों में रोशनी जल रही थी जिसकी हल्की कौंध बाहर रह–रहकर आती। दालान की तरफ़ खिड़कियाँ थीं जिनमें परदे लगे थे, जो हौले–हौले हिल रहे थे।

पुरुष परछाईं पहले हिली।

"तुम अभी जाओ।"

स्त्री परछाईं की ज़ुबान खुली–

"आप मुझे इस तरह जाने के लिए क्यों कह रहे हैं?"

"अच्छा बैठो, बैठकर बात करते हैं..."

पुरुष ने एक लम्बी साँस खींचते हुए सामने रखी बेंत की कुर्सी पर बैठने का इशारा किया।

"गोलमी...! मैं रिश्तों के व्याकरण में बहुत कच्चा हूँ। यह सब नहीं बूझता, इसीलिए आज तक अकेला हूँ। मैं समय के शून्य पर खड़ा हुआ राजनीति का खिलाड़ी हूँ, राजनीति ओढ़ता–बिछाता हूँ। मैं अदृश्य कामनाओं का पुतला हूँ। तुम दृश्यमान कामनाओं का आवेग हो। हम दोनों में कोई

मेल ही नहीं। तुम अपने लिए कला में पनाह ढूँढ़ लेती हो, मैं राजनीति के बीहड़ में रोशनी तलाश लेता हूँ।"

"कुछ देर के लिए उस बीहड़ से बाहर नहीं निकल सकते आप?"

"मैं जानता हूँ कि इससे तुम्हारे स्वाभिमान पर चोट लग सकती है। इसके ख़तरे भी होंगे, मगर मैं विनती करता हूँ कि इन सबका साया अपने या मेरे राजनीतिक करियर पर न पड़ने देना।"

"मुझे आपका साथ चाहिए..." बोलते हुए गोलमी के शब्द थरथराए।

"तुम सलाह मान लो, कामनाओं के शीश महल में रहना बन्द कर दो। दुनिया देखती है सब कुछ, तुम्हें आवाज़ की तरह दृश्यमान रहकर अदृश्य रहना चाहिए।"

"मैं समझी नहीं..."

"मैं जानता हूँ, कुछ ज़्यादा हो गया..."

गोलमी को लगा, शीशमहल में सिर से टक्कर दे मारे और उसे चूर–चूर कर दे जिससे दुनिया को दिखायी देना बन्द हो जाये। कब तक टकराती रहेगी इन तिलिस्मी दीवारों से...उफ्फ...गिरी भी तो कहाँ! रेत और पानी के रिश्ते भी कहीं टिकते हैं! रेतजल में तैरते हुए कामनाओं के छोटे–छोटे पिंड दिखायी दे रहे थे, बस। सच्चाई तो कामनाओं से कोसों दूर थी।

अँधेरे में किसी चिड़िया ने चीं–चीं करके पंख फड़फड़ाए। दालान की सीढ़ियों के नीचे आँवले के घने वृक्ष की शाखें हिल रही थीं। मन में फिर कामना जागी कि यह वृक्ष एक पल के लिए इच्छापूर्ति वृक्ष में बदल जाये तो प्रबल वेग से कुछ माँग लेती।

कुछ देर का मौन पसर गया।

"वैसे आज तुम बहुत सुन्दर लग रही थीं!" रामबालक सिंह ने मौन तोड़ते हुए कहा।

"मेरे सुन्दर लगने से क्या होता है!" गोलमी सिर झुकाये रही।

"गोलमी! यह सही नहीं है! समय को देखो! मैं तुमसे पार्टी की एक कार्यकर्ता के अतिरिक्त कोई सम्बन्ध नहीं रख सकता!"

रामबालक सिंह ने अपने पास बैठी गोलमी का चेहरा उठाया।

रामबालक सिंह उसकी काली आँखों की गहराई से काँप जाते थे। हमेशा पनीली आँखों में डूब जाने वाली गहराई होती थी। आख़िर कौन होगा, जो इन आँखों में फैले घनघोर जंगल में भटकना न चाहे! वह जंगल उन्हें खींचता था। जंगली झाड़ियाँ अपनी बाँहों में लपेटने को बेचैन दीखती

थीं। हरी पत्तियों से झर–झर झरती बूँदें उनकी पलकों को अक्सर गीला करती रहतीं। वे सिहर उठते। यह नैसर्गिक सुख उन्हें बहुत खींचता था अपनी ओर...वे जंगल की चाहत जान गये थे और इसीलिए वे जंगल से दूर रहना चाहते थे। सबसे बच–बचा के शाम गुज़ारने फार्म–हाउस में आ गये थे। हरे–भरे खेतों के बीच बनी इस कोठी में उन्हें बहुत सुकून मिलता था। क्या पता था कि जिससे भागो, वही चीज़ पीछा करती हुई कहीं भी आ जाती है।

चुनाव प्रचार थमने के बाद गोलमी, अम्मा के पास न जाकर सीधे रामबालक सिंह के फार्म–हाउस आ गयी थी। कल तक उसके पैरों में घुँघरू और होंठों पर गान थे, जो चुनाव प्रचार के कारण शान्त थे। कुछ दिनों से नाच–गान का जुनून केवल नारों और भाषणों तक ही सीमित रह गया था। गोलमी समय के इस द्वार पर चुप–सी खड़ी थी।

अम्मा से छिपते–छिपाते वह कोठी तक आयी थी। अम्मा की खोजी नज़रें उसकी आँखों में बहुत कुछ खोज लेती थीं, जैसे वह छुटपन में उसके बस्ते में छिपी हुई पायल खोज लेती थीं। उसे लगता था, जैसे आजकल उसकी अम्मा सुन्दरी देवी उसकी आँखों से गोपन भाव भी खोज लेती थीं। कितनी अजीब थीं अम्मा भी!

रामबालक सिंह उसके साथ इस प्रेम–निवेदन से प्रतिकार कर सकते थे, यह वह नहीं सोच सकती थी। आख़िर क्या कमी है उसमें? गोलमी वैशाली और मुजफ़्फ़रपुर दोनों ज़िलों का इतना बड़ा नाम है कि उसके एक इशारे पर न जाने कितने लोग अपना सिर झुका दें, उसके एक बार की हाँ में पार्टी के कितने पदाधिकारी उसके पैरों के नीचे फूल बिछा दें। वह जैसे अप्सरा की तरह न जाने कितने लोगों की कल्पनाओं का हिस्सा है, और इधर रामबालक सिंह उसे ठुकरा रहे थे!

अनुभवी और अधेड़ राजनीतिज्ञ रामबालक सिंह को यह भी पता था कि राजनीति के राजमार्ग पर नेह–देह की यह फिसलन बहुत ही ख़तरनाक होती है। इसीलिए ख़ुद को भी बचाया और गोलमी से उसके बालसखा–प्रेमी अढ़ाई सौ को भी दूर रखने की कोशिश की।

वे शुरू में ही ताड़ गये थे कि अढ़ाई सौ का एकनिष्ठ, निश्छल प्रेम गोलमी के रास्ते में बड़ी बाधा बन सकता है। उन्हें वे सारे तिकड़म याद आ रहे थे जिनके जरिए अढ़ाई सौ को गोलमी से दूर रहने पर विवश किया था। राजनीति की ज़मीन पर फिसलन से उन्हें बहुत डर लगता

था। गोलमी बार–बार उनके सामने सवाल बनकर खड़ी हो जाती थी। अब खुलकर बोलने का समय आ गया था।

"देखो गोलमी, हम लोग किसी और निमित्त मिले हैं! हम लोग शायद इस निमित्त नहीं मिले हैं!" रामबालक सिंह ने फिर उसकी आँखों में झाँकते हुए कहा।

गोलमी ने समय की उस चादर से ख़ुद को अलग करते हुए जवाब दिया–

"हम जिस निमित्त भी मिले हों, हम जिस निमित्त भी विस्तार पाते हों, यह तो सच ही है कि आपकी आसक्ति है मेरी ओर!"

"आसक्ति प्रेम का विस्तार नहीं होती, बल्कि प्रेम को सीमित कर देती है गोलमी!"

रामबालक सिंह ने गोलमी के सिर पर हाथ रखते हुए समझाते हुए स्वर में कहा।

उसी समय मोर की आवाज़ कानों में आयी, दोनों चौंक गये!

चुनाव प्रचार के लिए बना यह आउट हाउस शहर से थोड़ी दूरी पर था। प्रचार सामग्री का जिम्मा रामबालक सिंह का था, और गाहे–बगाहे गोलमी और वे चुनाव प्रचार के दौरान यहाँ पर विश्राम करने के लिए रुकते थे। इस इमारत के बाहर खेत थे और दूर–दूर तक बस्ती नहीं थी, इक्का–दुक्का कोई झोंपड़ी थी, वह भी दूर थी। गोलमी को वहाँ पर कोई भी ऐसा भय नहीं था कि कोई आयेगा, देखेगा!

बाहर न जाने कौन से पक्षी की करुण चीत्कार गूँजी। क्या जानें किसकी प्रणय–अभिलाषा हो? हवाएँ ऐसी ही अभिलाषाओं के कोरस से भरी थीं। रामबालक सिंह के लिए वह अपनी मान–मर्यादा को भी अहाते में छोड़ आयी थी और रामबालक सिंह, उसके प्रेम और निमन्त्रण को इस तरह ठुकरा रहे थे! अम्मा सच ही कहती थी कि घर नहीं छोड़ना चाहिए, जब तक साथ न हो! अम्मा शायद उसे इशारे में समझाती थीं।

यहाँ कभी अकेली शाम के पहर वह नहीं आती थी, आज अम्मा से झूठ बोलकर आयी थी। अम्मा की याद आते ही उसकी आँखें छलछला आयीं!

"तुम अभी जाओ गोलमी! मैं गाड़ी की व्यवस्था करता हूँ!"

रामबालक सिंह ने उसका हाथ पकड़कर उठाते हुए कहा।

"आप मानेंगे नहीं! आप मुझे यहाँ से भगाकर ही रहेंगे!"

गोलमी ने एक फीकी हँसी हँसते हुए ताना मारा।

"मैं तुम्हें यहाँ से इसलिए भगाना चाहता हूँ, क्योंकि मैं तुम्हारा भला चाहता हूँ और मैं नहीं चाहता कि इन्सानों के इस जंगली राजनीति के बाड़े में तुम्हारे लिए कोई मचान से मेरे नाम की आग जलाये!" रामबालक सिंह ने हँसते हुए कहा।

"मैं समझी नहीं?" गोलमी मायूस हुई। दिल ज़ोर से एकबारगी धड़का। हौले से दायें हाथ से सीने को दबाया।

"मैं नहीं चाहता कि तुम समझो यह सब, लक्ष्य पर नज़र रखो, मैं तुम्हें भटकने नहीं दूँगा!" हल्के अँधेरे में रामबालक सिंह की मुस्कान कौंधी। इस रहस्यमयी हँसी से वह कटकर रह गयी! उसका हृदय अस्वीकार से आहत हो चला था। वह अपनी आहत भावनाओं को अपने घुँघरुओं में समेट लेना चाहती थी, मगर उसके घुँघरू भी रामबालक सिंह के पास ही थे। उसकी मुस्कान, उसका दर्द सब कुछ वह इन्सान समेटे था जो उसे न जीने दे रहा था और न नाचने-गाने!

आउट हाउस का ताला बन्द कर जब वे दोनों बाहर निकले, तब उन्होंने अँधेरे में काँपती दो अलग-अलग परछाइयों को नहीं देखा! दोनों ने नहीं देखा कि दो अतिरिक्त परछाइयाँ उनकी बातें खिड़की के पीछे से सुन रही थीं, देख रही थीं और अपने आँसू पोंछ रही थीं। एक परछाईं सुबक रही थी, दूसरी परछाईं हारे हुए जुआरी-सी धम्म से खेत में ही बैठ गयी थी। उससे न उठा जा रहा था, न चला जा रहा था। हारे हुए जुआरी-सी परछाईं अँधेरे में हमेशा के लिए विलीन हो जाना चाहती थी। दोनों परछाइयाँ एक-दूसरे के लिए दयार्द्र हो उठी थीं। एक परछाईं ने अपनी रुलाई को थामकर, दूसरी के माथे पर हाथ फेरा...

दोनों परछाइयाँ अलग-अलग कालखण्ड थामे हुए थीं।

एक के पास अतीत का उजाला था, दूसरे के पास भविष्य का अँधेरा। एक साफ़-साफ़ पिछली ज़िन्दगी देख रही थी, दूसरी निविड़ अकेलेपन में अँधेरे पर काबू पाने की कोशिश कर रही थी। दोनों वहाँ पहुँच गये थे, जहाँ से यह कहानी आरम्भ होती है।

एक परछाईं ने अपनी चादर को सिर से नीचे खिसकाया। वह गोलमी की अम्मा सुन्दरी देवी थीं, जो बेटी का पीछा करती हुई, उसके बालसखा अढ़ाई सौ के साथ यहाँ तक आ पहुँची थीं। वह लोगों से रामबालक सिंह और गोलमी की अन्तरंगता के क़िस्से सुन-सुनकर आजिज़ आ चुकी थीं। अपने कानों से सुनना चाहती थीं, अपनी आँखों से देखना चाहती थीं। अढ़ाई सौ उनको मना करता रहा, लेकिन वे न मानीं। उसे भी जबरन

घसीटती हुई साथ ले आयीं। अढ़ाई सौ को इस तरह पीछा करना, जासूसी करना अच्छा नहीं लग रहा था।

वह जानता था कि जो चीज़ उसकी है, वह बहुत पेंचोखम से गुज़रकर भी उस तक आयेगी। जो उसकी नहीं, उसके लिए छाती क्या कूटना? जब कोई वादा न लिया, न दिया, जब इज़हार–ए–मोहब्बत ही नहीं हुआ, तो शिकायत कैसी? उसने सुन्दरी देवी को मना किया, मगर वे न मानीं। अपनी बेटी को इस हालत में देखकर सुन्दरी ने ख़ुद को ही कोसा। दोनों ने एक–दूसरे से वादा लिया कि इस रात का ज़िक्र गोलमी या किसी से कभी नहीं किया जायेगा। इसी में सबकी मर्यादा थी।

अढ़ाई सौ जानता था कि गोलमी की मंज़िल रामबालक सिंह तक पहुँचना नहीं है। वह अपनी बालसखी को सबसे अधिक जानता था। यह तो उसकी मंज़िल नहीं थी, यहाँ तो उसे नहीं आना था! उसे तो केवल नाचना था। गोलमी का नाच, उसके घुंघरू उसका सारा दर्द छूमन्तर कर देते थे और आज वह उनसे ही दूर है! रामबालक सिंह और राजनीति ने उसके घुंघरू ही उससे दूर कर दिये थे। बिजली के करंट को ही बिजली से दूर कर दिया गया था। जब गोलमी नाचती थी तो सारा गाँव मन्त्रमुग्ध हो जाता था और गोलमी के पैरों पर बिछ जाता था। आज वही गोलमी प्रेम के वशीभूत होकर किसके सामने नाच रही है! सुन्दरी देवी की आँखों से आँसू बह निकले! उनकी गोलमी, सर पर नाचती हुई गोलमी, अपना लहँगा घुमाती हुई गोलमी...

अपने नन्हे पैरों में नन्ही पायलों से रुनझुन नाचती हुई गोलमी...झूमर गाती हुई गोलमी...'जोगी रा सारा रा रा...' करती हुई गोलमी...दो ज़िले की सबसे बड़ी लोकनर्तकी गोलमी...

बिजली वाली लड़की

चौदह साल की गोलमी नाच रही थी, जैसे वह हरदम नाचा करती थी, सुधबुध गँवाई के।

उसके साथ पूरी पृथ्वी नाच रही थी। नाचते–नाचते वह देवलोक और पृथ्वीलोक की दूरियाँ पाट दिया करती थी। सब हतप्रभ होकर देख रहे थे कि ये हुनर इसने सीखा कहाँ से? न नृत्य की तालीम और न सुरों की पहचान! नाचते–नाचते बेसुध–सी जब दोनों हाथ ऊपर उठाती थी तो मानो आकाश थोड़ा और नीचे झुक आता था और धरती थोड़ी और ऊपर उठ जाती थी।

रज्जो कह उठी थी–"बिजली है इसके पाँवों में..."

खेंचरू मुँह फाड़े बिजली की अदायें देखता रह जाता था। रह–रहकर उसके बदन से करंट का अहसास होता था और उसे बहुत सुखद गुदगुदी होती।

अढ़ाई सौ ख़ुद भँवर बनकर उसके पैरों से कब लिपट जाता, उसे पता ही नहीं चलता।

नाचते–नाचते गोलमी गा रही थी–

"बाबू दरोगा जी...
कवने कसूरवा मोर
कवने कसूरवा पियवा डाकू–उचक्का
न मोर
पियवा चोर...
काहे मचावत सोर..."

कोई ढेला–खपड़ी बजा रहा है, कोई थपड़ी पीट रहा है तो कोई खपरैल के टुकड़ों को आपस में बजा रहा है...कुल जमा छह–सात बच्चे वहाँ जमा होकर नाच का आनन्द उठा रहे हैं। सब मुग्धावस्था में हैं।

पीपल की घनी छाँव के नीचे गोलमी का मंच सजा हुआ है। उसके नाच की गवाह पूरी प्रकृति है, ब्रह्म बाबा भी हैं...जिनके आशीर्वाद के बिना कोई काम इस गाँव का पूरा नहीं होता।

न जाने कितनी बार, महिलाओं की टोली के साथ देवता पुज्जी में गोलमी यहाँ झूम–झूमकर गा चुकी है–

"झकाझूमर खेले अइली ब्रह्म रउरे अंगना...दिअउ न आशीष ब्रह्म रउरे अंगना..."

आज भी उन्हें गवाह बनाकर नाच रही है और मन–ही–मन पूछ रही है–

"हे ब्रह्म बाबा! हम सही तो नाच रहे हैं न?"

बाबा ने तो कोई जवाब नहीं दिया, लेकिन वहाँ उपस्थित सारे बच्चे ख़ुशी से चीख पड़े–

"बिजली वाली लड़की! बल्ब तनि सटा तो दो जल उठे! छुओ तो करंट लगे।"

"सोनपुर मेला में टिकस लगा दो तो अच्छी कमाई हो जाये तेरे बापू की।"

गोलमी ने आँखें तरेरीं।

"बोल...वैशाली महोत्सव में नाचने लायक हो गयी मैं या नहीं।"

"वैशाली महोत्सव..." सारे खी–खी करके हँस पड़े।

"कितने ऊँचे सपने देख रही है गोलू...?" अढ़ाई सौ हँस रहा था।

"जो सपने देखते हैं, वे सोए रहना चाहते हैं, जो जागते हैं, वे सपने बुनते हैं। गोलमी सपने देखती नहीं, सपने बुनती है बाबू...याद रखना!"

ठसक से भरकर गोलमी ने उँगली सबके सामने तान दी। उसका चेहरा तमतमा उठा था। जैसे त्वचा के भीतर रोशनी भर गयी हो! गोलमी जब भी तमतमाती थी, तब दिव्य दिखती थी अढ़ाई सौ को और वह अनुराग से भर उठता था।

"अभी...इतनी जल्दी...? तू कुछ ज़्यादा छोटी नहीं वहाँ नाचने के लिए..."

खेंचरू दाँत निपोर रहा था।

रज्जो शान्त थी और कुछ सोच रही थी।

अचानक सबका ध्यान भंग हुआ। गोलमी की अम्मा सुन्दरी देवी दहाड़ती हुई प्रकट हुईं।

"नाच, नाच–नाच!! क्या नाच–नाच लगा रखा है? क्या रखा है नाच में? मैं तुझे पढ़ाना–लिखाना चाहती हूँ, तू है कि नाच के पीछे बौराई हुई है!! तेरी समझ में बांत क्यों नहीं आती कि नाच से कुछ नहीं होगा जीवन में! पढ़ लिख ले...नौकरी कर कुछ ढंग की...क्यों बदनाम होने पर तुली है...?"

"और तुम लोग...भागो यहाँ से! पतुरिया का नाच हो रहा था क्या यहाँ..."

वे गोलमी का हाथ पकड़कर घसीटती हुई घर ले गयीं। रज्जो उनके पीछे–पीछे चल दी। उसे सुन्दरी देवी की डाँट की आदत हो गयी थी। इसीलिए बेख़ौफ़ गोलमी के पीछे–पीछे चल पड़ती थी।

उसे मालूम था कि थोड़ी देर तक पहले सुन्दरी देवी पढ़ाई का महत्त्व बतायेंगी, फिर गाने–नाचने के ख़िलाफ़ भाषण देंगी और फिर दोनों को चेताकर छोड़ देंगी।

गोलमी के कान में कोई बाहरी शोर नहीं घुसता। वह उतना ही सुनती है, जितना सुनना चाहिए। सुन्दरी देवी बड़बड़ाती रहती थीं और गोलमी के कान में गाने के बोल घुसते जाते थे...उन बोलों को वह अपनी आत्मा में उतार लेती है। क्या पता, क़ब नाचने के वक़्त इस गाने की फ़रमाइश हो जाये। बज्जिका के सारे गाने उसकी कॉपी में लिखे थे, पर याद रखना भी ज़रूरी था।

वो मन–ही–मन अपनी संगीत टोली बनाती थी जिसमें सुरीली आवाज़ वाला अढ़ाई सौ गा रहा होता था, रज्जो ताल दे रही होती थी, खेंचरू हारमोनियम पर होता था और कुछ अनजान चेहरे, कुछ–कुछ बजा रहे होते थे। सैकड़ों की भीड़ हवा में हाथ लहरा रही होती थी। चारों तरफ़ शोर उठ रहा होता था, "गोलमी...गोलमी...गोलमी...!"

अपने नाम का शोर कानों में पड़ने पर सबसे नशीला जाम होता है। वह तेज़ नाचने लगती थी। इतनी तेज़ कि हवा में चिंगारियाँ फूटने लगतीं। सारी दिशाओं को अपनी बाँहों में समेटती हुई, वह नाच रही होती... आकाश और धरती को नापती हुई!

हो गया दिल का पुर्जा–पुर्जा

"वैशाली महोत्सव का सपना देखना छोड़ दे बाबू...तू ग़रीब खेतिहर की बेटी है। तुझे पता है, वहाँ कितने बड़े लोग नाचने–गाने आते हैं, सिनेमा के लोग आते हैं...तेरी औकात से बड़ा सपना है रे गोलू...कभी नहीं पहुँच पायेगी..."

सुन्दरी बेटी के आगे गिड़गिड़ा रही थीं।

"उस गली हमें नहीं जाना। छोड़ दे ये नाच–फाच...ये गाँव–घर में खुलेआम नाचना सोभा नहीं देता रे...मुझे नहीं पसन्द...मानती क्यों नहीं? ऐ जी, गोलमी के बाबू, आप सहका रहे हैं बेटी को...मना काहे नहीं करते हैं...हाथ से निकल जायेगी एक दिन...देखते रह जाइएगा...फिर न कहिएगा कि चेताया नहीं था..."

गोलमी के पिता, सगुन महतो क्यों ध्यान देने लगे गोलमी की इन हरकतों पर?

उन्हें ज़रा भी अचरज नहीं होता था। जब भी सुन्दरी चीखती–चिल्लाती, सगुन बीड़ी फूँकते हुए कुछ शब्द उचारते जो धुएँ में ही विलीन हो जाते। वह धुआँ अतीत के धुँधलके में खो जाता। सुन्दरी समेत वह ख़ुद अन्धे कुएँ में छपाक से छलाँग लगा लेते।

रात को सगुन के बगल में सोते–सोते सुन्दरी इतना ही कहती–

"ऐ जी..! आपकी अपनी बेटी होती तो भी नचवाते का?"

सगुन तिलमिलाकर उठ जाता।

"जब तुम माँ होके नहीं रोक पा रही हो तो हम कैसे रोकें? ज़ोर–जबर करेंगे तो तुम कुछ भी हम पर इल्ज़ाम लगा सकती हो, जैसे अभी लगा रही हो! हमको तो कोनो बात में चैन नहीं! केकरा तरफ़ से बोले, तुम ही कहो..."

फिर वह हाथ जोड़ता–

"ऐ गोलमी माई, ओकरा नाचे में का प्रोब्लम है? पइसा थोरे न बटोर रही है, कलाकार ही तो बनना चाहती है। सिनेमा में हीरोईन नहीं नाचती,

वैशाली महोत्सव में दिल्ली से नचनिया लोग नहीं आती का...? मुख्यमन्त्री उनका सम्मान नहीं करता का..? नाचने दीजिए न, नाम ही न करेगी! जिला–जवार का नाम होगा, का दिक्कत...?"

"का चाहते हैं आप? गड़ल मुर्दा उखड़वाएँगे का आप ? जिला–जवार के लोग बुरबक हैं का कि नचनिया बेटी का आगे–पीछे नहीं खोजेंगे? आज एक गाँव जानता है, कल पूरा जिला, पूरा बिहार और फिर बात ऊहाँ तक...ना ना...हमको कुछ ठीक नहीं बुझा रहा है...बहुत अंदेशा है। देखिए, हमारी भलाई इसी में है कि अभिए से रोक दें नाच–गाना। बाद में रोकना मुसकिल हो जायेगा।"

"गोलमी पढ़े–लिखे और मास्टरनी बन जाये, ब्याह करके विदा कर देंगे। मेरा सपना पूरा...हम नहीं चाहते कि ऊ, ई सब में पड़े..."

सगुन का हाथ पकड़कर कलप रही थी सुन्दरी। वह उसकी तकलीफ समझ रहा था। हाथ बढ़ाकर सुन्दरी को अपने करीब ले आया।

अँधेरा और गहरा गया था।

सगुन उस अँधेरे में कोई रंगीन फ़िल्म देखने लगा था।

बरसों पुरानी कोई फ़िल्म जिसकी पटकथा अचानक बुनी गयी थी और जिसमें अभिनय के लिए वो बिल्कुल तैयार नहीं था। उसके न चाहते हुए भी फ़िल्म बनी, हिंसा की भरपूर गुंजाइश थी, पर सुन्दरी की चतुराई और हिम्मत ने पटकथा को आसान कर दिया था। ज़िन्दगी फ़िल्म की तरह कैसे बन गयी एक झटके में, सोच–सोचकर सगुन का दिल अभी भी धड़क उठता है। सुन्दरी थी ही ऐसी कि...

अँधेरे में उसने सुन्दरी के माथे पर हाथ फेरा। गहन अँधेरे में दो लोग अलग–अलग दुनिया में और अलग–अलग कालखंड में विचर रहे थे। सगुन को अतीत याद आ रहा था, सुन्दरी को आने वाला कल बहुत डरा रहा था।

वह झटके से सगुन से अलग हुई और लालटेन की धीमी लौ को हल्का तेज़ कर दिया। दूसरी खटिया पर गहरी नींद में सोई गोलमी का चेहरा दमक रहा था। सुन्दरी को लगा, "स्वप्न में भी नाच रही होगी... आख़िर नाच से इतना प्रेम कहाँ से आया उसके भीतर? ख़ून का असर इतना गहरा और परवरिश का कुछ नहीं? परवरिश तो बिल्कुल अलग माहौल में कर रही है।"

सुन्दरी ने निरीह भाव से बेटी की तरफ़ देखा। कैसे समझाये बेटी

को कि नाच से उसे क्यों भय लगता है! वह बेटी को नचनिया बनते क्यों नहीं देखना चाहती...

जब–जब वह नाच–गाने से रोकती, गोलमी उग्र हो जाती, चिल्लाने लगती...

"माई, तुम नहीं नाचती क्या? हमने देखा है तुम्हें डोमकछ में, देवता पुज्जी में, मटकोर और बिलउकी में नाचते...तुम शिबूआ के जनेऊ में अंगना में नहीं नाची थी क्या..? हम बाहर खेल रहे थे, पर सब देख रहे थे। तुम कैसे झूम–झूमकर नाच रही थी।"

"नाचती हूँ...पर सबके आगे नहीं...सिया बाबू के अंगना में...देखती नहीं हो, उनके घर की मेहरारु सब केतना आदर करती है हमारा। मेरे बिना उनका कोई सुभ काम होता है भला...?"

"जब तक हम लहरा के न उठे...सुभे हो सुभे...आज मंगल के दिनवा सुभे हो सुभे...तब तक बिरौली वाली कनिया मानती नहीं हैं। ऊ हमको केतना मानती हैं, हर समय दुख–सुख में साथ देती है...तुम्हरे पढ़ाई में उनका केतना हाथ, तू क्या जाने? सहेली जइसी बन गयी हैं मेरी...उनके कहने पर आँगन में नाच देती हूँ! मरद कोई नहीं होता रे! तू तो बड़का–बड़का सपना देख रही है...हम अइसा सोच भी नहीं सकते!"

गोलमी समझ गयी कि अम्मा से बहस का कोई फ़ायदा नहीं, अपना लक्ष्य वह तय कर चुकी है और जिससे उसे कोई नहीं डिगा सकता। आज न कल माँ मान ही जायेगी और बाबू?

'बाबू का क्या है...वो भी उसकी ही तरह हैं... मस्त–मलंग...मेरा साथ न देंगे तो हम उनका पोल खोल देंगे।' गोलमी बहुत मासूमियत से पोल के बारे में सोच–सोचकर गद्‌गद हो जाती है। सोनपुर मेले की घटना याद करके मन–ही–मन ख़ूब हँसती और सोचती कि माई को बताया तो बाबू का क्या हाल होगा!

सोनपुर मेला कार्तिक पूर्णिमा के स्नान के साथ शुरू होता है, और सुन्दरी गोलमी के साथ पहुँची थीं, मेला घूमने। सर्कस–तमाशा देखने। गाँव से पूरा महतो टोला के लोग आये थे। सुन्दरी अपनी सहेलियों से साथ दुकान–दुकान स्नो पाउडर लेने में मगन थीं। इधर तीन नामधारी अढ़ाई सौ उर्फ चेथरु। रज्जो और खेंचरू अलग ही खिचड़ी पकाने में व्यस्त और मस्त थे। मेले में बने अपने तम्बू में सुन्दरी ने सब बच्चों को लूडो के खेल में फँसा दिया था। सुन्दरी उधर, बच्चे इधर फरार। सारे बच्चे निकलकर

नौटंकी के शामियाने की तरफ़ भागे। उनका बहुत मन था, नौटंकी देखने का। बड़े लोग नौटंकी की तरफ़ बच्चों को फटकने भी नहीं दे रहे थे।

अम्मा और बाबू गोलमी को नौटंकी दिखाना ही नहीं चाहते थे। उसने मन–ही–मन ठान लिया कि देखकर रहेगी।

गोलमी को यही समय सबसे उपयुक्त लगा और उसने पूरी टोली का नेतृत्व किया।

नौटंकी के बाहर इतने आकर्षक पोस्टर बैनर देखकर उसे रोमांच हो रहा था। बिजली की गति से लहराती हुई नर्तकियों का फोटो लगा था। उसकी देह पर झुकी हुई पुरुष काया, मगर पकड़ से बाहर फिसलकर भागती हुई नायिकाएँ। वह जानती थी कि सामने से नौटंकी में घुसना सम्भव नहीं था। टिकट नहीं था उसके पास। वह बच्ची है, कोई भीतर जाने भी नहीं देगा। क्या उपाय करें?

उसने तीनों साथियों को आदेश दिया कि उसका इन्तज़ार करें, वह ज़रा रास्ता खोजकर आती है। सारे रुक गये, अढ़ाई सौ नहीं माना। जबरन वह गोलमी के संग घिसटता रहा। गोलमी बहुत देर विशालकाय शामियाने के चारों तरफ़ चक्कर लगाती रही। अन्दर घुसने का रास्ता तलाशती रही। एक जगह दिखी, जहाँ से कोई आदमी कुछ सामान लेकर अन्दर घुसा। छोटी–सी जगह थी पिछवाड़े की। दबे पाँव दोनों घुसे, वे ठीक स्टेज के पीछे ख़ुद को खड़े पा रहे थे। दोनों दबे पाँव सरकते हुए कुर्सियों की तरफ़ बढ़े और एक कुर्सी के पास जाकर नीचे पलथी मारकर बैठ गये।

भीड़ इतनी थी कि किसी का उन पर ध्यान ही नहीं गया। सब सीटियाँ बजाने में मगन थे। कोई पैसा फेंक रहा था तो कोई फूल।

मंच पर नायक, नायिका गा रहे थे, नाच रहे थे...

"कान में झुमका, चाल में ठुमका, कमर पे चोटी लटके...ओ तेरा रूप है नशीला, अंग–अंग है नशीला..."

इतनी सुन्दर नायिका को देखकर गोलमी का मुँह खुला–का–खुला रह गया। दोनों हथेलियों से गाल पकड़े अवाक् देखती रही स्टेज की तरफ़, कमर तक काली मोटी दो चोटियाँ लटक रही थीं जिनमें हरे–लाल रंग के फीते और फूल बँधे थे। चोटियाँ बल खा रही थीं। कभी नायिका की पतली काया से चिपक जातीं तो कभी नायक से चिपक जातीं। सुदर्शन नायक, नायिका की कमर से पकड़कर झुक रहा है उसकी तरफ़...नायिका ने मुँह नीचे की तरफ़ किया...और नायिका बिजली की तरह चमककर कौंध उठी।

भीड़ के मुँह से सिसकारियाँ निकलीं। गोलमी ने भी अपनी नन्ही हथेलियों से तालियाँ बजाईं। उसका मन हो रहा था कि मंच पर चढ़ जाये और एक ठुमका लगा आये। वह कसमसाकर रह गयी। स्टेज पर एक–से–एक रूमानी गाने और अभिनय। उसे सुध न रही कि वह कहाँ बैठी है। उसके पास वाली कुर्सी पर कौन बैठा है, उसे कहाँ पता। वह बार–बार हिलती और कुर्सी से टकरा जाती। कुर्सी पर बैठा एक दर्शक थोड़ा किचकिचाया।

"बीच्च...बीच्च..." किया एकाध बार, मगर नचनिया मगन तो मगन। सुध–बुध खोई। कुर्सी पर बैठे दर्शक ने हाथ बढ़ाकर उसको हल्के से धक्का दिया। वह चिंहुकी। हल्की रौशनी थी शामियाने में।

"ओह...बाबू यहाँ...!"

वह उठकर भागने लगी। बाबू के हाथ ने बढ़कर उसे पकड़ लिया। अँधेरे में फुसफुसाया–"सुन, ख़बरदार जो अपनी अम्मा को बताया कि मैं यहाँ आया था।"

"आप भी मत बताना बाबू कि मैं..."

"भाग जा अब...कोई कुछ नहीं बोलेगा..."

दबे पाँव वह और अढ़ाई सौ, दोनों पिछवाड़े से निकले। भागते–भागते मेला पार करते हुए अपने तम्बू के पास जाकर ही दोनों ने दम लिया। वहाँ पहले से ही बाकी दो साथी पहुँच चुके थे।

"ओह...बाल–बाल बचे...आज तो कल्याण हो गया था।"

अढ़ाई सौ कँपकँपा रहा था।

गोलमी को भी रह–रहकर भय होता और फिर बाबू का फक्क चेहरा याद आता...फिर ज़ोर–ज़ोर से हँसने लगती।

हँसी का यह दौरा जब–तब पड़ता रहता। जब–जब बाबू उसे डाँटते तो वह हँसी–हँसी में धमका देती।

बाबू भी इशारों में भेद खोलने की धमकी देते। दोनों के बीच दिलचस्प दास्ताँ की एक नदी बहने लगी थी जिसमें हँसी की नावें तैरा करतीं। इस नदी की सतह पर नृत्य के स्वप्न और तीव्र होते जा रहे थे। नौटंकी की नायिकाएँ उसे सोने नहीं देतीं। सोते–जागते अपनी अदाओं से उसे नचाती रहतीं। उनकी तरह नैन मटकाना सीख रही थी। अम्मा के सिंगारदान से छोटा शीशा निकालकर हथेली में रख लेती और आँखों को नचाने का अभ्यास करती। आँखों के स्वाँग सीख रही थी। नौटंकी की नायिका उसे नचा रही थी। नदी का वेग पैरों के नीचे से सरकता हुआ समूचे जिस्म में लहर रहा था।

आ गे गोलमी चिरइया

सुन्दरी नींद में सोई हुई गोलमी को अपलक देखे जा रही थी। निर्दोष, पावन चेहरा, सोते–सोते मानो ईश्वर से बात कर रही हो। उसे याद आया, जब एक महीने की भी नहीं हुई होगी, गोलमी नींद में ख़ूब हँसती, कभी ख़ूब रोती। बेटी के रूप पर न्योछावर सुन्दरी उसके हँसने पर बिछ जाती, जब मालती देवी कहतीं–"जानती हो, बच्चा जब नींद में हँसता है तो का मतलब? मतलब ये कि भगवान जी से बात करता है बच्चा और भगवान जी मज़ाक़ करते हैं कि तेरा बाप मर गया। बच्चा सुनकर हँस पड़ता है, मगर जब रोता है तो समझो भगवान जी ने कहा है कि तेरी माँ मर गयी...।"

सुन्दरी यह सुनकर पहले हँसती फिर पलकों पर आँसू झिलमिला उठते। क्या पता, कभी बाप की गोद सरेआम नसीब हो न हो! इस बच्ची के नसीब की चिन्ता ने उसका हँसना–रोना एक कर दिया था और एक हसीना एक चिन्तित माँ में बदलती जा रही थी। जवानी की दहलीज पर पैर रख चुकी बेटी का मासूम चेहरा एकटक देखे जा रही है और अचानक हाथ उसके माथे पर रखकर गाने लगी–

"आ गे गोलमी चिरइया....गोल–गोल अण्डा पार ले जो...बउआ के हमरा सुतवले जो...आ आ आ आ..."

मीठी धुन नींद की अतल गहराइयों में उतर रही थी। गोलमी के चेहरे पर हँसी उभरी और लोप हो गयी।

सुन्दरी को अपनी माँ का कथन याद आया और वह भी गाते–गाते हँस पड़ी। यादों की कोई डोर उसे दूर खींचे ले जा रही थी।

एक दृश्य अचानक यादों के परदे पर चल गया था...

वह ठाकुर साहब से मचल–मचलकर पूछ रही थी, "बताइए न, बेटी

का नाम क्या रखें। एकदम नया नाम बताइएगा...समूचे हसीनाबाद में न हो किसी का नाम! एकदम अलग और अनूठा।"

ठाकुर साहब हँस पड़े–"कुछ भी रख लो, पुकारू नाम तो कुछ भी रख लो, बाहर के लिए बाद में रख लेना। इसमें हम क्या मदद कर सकते हैं, ई औरतों का काम है, हमारा काम है क्या...?"

"काहे...बाप नहीं रख सकता का नाम, रमेस का नाम तो आप ही बताये थे..."

"बताये तो थे, मगर रखी तो तुम न जी, हम तो सुरेश, महेश, रमेश सब कह दिये..."

"छोड़िए...हम हीं कुछ सोचते हैं..." सुन्दरी झूठ–मूठ रूठ गयी। ठाकुर साहब की सेहत पर कोई फ़र्क़ नहीं पड़ा। वे वैसे ही अपनी मौज में औंधे पड़े रहे। न बेटी की तरफ़ देखा, न हाथ फेरा। अपनी कठोर हथेलियों से सुन्दरी की पीठ खसोटते रहे और सुन्दरी सबसे बेख़बर दूसरी ही दुनिया में थी।

सुन्दरी गोलमी को थपकी दे रही थी...कोई नाम नहीं रख पायी थी अपनी बेटी का...रोज़ नाम सोचती, कई–कई नाम लिखती और काटती जाती...यह नहीं, वह नहीं...क्या रखे जो अनूठा नाम हो? किसी ने सोचा भी न हो, पर जानते सब हों।

सोचते–सोचते ही लोरी गा रही थी... "आ गे गोलमी चिरइया...गोल गोल अण्डा..."

सुन्दरी उछल पड़ी। "गोलमी..." हाँ, ये नाम रखा जा सकता था। बाकी लोग कुछ भी पुकारें...झुन्नी, चुन्नी, गुड्डी...कुछ भी...पर वह तो गोलमी रखेगी। अनदेखी दुनिया की चिरई गोलमी, जो अक्सर बच्चों की नींद में आती है, माँओं के आवाहन पर और बच्चे सपनों की दुनिया में खो जाते। उस नगर की सभी माँएँ शाम ढलते ही अपने नन्हे शिशुओं को गोलमी चिड़िया के भरोसे नींद बुलाती थीं। सुन्दरी अपनी खोज पर उछल पड़ी।

"गोलमी...गोलमी ...गोलमी..." आँखों के सामने एक सुनहरी बुलबुल कौंध गयी...काली–काली, गोल–गोल आँखों वाली, चंचल, फुदकती हुई पलकों पर आ बैठती है। फूलों–से भार वाली सुनहरी चिरई...

सुन्दरी के पलकों पर गुदगुदी होने लगी, नरम–नरम रोएँ पलकों को सहलाने लगे...नींद किसी किरायेदार–सी आँखों में घुसने ही वाली

थी कि मकान मालिक–सी एक रोबदार आवाज़ ने पूरा स्वप्नलोक भंग कर दिया।

कुछ पल के लिए वह भूल गयी थी कि वह स्वप्न नगर की नहीं, हसीनाबाद की नागरिक है। जहाँ उसकी नींद तक गिरवी है। नगर का सभ्य नागरिक, मूँछों वाला, सफेद कपड़ों में लिपटा, चरमर करते सफेद जूतों में बैठक खाने में पधार चुका है। सुन्दरी उनके लिए नाचेगी, गायेगी, लहरायेगी, उन्हें जाम भर–भर के पिलायेगी। वह शाम रंग और नूर के नाम।

अँखियाँ तो नदिया भईं, मन भयो बारू–रेत

वह बसन्त की सुबह थी। धूप–छाँव के मेल वाले मौसम की। ऐसे मौसम में अलसायी हवाएँ ख़ुशबू और नशे में डूबी होती हैं। हसीनाबाद में सुबह हो रही थी। एक गुमनाम बस्ती अब भी ऊँघ रही थी। देर रात तक चलते महफ़िलों के दौर सबको थका देते थे। कुछ बूढ़ी आँखें घर से बाहर चबूतरे पर आ गयी थीं। उन आँखों में न कोई उम्मीद थी और न किसी का इन्तज़ार, न मौसम का पता और न हवा की ख़बर। ज़िन्दगी यूँ ही तमाम हुई जाती है। सारे पहर एक समान ही तो थे। वे ज़िन्दगी के हाथों उलीच दी गयी थीं, जैसे नाव से निर्मोही मल्लाह उलीच देता है पानी।

पहले सरस्वती देवी बाहर आकर बैठीं, उनका बरामदा ज़्यादा बड़ा था, बाहर की तरफ़ निकला हुआ। उनकी देखादेखी लीला देवी, रामरती देवी और बुधिया देवी लाठी ठेकती हुई आ बैठीं। सरस्वती देवी ने रामरती से चुहल किया–

"ऐ टुनटुनवा माई, रोज़ ई नदी किनारे का जाकर बैठ जाती हो। सुने हैं कि सवारियों को तंग करती हो, उस पार पहुँचाओ, फिर थोड़ी देर में कहती हो, इस पार पहुँचाओ। ई का चल रहा है...?"

बुधिया ठठाकर हँसी, साड़ी का पल्लू सिर पर अटकाते हुए छेड़ा–

"कोई है का उस पार...?"

लीला देवी गम्भीर थीं।

"कोई बात है तो बताओ...अब का बचा है हम लोगों के पास...सब तो लुट गया...जिनगी काट रहे हैं। तुम कौन–सी उम्मीद में फिरती हो रामरती...?"

लीला देवी ने अपनी झुर्रीदार उँगलियाँ रामरती के कन्धे पर टिका

दीं। उँगलियों में एक चमचमाती अँगूठी पड़ी थी। वह ढीली होकर नीचे की तरफ़ खिसक रही थी, लीला उसे बार–बार ऊपर चढ़ा रही थी।

रामरती ने कन्धे पर रखी उँगलियों को देखा, अँगूठी के सफेद नग पर भोर की किरणों का रंग फूट रहा था।

"यही आख़िरी निशानी बचा है का लीला...?"

वहाँ बैठी सारी महिलाओं ने महसूस किया कि रामरती की आवाज़ लरजने लगी है। देह के साथ–साथ आवाज़ पर भी असर पड़ा था उम्र का। उम्र का असर बहुत डरावना और कुरूप हो सकता है, सबको अहसास हो चला था। जिन्होंने अपनी ज़िन्दगी के कई बसन्त देखे, हर मौसम में मदनोत्सव मनाया, रातें नशीली, दिन इन्तज़ार में काटे थे, वो ज़िन्दगियाँ अब रास्ता देखते उम्र काट रही थीं। उनकी निगाहें ऐसी राहों पर टिकी थीं, जहाँ दूर तक धूल–ही–धूल थी। कभी कोई गाड़ी आती, छोटी–छोटी बच्चियाँ या कभी कोई किशोर उम्र लड़की लाती, और उनमें से किसी–न–किसी घर को सौंपकर चली जाती। फिर शुरू होती उन बच्चियों की परवरिश।

लीला ने अँगूठी को दूसरी हथेली से सहलाया...

"यह पहली मुलाक़ात की निशानी है...कभी अलग नहीं करेंगे। ठाकुर साहब न हुए तो क्या...निशानी तो है..."

सरस्वती देवी भी हँसी–

"रामरती...बताओ, बताओ...उस पार कोई बूढ़ा मिल गया क्या? वहीं बस जाओ, रोज़–रोज़ का जाना...किसी दिन लड़खड़ाकर नदी में गिरी तो का होगा? कोई बचायेगा भी...किसी को ज़रूरत ही नहीं तुम्हारी...क्यों जान देने पर आमादा हो...शान्ति से बैठो घर पे, दो वक़्त की रोटी तो मिल रही है न...जब तक ज़िन्दा रहोगी, पैसा आता रहेगा...शुकर करो कि भीख नहीं माँगना पड़ता हमें..."

"इन ठाकुरों की यही बात तो सबसे अच्छी है सरस्वती..." लीला बोल पड़ी। उसकी आँखों में ठाकुरों के प्रति अनुराग और आभार एक साथ दिखा।

रामरती अचानक बरामदे से उठी और लड़खड़ाते क़दमों से चल पड़ी नदी की ओर.

सरस्वती चिल्लाई–"कारण तो बताते जाओ...क्या पता, हम भी साथ हो लें..."

रामरती पलटी–

"का बताऊँ...हुरुस जगता है...मरद का...कोई–न–कोई अपने से चिपकाकर उस पार–इस पार कर ही देता है...बूझी? चैन पड़ा? और कुछ जानना है...तो चलो साथ...। ईहाँ बैठकर गाल बजाने से क्या होगा।"

बड़बड़ाती हुई रामरती चलते–चलते दूर जाकर ओझल हो गयी। खड़ंजे वाली सड़क थोड़ी दूर चल गाछी के बगल से नदी की तरफ़ चली जाती थी। तीन ओर से जंगलनुमा घनी गाछियाँ, छोटी–छोटी पहाड़ियाँ और एक ओर गहरी नदी। तीन रास्ते जंगल की ओर जाते थे, एक रास्ता नदी की तरफ़। सारी औरतें हक्की–बक्की उधर ही देखती रह गयीं। देर तक सन्नाटा रहता, अगर सरस्वती देवी की पीठ पर गुल्ली से चोट न लगती।

चार–पाँच धूल–धूसरित बच्चे, हाथों में डण्डा लिए दौड़ते हुए चले आ रहे थे। बस्ती में सुबह–सुबह ही बच्चों की धमाचौकड़ी शुरू हो गयी थी। रमेश अपने संगी–साथियों के साथ हाथ में डण्डा लिए गुल्ली के लिए सरस्वती देवी से निहोरा कर रहा था।

"जा, बुला के ला अपनी अम्मा को...फिरंट कहीं का...दिन–भर छिछियाता फिरता है...खेलने के लिए गली ही मिली है तुझे...भाग जा... अभगला कहीं का!!!"

"दे दो ना चाची..."

लीला देवी के होंठों पर फीकी हँसी दौड़ गयी।

"चाची...किसकी चाची? चाचा को देखा है कभी बेटा?"

रमेश सुन नहीं पाया। उसे अपनी गुल्ली की पड़ी थी जिसे बड़े जतन से छील–छीलकर बनाया था। बड़ी धार वाली गुल्ली थी, एक चोट पर हवा में सनसनाती हुई दूर जाकर गिरती थी। लीला देवी ने सरस्वती देवी से गुल्ली लेकर रमेश की तरफ़ उछाल दी।

चौड़ी गली बच्चों के शोर से भर गयी थी। दूर खिड़की से सुन्दरी देवी सारा नजारा देख रही थी। मन काँप रहा था कि कहीं कोई बुढ़िया उठकर रमेश को थप्पड़ न जड़ दे। बाद में मालती देवी और रामकली लड़ने जायेंगी और मामला भयानक रूप ले सकता था। शाम को अखाड़े जैसा दृश्य हो सकता था। हर स्त्री के पास एक मर्द था और उसके साथ चलने वाले कई लठैत। सुन्दरी को अपने ठाकुर साहब के साथ चलने वाले कई क्रूर लठैत याद आ गये। वह कुछ देर ठिठकी हुई खिड़की पर खड़ी रही। उसे लगा, एक दिन इसी तरह वह भी कुछ बुढ़ियों के साथ

वहीं महफ़िल जमा रही होगी, जो मरने तक ज़िन्दा रहती हैं। कुछ भी नहीं बचा उनके पास। रहने को घर और बँधे हुए पैसे मिल जाते थे। कोई आता–जाता नहीं। वे सब 'रिटायर' स्त्रियाँ थीं।

सुन्दरी ने दूर से उन्हें देखा और काँप गयी। दौड़ती हुई अपने कमरे में पहुँची, जहाँ बड़ा–सा शीशा दीवार में लगा था, जिसमें देख–देखकर ख़ुद को तैयार करती थी। नख से शिख तक ख़ुद को सजाती थी। सजने के बाद देर तक ख़ुद को निहारती थी। उसे यक़ीन नहीं होता कि वह ख़ुद है, जो अदाओं का जलवा बिखेरती है। शेर–ओ–शायरी गाती है। छम–छमाछम करती हुई बैठक खाने तक जाया करती है। सुबह उठकर अपना ही चेहरा देखने लायक नहीं लगता। कोई तूफ़ान गुज़रा हो जैसे। चेहरे से लेकर समूची देह तक वीरानगी पसरी पड़ी रहती। सुबह बड़े शीशे के पास जाने से डर लगता उसे। इस वक़्त उसी शीशे के पास दौड़ती हुई गयी।

वहाँ पहुँचते ही एक और गहरा धक्का लगा।

"यह क्या?" गोलमी को तो रामकली के पास सोते छोड़कर आयी थी। शीशे के सामने खड़ी चार साल की गोलमी नयन–मटक्का कर रही थी। फ़र्श पर लिपस्टिक बिखरी पड़ी थी। गोलमी चेहरे पर पाउडर पोतकर, गालों पर काजल फैलाकर, लिपस्टिक जबरन होंठों पर घिस रही थी। माँ की गोटेदार चुन्नी अलमारी से निकालकर माथे पर डालकर ठुमक रही थी। नैन चमकाए, होंठ बिचकाए, धम–धम, पायल की झनकार छम–छम...पैर पटकती जाती...नाचती जाती...

सुन्दरी चिल्लाई–

"रामकलिया...कहाँ मर गयी...देख..."

सुन्दरी का मन हुआ, कुछ भारी चीज़ उठाकर शीशे पर दे मारे। गोलमी को इस रूप में देखकर उसे असह्य पीड़ा हुई। कलेजा मसोसती हुई वह गोलमी को वैसे ही छोड़कर आँगन में भाग गयी। दोनों हाथों से अपने बाल नोचती हुई वह बिलख रही थी। दूसरी तरफ़ से मालती देवी निकल आयी थी। अनुभवी आँखों को माजरा समझने में देर न लगी। रामकली गोलमी को टाँगे हुए चापाकल की तरफ़ भागी। गोलमी जकड़ से छूटने की कोशिश कर रही थी। रामकली ने एक लोटा पानी उसके ऊपर डाल दिया। बसन्ती हवा का झोंका आया और गोलमी ठण्ड से काँप गयी। उसे समझ नहीं आया कि उसके साथ ये सब क्यों हो रहा

है? कितना प्रिय खेल खेल रही थी। पहले गुड़ियों का सिंगार करती थी, आज अपना कर लिया। मालती देवी सुन्दरी को दूसरी तरफ़ ले गयीं। जानती थीं कि गोलमी की पिटाई हो सकती थी।

अक्सर घुटती हुई स्त्रियाँ अपना ग़ुस्सा बच्चों पर ही निकाला करती हैं। ऐसा न करें तो वह कभी भी फट सकती हैं बारूद की तरह, अपने ही चिथड़े उड़ जायें। बच्चे उन्हें ऐसे अवसर अक्सर देते रहते हैं। उनकी घुटन निकलती रहती है।

सदमे में सुन्दरी का पूरा दिन निकला। रामकली गोलमी को ज़रा दूर–दूर ही रख रही थी। कहीं पिटाई न हो जाये। रह–रहकर सुन्दरी का जी हलक को आता। उसने कल्पना तक नहीं की थी जिसकी, वो दृश्य देखने को मिला था।

साँझ हौले–हौले उस बस्ती में उतर रही थी। मन्दिर से घण्टे की आवाज़ आ रही थी। सुन्दरी ने रामकली को आवाज़ लगायी–

"साँझबाती दिखा दे रामकली।"

ख़ुद ही अनमनी–सी उठी, तैयार जो होना था। रामकली के हाथों से लैम्प लेकर ख़ुद ही द्वारे, अंगना और हर कमरे में दिखाने का मन हुआ। बरामदे में बैठी गोलमी कपड़े से बनी गुड़ियाओं को सजा रही थी। उन्हें कपड़े पहना रही थी। सुन्दरी के मन में लाड़ उमड़ा, गोलमी को गोद में उठाकर ज़ोर–ज़ोर से रो पड़ी। वह विलाप करती जा रही थी–"नहीं, तुझे ये सब नहीं करने दूँगी, तुझे इस नरक में नहीं जीने दूँगी...बचाऊँगी तुझे...देखना..."

ठीक पीछे रमेश आकर खड़ा हो गया था। वह कौतूहल से अम्मा और गोलमी का लाड़ देख रहा था। गोलमी अम्मा से चिपक गयी थी। दिन भर अम्मा ग़ुस्से में थी और रामकली ने उसे पास फटकने नहीं दिया था। बड़ी मुश्किल से गोलमी अलग हुई। रमेश फुदकता हुआ अन्दर के कमरे में चला गया। उसे माँ–बेटी की भावुकता समझ में नहीं आयी। वह तो योजना बनाने में लगा था कि कैसे कल गेंद ख़रीदने का इन्तज़ाम करना है। कल पिट्ठो खेलने का दिन निर्धारित हुआ था। और काम ही क्या था। बेरोकटोक उसका समय खेल–खेल में कट रहा था। कोई पूछता तक न था कि क्या किया दिन भर। मस्ती उसे पसन्द आ रही थी।

सुन्दरी ने रमेश को जाते हुए देखा और ठण्डी साँस भरी। जैसे यह

बस्ती नक्शे से लापता थी, उसी तरह इनका बचपन भी लापता है अपने समय से। उसने दर्द से उबारा ख़ुद को और शीशे के आगे जा खड़ी हुई। साँझ हो चली थी।

उसका समय शुरू होता है अब। जब तक यहाँ होना है, तब तक लापता ज़िन्दगी के साये से लिपटकर जीना है। लापता...

कान में झुमके डालती हुई मुस्कुरायी...सब यही सोच रहे होंगे कि वह लापता हो गयी है। लापता ही तो है, ऐसी बस्ती में है जहाँ उसका कोई पता ही नहीं। उसका पता कोई और है। और वह आने को है।

लापता नगर के बाशिन्दे

हसीनाबाद।

एक भरी–पूरी बस्ती। एक लापता नगर। लापताओं की बस्ती कहें। ठाकुरों द्वारा अपनी अय्याशियों के लिए बसाई गयी हसीनाओं की बस्ती–हसीनाबाद। हर घर में ठाकुरों की हसीनाएँ रहती थीं। देश भर से चुन–चुनकर लायी गयी हसीनाएँ। इन हसीनाओं की कुछ कहानियाँ भी रही होंगी, इन हसीनाओं के कुछ सपने भी होंगे जो अब इस बेतरतीब–सी बसी हुई बस्ती का हिस्सा बन गये थे। या कहें, इस बस्ती में खो गये थे।

एक ऐसी बस्ती जो धीरे–धीरे नगर और सभ्यता की देहरी पर क़दम धर रही थी। उस बस्ती में कहने के लिए बहुत काम होते थे। भोरे–भोरे सूरज उगने के साथ आरती की आवाज़ें हर घर से आने लगती थीं। कहीं नमाज भी होती थी। यह पुरानी बस्ती थी, जिस पर आधुनिकता का लेपन किया जा रहा था। इस आधुनिकता से लेकिन उन औरतों की क़िस्मत आधुनिक नहीं हो पा रही थी, जिन्हें ठाकुरों की प्यास बुझाने के लिए उस बस्ती में लाया गया था।

आज से कुछ बरस पहले तक इस बस्ती का नामोनिशान नहीं था। लोग कहते हैं कि यहाँ पर जंगल थे। घने जंगल। ऐसे घने कि दिन में सूरज की किरणें भी वहाँ नहीं आ पाती थीं। उस जंगल में जानवरों की बस्तियाँ थीं, मगर धीरे–धीरे ठाकुरों की नज़र उस सुनसान जगह पर पड़ ही गयी। उन्होंने वहाँ इन्सानी बस्तियाँ बनायीं। अपनी अय्याशियों की बस्तियाँ...ऐसा ही कुछ हसीनाबाद के साथ–साथ हुआ। कई बरस पहले जो जंगलों में कुछ कोठरियाँ बनीं, अब वे बढ़कर हज़ारों में हो गयी थीं। उस बस्ती में अब कई पीढ़ियाँ हो गयी थीं।

समय की सीढ़ियों पर कई औरतें झुकी कमर के साथ विदा हो गयीं, कुछ रोगों से ग्रस्त हो गयीं तो कुछ भागने में भी सफल हुईं। जो सफल

नहीं हो पायीं, उनका कुछ न पता चला। वैसे भी ठाकुरों की राह में आने वाला रोड़ा कहाँ ग़ायब हो जाता है, पता नहीं चलता। वे किंवदन्तियाँ बन गयीं, आज भी हसीनाबाद में वे गानों में ज़िन्दा हैं।

उस बस्ती में एक थीं सुन्दरी देवी। सुन्दरी देवी एक बहुत ही रौबीले ठाकुर के द्वारा पोषित हसीना थीं। ठाकुर साहब अपने गाँव की इस प्राचीन परम्परा का निर्वाह कर रहे थे। यह परम्परा उन्हें विरासत में मिली थी। इस परम्परा का दण्ड हसीनाबाद की हसीनाएँ भुगतती थीं।

हसीनाबाद में दिन में कई फेरी वाले आते थे, कभी चूड़ी वाले, कभी गजरे वाले। मगर कोई स्कूल नहीं था वहाँ! अब ठाकुरों की बसाई हुई बस्ती थी, बच्चे भी होते होंगे। मगर आसपास कोई स्कूल नहीं, न ही कोई स्कूल का नामलेवा था। स्कूल का न होना उस बस्ती के लिए ज़रूरी था। लगभग दस–बारह हज़ार की आबादी वाली इस बस्ती में किसी स्कूल का न होना किसी को ज़रूरी भी नहीं लगता था।

एक अनगढ़–सी इस बस्ती में छोटे–छोटे मकानों की छतें आपस में लगी हुई थीं। जब आधी रात या अलसुबह ठाकुर चले जाते तो प्रातःकाल की आरती के बाद औरतें सज–धजकर निकल आतीं। सजना उनके लिए ज़रूरी था, नहीं तो रात–भर के निशान और रात–भर का देह का रौंदा जाना केवल उनकी मुस्कान से छिपना असम्भव हो जाता। इन छोटे–छोटे मकानों की छतें सुबह से ही गुलज़ार हो जाती थीं। सुबह से ही ठाकुर के अनपढ़ लठैत घरों के चक्कर लगाने लगते।

ये लठैत भी बहुत मुँह लगे थे। न केवल ठाकुरों के, बल्कि इन औरतों के भी। अनपढ़ लठैतों की फ़ौज तैयार होती ही रही थी वहाँ, जो ठाकुरों की तीमारदारी, खेतों और भट्ठों में काम करते थे। ठाकुरों ने उन्हें इसी काम के लिए रखा हुआ था कि किसकी लड़की कब बड़ी हो रही है, किसके यहाँ का लड़का खेत में काम करने लायक कब हुआ! कच्ची–पक्की सड़कों पर नालियों का बहता पानी भी उन्हें इस जासूसी के काम से नहीं डिगा पाता था। ठाकुरों के पास एक–एक रिपोर्ट पहुँच जाती थी।

यह बस्ती अदृश्य होते हुए भी काम की थी। यह बस्ती नक्शे में नहीं थी, और ठाकुरों की पूरी कोशिश यही थी कि यह नक्शे में न आने पाये। मगर इन औरतों के पास समय और हुनर दोनों ही बहुतायत में था।

सुबह होते ही ज़्यादातर लग जातीं अपने–अपने काम में! कुछ औरतें

तमाम तरह की स्वादिष्ट बड़ियाँ बनाती थीं। कुछ नाजुक उँगलियाँ अगरबत्ती बहुत ही अच्छी बनाती थीं। कुछ लड़कियों ने अपने भाइयों और अपने कथित प्रिय यारों के साथ यानी कुम्हारों के साथ मिलकर चाक चलाना सीख लिया था। चाक घुमाते–घुमाते कुछ लड़कियों ने अपनी क़िस्मत भी घुमा ली थी। हालाँकि यह भी सच था कि कुछ लड़कियाँ इसी धन्धे में लग जातीं या आपस में शादी–ब्याह करके बस जातीं। कुछ ग़ायब हो जातीं। ज़्यादातर ने इस बस्ती को, इसके जीवन को अपना नसीब मान लिया था।

घर भी ठाकुरों की हैसियत के हिसाब से ही थे। जो रसूखदार ठाकुर होता, उसका घर अकेला और शायद तिमंज़िला या चौमंज़िला! और जो ठाकुर सामान्य होता, उसका घर उससे कम और जो ठाकुर अय्याश होकर बर्बाद हो गये, उनका घर बेहद ही साधारण, टूटा, केवल ईंट और प्लास्टर के साथ।

सुबह से शाम तक आवाज़ों का शोर रहता। अधेड़ औरतें बच्चों को धिक्कारतीं–

"मर जा जाकर कहीं! ठाकुर का ख़ून है न, जैसे उसने परेशान किया, वैसे ही तू भी करेगा! वो यहाँ से ख़ून पीता है, तू भी पी ले।"

यह उन औरतों की कुण्ठाएँ थीं जो किसी–न–किसी तरह से अपने बच्चों पर निकलती थीं। चूँकि बच्चों के लिए कोई स्कूल नहीं था तो वे आपस में सटी हुई छतों पर बड़ियाँ सुखाती औरतों से ही टकराते हुए चलते रहते थे। रात–भर की पीड़ा के बाद अगरबत्ती की गन्ध में देह–गन्ध भुलाती औरतें शायद इन आघातों से चौंक जाती थीं।

पीड़ा में ढले हुए इन उत्पादों की आसपास के बाज़ारों में बहुत माँग थी। बहुत कुछ ठाकुरों को पता होता था कि किसके हाथ की बड़ियाँ किस गाँव गयीं, किसके हाथ की बनी टोकरी कितने घरों में गयी, किसने मछली को सुखाकर बेचा और किसने साड़ियों पर कढ़ाई की। ठाकुरों के पास सब जानकारी होती थी। इन औरतों के पास इन कामों से कमाया गया पैसा भी ख़ुद का नहीं हो पाता था, क्योंकि इन सामानों के बेचने के लिए वे केवल ठाकुरों के कारिन्दों पर ही निर्भर थीं।

मुर्दा बस्ती में ज़िन्दा रहने की आख़िरी कोशिश अपने हुनर को ज़िन्दा रखना था। जो थोड़ा नाच–गा लेती थीं, उन्हें ठाकुरों की महफ़िलों का हिस्सा बना दिया जाता था। ऐसा नहीं था कि सब कुछ लड़कियों के लिए था। लड़कों को थोड़ा बड़ा होते ही या तो औरतों के सामान बेचने

का दलाल बना दिया जाता था या फिर ठाकुरों के भट्ठों और खेतों में लगा दिया जाता था। कुल मिलाकर किसी तरह ज़िन्दा थी वह बस्ती, बस साँस नहीं लेती थी।

इसी बस्ती में ठाकुरों के तमाम परिवार आकार ले रहे थे। ठाकुर आते थे, रात में महफ़िलें जमती थीं, तो परिवार का बढ़ना स्वाभाविक ही था। मगर अस्वाभाविक था, उन परिवारों का एक नया रूप लेना। ये परिवार ठाकुरों की ज़िम्मेदारी थे। ठाकुर लोग इस बस्ती में अपने पिता की ज़िम्मेदारी भी उठा रहे थे और सबने इसी बस्ती के समानान्तर एक–एक परिवार भी बसा रखा था। ठाकुरों की बीवियाँ इन्हें दूसरी औरत का दर्जा नहीं देती थीं। ये सब रखैले थीं, उनकी नज़र में भी और ठाकुरों की नज़र में भी। उनके बच्चे भी अवैध थे, जो मतलब से पाले जा रहे थे।

न जाने कितने सालों से यह सिलसिला चला आ रहा था। हर पीढ़ी इसका निर्वाह गम्भीरता से कर रही थी। दोनों तरफ़ से मामला परम्परा का बन गया था। इन्हें बाहर की हवा से बचाये रखने के लिए उचित सुविधाओं तक से वंचित रखा जाता था।

कई परिवार सही दवादारू के न मिलने पर नष्ट भी हो जाते थे। जैसे ही मालिक मरा, वैसे ही कई परिवार भी मरे। ये परिवार कई बार सही चादर न मिलने पर भी ख़त्म हो जाते थे। इन परिवारों का रसूख तभी तक होता था, जब तक उस परिवार के ठाकुर की साँसें चलती थीं। उधर परिवार के ठाकुर की साँसें बन्द हुईं, और इधर इस परिवार ने चैन की आख़िरी साँस ली। बाद में कब कोठरी बन्द हो जाती थी, भूख के मारे कब अंतड़ियाँ सूख जाती थीं, किसी को पता ही न चलता था। और अन्त में एक परिवार नष्ट।

बहुत अजीब था यह हसीनाबाद।

हसीनाओं से आबाद इस नगर की हसीनाएँ अपने बेहिसाब दर्द में बर्बाद थीं। हसीनाएँ वहाँ पर बस कुछ समय के लिए ही हसीन रहती थीं, फिर खण्डहर और मलबों में बदल जाती थीं।

इस बस्ती में एक और परिवार था। जवान सुन्दरी भी एक सजीले ठाकुर के दूसरे परिवार का हिस्सा थी। ठाकुर सजावल प्रताप सिंह भी आम ठाकुर न थे, ग़ज़ब व्यक्तित्व था। गोरे इतने कि छुओ तो लाल पड़ जायें! मूँछें रोबीली। जब ताव देते तो ऐसा लगता कि राजा शिकार पर जाने के लिए प्रत्यंचा चढ़ा रहे हों। सब राजा हों और रानी एक ही, ऐसा

तो हो नहीं सकता था। एक वैध परिवार और दूसरा हसीनाबाद में। उस समय महँगाई का ज़ोर बहुत था और सामन्तवाद आख़िरी साँसें ले रहा था। फिर भी शान में कमी नहीं थी।

वह समय सुन्दरी के द्वारा ठाकुर साहब का दूसरा परिवार बसाने का था। वह देखते–देखते दो बच्चों की माँ बन गयीं। एक तो उनका गोल मटोल–सा रमेश और दूसरी बेटी गोलमी। बेटी के पैदा होने के बाद सुन्दरी डरने लगी। ठाकुर साहब के जाने के बाद वह बच्चों के भविष्य के बारे में सोचकर डर जाती। बेटी के भविष्य को लेकर तमाम तरह की चिन्ताएँ उसे घेरने लगी थीं। बेटे को लठैत के रूप में देखती और डर जाती। फिर सोचती–'चलो, बहादुर ही तो बनेगा, ठाकुर साहब की संगति में रहेगा।'

लेकिन बेटी! क्या करेगी, कहाँ जायेगी? इसी बस्ती में किसी और ठाकुर की रखैल...नाच–गाना, अय्याशी का सामान? क्या वह इस देह के बाज़ार में एक और हसीन देह व्यापार के लिए तैयार कर रही है? क्या कर रही है वह? उस बस्ती में, उसकी धूल, मिट्टी और हवाओं में सिर्फ़ देह–गन्ध ही तो भरी थी। जैसे सारी औरतें देह की गठरियाँ हों, ज़मीन पर लुढ़कती हुई गठरियाँ, प्राणहीन गठरियाँ, जिनमें उभरी हुई अरमानों की क़ब्रें साफ़ नज़र आती थीं। उसे दूसरों की चिन्ता नहीं होती थी, पर गोलमी की चिन्ता में चैन हराम हो चुका था। गोलमी के पैदा होने तक तो उसे इसी दुनिया में आनन्द आने लगा था। बचपन की सारी स्मृतियाँ धुँधली पड़ चुकी थीं। बाहरी दुनिया से सम्पर्क का कोई रास्ता बचा नहीं था। सब कुछ घर बैठे मुहैया हो तो इन्सान सुविधाओं का गुलाम हो ही जाता है। सुन्दरी इस माहौल में ढल चुकी थी, इससे पहले कि उसकी आत्मा पूरी तरह गुलाम होती, गोलमी सवाल बनकर खड़ी हो गयी थी।

यह सब सोच–सोच के सुन्दरी का बुरा हाल हो रहा था। वह अपने जवां दिनों का आनन्द भी नहीं उठा पा रही थी। उसके दिन गुलज़ार थे। सारे ऐश–ओ–आराम, गहने–गुड़िया, क्या मुहैया नहीं था उसे! ठाकुर साहब की कृपा इतनी कि एक डग भी पैदल नहीं चलती थी। बस्ती की अन्य सुन्दरियों से ज़्यादा नाज–नखरे सुन्दरी के उठाये जाते थे। शहर में जो नया सिनेमा आता, उसको वीसीपी पर दिखाने का इन्तज़ाम हो जाता, जो नया फैशन आता, कपड़े से लेकर लव–इन टोकियो जैसी चीज़ें उसे मुहैया हो जातीं। किसी–न–किसी तरह ठाकुर साहब इन्तज़ाम करवा देते। रेडियो उपहार में दिया था और उसकी ड्यूटी थी कि सदाबहार गाने सुने और

गाने का रियाज करे। शाम इन्हीं गानों से तो ढलती थी। रात इन गानों की पुकार सुनकर गहराती थी। हवाओं में शोखी इन्हीं गानों ने भरी थी।

सुन्दरी झूमर और ग़ज़लें गाना चाहती थी। ठाकुर साहब में इतना धैर्य कहाँ कि ग़ज़ल की अगली पंक्ति तक रुकें। उन्हें बस झूम बराबर झूम की चाहत। लोकगीत डाउन मार्केट लगते थे। चलन से बाहर की चीज़। दीन–दुनिया में भटकने वाले ठाकुर साहब जब सुन्दरी के मनोरंजन–कक्ष में पहुँचते तो चार चिराग जल उठते थे। घर खुशबू से भर उठता था। उनके इशारे पर सुन्दरी की हर अदा तय होती थी। न अपनी कोई पसन्द न अपनी कोई अदा। छोटी–मोटी ख़्वाहिशें उठतीं और होंठों तक आते–आते फना हो जातीं। अरमानों पर लगाम लगाने की कला सीख गयी थी सुन्दरी। वह जानती थी कि उसकी क़ीमत भी चुकानी होगी। इस महफ़िल में कुछ भी मुफ़्त नहीं मिलता। पहले ही अपनी सुन्दरता और ऐश–ओ–आराम की बड़ी क़ीमत चुका रही है। वह अपने नाम के हिसाब से ही सुन्दर थी। बड़ी–बड़ी कमान की तरह खिंची हुई आँखें, चंपई रंग और उस पर काले लम्बे बाल। दुर्गा प्रतिमा में ऐसे ही काले घने बाल देखकर वह मुग्ध होती और अपने बालों को लहरा देती। उसे लगता, मूर्ति का चेहरा उसकी तरह होने लगा है। अपने चेहरे पर किसी की दुर्गन्धयुक्त साँसें महसूस करती और चिहुँक पड़ती। कहाँ दुर्गा प्रतिमा का निष्पाप चेहरा! सारे मर्द भगत पूजा–पाठ में लगे हैं। मूर्ति के चेहरे तक कोई हाथ कोई चेहरा नहीं पहुँचता था। देवी भी कितनी शान्त और निश्चित। वह उन्हें देखती हुई भक्ति में लीन हो जाती।

अक्सर शुक्रवार को देवी मन्दिर में कीर्तन होता था। कीर्तन में मण्डली बैठती थी। उस मण्डली में कीर्तन करने जो भी औरतें आतीं, वे जैसे खुद को भुलाने के लिए माता के भजन में खो जातीं।

कीर्तन में ढोलक, मंजीरे और झाल में भजन के शब्द दब जाते थे, मगर अवसाद बह जाते थे।

माता को खोइंछा भरती हुई सुन्दरी अपनी उधार की ज़िन्दगी को वहीं छोड़ जाने का सोचने लगी थी। पर कैसे और कहाँ जाती? उसे कुछ दिनों से यह अहसास होने लगा था कि भक्ति से ही मुक्ति का मार्ग मिल सकता है। वह मन्दिर के माहौल में रमने लगी थी। यह रोज़ का क्रम हो चला था। मार्ग की तलाश थी, मगर भय से मुक्ति नहीं थी। वह ठान रही थी कुछ मन–ही–मन।

कब जाना था उसे! अपनी प्यारी गोलमी को देखती और उसकी

आँखों से आँसू चू जाते। वह सोचती कि क्या वह कभी हसीनाबाद से आज़ाद हो पायेगी? उसके मन में तरह–तरह के ख़याल आते पर वे ख़याल वहीं उमड़कर रह जाते!

ठाकुर साहब का अपना जाल था। जब से वह राजनीति में सक्रिय हुए थे, तब से वह बहुत ही खूँखार हो गये थे! राजनीति में आकर वह और राजा हो गये थे। पहले तो वह गुस्से और बदनामी से नहीं डरते थे, पर अब राजनीति ने उन्हें और घाघ बना दिया था जिसमें गुस्से का मैनेजमेंट करना और बदनामी को दबाये रखना शामिल था। वह थोड़ा–थोड़ा बदल रहे थे और सुन्दरी इस बदलाव को महसूस कर रही थी। वह एक रूप रसिक–प्रेमी को घाघ नेता में बदलते देख रही थी। वह आने वाले दिनों के पंजों की आहट महसूस करने लगी थी।

सुन्दरी को इस क़ैद से बाहर निकलना था, लेकिन दो बच्चों को लेकर आज़ाद होने का सपना नहीं देख पाती थी।

वह अपने दर्द से लड़ सकती थी, पर बेटी को देखकर वह और दुखी हो जाती। वह जंग लगे दरवाज़ों को खोलना चाहती थी, पर वह जानती थी कि यह इतना सरल न था।

रोज़ शाम वह अपने रूप की चमक में डूबती और दूसरों को डुबाती मगर इस चमक के खोखलेपन में उसकी गोलमी न दब जाये, यही उसकी एकमात्र चिन्ता थी। बेटे की तरफ़ से ज़रा–सी लापरवाह थी। उसे लगता था, मरद जात है, कुछ–न–कुछ कर लेगा। ठाकुर साहब अपनी सेवा में लगा ही लेंगे। उसका जीवन किसी तरह कट ही जायेगा, लेकिन लड़की जात गोलमी? उसका क्या होगा? वह भी किसी दिन किसी ठाकुर की रखैल बना दी जायेगी। यह सोचकर वह पसीने–पसीने हो जाती। नहीं! नहीं! कभी नहीं!!

जो जीवन उसने जिया, अपनी बेटी को नहीं जीने देगी। वह किसी ठाकुर की रखैल नहीं बनेगी। वह उसकी तरह धन्धा नहीं करेगी। उसको पढ़ा–लिखाकर इस लायक बनायेगी कि वह अलग ज़िन्दगी जी सके। अपने लिए खुद अपना जीवन–साथी चुन सके। गोलमी की शादी की बात सोचकर सुन्दरी मन–ही–मन रोमांचित हो उठती। वह देखती कि गोलमी पैंट–शर्ट पहनकर ऑफ़िस जा रही है। सुन्दरी उसको दरवाज़े तक विदा करने आयी है। वह निहाल है बेटी की चपल चाल पर। अभिशाप मुक्त बेटी, सोचते ही वह आसमान में उड़ने लगती।

पर कैसे? कैसे चक्रव्यूह से बाहर निकले? रात–दिन, सोते–जागते वह यहाँ से मुक्ति का रास्ता तलाशती। अपने लिए सबकी आँखों में सहानुभूति तलाशती, ताकि मन की गिरह वहाँ खोल सके। कोई न था दूर–दूर तक। औरतों और बच्चों से भरा था उसका टोला। उसके टोले कई बड़े मर्द ठाकुरों के लठैत बनकर बभन टोला में ठिकाना बना चुके थे।

सुन्दरी ख़ुद को सुरंग में पाती।

सुरंग के मुहाने से एक दिन रोशनी झाँकी। रोशनी भक्ति–मार्ग से आयी थी।

एक दिन अष्टजाम के लिए दूसरे ज़िले से एक कीर्तन मण्डली आयी। उस मण्डली में कई लोग थे।

पहली बार ऐसा हुआ कि कोई मण्डली उस बस्ती में टिकी। नहीं तो हसीनाबाद के नाम से ही सब बिदक जाते थे। उस बस्ती से आया चढ़ावा लेने में किसी को कोई दिक्कत नहीं थी, दिक्कत थी तो केवल उस बस्ती में जाने से। मगर कालान्तर में थोड़ा बहुत बदलाव आया था और यह बदलाव इस रूप में था कि अब कीर्तन मण्डली हसीनाबाद में रुकने लगी थी।

सुन्दरी देवी ने इस कीर्तन मण्डली की ख़ूब सेवा की थी। वह मगन हो गयी थी, उनकी सेवा में।

उसे सुगन्ध बहुत पसन्द थी! इसीलिए दिन में वह अगरबत्ती बनाने का काम करती थी। वह अगरबत्ती की सुगन्ध में खोती जाती। ठाकुर के आने पर वह ख़ूब अगरबत्ती जला देती। दो कमरे का उसका घर देह–गन्धों के साथ–साथ अगरबत्ती की गन्ध के साथ महकता।

मगर ठाकुर तो ठाकुर ही थे। ठाकुर सजावल प्रताप सिंह को सिर्फ़ देह–गन्ध पसन्द थी। ठाकुर साहब की क्रूरता के क़िस्से इलाके में बहुत मशहूर थे। उनके डर से सुन्दरी अपनी आज़ादी के सपने भूल जाती थी। उसने सुना था कि उसका ठाकुर अपने राजनीतिक प्रतिद्वन्द्वियों को अपने ईंट के भट्ठे में ज़िन्दा झोंक देता था। कोई आशिक इतना क्रूर कैसे हो सकता है, यह सोचकर सुन्दरी सिहर उठती थी। दिन–रात किसी समय उसकी देह–गन्ध में लिपटा रहने वाला व्यक्ति किसी को जला भी सकता है, वह सोच नहीं पाती।

ठाकुर तो देह–गन्ध के प्रेमी होते हैं! ठाकुर के इस देह–गन्ध के प्रेम के कारण ही सुन्दरी भय खाती थी। ठाकुर के एक–दो ईंट के भट्ठे थे।

उन भट्ठों में न जाने कितने लठैत नौकरी करते थे। और वह उन लठैतों के चलते भी भयभीत रहती थी।

एक–आध तो ठाकुर के साथ आते ही थे। सबको पता था कि वह ठाकुर की सम्पत्ति है!

ठाकुर की सम्पत्ति माने केवल ठाकुर तक ही सीमित!

वह सम्पत्ति बनकर उतनी उदास नहीं थी, जितनी बेटी को देखकर। जैसे ही गोलमी की तरफ़ देखती, वह हिल जाती! उसकी नाकों में भी भट्ठे से उठती हुई ज़िन्दा खाल के जलने की देह–गन्ध भर जाती। उसकी कँपकँपी बन्द ही नहीं होती।

ऐसे में वह उस देह–गन्ध को खुरचने के लिए ख़ूब नहाती। गोलमी का चेहरा और जलने की गन्ध गड्ड–मड्ड हो जाती।

ठाकुर साहब का हँसता क्रूर चेहरा उसके सामने आ जाता। वह उस क्रूरता में अपनी गोलमी को खोता हुआ देखती!

जब उसकी आँख खुलती तो उसका निर्वस्त्र शरीर ठाकुर साहब के बोझ से दबा होता, वह ठाकुर की देह को परे खिसकाकर जलने की गन्ध से छुटकारा पाना चाहती, पर यह कब तक सम्भव था!

एक दिन तो उसकी गोलमी को बड़ा होना ही था। और रमेश? वह क्या ठाकुर के साथ रहकर उसके जैसा ही नहीं बन जायेगा? क्या ठाकुर उसे केवल अपने लिए ही बड़ा नहीं करेगा? यह सब सोचती जाती और खुद ही जलती जाती थी।

हर गुलबदन ने मनाई बसन्त

उस दिन सुन्दरी धम्म से आकाश से गिरी थी ज़मीन पर। लहूलुहान हो गयी थी जैसे आत्मा और देह, दोनों। मालती ने आकर बताया कि बस्ती को सड़क–मार्ग से जोड़ा जा रहा था और हसीनाबाद में स्कूल और डाकघर खुलेंगे। साथ ही चुनाव में वोटर बनेंगे यहाँ के लोग। जनगणना के लिए जल्दी ही लोग आयेंगे। मालती ख़ुश थी, बहुत ख़ुश। ऐसा परिवर्तन वह सोच भी नहीं सकती थी। बस्ती थोड़ी बड़ी हो रही थी। बदल रही थी। उसे बदला जा रहा था।

सुन्दरी को बस्ती के विकास से समस्या नहीं हुई। वह तो चीत्कार कर उठी, जब उसे मालती ने यह भी बताया कि बच्चों के पिता के नाम आगे ठाकुरों के नहीं, उनके कारिन्दों के होंगे। रही–सही उम्मीद भी दम तोड़ गयी। वह समझ गयी कि ठाकुर साहब की राजनीति ने बस्ती का भाग्य पलट दिया है। उसने तय किया कि वह ठाकुर साहब से इस मसले पर दो टूक बात करेगी।

शाम को जब कई जोड़ी आँखें खिड़कियों पर लग गयीं, ठाकुर साहब की एम्बेसेडर दरवाज़े पर आकर रुकी। भारी क़दमों की आहट से सुन्दरी का दिल ज़ोर–ज़ोर से धड़कने लगता था। आज उसने नियन्त्रण कर लिया था। मन को निर्भय बना रही थी। चाहे जो हो जाये, ठाकुर साहब को देह में हाथ तब लगाने देगी, जब उसकी बात मान लेंगे।

महफ़िल सजी तो थी पर सुन्दरी उदास थी। ठाकुर साहब की आँखें चढ़ी–चढ़ी–सी थीं। सुन्दरी ने भाँप लिया कि किसी और महफ़िल से शराब पीकर चले आ रहे हैं। उन्होंने गहरी निगाह से गोलमी को देखा और इशारे से पास बुलाया। उन्हें सुन्दरी अच्छी लगती थी। प्यार तो नहीं, लगाव ज़रूर महसूस करते थे। तभी बिला नागा खिंचे चले आते थे। उसकी पसन्द–नापसन्द का ख़याल रखते हुए शहर से उपहार लाना

नहीं भूलते। हर महीने बँधी हुई एकमुश्त राशि के अलावा सुन्दरी की हर फ़रमाइश पूरी करते। पूरी बस्ती में क्या मजाल कि उन्होंने किसी और की रखैल की ओर लोलुप निगाह से देखा भी हो। उस बस्ती में बँधी हुई औरतों के अलावा कुछ छुट्टा औरतें भी थीं, जो इन दिनों स्वतन्त्र रूप से धन्धा करने लगी थीं। यह ख़बर ठाकुरों तक पहुँची थी। उनके कारिन्दे इनकी सेवाएँ लेते थे। ठाकुर साहब सुन्दरी के पाश में बँधे थे।

सुन्दरी पास आकर तपाक से बोल पड़ी–

"हम का सुन रहे हैं...सुने हैं कि जनगणना होगा और बच्चों के बाप का नाम लिखवाया जायेगा। मालती बता रही थी कि गोलमी और रमेश के बाप का नाम..."

"सही सुनी हो...बाप का नाम कुच्छो लिखवा दो, कोई फ़र्क़ नहीं पड़ेगा।"

"लेकिन ये आपके बच्चे हैं..."

"हैं तो, मगर हम नाम नहीं दे सकते सुन्दरी...हमारा राजनीतिक जीवन ख़राब हो जायेगा...बाहर तक बात फैली तो अनर्थ हो जायेगा...हम लोग परम्परा निभा रहे हैं, समय जा रहा है..."

"जब बच्चा पैदा किये, तब काहे नहीं सोचे...अब बाप रहते नाम किसी और का...यह न्याय है क्या...लावारिस रहेगा मेरा बच्चा..."

सुन्दरी रो पड़ी। ठाकुर साहब ने उसे गले लगाना चाहा। वह छिटककर दूर खिसक गयी। देर तक मान–मनुहार चलता रहा। गाने–बजाने की फ़रमाइश होती रही।

"आज हम एक बेहतरीन ग़ज़ल लाये हैं, मास्टर जी को बुलवाओ, सूतापट्टी से। कहो, संगीत बनायें...एकदम मौसम के अनुकूल है सुन्दर–मुन्दर..."

रोबीली आवाज़ मिठास में लिपटकर खट्टी–मिट्ठी हो जाती है।

उन्होंने जेब से मुड़ा–तुड़ा काग़ज़ निकाला और पढ़ना शुरू किया–

"हर गुलबदन ने मनाई बसन्त,
तवायफ ने हरजां उठाई बसन्त
इधर औ' उधर जगमगाई बसन्त
हमें फिर ख़ुदा ने इखाई बसन्त..."

'लाइये हमें दीजिए...हमें भी थोड़ा बहुत लिखना–पढ़ना आता है। हम टो–टो के पढ़िए लेंगे...'

आँसू पोंछते हुए सुन्दरी ने कागज़ झपटा। लम्बी ग़ज़ल थी। कई बन्द थे। नीचे 'नज़ीर अकबराबादी' का नाम लिखा था।

'मेरा दिल है जिस नाजनीं पर फ़िदा
वह काफ़िर भी जोड़ा बसन्ती बना...'

वह रुकी–

"एक बात बताइए, आज फ़िल्मी गाने के बजाय यह शेर–शायरी का मिज़ाज कैसे बना...आज तो संगीत की महफ़िल नहीं थी सरकार...?"

वह मचली।

"हमें आपसे कुछ ज़रूरी बात करनी है। आज गाना–बजाना नहीं, हम अगली बार सुना देंगे पूरा...आज कुछ नहीं...आपको मेरी बात माननी होगी... आप हमको प्यार नहीं करते...सब झूठ है..."

सुन्दरी का विलाप चलता रहा, ठाकुर साहब को कहाँ फ़र्क़ पड़ना था। उन्हें सुबह ही राजधानी की ओर निकलना था। कुछ दिनों की यात्रा थी। जाने से पहले वह सुन्दरी के साथ जी भर के ऐश कर लेना चाहते थे। जितना ठाकुर उसे छेड़ते, वह उतनी घृणा से भरती जाती। अचानक सुन्दरी ने हथियार डाल दिये। वह ठाकुर के साथ आख़िरी रात को किसी तरह काट लेना चाहती थी। उसकी आत्मा ने देह के अँधेरे में ऐलान कर दिया था। चाहे जो हो जाये, वह अपने बच्चों के पिता के नाम के आगे किसी कारिन्दे या लठैत का नाम नहीं लिखवाने देगी। जान जाये, चाहे वह ख़ुद भाग जाये। अपने हाथों लिखेगी आगे की कहानी।

वह निर्णय की रात थी। भविष्य की कथा बुनने की रात थी।

दुख ने दुख से बात की

बस्ती में कीर्तन मण्डली बाहरी बयार लेकर आयी थी। उसमें तरह–तरह के, हर रंग–रूप और उम्र के गवनिया–बजनिया थे। पूजा–पाठ के साथ पूरा माहौल भक्तिमय हो गया था। रंगीन किन्तु एकरस ज़िन्दगी जीती हुई सुन्दरी को बाहरी बयार भाने लगी थी। वह रमने लगी थी।

उसके कीर्तन–प्रेम और मण्डली के सदस्यों के सेवा–भाव की सराहना होने लगी थी। सुन्दरी कीर्तन में खो जाती, झाल बजता तो उसमें जैसे अपनी परेशानियों को ख़त्म करने की राह ताकती।

वह जब मग्न होकर गाती–

"सभ के सुधि अहाँ लेइछि हे अम्बे, हमरा किये बिसरइली हे..."

तो मण्डली वाले मुग्ध हो उठते। सुन्दरी की कातर आवाज़, जैसे पुकार उठ रही हो उसमें।

इसी मण्डली में सुन्दरी को हर कोई अपनी तरफ़ घूरता हुआ दिखता। इनमें एक जोड़ी आँखें भी थीं, जो छुप–छुप के उसे देखतीं। इस छुप–छुप के देखने के अन्दाज़ को वह ताड़ गयी थी।

उसका घूरना साधारण नहीं था, आदमी बहुत साधारण था वह। हाथ में थोड़ी परेशानी थी, शायद मुड़ता नहीं था, मगर उसकी आँखें बहुत वाचाल लगती थीं। आँखें हमेशा ही कुछ बोलती–सी लगतीं।

वह उस बोली को समझ गयी थी, मगर ठाकुर के चंगुल से निकलना सरल नहीं था। ठाकुर के पंजे निर्मम थे। जैसे ही वह उस मुड़े हुए हाथ को देखती उसे जलती हुई देह–गन्ध महसूस होने लगती, पर जैसे ही गोलमी को देखती, तो उसे गोलमी जलती हुई नज़र आती।

उसे ख़ुद को नहीं, गोलमी को जलने से बचाना था। मगर रमेश? उसका क्या?

वहीं बस्ती में उसके जैसी ही थी रामकली। न जाने कहाँ से चली

आयी थी। रामकली के भी दो लड़कियाँ थीं, मगर उसे कोई देखने वाला नहीं था। रामकली उसकी सेवा में लग गयी थी। सुख–दुख की सखी भी और सेविका भी।

रामकली ने उसे समझाया–"देखो, मरना तो है ही, या तो जीते जी या कैसे? तुम देखो!"

वह समझ रही थी। वह उन आँखों से बात कर रही थी। आँखें आश्वासन से भर उठी थीं। एक सप्ताह बाद कीर्तन मण्डली के जाने का समय हो गया था। झाल बजाने वाले का टेढा हाथ थामकर और नन्ही–सी गोलमी को पोटली में बाँधे हुए न जाने किस साहस के साथ चली आयी थी सुन्दरी।

ठाकुर के कुत्तों के द्वारा खोजे जाने का भय था उसे। पर ज़िन्दगी–भर गोलमी को ठाकुर के यहाँ नुचवाने से बेहतर था कि हिम्मत की जाये।

ठाकुर की जेल से बाहर निकलने में रामकली ने बहुत मदद की। रामकली ने अपनी सोने की सीकड़ी किसी को बेचकर उससे कुछ पैसे ले लिए थे और अब उसने वे पैसे पूरी तरह से छिपाए हुए रूमाल में बाँधकर सुन्दरी के हवाले कर दिये थे। सुन्दरी ने अपने थोड़े–से चाँदी–सोने के ज़ेवर भी साथ में समेट लिये।

सुन्दरी उस रात मण्डली के साथ निकल ली थी, मगर मण्डली के साथ अगले पड़ाव पर नहीं गयी थी। बीच में ही मण्डली का साथ छोड़कर, बस्ती से दो सौ किलोमीटर दूर वैशाली ज़िले के असोई गाँव में आकर रुक गयी थी। छोटी–सी गोलमी को लेकर जितना आगे आ गयी थी, उससे आगे जाने की उसकी हिम्मत भी नहीं थी।

उस रात जो उस गाँव में डेरा डाला, तो अब तक वहाँ थी। उसके डेरे को उखाड़ने के कितने प्रयास हुए। मुड़ी हुई हथेलियों वाले, कीर्तनिया सगुन महतो और सुन्दरी, दोनों ने क्या नहीं झेला!

लोगवा मारे ला नजरिया

सगुन महतो जब गाँव से अपना भरा–पूरा परिवार छोड़कर गायन मण्डली के साथ झाल लेकर चले, तब उन्हें कहाँ पता था कि उनकी ज़िन्दगी हमेशा के लिए कोई और रूप ले लेगी। पता नहीं किस घड़ी में सगुन ने मण्डली प्रमुख पवित्तर जायसवाल को 'हाँ' बोल दिया कि वह उसके साथ हसीनाबाद जायेगा।

मुर्गिया चौक पर खैनी मलते–मलते बात पक्की हो गयी।

हसीनाबाद के बारे में सगुन को पवित्तर ने पहले कुछ नहीं बताया था। वहाँ पहुँचकर जब बस्ती की चाल–ढाल देखी तो सगुन को कुछ शंका हुई। पूरी मण्डली को पंचायत भवन में ठहरवाया था ठाकुरों ने। मठ पर कीर्तन–मण्डली शाम को गायन–वादन करती थी। एक हफ्ता चला यह प्रोग्राम। मठ के पास जो बस्ती थी, उससे सिर्फ़ औरतों और बच्चों की भीड़ उमड़कर आती थी। ठाकुर लोग भी आते, कुछ देर भजन सुनते, मण्डली के प्रमुख को 'न्योछावर' देकर निकल पड़ते। देर रात तक औरतें–बच्चे जमे रहते। मण्डली के खाने–पीने का सारा इन्तज़ाम उसी बस्ती की औरतें करतीं। एक औरत सगुन को पसन्द आ गयी थी। वह बहुत तन्मयता से ईश्वर की आराधना करती थी। गायन सुनती और आनन्द लेती। साथ–साथ गाती भी। भगत उठकर नाचने लगता तो वह औरत भी झूमने लगती। सगुन उसे गौर से देखता। सुन्दर औरत, जिसमें अब भी कमनीयता बची हुई थी। जिसके चेहरे पर सुकून की जगह तिलमिलाहट झलकती रहती है। उसकी आँखें सगुन को खोजी आँखें लगीं। जैसे कुछ तलाश रही हों।

एक दिन उस औरत ने भी उसे पलटकर देखा। औरत ने देखा... उस मरद की आँखों में एक रास्ता है, जो हसीनाबाद से बाहर की तरफ़ जाता है।

वह कच्ची सड़क थी, जिसे पक्की सड़क में तब्दील किया जा सकता था। बस इरादे मज़बूत बनाने थे। दो आँखें रोज़ मिलतीं और बातें करतीं। उनके बीच बहुत कुछ घट रहा था जिससे बाकी सब अनभिज्ञ थे। कुछ ऐसा जो बस उनकी आँखें ही कहतीं, आँखें ही सुनतीं और आँखें ही छुपा भी लेतीं।

मण्डली की आख़िरी रात थी। भोरे–भोरे पूरी मण्डली निकलने वाली थी। सुबह जगे तो सब लोग थे, बस सगुन महतो ग़ायब था। पवित्तर परेशान! सगुन का खास सखा फकुनी सहनी कुछ उसके कान में बुदबुदाया और फिर पूरी मण्डली आनन–फानन में गाँव छोड़ गयी। जाते हुए किसी ने पीछे मुड़कर नहीं देखा। पवित्तर जानता था कि हसीनाबाद से ज़्यादा बवाल तो अभी गाँव में होना है। अगर सगुन गाँव गया होगा तो उसकी ज़रूरत पड़ेगी। जलज़ले का अहसास गहरा गया।

पवित्तर की आँखों के सामने सगुन महतो का पूरा परिवार घूम गया। पत्नी और दो किशोर उम्र बेटों का बाप होकर ये क्या कर दिया सगुनवा ने!

मण्डली के सभी सदस्यों के चेहरे पर हवाइयाँ उड़ रही थीं। बदनामी तो होगी ही। आये थे हरिभजन को, ओटन लगे कपास...कहावत चरितार्थ होती लगी। सगुन की बीवी मंजूआ छाती पीट–पीट के मण्डली की बखिया उधेड़ेगी।

"हाय, हाय...अच्छा–खासा मेरा मरद खेती में लगा रहता है, झाल बजाने के लिए और कोई नहीं मिला था? यही निठल्ला सूझा था क्या? लुट गये रे...बरबाद हो गये...पतुरिया उठा लाया...का कमी थी हममें...अभगली, जौनपिट्टी ने जीवन बरबाद कर दिया रे!!"

पवित्तर कल्पना में सारे सम्भावित दृश्य देखकर तनावग्रस्त होता जा रहा था। उसे मण्डली के स्वरूप की चिन्ता होने लगी थी। इतने गाँव–गाँव नगर–नगर घूमती है मण्डली, मजाल कि कोई बदनामी हो जाये! पहली बार दाग लगा, वो भी ऐसे आदमी के लिए जो कभी–कभी ही झाल बजाने के लिए जाता था। सगुन के बारे में ऐसा कोई सोच भी नहीं सकता था। गाय की तरह सीधा मानते थे मण्डली में सब उसे। पूरा टोला सुनकर दंग रह गया कि सगुन कहीं बाहर से बाल बच्चेदार दूसरी औरत उठा लाया है।

सब लोग सगुन की मजाल देखकर भी हैरान थे। वह सुन्दरी और उसकी बेटी का हाथ पकड़े हुए सीधा अपने घर गया।

"तुम इसे स्वीकार लो मंजू..."

मंजू की दहाड़ सातवें आसमान पर पहुँच गयी। आव देखा न ताव, दोनों बेटों का हाथ पकड़ा और सीधे महुआ थाना जाकर दम लिया। पड़ोसियों ने मना किया, सगुन ने रास्ता रोका, बेटों ने आना–कानी की, सुन्दरी कलपने लगी, सगुन की गोद में गोलमी टुकुर–टुकुर सबको देखती रही और चीख मारकर रो पड़ी।

"मंजू का माथा सनक गया है...घर, परिवार की बात लेकर कोई थाना कचहरी जाता है..."

रज्जो की माई चीख रही थी।

भीड़ से एक औरत, गोद में साल–भर का बच्चा लिए बाहर निकलकर आयी। उसने सगुन को कान में धीरे से कुछ कहा–

सगुन सुन्दरी और गोलमी को लेकर पछियारी टोला की तरफ़ चला गया। घर वैसे खाली–खाली भाँय–भाँय करता रहा, किसी अनिष्ट की आशंका से।

दिन–भर पूरा टोला इसी क़िस्से में डूबा रहा। उधर थाने में मंजू दारोगा के सामने चीखती–चिल्लाती रही।

इधर सगुन बंटइया वाले खेत के किनारे अपनी मड़ई बनाने में लग गया।

मंजू लगातार थाने में सिर पटक–पटककर रोये जा रही थी।

"मालिक...हमरा नालिश लिखिए। हमको न्याय चाहिए। हमारा मरद दूसरी औरत उठा लाया है, पतुरिया है, उसका दूसरे मरद से बच्चा भी है साथ में...मण्डली वाले लोग साथ में इसीलिए लेकर गये थे? सबके नाम से नालिश लिखिए...मालिक...हम कचहरी तक जायेंगे..."

मंजू का विलाप सुनकर दारोगा का दिल पसीजा। उसे कुछ अनहोनी नहीं लगी। कस्बे के थाने में इसी तरह के केस देखते–देखते वह ऊब गया था या तटस्थ हो गया था। ज़्यादातर चोर और आशिक़ हैंडल करने वाले तोंदू दारोगा जी उठे–

"तेरा मरद उठा लाया दूसरी औरत, वो बालिग है। हम का कर सकते हैं, तुम लोग आपस में काहे नहीं फरिया लेते हो? घर का मामला है, निपटा लो घर में...काहे थाना–कचहरी करती हो...तुमको बुझाता है कि कितना परेसानी होगा तुमको, अकेले औरत जात, अपने मरद से लड़ोगी..?"

"हमको मेरा मरद दिला दीजिए आप...उस औरत को भगा दीजिए...

बस...हमको कुछ नहीं चाहिए...आंहाहाहा...आ...कइसे जीयेंगे...वो ही तो हमारा आसरा था...आंहाहाहा...!!"

वह बिलख–बिलखकर रोने लगी। मंजू के रोने में गेय विलाप था, दारोगा ने अक्सर मरने या बेटी की विदाई पर इस ज़िले की औरतों को ऐसे गाते–रोते देखा था। जब भी औरतें रोती थीं तो एक लाइन बोलकर आगे आंहाहाहाह...करने लगती थीं। जैसे कोई दर्द–भरा नगमा गा रही हों। मेले–ठेले में दो बिछुड़ी हुई बहनों को भी इसी तरह गले मिलकर रोते देखा था। बड़े आराम से एक जगह बैठकर दोनों बहनें, मुँह ढाँपे विलाप कर रही थीं। आसपास अजीब–सा समाँ बँधा हुआ था। मंजू भी उसी अन्दाज़ में अपना दुखड़ा रो रही थी। दारोगा के भीतर का सवर्ण बोल उठा–

"जा घर जा, मैं सिपाहियों को लेकर आता हूँ, देखता हूँ साले को, उस औरत को भी...पिछवाड़े में लगेगा डण्डा तो सब आशिक़ी का भूत उतर जायेगा...चल...पीछे से आता हूँ..."

अपने आलस्य को झाड़ते हुए दारोगा प्रमोद कुमार सिंह ने राजदूत मोटरसाइकिल निकाली और धूल उड़ाती कच्ची सड़कों पर सिपाही के साथ चल पड़े। खेतों में फ़सलें भी धूल से ढँकी दिख रही थीं। पीछे बैठे दारोगा जी तोंद और टोपी सँभालने में लगे थे। काँख में दबी हुई काली रूल बार–बार धचके से फिसल जाती थी। यह तो रोज़ का हाल ठहरा। गनीमत थी कि बारिश का मौसम नहीं था। उन्होंने धूल में ही इत्मीनान की साँस भरी।

थर–थर काँपे मोर प्राण हो

सुन्दरी इस बात से बहुत कुपित रहने लगी थी कि गोलमी को बचपन से ही नाच–गाने का शौक़ था। सजने–सँवरने का शौक था। गोलमी के सपने से उसके सपने मेल नहीं खा रहे थे।

अपनी बड़ी होती बेटी को पढ़ाने के लिए उसने बहुत जतन किये। ख़ुद किसी तरह अक्षर पहचान लेती थी, फिर भी शाम होते ही ढिबरी जलाकर गोलमी को लेकर पढ़ाने बैठ जाती।

गोलमी पहाड़ा के नाम पर जो पढ़ती, उसे सुनकर सुन्दरी का माथा घूम जाता।

गोलमी फ़र्श पर बोरा बिछाती और पहाड़ा की किताब खोल लेती, आगे पीछे झूम–झूमकर पढ़ती और हँसती जाती, पढ़ती और हँसती जाती...

"भात एकम–भात / भात दूनी–दूध / भात तिया–तरकारी / भात चौके–चोखा भात / भात पचे–पानी भात / भात छक–छूछे भात / भात सते–साग भात / भात अठे–अचार भात / भात नवे–नून भात / भात दहे–दही भात"

"ई कौन–सा पहाड़ा है...ईहे पहाड़ा इस्कूल में पढ़ाते हैं का...एतना अनपढ़ बूझती है हमको...रुक जा...मेरी तरह लिख लोढ़ा पढ़ पत्थर रहेगी का..."

"माँ, एल एल पी बोलो ना..." गोलमी ठिठिया उठती।

सुन्दरी चैला (जलावन लकड़ी) उठाती और गोलमी की पीठ पर जमा देती। "बाबू बाबू..." चिल्लाती हुई गोलमी उठकर भागती। सगुन बाहर से अन्दर आता, गोलमी उससे लिपट जाती। बाबू की बाँहों में झूलती–छिपती गोलमी सुन्दरी को मुँह चिढ़ा देती। सगुन के सामने सुन्दरी चैला फेंक देती।

"गोलमी माई...बेटी को कोई एतना मारता है, कहीं उलंग जगह लग गया, लूली–लँगड़ी हो गयी तो बिठाकर खिलाओगी का जीवन भर? लड़की

जात है...काम भर पढ़ जाये, काहे एतना बड़ा–बड़ा सपना देखती हो...पढ़ के करेगी का...हाकिम बन जायेगी?"

"बन सकती है हाकिम! का दिक्कत है? आपको कुछ पता भी है? अब त ई आपकी जाति की है न? जाइए, पता करिए! झाल बजाने के सिवा कुछ ज्ञान है का आपको?? अब नौकरी में जगह है हमारी जाति के लिए! उसके लिए पढ़ाई करेगी, तभी ए नौकरी भी मिलेगी। अब कोनो दिक्कत नहीं है...एतना तो हमको बूझाता है..!"

इन दोनों की बहस से परे गोलमी मटकती हुई फरार हो जाती। शाम का ही समय होता है न जब खेतों में चोरी–चोरी कुछ चुराकर खाया जा सकता है। अढ़ाई सौ, खेंचरू और रज्जो ब्रह्म स्थान पर उसका इन्तज़ार करते।

चाण्डाल चौकड़ी खेतों में धमाल करती। किसी की मटर की फली खेत में ही बैठकर खाते रहते। गोलमी को खेसारी का साग नमक–हरी मिर्च के साथ बहुत पसन्द था। बिना धोये, गाय बकरी की तरह ही चबाने लगती।

कूद–फाँदकर सब अपने घर वापस हो लेते। वहीं कहीं अँधेरे में तीनों गाना गाते और गोलमी से कहते..."नाच गोलमी नाच...तुझे खीरा ककड़ी मिलेगा...!"

मन भर नाचती गोलमी...रेडियो के गाने याद करते और गाते जाते... रज्जो कोई झूमर तान देती...

"लौका जे लौके रामा...बिजुरी जे चमके... थर–थर काँपे मोर प्राण हो..."

चारों को एक साथ स्कूल जाना होता था। गाँव से डेढ़ कोस दूर था सरकारी स्कूल।

कपड़े के झोले में किताबें, टिफिन और बैठने के लिए बोरा लेकर चारों खेतों से कूदते–फाँदते स्कूल पहुँचते। गोलमी के लिए वे सुख–भरे दिन थे। चारों ने तय किया था कि टिफिन के बाद कोई स्कूल में नहीं रहेगा। टिफिन के बाद का समय गोलमी के नाच का समय रहेगा। तीनों तरह–तरह के गाने लायेंगे और गोलमी उन पर नाचेगी, अपने हिसाब से ठुमकेगी, अभ्यास करेगी। इसके लिए बन्द पड़े भट्ठे वाली जगह को मंच बनाया गया।

तीनों नीचे बैठते। ईंट के मंच पर गोलमी चढ़ जाती। और अभ्यास शुरू होता....खेतों के बीच बने रास्तों पर जब स्कूल के कुछ बच्चे वापस

घर जाते हुए दिखते तो चारों वहाँ से भागते। स्कूली बच्चों की भीड़ में शामिल होकर घर लौटते, पढ़ाई से बेहद थके, ऊबे दिखते हुए। माँ–बाप निहाल हो जाते...अहा...बच्चा दिन भर कितना पढ़ के आया है!

"जा बेटा...थोड़ी देर खेल ले...फिर शाम को पढ़ाई कर लेना..."

पढ़ाई में किसका मन रमता। देर रात तक गोलमी संगी–साथियों संग डोलती फिरती। नाच–गाने से जब मन भर जाता तो गुल्ली–डण्डा, कंचे या कित–कित खेली जाती। कबड्डी की टीम का कैप्टेन रजुआ उसे उकसाता–"दम है तो आ जा मैदान में।"

एक शाम गोलमी अपने गैंग के साथ स्कूल के मैदान में पहुँच गयी। चारों दोस्तों ने रणनीति बनायी कि टिफिन के बाद आवारागर्दी छोड़कर कबड्डी खेलेंगे। खेलें, चाहे हारे, रजुआ को दो–चार लात लगाकर आयेंगे।

कबड्डी की टीम धूल–भरे मैदान में जमी हुई थी। टीम के सदस्य चुने जा रहे थे। गोलमी दनदनाती हुई रजुआ के पास पहुँची। कमर पर हाथ रखकर उसे ललकारा–

"मैं खेलूँगी तेरे संग! बोल दूसरी टीम का कप्तान बनायेगा मुझे?"

रजुआ हँसा–

"हम लड़कियों को टीम में नहीं रखते...कंचे खेलेगी, गुली डण्डा खेलेगी तो बोल..."

"नहीं, हम कबड्डी खेलेंगे...बोल खेलता है..."

पीछे अढ़ाई सौ, रज्जो और खेंचरू भी कमर पर हाथ रखकर चुनौती दे रहे थे।

"मुझे नचनिया मानता है न, तो आज नचनिया का कमाल मैदान में देख ले बेट्टा..."

"चल भाग जा!!"

रजुआ के सारे खिलाड़ी बकझक देखकर वहाँ एकत्रित हो गये थे। भीड़ से कोई बोला, "लड़की की अलग टीम बना ले...लड़कों से क्यों टकरा रही है नचनिया...?"

गोलमी फुँफकार उठी...

"रजुआ, तुझमें दम है तो अकेले मुझसे खेल ले...जो साँस टूट जाये तो गुलामी मान लूँगी तेरी!"

गोलमी की लाल आँखें देखकर रजुआ सहमा, लेकिन उसकी इज़्ज़त का सवाल जो ठहरा! लड़की जात होकर चुनौती दे रही है...

"चल आ जा...पूरी देह कुचल दूँगा...आ जा..."

उसने अपनी जाँघों पर ताल ठोंकी, जैसे एक पहलवान दूसरे कमज़ोर पहलवान को ललकारते हुए ठोंकता है। स्कूली मैदान में जमे बच्चों के लिए अनोखा नजारा सामने आने वाला था। सब इस अनोखे मैच को देखने जमा होने लगे।

"हो जाये... हो जाये..." का नारा गूँजने लगा। गोलमी ने अपनी सफेद सूती ओढ़नी गले से उतारी और कमर में कस के बाँध ली। वैसे ही, जैसे नाच के समय बाँधा करती थी। मैदान के बीचोबीच लाइन खींच दी गयी। दाँत पीसता हुआ रजुआ ताल ठोंकता रहा। गोलमी हाथ से धूल लपेटती रही। दोनों पक्षों की तालियाँ बजने लगीं।

पहले गोलमी की बारी थी।

"चल कबड्डी लाल लाल लाल..." गोलमी आलाप की तरह बोलती हुई पूरे मैदान में घूमती रही। रजुआ ने पकड़ना चाहा पर पकड़ नहीं पाया। गोलमी के कन्धे पर हाथ गया और गोलमी की चुन्नी उसके हाथ में आ गयी...साँस टूटने से पहले गोलमी अपने घर में वापस हो गयी थी।

अब लहराता हुआ रजुआ अपनी पारी खेलने मैदान में उतरा। सबकी निगाहें उस पर गड़ गयीं। सबको लग रहा था कि लड़के से लड़की कहाँ जीतेगी? फालतू में भिड़ गयी है। खेंचरू सोच रहा था कि रजुआ कहीं गोलमी की देह को एन्ने-ओन्ने दबोच ले। सोचते ही उसकी मरियल भुजाएँ फड़क उठीं। तंग बनियान मसकने लगी। ज़रा हाथ इधर-उधर लगा तो धर के रपेट देगा!

रजुआ ने हुंकार भरी, "चल कबड्डी एत्ता...भगत हउन बेट्टा...भगताइन है रण्डी...उठा ले बेटा झण्डी..."

गोलमी ने यह गान सुना और रजुआ को झपट्टा मारकर पकड़ा, ज़मीन पर लिटाया और लात-जूतों-मुक्कों की बरसात कर दी। गोलमी को उसकी धुलाई करते देख रजुआ के गिरोह के बच्चे हक्के-बक्के रह गये। लेकिन अढ़ाई सौ, रज्जो और खेंचरू समझ गये कि गोलमी अधमरा करके छोड़ेगी। वे किसी भी प्रति हमले के लिए तैयार हो गये थे।

गोलमी चीख रही थी, मुँह से गालियाँ बरस रही थीं। दर्शक-दीर्घा में कुछ तमाशबीन तालियाँ और सीटियाँ बजा रहे थे।

मर्दमार छोरी

पूरे टोले में ख़बर आग की तरह फैल गयी। सुन्दरी और सगुन तक भी नमक, मिर्च लगाकर बात पहुँची। सगुन माथा पीट रहा था, "ये लड़की क्या करेगी आगे जाके, लड़कों से कबड्डी खेलती है। का ज़रूरत था रजुआ के संग कबड्डी खेलने का...वो एक नम्बर का लफन्दड़ है...बेटी को सँभालो सुन्दरी..."

"ऐजी, आपको तो तड़वा का लहर कपार पर चहर जाता है...हमको मत कहिए...आप कम बिगाड़े हैं का उसको? आप ही सहका रहे हैं, बेटा–बेटी एक समान, त लीजिए...झेलिए...छोरा सबसे भिड़ गयी...मर्दमार छोरी होगी ये..."

सुन्दरी खिसियानी हँसी हँस रही थी। उसे गोलमी से ज़्यादा ग़ुस्सा उसके तीनों परम दोस्तों पर आ रहा था, जो उसे बहकाते और उकसाते रहते थे। वह तीनों को खोज रही थी। तीनों के माँ–बाप से शिकायत करने का मन बना रही थी।

घर के बाहर माथा पकड़कर बैठी सुन्दरी पूरी घटना सोच रही थी। अचानक उसका माथा ठनका...गोलमी को इतना ग़ुस्सा किस बात पर आया होगा? रजुआ का कुटिल चेहरा उसे याद आया। सुन्दरी को टारगेट करके उसने कबड्डी की तान छेड़ी होगी... नहीं तो कबड्डी में कोई कविता पढ़ता है क्या? क्या ज़रूरत थी गाने की, 'भक्ताइन हई रण्डी'? धर के थूर दिया गोलमी ने रजुआ को।

गोलमी रण्डी सुनते ही सनक जाती थी। सुन्दरी को यह शब्द कितना सुनना पड़ा था, जब वह यहाँ आयी थी। बाद में भी जब–तब दूसरे टोले से सगुन की दूसरी बीवी दरवाज़े पर चढ़कर सुन्दरी को रण्डी बोलकर चली जाती थी। सुन्दरी अपराधबोध से दब जाती। उसे लगता कि उसके

हाथों अनजाने में कोई बड़ा अपराध हो गया है। अब वह पीछे नहीं हट सकती। वह हर सज़ा भुगतने को तैयार थी।

किशोर उम्र की बेटियाँ सब समझती हैं। गोलमी सब समझती थी। गोलमी के तेवर से उसको डर लगने लगा था। आगे चल कर बहुत सवाल पूछेगी। उसके दिमाग़ में कहीं–न–कहीं कोई बात बैठ गयी थी। लड़कों से मारा–पीटी करती फिरती है, कल को कितनों से लड़ेगी? गाहे–बगाहे बात तो निकलेगी ही। छुपेगी भी कैसे और कितने दिन? न सगुन ने गाँव बदला और न उसके पहले परिवार ने। बस टोला की अदला–बदली हुई। कितना कहा सगुन से कि कहीं और चलते हैं, मुज़फ़्फ़रपुर या हाजीपुर चलते हैं, कोई छोटा–मोटा धन्धा करके जी लेंगे। कहाँ माना? सुन्दरी को याद आया जब सगुन की पहली पत्नी मंजू अपने साथ दारोगा सिपाही लेकर आ गयी थी...

प्रेमिका के हस्ताक्षर

सगुन महतो के घर मजमा लगा हुआ था, जब दारोगा प्रमोद कुमार सिंह अपने सिपाही के साथ धूल उड़ाते हुए पहुँचे।

मंजू ने पूरा टोला जुटा रखा था। उसका छाती कूटना जारी था। दोनों बेटों के साथ ज़मीन पर पलथी मारकर डटी हुई थी। सुन्दरी घर के अन्दर दुबकी हुई थी, गोलमी को गोद में छिपाए हुए। इस दिन की कल्पना भी उसने नहीं की थी। न ही इतना आगे–पीछे सोचा था। सगुन के साथ डोर की तरह खिंची चली आयी। रास्ते में सगुन ने अपने परिवार के बारे में बताया और सुन्दरी अनिष्ट की आशंका से काँप गयी। उसकी आँखों के आगे अँधेरा छाने लगा था कि सगुन ने चिराग जलाये।

"चिन्ता मत करो...मैं तुम दोनों को रखूँगा, नहीं छोडूँगा उसे। मैं तुम्हें भी नहीं छोड़ सकता। मुझ पर भरोसा करके इतनी दूर मुझ जैसे अजनबी के साथ चली आयी हो, मैं टूटने नहीं दूँगा तुम्हारा भरोसा...जो होगा देखा जायेगा। बस तुम डगमगाना मत...डटी रहना। कुछ हो जाये, मेरे फ़ैसले में साथ देना। गोलमी का पिता मैं ही बनूँगा..."

सुन्दरी जैसे अँधेरी गुफा से बाहर आयी। सगुन पर भरोसा तो जमा लेकिन आशंकाएँ कम न थीं। वह समझ गयी थी कि सुख–चैन की ज़िन्दगी बसर शायद ही हो कभी। मुश्किल रिश्ते में पड़ गयी है। वह पीछे लौट भी नहीं सकती। दोनों तरफ़ खाई है।

इस ओर कोई साथी है, उस ओर है एक बेटा जिसे ठाकुर ने कभी जी–भर के निहारा भी नहीं था, उसे मालती बाई को सौंप आयी थी। निःसन्तान थीं, वे पाल लेंगी, अच्छी परवरिश देंगी। यक़ीन था। चलते समय मुड़कर भी न देखा रमेश की तरफ़, नहीं तो क़दम बाहर नहीं निकाल पाती। अपने दिल को कड़ा किया। वह निर्मम हो गयी उसी पल।

वह सिर्फ़ एक बेटी की माँ बनकर रह गयी थी। और इस बेटी को उसे बचाना था, दरिंदों से, बाज़ार से, बुरी नज़रों से।

अन्दर से सहमी–सिकुड़ी सुन्दरी हसीनाबाद की यादों से बाहर आयी जब दारोगा ने ज़ोर से आवाज़ लगायी। सगुन उसे अन्दर लेने आया।

"चल बाहर। दारोगा जी तुझसे पूछना चाहते हैं। सच–सच बतलाना और जो मन में आये कहना। डरने की ज़रूरत नहीं। मंजू कुछ नहीं करेगी, मैं जानता हूँ उसको। उसके साथ अन्याय तो मैंने किया है, मगर तुझे भी नहीं छोड़ सकता मैं। मुश्किल तो मेरे लिए ज़्यादा बड़ी है। दो–दो परिवार... टोला की तो चिन्ता नहीं...चलो बाहर। डरो मत...सामना करो!"

बाहर जाते हुए सुन्दरी के पैर काँप रहे थे। गोलमी को अन्दर ही खेलने को छोड़ दिया और सगुन का सहारा लिए बाहर तक आयी।

अजीब–अजीब ढंग से सबको फटकार रहे दारोगा जी ने एक पल सुन्दरी को देखा और शान्त हो गये। पहले मंजू की तरफ़ देखा, फिर सुन्दरी की तरफ़, फिर सगुन की तरफ़...कई राउण्ड उनकी यह देखा–देखी चली...चेहरे के भाव बनते–बिगड़ते रहे। कोई लकड़ी की कुर्सी ले आया था। इस पर दारोगा जी जमे बैठे थे। सिपाही रजिस्टर निकालकर कलम लिए बैठा था।

"हाँजी...बोलो, का कम्पलेन है। पूरा क़िस्सा तफसील से सुनाओ और तीनों लोग अपना–अपना पक्ष लिखकर देओ...फिर हम कार्रवाई शुरू करेंगे। बोल मंजूआ...तेरी का शिकायत है...लिखित दे..."

भीड़ में से कोई शरारती लड़का चिल्लाया–

"हुजूर, ई तो एल.एल.पी. है...लिख लोढ़ा पढ़ पत्थर..."

सारे हँस पड़े।

"चुप्प सालो..." दारोगा जी के मुँह से गालियों की बौछारें फूटीं। भीड़ में सन्नाटा छा गया। कुछ लोग तितर–बितर होने लगे।

"सगुनवा, तू भी लिख कि मामला क्या है...और ये...ये क्या नाम है मैडम का...?"

"सुन्दरी सरकार..."

"ओ...सुन्दरी...अच्छा नाम है...चल सुन्दरी तू भी लिख...तू कौन है, सगुन के साथ क्या कर रही है...यहाँ क्यों आयी है...चल लिख तीनों..."

"सिपाही जी, तीनों का कम्पलेन अलग–अलग लिखो और साइन कराओ...साइन कर लेते हो न तुम लोग?"

मंजू ने इनकार में सिर हिलाया। सगुन और सुन्दरी ने हामी भरी।

दारोगा मजे से कुर्सी पर डटे रहे और सिपाही पहले मंजू के पास गया। वह रो–रो के शिकायत करती रही, वह लिखता रहा।

"महाशय,

निवेदन यह है कि मैं मंजू कुमारी पति, नाम आप लिख लेना सिपाही जी...

सगुन महतो, पिता–उपेनदर महतो, ग्राम–लच्छीराम असोई, पछियारी टोला, ज़िला–वैशाली की निवासी हूँ। मेरा पति दूसरी औरत के साथ शादी रचाकर यहाँ से भाग गया है। मेरे दो बच्चे हैं। दोनों बच्चे नाबालिग हैं। उनका भरण–पोषण करना बाकी है। मैं अब इन दो बच्चों का भरण–पोषण कैसे करूँगी? मेरी शादी इनसे हिन्दू रीति–रिवाज के अनुसार हुई थी। पिछले एक साल से मेरे पति मेरे साथ ज़्यादा मार–पीट करने लगे थे। मेरे विरोध करने पर मुझे और मेरे बच्चों को जान से मारने की धमकी देते थे। घर में पैसा देने के बजाय मुझसे पैसा माँगता था, नहीं देने पर मार–पीट कर पैसा छीन लेता था और प्रताड़ित करता था।

अतः श्रीमान से नम्र निवेदन है कि मेरी प्रार्थना स्वीकार की जाये और मेरे पति को गिरफ्तार किया जाये और इनकी दूसरी शादी रद्द की जाये।

इसके लिए आपकी सदा आभारी रहूँगी।

आवेदनकर्ता–
मंजू देवी
पत्नी–सगुन महतो
टोला, ग्राम, ज़िला"

उसका बयान पूरा हुआ तो सिपाही उठ के सुन्दरी के पास गया।

सुन्दरी शान्तचित्त थी। चेहरे पर दृढ़ता की निर्भय छाया चमक रही थी। जैसे कुछ तय कर चुकी हो। दारोगा जी लगातार सुन्दरी को घूरे जा रहे थे। सगुन आँखें नीचे किये बैठा था। सुन्दरी की आँखें ऊपर नीचे होती रहीं। कुछ लोग धीरे–धीरे वहाँ से खिसक रहे थे। दारोगा जी की नज़र सगुन के दरवाज़े पर लगे आँवले पर पड़ी। अक्टूबर की मीठी धूप में हरा आँवला चमक रहा था। दारोगा जी ने भीड़ में से एक छोटे बच्चे को बुलाया। फटी बनियान पहने, मैली–कुचैली लम्बी पैंट, जिसकी सीवन खुलकर लटक रही थी। सहमा–सा बच्चा दारोगा जी के करीब आया।

"आओ बे, मारूँगा नहीं...एन्ने आओ! उ पेड़ देख रहा है, जाओ आँवला तोड़कर ले आओ...झोला है केकरो पास, अपनी मइया से माँग ला...तोड़... जा...!"

बच्चा सरपट भागा आँवले के पेड़ की तरफ़। पहले ढेला से तोड़ने की कोशिश करने लगा। सिपाही चिल्लाया–

"अरे सरवा कहीं के, आँवला ढेला से टूटता है रे...चढ़ जो...न तो लग्गी में नोकी लगा के तोड़..."

बच्चा सिटपिटा गया। सगुन उठा–

"हुजूर, काम ख़त्म हो जाये तो हम तोड़ के दे देंगे आपको...हम तो सोचे ही थे कि आपको अपनी क्यारी का फल तोड़ के देंगे...सब्जी भी बहुत उगा रखे हैं, पालक बहुत हुआ है...हम देते हैं हुजूर..."

सगुन की तरफ़ देखकर दारोगा ने हामी भरी। बच्चा पेड़ के नीचे से आँवला चुनकर खाते हुए दूर चला गया।

सुन्दरी बाहर बैठी हुई बहुत सहज महसूस कर रही थी। कहाँ गद्दीदार ज़मीन, कहाँ यह मिट्टी की ज़मीन जिसको सुबह ही गोबर–माटी से लेपकर चमकाया है। गोबर छूते सुन्दरी को घिन्न आयी थी, सगुन ने काम आसान कर दिया। दोनों को मिलाकर उसे थमा दिया। सुन्दरी बस लेपती चली गयी। उसे फिर मजा आने लगा। हथेलियों के निशान लम्बे–लम्बे उभर रहे थे। सूखने पर बड़ी ठण्डक भरते थे आँखों को। कहाँ हमेशा इत्र में नहाकर डूबी रहती थी काया। यहाँ मिट्टी में सनी जा रही थी। सबसे बुरा चापाकल पर नहाने में लगता था। वो तो भला हो सगुन ने घर के पीछे घेरकर आँगन बना दिया, जहाँ वह आराम से नहा–धो लेती थी।

शौच की दिक्कत उसे बहुत सताती थी। वह भी कुछ दिनों में सगुन पर दबाव डालकर बनवा लेगी। अब जीना यहाँ मरना यहाँ, फिर सब झेलना–सहना तो पड़ेगा। सुन्दरी के चेहरे पर तरह–तरह की छायाएँ आ–जा रही थीं। दारोगा ने समझा कि वह उसकी उपस्थिति से असहज है। सुन्दरी के मन की तहों तक कोई नहीं जा सका। वह तो इन सबके लिए पहले से ही तैयार होकर आयी थी। चैन की ज़िन्दगी छोड़कर तूफ़ानों से नाता जोड़ लिया था, सो पछया हवा से क्या घबराना! वह जानती थी कि अभी तो ज़िन्दगी शुरू ही हुई है। वह हर परिणाम के लिए तैयार थी। बेधड़क सिपाही के सामने बैठ गयी थी और उसके बोल फूटे–

"आप लिखिए सिपाही जी, हम बोल रहे हैं, एको अच्छर एन्ने–ओन्ने मत करिएगा..."

सगुन चौंका। दारोगा ने कनखिया से देखा। सगुन का जी धड़क गया। पता नहीं सुन्दरी क्या–क्या बक दे। वह उसके अतीत के पन्ने यहाँ नहीं खोलना चाहता था। वह जानता था कि हसीनाबाद बहुत दूर है, जहाँ से कोई हवा यहाँ तक शायद ही आये, लेकिन सुन्दरी ने आवेदन पत्र में लिखवा दिया तो जीना मुश्किल हो जायेगा। गोलमी को सब पतुरिया की बेटी कहेंगे। अभी तो कम–से–कम लोग अन्दाज़ा लगा रहे हैं। सत्य का पता गाँव वालों को कभी नहीं चलने देना है। मन–ही–मन दृढ़ प्रतिज्ञा करके सगुन उठा–

"रुको गोलमी मातारी, दारोगा जी, हम लिख देते हैं, ये भी उसी में साइन कर देगी तो नहीं चलेगा का, काहे उसको घसीट रहे हैं। हम लायें हैं उसको...ऊ का लिखेगी...उसको कुछ पता भी नहीं है...हम अपना दुनो के तरफ़ से लिख देते हैं न सरकार.."

दारोगा जी ने कनखिया से देखा सुन्दरी को। वह सगुन के रोकने के बाद शान्त हो गयी थी। दारोगा ने चुहल की–

"वाह रे सगुनवा...कुछ तो बात है रे इस औरत में, जिसके लिए तूने एतना बड़ा खतरा उठाया रे! सुन्दरी देवी...बड़ा अच्छा नाम है...कहाँ से लाये हो इनको? का बैकग्राउंड है भाई? चतुर्भुज स्थान का सामान तो नहीं लग रहा है भाई, कुछ खुलासा तो करो..."

दारोगा जी दाँत निपोर रहे थे। सगुन के होंठ फड़फड़ाकर रह गये। सिपाही को भी मजा आ रहा था। सुन्दरी में उसकी भी दिलचस्पी जग रही थी। क्योंकि वह इस टोले की औरतों से अलग, सुघड़ और सम्भ्रान्त दिख रही थी। चूड़ी, गहने बड़े सलीके से पहने हुए थी। नाख़ून बड़े, रंगे हुए थे। किसी बड़े घर की औरत भगा लाया है सगुनवा। वह चाहता था कि सुन्दरी उससे आवेदन लिखवाए। इसी बहाने कुछ पूछ लेगा। मौक़ा ही नहीं मिला। मन–ही–मन खौलते हुए उसने लिखना शुरू किया।

"आज अपने जाति, समुदाय एवं समाज के समक्ष मैं सगुन महतो, पिता–परीक्षण महतो, ग्राम–लच्छीराम असोई, थाना–महुआ, ज़िला–वैशाली, शपथ लेता हूँ कि मैं सुन्दरी देवी के साथ प्रेम–सम्बन्ध में होने के कारण हम दोनों आदमी अपने रज़ामन्दी से साथ रह रहे हैं, शादी कर लिए हैं। हमको सुन्दरी देवी का जाति नहीं पता, न ही उनके खानदान का पता है

और न हम जानना चाहते हैं। हम उनकी बेटी गोलमी के पिता बन गये हैं। अब वो मेरी बेटी है, सुन्दरी देवी मेरी दूसरी पत्नी हैं।

मैं अपना गाँव, जाति, समुदाय के समक्ष शपथ लेता हूँ कि यह गाँव टोला सब आजीवन के लिए छोड़कर चला जाऊँगा। इसमें जाति समुदाय का दबाव हम पर नहीं है, मैं अपने जीवनकाल में कभी इस गाँव में लौटकर नहीं आऊँगा। मैं स्वीकार करता हूँ कि मेरी पहली पत्नी मंजू कुमारी से मेरे दो बच्चे हैं–

राजेश कुमार (दस वर्ष)

उमेश कुमार (सात वर्ष)

इन सबको मैं अपना घर–बार, दो बीघा ज़मीन सब स्वेच्छा से दे रहा हूँ।"

सगुन चुप हो गया। सिपाही ने कागज़ आगे बढ़ाया। आवेदन के नीचे सगुन ने हस्ताक्षर किया–

प्रेमी का हस्ताक्षर

सगुन महतो

आवेदन पत्र सुन्दरी देवी की तरफ़ बढ़ा–

सुन्दरी ने लिखा–

प्रेमिका के हस्ताक्षर

सुन्दरी देवी

दारोगा प्रमोद कुमार सिंह के जीवनकाल में पहली बार इतना अजीब, किन्तु दिलचस्प केस आया था।

हैरतज़दा दारोगा कभी सुन्दरी को देखते और कभी सगुन को। मन–ही–मन बड़बड़ाते....

"ई ससुरा में अइसा का देख ली ई सुन्दरी औरत, टेढ़ा–मेढ़ा आदमी है, शादीशुदा, बाल–बच्चेदार ही मिला था इसको...ससुरा झाल बजायेगा ज़िन्दगी भर...नयी मेहरारू को लेकर कहाँ–कहाँ भागेगा ससुरा...केतना दिन टिकेगी इसके पास...ज़रूर किसी बाबू लोगन के घर से भगा लाया है ससुरा...केस चलेगा तो मामला खुलेगा..."

"हुजूर...हुजूर..." मंजू फफक–फफककर रो रही थी।

"हम केस नहीं करेंगे। वापस लेंगे। इनको कहिए, गाँव छोड़कर न जायें। हमारा बच्चा सब बाप का मुँह देखने के लिए तरस जायेगा...बच्चा

सब का का कसूर है हुजूर...ठीक है हम दूसरे टोला में रहने चले जायेंगे... ई रहे अपनी नयी मउगी के साथ...गाँव छोड़कर न जायें...हम फेर का करेंगे हुजूर...? नालिश वापस लेते हैं हुजूर..."

मंजू सिपाही की तरफ़ लपकी, ताकि आवेदन पत्र फाड़कर फेंक दें। सिपाही ने आवेदन पत्र पीछे कर लिया।

दारोगा ने भद्दी गाली निकाली–

"हरामज़ादी, हमें फालतू समझ रखा है का...दुनिया भर का नाटक करती है, पहले कुछ अब कुछ...अब आना मत दुबारा थाने कभी...लात मारकर बाहर कर देंगे तुम्हें...केस तो अब दाख़िल हो गये हैं, चलो कोर्ट में तुम लोग...तब पता चलेगा...पहले समझ में नहीं आता तुम लोगों को... तुम लोगों की यही दिक्कत है...हर चीज़ को तमाशा बना देते हो, घर का मामला घरे में निपटा लेते तो क्या बिगड़ जाता..."

"और तू सगुनवा, दो मेहरारू रखने की औकात है तेरी? एक परिवार तो चलाया नहीं जा रहा था, दूसरी उठा लाया! कहाँ से लाया...किसके घर की...कुच्छो अन्दाज़ा है कि जहाँ से लाये हो वहाँ भी खोज हो रही होगी, थाने में नालिश गया होगा, केतना दिन छुपकर रहेगो, वहाँ की पुलिस खोजती हुई आयी तब कौन रच्छा करेगा रे..."

"ओ सिपाही जी, सगुनवा के आवेदन पत्र में प्रेम सम्बन्ध नहीं, अवैध सम्बन्ध लिखो, बताते हैं इन सबको...नौटंकी का दारोगा समझे हैं हमको... हम बड़का केस छोड़कर ई मेहरारुओं का केस निपटायेंगे अब...हद है..."

दारोगा भड़ककर चिंघाड़ रहे थे। सगुन हाथ जोड़े खड़ा था। मंजू ज़मीन पर बैठी पत्थर की हो चुकी थी और सुन्दरी गोलमी का रोना सुनकर अन्दर भागी। गोलमी सहमी हुई सुबक रही थी। सुन्दरी ने उसे कलेजे से लगा लिया मानो पूरा जहान बाँहों में सिमट आया हो। उसे लगा, वह शक्तिशाली हो रही है। सारा भय, सारा संशय, उस पल में कोसों दूर चले गये थे। वह थी और उसकी बेटी, जिसमें वह भविष्य के सपने रोप रही थी। सपने से सपना उपजता है, जैसे बीज से बीज उपजता है। हर स्त्री किसान होती है जो जाते–जाते अपना सपना दूसरी स्त्री की आँख में रोप जाती है। इस वक़्त वह पूरी ताकत से गोलमी की नरम आँखों में कोई सपना रोप रही थी।

अम्बपाली की छाया तले

गोलमी के लक्षण सुन्दरी को ठीक नहीं लग रहे थे। बड़ी मुश्किल से पढ़ाई के लिए सुन्दरी बेटी को राजी कर पायी थी। रोते–गाते किसी तरह बगल के कस्बे के एकमात्र सरकारी स्कूल भगवानपुर उच्च विद्यालय में दसवीं में दाख़िला दिला दिया गया था। यह सब किसी युद्ध लड़ने से कम न था। पढ़ाई के दौरान भी गोलमी नाच–गान में लगी रहती। सुन्दरी ने सोचा था कि पढ़ाई के बोझ से दब जायेगी तो अपने आप सनक छूट जायेगी, लेकिन हुआ उल्टा। संगति में नये–नये कलाकार जोड़ती चली जा रही थी और तो और विद्यालय में भी पढ़ाई से ज़्यादा उसे नाच–गाने में ही रुचि थी और किसी न किसी बहाने सांस्कृतिक कार्यक्रमों से जुड़ने का मौक़ा तलाशती रहती थी। सुन्दरी को यक़ीन नहीं रहा था कि लड़की कॉलेज तक पहुँच पायेगी।

सगुन बीच का रास्ता निकालता, सुन्दरी अड़ जाती। उसे नाच–गाने से उतनी ही नफ़रत थी, जितनी पढ़ाई–लिखाई से मोहब्बत। परीक्षा का समय था। सुन्दरी कुछ देर के लिए रज्जो के घर गयी। लौटी तो देखा–गोलमी कोई नाटक की लाइन बोल–बोलकर अभिनय कर रही है...कभी लड़की की आवाज़ तो कभी लड़के की, कभी गा रही है...कभी नाच रही है...

अकेले ऐसे करते देख सुन्दरी सन्न रह गयी।

गोलमी का अभिनय जारी था...

"मधु...मैं राजनर्तकी...हा हा हा...राजनर्तकी...अम्बपाली की जय हो..."

"तू होश में नहीं है अम्बे...ओहो, मधु...मैंने ये क्या किया..."

"अरी...मैं उड़ी जा रही...ये मेरे पंख..."

गोलमी ने कमरे में चक्कर लगाना शुरू किया। पाठ्यपुस्तक के बीच में नाटक की किताब अम्बपाली खुली पड़ी थी और गोलमी उसकी लाइनें

रटकर एकल अभिनय में मगन थी। सुन्दरी ने पीछे से लात चलाई और गोलमी धड़ाम से मुँह के बल नीचे गिर पड़ी।

"माई गे माई!!" करती हुई गोलमी फ़र्श पर ढेर हो गयी। चीख–पुकार सुनकर सगुन कमरे में भागता हुआ आया।

फ़र्श पर बैठी गोलमी सुबक रही थी और सुन्दरी दहाड़ रही थी।

"मेरी तरह नचनिया बनेगी क्या...मन बहलायेगी ठाकुरों का? इसीलिए पढ़ा रही हूँ कि तू पतुरिया बन जा? तू जानती भी है कि इसी नाच–गान ने मेरा जीवन छीन लिया?"

"मुझे स्कूल में अम्बपाली का रोल करना है। नाटक प्रतियोगिता है माई...मैं अपना रोल रट रही थी..."

गोलमी ने सुबकते–सुबकते सफाई दी।

सुन्दरी, गोलमी को मार–मारकर सबक सिखाना चाहती थी। सगुन ने सुन्दरी को पकड़कर धकेल दिया। सुन्दरी लड़खड़ाई और बौखलाई हुई सगुन पर झपटी।

"कौन है ये अम्बपाली...नचनिया थी क्या? यही रोल मिला है तुझे?"

"मैं हूँ अम्बपाली...हाँ, वो नचनिया थी, आप अँगूठा छाप हो, आप क्या जानो? आप या दुनिया चाहे उसे जो कहे, वो मेरी आदर्श है! मैं करूँगी यह रोल...आगे भी करती रहूँगी...कोई नहीं रोक सकता मुझे..."

गोलमी का रोना बन्द हो गया था। उसका चेहरा सख़्त हो आया था।

बौखलाई हुई सुन्दरी ने सगुन का मुँह नोच लिया।

सगुन ने चाँटा जड़ दिया।

गोलमी फ़र्श से उठ खड़ी हुई।

"बाबू...बस करिए..."

वह सुन्दरी की तरफ़ आगे बढ़ी, लेकिन सुन्दरी ने उसे झटक दिया। सगुन अपना माथा पीटता हुआ बाहर चला गया।

कई दिनों तक घर में अनबोला–सा रहा। सन्नाटे में सुबह होती, सन्नाटे में रातें बीततीं। चुपचाप अँधेरा खपरैल से उतरकर ओसारे में फैल जाता और गरमाई हुई धूप चुपचाप घर–आँगन तक फैल जाती। कभी–कभी अलगनी पर बैठे कौव्वे बोलते तो सन्नाटा भंग होता।

सुन्दरी खाना बनाती और चुप रहती। तीनों में बातचीत लगभग बन्द–सी हो गयी थी। तीनों अपना–अपना काम चुपचाप कर रहे थे। तीन आँधियाँ थीं, जो भीतर लरज रही थीं।

सुन्दरी सगुन के हाथ उठाने से ज़्यादा खफ़ा थी, गोलमी के नाच–गान से। उसे बुरा नहीं लगा कि सगुन ने उस पर पहली बार हाथ उठाया। गोलमी की वजह से उसने पहली बार मार खायी। तकलीफ़ बस इतनी थी कि उसकी बेटी और सगुन दोनों उसकी तकलीफ़ नहीं समझ नहीं पा रहे। जिस नरक से सगुन उसे बचाकर लाया था, बेटी कहीं उसी नरक की तरफ़ खिंचती हुई न चली जाये।

घर के पीछे से खेत से लौंगिया हरी–मिर्ची तोड़ते हुए उसकी आँखों से आँसू झरते जा रहे थे। रोने के लिए खेत ही मिला। उसे खोने के लिए भी खेत ही मिला था। वह खेत से ही ग़ायब हुई थी और ज़िन्दगी इस रूप में मिली। कभी न भूलेगी, उस दिन को। यादें भले धुँधली हो गयी हों, कसक ताज़ा थी।

जाड़े के दिन थे। कोहरे में लिपटा था गाँव। चारों तरफ़ पहाड़ियाँ और बीच में था खेत।

माँ ने भेजा था, साग खोटकर लाने के लिए। भाई–बहनों में सबसे छोटी सुन्दरी छमकती हुई, टोकरी लिए खेत की तरफ़ रवाना हो गयी थी। माँ ने चिल्लाकर कहा था–"सोटा साथ ले जा...कोई जंगली जानवर न टकरा जाये..."

"रहने दे माँ...जंगल थोड़े न जा रही!! जंगल जाती तो दउली (हथियार) ले जाती। अभी गयी, अभी आयी..."

गाते–गुनगुनाते सुन्दरी खेतों में दौड़ी चली जा रही थी। साग खोंटते–खोंटते मुँह में डालकर चबा रही थी। उसे मटर के साग की फुनगी बहुत पसन्द थी। टोकरी भरकर जल्दी नदी की तरफ़ भागेगी, जहाँ सहेलियाँ इन्तज़ार कर रही थीं। आज तैराकी में रेस लगाने का दिन था। देखते हैं कौन कितनी जल्दी नदी पार कर पाती है। रोमांच में डूबी सुन्दरी फटाफट साग टूँग रही थी।

अचानक वज्र गिरा। जब तक कुछ समझती, किसी ने उसे दबोच लिया था। चीख–चिल्ला नहीं पा रही थी। मज़बूत हाथों ने मुँह बन्द कर दिया था। टोकरी वहीं गिर गयी। कुछ लोगों की आवाज़ें आ रही थीं..."डाल–डाल इसको, ट्रक में डाल...भाग जा...अब काफ़ी माल हो गया है...काफ़ी है..."

एक आवाज़ उसे जानी–पहचानी–सी लगी, लेकिन इस तरह दबोची गयी थी कि होश–ओ–हवास ग़ायब थे।

जब होश आया तो अनजान लोगों के बीच अनजान बस्ती में थी। अजीब–सी बस्ती, जहाँ सिर्फ़ और बच्चे दिखायी दे रहे थे। जहाँ से अपनी वापसी का रास्ता नहीं दिख रहा था। इसी क़ैद में उसकी ट्रेनिंग शुरू हो गयी थी। अदाओं की शोख बिजलियाँ गिराने की, मुस्कुराने की और रिझाने की।

वह चीखी, चिल्लाई, बाहर की तरफ़ भागी और वह रास्ता आगे जाकर बन्द दिखता था। वह रास्ता वापस लौटकर उसी घर में आता था। वह बस्ती उसकी समझ से परे थी और ज़िन्दगी का रंग बदल रहा था।

"छोड़ो मुझे...छोड़ो..."

सुन्दरी चीखी। किसी ने फिर उसे दबोच लिया था।

"गोलमी माई...सुन रही हो...हरी मिरचाई जल्दी लाओ...हमसे नहीं खाया जाता बिना मिरची के..."

सुन्दरी पुकार सुनकर वर्तमान में लौटी।

सगुन उसे बाँहों में भरकर पुकार रहा था।

पंडी जी पंडोल गोल

सगुन जानता था कि सुन्दरी रूठी रहेगी, गोलमी तनी रहेगी और वह इन दोनों के बीच पिसता रहेगा। बोले तो ख़राब बनेगा, न बोले तो ख़राब। उसकी स्थिति बीच में फँसे दाने की तरह हो रही थी। गोलमी बच्ची तो नहीं रह गयी थी कि उसको मार–पीटकर समझाया जाये। गोलमी सामान्य बच्ची नहीं थी। वह बचपन से ही अलग तरह की बच्ची दिखती थी। चार साल की उम्र में सगुन उसे सुन्दरी समेत लेकर भागा था। उसे यह बच्ची विलक्षण लगती थी। बहुत उम्मीद भी जगाती थी और सशंकित भी करती थी। अपने खपरैल घर में, छोटे–से गाँव में इतनी रूपवान बच्ची और उसकी माँ को कैसे सहेजकर रख पायेगा? अपना बसा–बसाया घर होने के बावजूद सुन्दरी के साथ जीने का फ़ैसला लेना उसके लिए भी बहुत आसान न था।

सुन्दरी गोलमी को नाचते हुए बिल्कुल नहीं देखना चाहती थी। इसीलिए सुन्दरी को हसीनाबाद से भागने की जल्दी थी कि बेटी नाच–गाने में रमने लगी थी। सुन्दरी ने कुछ भी नहीं छिपाया था। सब कुछ सच–सच बता दिया था। सगुन अपना सच नहीं बता सका था। इतना समय नहीं मिला। सब कुछ इतनी जल्दी और गुपचुप हुआ कि सगुन खुद भी कहाँ समझ पाया।

गाँव आकर भी सुन्दरी गोलमी को कहाँ नियन्त्रित कर पायी! मानो वह नियन्त्रण में रहने के लिए पैदा ही न हुई हो।

नाच–गाने के प्रति गोलमी की और बढ़ती हुई आसक्ति देखकर सुन्दरी आशंकित हो गयी थी। गाँव में जहाँ–तहाँ नाचना, जिसके–तिसके आगे नाच दिखाना, किसी से भी भिड़ जाना, बहस करना–गोलमी की आदतें सुन्दरी को परेशान करने लगी थीं। एक दिन सुबह–सुबह सुन्दरी बाहर चटाई पर बैठी गोलमी की चोटी बना रही थी। दस साल से ज़्यादा की हो रही थी, मगर ख़ुद से बाल नहीं बाँध सकती थी। सिंगार–पटार करने में ज़रूर माहिर हो गयी थी। सुन्दरी की बकबक जारी थी..."इत्ती बड़ी हो

गयी है, ख़ुद कभी बाल सँवार नहीं सकती, भूतनी बन के नगरी–नगरी द्वारे–द्वारे छिछियाती रहती है। जट्टा पड़ जायेगा तेरे बाल में...देख मेरे बाल, क्या मजाल कि उलझ जायें...एक तू है..."

"दे मईया...भिक्षा दे दे...तेरा भला करेगा भगवान...तेरा सुहाग बना रहे, बच्चे जीयें तेरे..."

एकदम सामने झोलाधारी पण्डित–टाइप आदमी खड़ा हो गया। माँ–बेटी दोनों हड़बड़ा गयीं। सुन्दरी ने जल्दी से पल्लू माथे पर चढ़ाया और पण्डित जी के पैरों पर झुक गयी। गोलमी ढीठ की तरह खड़ी रही।

"पाँव छू पंड्डी जी का..."

बेमन से गोलमी नीचे झुकी, पाँव तक पहुँचने से पहले उठ गयी। पण्डित जी समझ गये पर उन्हें क्या, दान–दक्षिणा से मतलब।

सुन्दरी अन्दर गयी, चवन्नी और थोड़े चावल निकाल लायी। पण्डित जी की झोली में रखते हुए उसने फरियाद की–

"मेरी बेटी का भाग्य बताइए न पंड्डी जी...बहुत चिन्ता होती है। का करेगी आगे चलकर...हाथ देखिए न इसका..."

पंड्डी जी समझ गये थे कि यह लड़की आसान नहीं है। कुछ चमत्कार दिखाना ही होगा। उन्होंने ज़मीन से सूखी मिट्टी चुटकी से उठायी, चुटकी से ही मसला, मन्त्र फूँककर गोलमी की हथेली पर रख दिया। गोलमी ने मुँह बनाते हुए मिट्टी को जीभ से चाटा।

मीठा लगा...चीनी की तरह....

गोलमी हैरान। सुन्दरी ने हल्का–सा जीभ से लगाया, चीनी की तरह मीठी मिट्टी। चमत्कार...वह विभोर हो गयी।

तुरन्त खटिया लेकर हाज़िर हुई। पण्डित जी पलथी मारकर बैठे और गोलमी की हथेलियों की रेखाएँ बाँचने लगे।

"बहुत सपना में जीती है ई लड़की...बड़का–बड़का सपना देखती है..."

पण्डित जी की पेशानी पर थोड़े बल पड़े।

"गोलमी सपने देखती नहीं, बुनती है बाबू..."

नाटकीय अन्दाज़ में गोलमी ने संवाद उछाला। सुन्दरी ने आँखें तरेरीं। चुप रहने का इशारा किया।

पण्डित जी रेखाएँ गिनने में मग्न थे।

"रेखाएँ अभी बन ही रही हैं। देवी, पूरी तरह विकसित नहीं हुई हैं। जितना हुआ उससे अनुमान लगाकर कहता हूँ, इसकी दुनिया अलग है।

विदेशी हाथ है इसका, कलाकार का हाथ...बहुत साहसी लड़की है। नाम रोशन करेगी...नामे नाम न त अकरवले नाम (नेकनामी नहीं तो बदनामी), दोनों के लक्षण हैं, भाग्य में सुसराल का सुख नहीं। पति–सुख नहीं। निडर लड़की है, मर्दों वाला काम करेगी...तुम चिन्ता मत करो माई, कमा–खा लेगी। पर किसी के वश में नहीं रहेगी..."

सुन्दरी का सुन–सुनकर कलेजा फटा चला जा रहा था। इसी भविष्य से तो डरती है वो। उसकी आँखों के आगे अँधेरा छाने लगा...उसे नाचती हुई, बाबुओं का मनोरंजन करती हुई गोलमी दिखायी देने लगी थी। गोलमी ने अपनी माँ की यह हालत देखी और ज़ोर से पण्डित पर दहाड़ी–

"दुर्रर्र...फूटिए यहाँ से...एतना पण्डिताई जानते हैं तो काहे नहीं अपना भाग जान लेते हैं, भीख माँगते फिरते हैं? शरम नहीं आती? बड़े आये, मेरा भाग बताने वाले!! अपना पता ही नहीं..."

दूर से भागता हुआ अढ़ाई सौ कुछ बोलता हुआ आ रहा था–

"पंडी जी पंडोल गोल
माँगे पैसा खोल खोल"

"पंड्डी जी, भागिए नहीं तो नरेटी चीप देंगे आपका..."

पण्डित खिसियाते हुए झोले में दक्षिणा, पैसा सँभाले उठे, थप्पड़ दिखाते हुए उसी टोन में बोल पड़े–

"सनकल छउरी गोल–पोल
मारे जूत्ता खोल–खोल..."

सुन्दरी और गोलमी हक्का–बक्का पण्डित जी को देखती रह गयीं। उनके उठे हाथ से सफेद पाउडर–सा कुछ गिर रहा था।

गोलमी के मुँह में मिट्टी का स्वाद भर गया। उसका दोस्त अढ़ाई सौ मुक्का दिखाता रहा।

सगुन ने तय किया कि अब उसे कठोर होकर माँ–बेटी के बीच में पुल का काम करना पड़ेगा। न गोलमी के अरमानों को कुचलने देगा, न सुन्दरी के भय को पलने देगा। बीच के रास्ते बहुत सुकूनदायक होते हैं। दोनों पक्ष जहाँ पनाह लेते हैं। पढ़ाई और नाच–गाना साथ–साथ होगा। सगुन का अटल फ़ैसला था जिसे सख़्ती से माँ–बेटी को पालन करना पड़ेगा। सगुन के भीतर का कलाकार जाग गया था। सुन्दरी का भय भीतर दुबका रहा। अभी बहुत कुछ घटित होना बाकी था। ज़िन्दगी पटकथा अपने हिसाब से लिख रही थी।

तुमको पिया...दिल दे दिया...

जैसे–जैसे गोलमी बड़ी हो रही थी, उसके साथ सुन्दरी के सपने भी बड़े हो रहे थे। कई बार सुन्दरी को अपनी आँखें बोझिल लगतीं मानो सपनों का भार बढ़ता चला जा रहो हो। रूई के बोरे की तरह पानी में भीगकर भारी हो गये हों सपने। वह उन्हें अलगा नहीं पाती थी। क्या पता, कितने सपने लिपट गये हैं एक साथ। एक कम किया तो दूसरा न गिर पड़े।

वह शाम को ठाकुर साहब को खुश करने के लिए नाचती–गाती थी, एक नामालूम शायर की अधूरी ग़ज़ल याद आयी उसे...

"न कोई ख़्वाब न कोई खुलूस...ये आदमी तो अधूरा–सा दिखायी देता है..."

ठाकुर साहब फ़िल्मी गाने की फ़रमाइश करते। मालती देवी फ़िल्मी नगमों की कॉपी निकालकर उसे देतीं।

उसमें से एक गाना चुनकर निकालती–

"अगर दिलबर की रुसवाई हमें मंजूर हो जाये...सनम तू बेवफ़ा के नाम से...मशहूर हो जाये..."

यह गाना जैसे ही ख़त्म होता, सजावल सिंह उधर से पुकारते–

"ओ खिलौना...जानकर तुम तो मेरा दिल तोड़े जाते हो...."

उसके बाद साजिन्दे समेत पूरी महफ़िल हो–हो करके हँस पड़ती। उसमें सुन्दरी की उदास हँसी भी नमक की तरह घुलकर बिला जाती। माहौल पूरा फ़िल्मी हो जाता। ऐसे माहौल में ठाकुर का ठाठ–बाट और खुलकर दिखायी देता।

लच्छी असोई जैसे गाँव में भी वैसे बाबुओं की कमी नहीं थी। वहाँ राजपूत थे, यहाँ भूमिहार। दोनों सामन्ती लोग और ठाठ–बाट एक से। सुन्दरी देख रही थी कि इस गाँव में भी बिना बाई जी के शादी सम्पन्न नहीं होती। शादी की रात महफ़िल लगती और चतुर्भुज स्थान की बाइयाँ

नाचने आतीं। इतनी सुन्दर बाइयाँ उसने अपने हसीनाबाद में भी नहीं देखी थीं। वहाँ का रसूख चतुर्भुज स्थान जितना नहीं था। हसीनाबाद में वे सब ताकतवर पुरुषों की रखी हुई स्त्रियाँ थीं, चतुर्भुज स्थान आज़ाद था। वहाँ के ठाठ सुन्दरी को पहले से मालूम थे। कई बार सोचती कि अगर दोनों बच्चे न होते तो भागकर चतुर्भुज स्थान चली जाती, जहाँ कला और कलाकार के क़द्रदान मिलते हैं। जहाँ कमाई भी अच्छी होती है और बाइयों की इज़्ज़त भी बहुत है। पन्ना बाई के क़िस्से ख़ूब सुनायी दे रहे थे उन दिनों और रानी बेगम ख़ूब मशहूर हो रही थीं। हसीनाबाद के ठाकुर भी नचवाने के लिए वहीं से बाइयाँ लाते थे। हसीनाबाद की रखैलें सिर्फ़ सुन–सुनकर आहें भरा करती थीं। सुन्दरी एक बार उस गली का फेरा लगाना चाहती थी, लेकिन जानती थी कि हसीनाबाद के पिंजरे से निकलना इतना आसान नहीं। उसके वजूद पर सजावल सिंह की पर्ची लगी है और हर कोई इसी रूप में पहचानता है। अपनी लाचारगी पर कसमसा उठती। झरझर आँखों से आँसू गिरने लगते। दूर से मालती देवी देखतीं और आकाश की तरफ़ हाथ उठाकर सुन्दरी के लिए सुकून की दुआ माँगतीं।

जब से इस गाँव में आयी थी, शौक़ीन मिज़ाज बाबुओं के क़िस्से सुनकर दिमाग़ ख़राब हो गया है। सब बाबुओं का चतुर्भुज स्थान से कनेक्शन है। गाँव के मुखिया जी की बेटी की शादी में महफ़िल लगी, उसकी याद करके सुन्दरी सिहर उठती है। जनवासे पर जहाँ बारात ठहरी थी, वहीं महफ़िल के लिए विशालकाय शामियाना लगा था। पूरे गाँव में शोर उठ रहा था कि चतुर्भुज स्थान की सबसे महँगी, मशहूर, सुन्दर रानी बेगम अपने कारिन्दों के साथ आयी हैं। फिर उसे देखने–सुनने का लोभ कैसे संवरण हो। मुखिया जी ने भी गाँव वालों पर उदारता दिखाते हुए बारातियों के पीछे दरी–जाजिम बिछवा दिया जिसमें शादी में अनामन्त्रित लोग बैठकर नाच का आनन्द ले सके। औरतें वहाँ प्रतिबन्धित थीं। शामियाना चारों तरफ़ से बन्द था, अन्दर जाने के लिए छोटा–सा द्वार खुला था, जहाँ पर दो लठैत खड़े थे। कोई बच्चा या स्त्री उस द्वार से अन्दर प्रवेश नहीं कर सकती थी। ऐसे माहौल में तीन लोगों के मन में अलग–अलग तरह की बातें चल रही थीं। बड़ी हो चुकी गोलमी को रानी बेगम का नाच देखना था, सुन्दरी को उसकी सुन्दरता, अदायें और बाबुओं का व्यवहार और सगुन को पूरी मण्डली के साथ उस महफ़िल में जाने का

न्योता था। सगुन गीत–संगीत क़ी दुनिया का बाशिन्दा था, ज़्यादा दिन तरकारी के खेत में नहीं खपा सकता था। मण्डली छोड़ने के बावजूद वह कभी–कभार झाल बजाने ज़रूर पहुँच जाता। यही उसका परम आनन्द था। सुन्दरी के साथ जितना ही। शायद उससे थोड़ा ज़्यादा। सगुन कई बार सुन्दरी के सपनों के बोझ से कराह उठता। ऐसे में ठाकुरबाड़ी में जाकर झाल बजाकर मस्त हो उठता।

शाम होते ही पण्डाल में अनेक चिराग जल उठे थे। रोशनी का पक्का इन्तज़ाम। लाउडस्पीकर ज़ोर–ज़ोर से फ़िल्मी गाने बजा रहा था। मुखिया जी के घर से थाल में सज–सजकर सूखे मेवे पण्डाल में पहुँचाए जा रहे थे। अन्दर इत्र छिड़के जा रहे थे। दोनों पार्टियाँ यानी बराती–घराती आमने–सामने नोटों के बंडल लेकर बैठ चुकी थीं। जाम छलकाए जा रहे थे। उनकी औरतें आँगन में बैठी रस्मों की तैयारियाँ कर रही थीं, दूल्हे को घेरकर लड़कियाँ ठिठोली कर रही थीं।

अँधेरा गहराने लगा था। सुन्दरी मुँह ढँक के, लोटा लेके चुपके से घर से निकली। हाथ में छुरी ले ली। पण्डाल के पीछे पहुँचकर उसने हल्का–सा चीरा लगा दिया, उँगली डालकर थोड़ा चौड़ा किया और आँख लगायी छेद में...

सफेद चमकदार लहँगे में एक अति सुन्दर स्त्री बीच में हौले–हौले ठुमक रही थी। नाच परवान नहीं चढ़ा था। दूसरी सुन्दर लड़की गा रही थी। कई साजिन्दे बैठे थे। सुन्दरी की आँख सिर्फ़ उस हौले–हौले ठुमकती स्त्री को देख रही थी। जैसा सुना था, वैसा ही पाया। रानी बेगम के चेहरे पर उसे दैवी आभा नज़र आयी। आत्मविश्वास से दिपदिपाता चेहरा। ठुमकने में भी ठसक दिख रही थी।

जो कभी हसीनाबाद की धनाढ्य रखैलों में भी उसने नहीं देखी।

कोई गाना शुरू ही हुआ था...

"अगर दिलबर की रुसवाई हमें, मंज़ूर हो जाये
सनम तू बेवफ़ा के नाम से मशहूर हो जाये..."

बराती में से किसी ने बीच में टोका–

"फ़िल्मी गाना गाओ बाई जी...ये शेर शायरी बाद में...महफ़िल जमाओ..."

गायिका ने तुरन्त सुर और स्वर बदला–

"तुमको पिया...दिल दे दिया..."

रानी बेगम ने अदायें बदलीं...दिल पर हाथ रखकर मुखिया जी की तरफ़ हथेलियाँ नचाती...

सुन्दरी को अपनी महफ़िल और अपनी अदायें याद आयीं। वहाँ बैठकर गाती थी और कभी–कभार ठुमकती। सजावल सिंह को नाच नहीं पसन्द था। जब भी वह नाचने के लिए उठती, वे हाथ के इशारे से बैठने का हुक्म जारी कर देते। मन मसोसकर रह जाती। कण्ठ से गाती जाती मगर भीतर रूह का नृत्य होता रहता और उसकी छाया चेहरे पर दिखती। वह विभोर होकर गाती। सजावल सिंह मुग्ध हो जाते। और बँध जाते सुन्दरी से। उन्हें लगता कि उनका चयन सही और सुन्दर है और ठाकुरों की औरतों से।

सुन्दरी अतीत और वर्तमान में गोते लगा रही थी कि पीछे से आहट सुनायी दी। वह डर गयी। तुरन्त लोटा सँभाला और भाग जाना चाहा। अँधेरे में ही आँखें फाड़कर देखा कि चार–पाँच बच्चे पण्डाल में छेद कर रहे थे। उनकी खुसुर–फुसुर चल रही थी। सुन्दरी सकते में आ गयी। उनके पास जाये कैसे, क्या कहे? क्या पूछे? किस बहाने से? वह भी यही काम कर रही थी। वह दबे पाँव पीछे खिसकती हुई भागने लगी। बच्चों के चहकने की हल्की आवाज़ें सुनायी दे रही थीं। एक ने ताली बजाई और आवाज़ आयी–

"क्या नाचती है रानी बाई...मुझे भी ऐसे ही नाचना है रज्जो..."

सुन्दरी तेज़ गति से भाग निकली। समझ गयी कि वह गैंग किसका था और कौन लोग थे उसमें। उन्हें किस मुँह से रोके। लोटा लेकर इतनी दूर, इस तरफ़ आने का कोई तुक भी नहीं था। शाम को फारिग होने के लिए सब पोखर किनारे जाते थे। यहाँ महफ़िल के पास उसका क्या काम?

भागती–हाँफती अँधेरे में घर पहुँचकर धम्म से खटिया पर बैठ गयी। घर में कोई नहीं था। घर खाली था। लालटेन दरवाज़े पर लटका हुआ था। किसी के इन्तज़ार में चिराग जल रहे हों मानो। यहाँ चिराग की किसको फ़िक्र।

सबको किसी महफ़िल की तलाश थी।

हमार जियरा डोले रे

सुन्दरी का बहुत बड़ा सपना नहीं था, बस बी.ए. पास कराके कहीं–न–कहीं तो बाबू साहब से कह के नौकरी लगवा ही देना था। सगुन चाहे कितना बेटी का साथ दे, उसे नचनिया नहीं बनने देगी। चाहे जो हो जाये!

नौकरी में जो भी घूस लगेगा, देगी। आख़िर थोड़े से गहने किस काम आयेंगे? सगुन ने ये गहने तब भी नहीं बिकने दिये थे, जब दोनों यकायक सड़क पर आ गये थे। नये सिरे से उन्हें घर तक बनाना पड़ा था।

अपने रंग–महल का सुख छोड़कर एक अनजान साथी का हाथ गह लिया था। कुछ भी आगा–पीछा नहीं सोचा। ये भी न सोचा कि अनजान आदमी दगाबाज़ निकला तो क्या होगा। नन्ही–सी बेटी को लेकर कहाँ मारी–मारी फिरेगी! बेटे को तो बड़ी बेरहमी से छोड़ आयी। किसी तरह पल जायेगा। माँ सरीखी मालती देवी सँभाल लेंगी। ठाकुर साहब गिरोह में शामिल कर ही लेंगे। अपने इस फ़ैसले पर वह बार–बार पछताती थी। क्या पता कभी मिलना हो भी पायेगा या नहीं...वह पलटकर कभी उस गाँव नहीं जाना चाहती, जहाँ उसकी बेटी को भी वही काम करना पड़े जो उसे करना पड़ता था। कभी–कभी जी कचोटता कि बेटी के प्यार ने उसे स्वार्थी बना दिया। वहाँ रखैल थी तो यहाँ भी दूसरी औरत की हैसियत हुई। कौन–सा यहाँ मान–मरजाद मिला? वो तो भला हो सगुन का, अच्छा आदमी निकला। उसकी बेटी को अपना लिया, नहीं तो कैसे जी पाती। दोनों मिलकर बेटी को कुछ बनाने के सपने देखने लगे थे।

मगर जैसे–जैसे गोलमी बड़ी होती गयी, वैसे–वैसे सुन्दरी के सपने कहीं मरते चले गये। सपनों का मरना हालाँकि धीरे–धीरे होता है, मगर होता है और वह बहुत ही दुखदायी होता है।

सुन्दरी के सपने धीरे–धीरे गोलमी को देख–देखकर मर रहे थे।

ये सब उसका सपना नहीं था।

गोलमी बचपन से ही गाने के लिए बेचैन रहती थी। जैसे ही गाना सुन लेती, वह भाग जाती। अम्मा की गोद में खाना खाते–खाते ही वह पैर से थाप लेने लगी थी।

सुन्दरी का सारा ध्यान उसकी पढ़ाई पर ही था, मगर नन्ही गोलमी किसी भी घर में ढोलक बजते देखती वह घुस जाती उसी घर में और नाचने लगती।

रज्जो की माँ ने ढेर सारे घुँघरुओं वाली पायल दिलवा दी थी, और नन्हे पैरों से जब पायल की रुनझुन सुनायी देती तो वह गोलमी को मारते हुए वापस लाती। गोलमी रोती, चीखती, चिल्लाती, मगर किताब की तरफ़ नज़र न डालती। पहले तो वह स्कूल ही नहीं जाती थी और अगर गलती से स्कूल चली भी जाती थी, तो वहाँ पर इतनी शैतानी करती कि मास्साब उसे घर भेज देते।

घर आते समय वह पत्तियों की पायल बना लेती और बस नाचती। स्कूल की छुट्टी होने पर भी जब गोलमी घर न पहुँचती, तो सुन्दरी उसे खोजने निकलती और जिस हालत में होती, उसकी चुटिया पकड़कर ले आती।

गुस्से के कारण लाल होती सुन्दरी उस समय एकदम काली माई लगती।

मगर गोलमी पर उसका कोई फ़र्क़ नहीं पड़ता, उसका अंग–प्रत्यंग गाने को सुनकर या ढोलक, मंजीरे की आवाज़ सुनते ही मचल पड़ता और वह नाचने लगती। उसे अपनी अम्मा के काली या हनुमान बनने से कोई फ़र्क़ नहीं पड़ता था। उसे बस उसके गाने बुलाते थे।

एक–दो बार तो रज्जो के भाई को ही तालाब में धकेल दिया था। हुआ ये था कि तालाब के किनारे बस्ता रखकर गोलमी नाचने लगी थी।

गोलमी को झूमर पर नाचना बहुत पसन्द था मगर उस शाम उसे झिझिया नाच के गाने में प्रैक्टिस करनी थी। माथे पर कुछ रखकर वह नाच रही थी।

"तोहरे भरोसे ब्रह्म बाबा, झिझरी बनैलिए हो, झिझरी पर होइयो न असबार..."

दशहरा नज़दीक था। उसे झिझिया लेकर समूचे गाँव में घर–घर जाना था। सहेलियों और सहेलाओं की पूरी मण्डली तैयार हो गयी थी। ठाकुरबाड़ी के पण्डित जी ने घड़ा और दीया दोनों का इन्तज़ाम करने का

वादा किया था। बदले में पैसा आधा मन्दिर को और आधा मण्डली के सदस्यों को। मण्डली ने तय किया था, नवरात्रि के दसों दिन अलग–अलग टोले में जायेगी। टोले की लिस्ट बनायी गयी–

"पछियारी टोला, बभन टोला, बांगर टोला, मिश्रा टोला, ब्रह्म टोला, सहनी टोला, पचभइया टोला, मुसहर टोला..."

रज्जो का भाई खेंचरू पिनक गया। मुसहर टोला का नाम सुनकर उसने मुँह बिचकाया।

"का दिक्कत...काहे मुँह बना रहे हो...?" अढ़ाई सौ ने चकित होकर पूछा।

"इस बार ई मुसहर टोला कहाँ से आ गया...?"

"तू कौन–सी बड़ी जात का है रे छोरा, मछुआरा कहीं का....?" शान्ति चिल्लाई।

रज्जो ने बात सँभाली–

"झिझिया लेकर हम बड़े लोगों के यहाँ जाते हैं, कुछ दान–दक्षिणा पाते हैं, मुसहर सब का देगा हमको...चूहा? का गोलमी, तब क्या कहती है...मुसहर टोला जाना ठीक रहेगा का?"

"चूहा मार के टोले में नहीं जाना..."

खेंचरू ने अन्तिम निर्णय सुना दिया। गोलमी ने कॉपी–पेन नीचे रखा।

"तू जानता है न हम मुसहर टोला क्यों जाना चाहते हैं...फिर काहे ऐसा सवाल पूछते हो...?"

सारे उसे सवालिया आँखों से घूरने लगे।

"बड़ी माई और दोनों भाई वहीं रहते हैं...इसी बहाने मिलना हो जायेगा। हम जायेंगे वहाँ। कोई अछूत टोला तो नहीं है..."

"तू जायेगी वहाँ...तेरी माँ सुनेगी तो खा जायेगी तुझे..."

"अम्मा को बताकर जाऊँगी, मना करेगी तब भी जाऊँगी! मुझे मिलना है उन सबसे...मेरे परिवार का हिस्सा हैं वो लोग...अलग रहते हैं तो क्या हुआ...हैं तो मेरे लोग..."

रज्जो ने देखा, गोलमी की आँखें छलछला रही थीं। उसे हैरानी हुई कि उसकी सहेली कितनी बड़ी हो गयी है और परिपक्व बातें करने लगी है। खेंचरू आदतन वाचाल ठहरा। गलथोती से कहाँ बाज आने वाला था।

"तुम ही लोग जाना वहाँ, हम नहीं जायेंगे...बाकी टोले में साथ चलेंगे, मुसहर टोला नहीं जायेंगे, साफ़ कहे देते हैं..."

"काहे...साथ नहीं दोगे का? बड़का आदमी हो गये हो? बाभनों की तरह बात करने लगे हो? जाओ तुम भाड़ में..."

गोलमी को बहुत गुस्सा आया, वह गुस्से पर नियन्त्रण नहीं कर सकी। गुस्से में खेंचरू को ज़ोर से धक्का दिया, वह सीधा गिरा छपाक से तालाब में। शान्ति और अढ़ाई सौ की हँसी छूट गयी। रज्जो अपने भाई को बचाने दौड़ी। खेंचरू आराम से तैरता हुआ दूसरी तरफ़ निकल गया। गोलमी ने खेंचरू का बस्ता उठाया और उसे भी पानी में फेंक दिया–

"का फ़ायदा पढ़ने–लिखने का, जब तू जात–पात मानता है...तब मण्डली में भी रहने लायक नहीं...जा भाग जा...रज्जो तब भी देख ले...?"

रज्जो वहाँ से मुँह बनाकर दौड़ गयी। भाई से ज़्यादा उसके बस्ते के पानी में फेंके जाने का गम था। कहाँ से बस्ता आयेगा, कल भाई किस बस्ते के साथ स्कूल जायेगा...इसी चिन्ता में गोलमी को कोसती हुई वह रवाना हो गयी।

गोलमी रज्जो के जाते ही चिन्तित हो उठी। दूसरा घड़ा कौन सिर पर लेकर नाचेगी? उसने सुमन से कहा। सुमन गाने वाली टोली में थी। रज्जो नाचती उसके साथ, लेकिन वह तो दुखी होकर भाग गयी थी। गोलमी ने तय किया कि कल तक मना लेगी, नहीं तो झिझिया का सारा मजा ख़राब हो जायेगा। कम–से–कम तीन–चार लड़कियों के सिर पर घड़े तो हों, बाकी लड़कियाँ भले न नाचें, वह नाच लेगी, घड़ा जिसके सिर पर होगा, उसे लगातार हिलना होगा, नाच की तरह।

यही शर्त थी झिझिया की। असंख्य छिद्रों वाला घड़ा, घड़े के अन्दर जलता दीया। सिर पर लिए लड़कियाँ घर–घर जायेंगी, नाचेंगी, गायेंगी। घड़ा लेकर हिलती रहेंगी, ताकि कोई घड़े के छेद गिन न ले। सुमन झिझक रही थी।

"घर रख लूँगी सिर पर, हिलूँगी नहीं..." सुमन ने साफ़ कह दिया।

"नहीं हिलेगी...? घड़ा फूट जायेगा, समझी! बांगर टोला जायेंगे, भूल गयी वहाँ बिठौली वाली चाची रहती हैं। याद है, एक बार उनके पास घड़ा फूटा था...सब कहते थे कि वहाँ मत जाना, चाची डाइन हैं। फिर भी हम गये, का हुआ, रज्जो ज़रा–सा हिलना बन्द हुई नहीं कि चाची ने हँसी–हँसी में छेद गिन लिया। और भड़ाक से घड़ा फूटा..."

अढ़ाई सौ ने सबको डराया।

गोलमी पहले ज़ोर से हँस पड़ी, अचानक 'डायन' शब्द कौंधा उसके दिमाग़ में। ज़ोर से खटका लगा।

"ज़ुबान पर लगाम रख चेथरु, आगे से डायन मत बोलना किसी औरत को, मरद को कहो न डायन, बूझा...मुँह थुरा जायेगा!"

"अरेरेररे....हम मज़ाक़ कर रहे थे...तुम बुरा मान गयी...मने हम थोड़े न कहते हैं, लोग कहते हैं, हमको भी अच्छा नहीं लगता ई सब..."

गोलमी की फटकार से अढ़ाई सौ सकपका गया था।

"एक नम्बर का पगलेट है रे तू, घड़ा मुझसे फूटा था...चाची बेचारी मज़ाक़ कर रही थीं। तू भी न! चच्चा नहीं हैं तो चाची को सब लोग यही समझते थे, चाची का क्या बिगड़ा? आज चाची के आगे–पीछे सब घूम रहे हैं न? उनके जितना बड़ा लीची का व्यापारी है कोई इस इलाके में? बात करते हो तुम लोग! फालतू बात मत कर! चल अभ्यास शुरू कर!"

गोलमी को लीची चाची की याद आ गयी जिनके बगीचे में ट्रक खड़े रहते थे, लीची पकने से पहले व्यापारियों का ताँता लगा रहता था। कमर में सफेद साड़ी खोंटकर वे तोलमोल करती रहती हैं। चेहरे पर रोब और ज़ुबान में कमाल की तल्खी होती थी। चुटकी बजा–बजाकर बात करने वाली, आत्मविश्वास से भरी चाची उसे आदर्श लगतीं। उसे उन्हीं की तरह खुदमुख्तार होने का मन होता था, जहाँ अपने फ़ैसले वह खुद ले सके।

चाची को याद करते–करते रज्जो और खेंचरू का विषाद जाता रहा। उसे लगा, निर्लिप्तता और कठोरता कई बार बेहद ज़रूरी होती है। लक्ष्य बड़ा हो तो इनको साधने का अभ्यास करना चाहिए, अन्यथा अपनी माँ की तरह बिसुरती रह जायेगी। वह बिसुरने के लिए पैदा नहीं हुई थी।

गोलमी ने नाच–गाने का अभ्यास शुरू कर दिया। मण्डली में बाकी बचे लोग सब भूलकर गोलमी के संग गा रहे थे। गोलमी हौले–हौले झिझिया नाच कर रही थी ऐसे मानो सिर पर घड़ा धरा हो।

जिसमें से कई चिराग झिलमिला रहे हों। देर रात होती जा रही थी और सुन्दरी और सगुन दरवाज़े पर बैठे चिन्ता में डूबे हुए थे। झिझिया लेकर टोला–टोला फिरती हुई मण्डली को कहाँ होश कि रात गहरा रही है। बिठौली वाली चाची ने उन सबको रोक लिया था और उन्हें मिठाई खिलायी। चलते समय दो–दो रुपये भी पकड़ा दिये। बदले में पूरी मण्डली ने उन्हें कई गानों पर नाच–गाकर दिखाया। बिठौली वाली चाची के सूने घर–आँगन में जैसे गूँज भर गयी थी। कई दिन तक वे गुनगुनाती रह सकती थीं अपना प्रिय झूमर...

"हमार जियरा डोले रे छोटी ननदी..."

सारी ज़िन्दगी वे लीची–पत्तों का डोलना ही देख पायी थीं। जियरा कैसे डोलता है, इसका अन्दाज़ा केवल गीतों में लेतीं और उसका रस भी वहीं से आता। गोलमी समेत कई बच्चों को उनसे दूर रहने की सलाह दी गयी थी, डराया गया था, बच्चे दूर भी रहते थे। दशहरा शुरू होते ही सारी माँएँ बच्चों की बाँहों में काला धागा बाँध देतीं और नाभि में, आँखों में काजल लगाना नहीं भूलतीं। रज्जो की माँ डराती कि दस दिन तक डायन की सिद्धि का समय होता है। वे तन्त्र–मन्त्र सीखती हैं और उसका प्रयोग करती हैं। रज्जो की माँ ऐसे बताती, जैसे उन्होंने डायन को ऐसा करते देखा हो...बच्चों को और डरातीं।

"पता है, डायन बनने के लिए पोखरी में पीली सरसों छींटी जाती है, फिर डायन सारे दाने एक–एक कर चुनती है...सब चुनने के बाद ही सिद्धि प्राप्त होती है। इस बीच पोखर के आसपास मत जाना तुम लोग..."

सारे बच्चे सिहर उठते। गोलमी और अढ़ाई सौ को आनन्द आता। उन दसों दिनों में हर शाम उनकी पोखर पर ही बीतने वाली थी। वहीं नाच–गाने का अभ्यास जो करना था।

गोलमी समेत सारे बच्चे बिठौली वाली चाची का गुणगान करते अपने–अपने घर लौटे। सबकी माँओं ने किशोर उम्र बच्चों को कलेजे से लगा लिया मानो युद्ध के मैदान से बाल–बाल बचकर आये हों। गोलमी के घर पहुँचते ही सुन्दरी फट पड़ी। जहाँ नहीं जाना चाहिए, वहाँ बेटी चली गयी थी। सगुन के पहले परिवार के पास। वह इसी स्थिति से बचना चाहती थी। ज़िन्दगी अभी भी उसके नियन्त्रण में नहीं आयी थी।

कुछ भी उसके मन के मुताबिक नहीं हो रहा था। कुछ भी उसके नियन्त्रण में नहीं। सगुन लगातार पुराने घर जाता और इधर गोलमी भी उसकी बात नहीं सुनती थी। कभी लगता सगुन हाथ से निकल जायेगा, कभी लगता बेटी निकल रही है। आईने में अपना चेहरा देखती, झाइयों से भर गया था। सारी रौनकें ग़ायब। अपना ही चेहरा अनजाना लगता। कभी–कभी लगता, पीछे से एकाध चेहरे झाँककर डरा रहे हैं। वह झट से आईना रख देती। फिर कई–कई दिन नहीं देखती खुद को।

सगुन अपनी पहली पत्नी और दोनों बेटों को देखने–मिलने कभी –कभार जाता और कुछ खर्चा पानी दे आता। उनके सुख–दुख की परवाह करके मानो अपना अपराधबोध कम कर रहा हो। सुन्दरी को कई बार लगता कि मंजू उसकी अपराधी है, उसका साथी वापस छीनना चाहती

थी...कई बार लगता, असली अपराधी तो वह ख़ुद थी जिसने मंजू की गृहस्थी उजाड़ दी।

जितना सोचती, कटती जाती, मरती जाती, जीती जाती। एकाध बार सगुन ने नोटिस किया कि सुन्दरी के चेहरे पर किसी गहरे विषाद की छाया स्थायी रूप से जम गयी थी। खेतों से थका–हारा वह लौटता, लोटे में पानी लेकर सुन्दरी उसे थमाती तो उसे लगता कोई और स्त्री है यह। वो नहीं जिसको लेकर दुश्मन का क़िला फाँद आया था। लोटे से एक चुरुआ (चुल्लू) पानी लेकर पहले अपने मुँह पर छपछप करता और फिर सुन्दरी को खींचकर उसके गाल पर पानी मल देता। उसका चेहरा स्टील की थाली की तरह चमक उठता।

वह बोल पड़ता–

"मुँह को भी माँज लिया करो न कभी–कभी राख से।"

"मज़ाक़ सूझ रहा है आपको...ईहाँ हमारा परान सूख रहा है..."

"जितना सोचोगी, उतना लहकेगा मन...काहे एतना सोचना...मारिये गोली चिन्ता फिकिर को...जो होगा सो अच्छे ही होगा न। भरोसा करो भगवान पर, चलो एक ठो गाना सुना दो, अपनी पसन्द का...तुम्हारा गला बहुत अच्छा है। कभी–कभी गाना बजाना हो तो ख़राब बात का है..."

सुन्दरी उसे रोष भरी निगाह से देखकर गुनगुना पड़ती–

"देहरि के भीतरी कलपते बितउली रामा
धरती से भारी तन, मनवा के चोटे रामा..."

सगुन उसे गुदगुदा देता। वह हँस पड़ती, उसकी हँसी में करुणा की किरणें फूट पड़ती थीं।

वह मंजू से नफ़रत नहीं करती थी, भय खाती थी। सगुन के छिन जाने का भय। बेटी के साथ देशनिकाले का भय। सगुन के दोनों बेटे बड़े हो रहे थे। रज्जो की माँ उसे बार–बार डराती कि देखना कभी भी उसके बेटे आयेंगे, तुझे घर से बेदखल कर देंगे। फिर कहाँ जायेगी। कुछ सोच अपने भविष्य के लिए। गोलमी को नाच–गाना सीखने दे। वह अच्छा कमायेगी, पैसा ख़ूब हो तो सब पर ख़ूब धौंस रहता है।

सुन्दरी रज्जो की माँ से सहमत नहीं हो पाती। उसका कहा सुन लेती और अनजाने भय से भरी रहती। भीतर–भीतर सूखती जाती। चेहरे पर वह सारी चिन्ताएँ रेखाओं में झाँकने लगतीं। ये वक़्त की रेखाएँ थीं, जो गालों पर आकार ग्रहण कर रही थीं।

वे कभी–कभी बहुत गहरा उठतीं जब बेटी कोई बात कह देती।

सुबह–सुबह ही गोलमी ने फ़रमान सुना दिया कि उसकी मंज़िल क्या है। गोलमी की मंज़िल क्या थी, उसे पता था। सुन्दरी उस दिन बहुत रोयी थी। आख़िर ऐसा क्यों हो रहा है उसके साथ? उसकी गोलमी चिरैया के साथ? उसकी चिरैया भी उसी जाल में फँसेगी क्या? क्या समाज उसको इज़्ज़त देगा? लोग उसको तो नहीं कोसेंगे न कि जैसी माँ, वैसी बेटी! इसी कलंक से तो बचाना चाहती थी वो अपनी बिटिया को! क़िस्मत ही ख़राब, वहाँ भी दूसरी, यहाँ भी दूसरी। वहाँ किसी की शान का प्रतीक थी तो यहाँ प्रेम और भरोसे का...मगर उधार, छिना हुआ...न जाने कब हाथ से सब फिसल जाये...मन बदलते क्या देर लगती है? बेटी ने रास्ता गलत पकड़ा तो यही सगुन उसको ताना मारेगा। ओह! इधर सोचते–सोचते उसका माथा दरद करने लगता, उधर बेख़ौफ़, ज़िद्दी बेटी तो नचनिया बनकर ही ख़ुश थी!

उसे घुँघरू बहुत पसन्द थे। उसे स्टेज बहुत पसन्द था। उसे भीड़ बहुत पसन्द थी।

सगुन महतो अपने टेढ़े हाथों से अभी भी झाल बजाता था, मगर जैसे–जैसे नचनिया बेटी बड़ी हो रही थी, उसने यह काम करना कम कर दिया था। खेती–बाड़ी में ज़्यादा ध्यान देने लगा था।

अपनी बेटी को वह महफ़िलों में नाचते हुए नहीं, मंच पर नाचते हुए देखना चाहता था। उम्मीद की आहट सुनायी दे रही थी। इसमें समय लगेगा।

मगर क्या कभी समय रुका है किसी के लिए? समय के पाँव में नृत्य का आवेग है।

सपने देखती नहीं बुनती है

"अरी ओ रज्जो! क्या कर रही है?" गोलमी ने रज्जो के घर जाकर आवाज़ लगायी।

रज्जो और गोलमी एक ही उम्र की थीं। रज्जो के आ जाने से सगुन और सुन्दरी दोनों ही थोड़े निश्चिन्त हो जाते थे, क्योंकि वह अकेली नहीं आती थी, उसके साथ उसका भाई भी चला आता था। मगर गोलमी का तो कुछ पूछो ही नहीं! उसे तो जब नाचना होता, वह नाचती रहती थी। अब उम्र बढ़ रही थी, दोनों ही सहेलियाँ किशोरावस्था पार कर चुकी थीं और यौवन में क़दम धरने जा रही थीं। सगुन को सब जैसे कल की ही बात लगती थी।

रज्जो और गोलमी दोनों इकट्ठे ही बड़ी हो रही थीं। सगुन के मन में कई बार बादल उमड़ते–घुमड़ते, मगर जैसे ही मक्खन–मलाई जैसी गोलमी को वह देखता वैसे ही उसके मन से पुलिस थाने की सारी कड़वाहट हट जाती। सगुन भी रज्जो को आवाज़ देते हुए बोले–

"अरी रज्जो, देखो ये हमारी गोलमी रह नहीं पाती तुम्हारे बिना!"

रज्जो उसके पास आते हुए बोली–"अरे चाचा, हम भी कहाँ रह पाते हैं आपकी गोलमी के बिना! हम दोनों सपने भी साथ–साथ देखते हैं चच्चा..."

पीछे से गोलमी ने उसे धप्पा दिया–"फिर गलत बोली! जो सपने देखते हैं, वे सोये रहते हैं, जो जागे रहते हैं, वे सपने बुनते हैं, और गोलमी..."

"...सपने देखती नहीं, बुनती है..." रज्जो ने वाक्य पूरा कर दिया। गोलमी और रज्जो की निराली अदा पर सबको हँसी आ जाती।

रज्जो का क़िस्सा भी अजीब ही था। बचपन से एक ही टोले में पली–बढ़ी रज्जो और गोलमी दो शरीर और एक जान हो गयी थीं। गोलमी

को अभी तक ध्यान है कि जब भी उसकी अम्मा उसे नाचने के लिए मना करती थी, वह जाकर छिप जाती थी रज्जो के घर में! जहाँ वह वाकई में ही चिड़िया बनकर उड़ती, उसके नन्हे पैरों में पायलें बजने लगतीं। उसे न गाने से मतलब होता, न सुरताल से, उसे तो बस पायलों की आवाज़ सुनायी देती थी और वह घूमने लगती थी! रज्जो के घर का आँगन बहुत बड़ा था! इतना बड़ा कि उसे जब रज्जो छिपाकर अपने घर ले जाती तो वहीं पर बैठकर दोनों सहेलियाँ रोटी भी खा लेती थीं और फिर मोरनी बनकर गोलमी नाचने लगती, उसके पंख निकल आते!

गोलमी को अपनी अम्मा की खीज भरी हँसी याद रहती, जब वह उसे खोज रही होती थी और वह उसे रज्जो के आँगन में पायल छनकाती हुई मिलती।

अम्मा उसका हाथ पकड़ती और खींचते हुए घर ले जाती। घर पहुँचते ही गोलमी के पैरों से पायल उतार दी जाती थीं। न जाने कितनी ही बार अम्मा ने पायल फेंकी होंगी, मगर जैसे ही वह सो जातीं, वैसे ही नन्ही गोलमी बक्से से अपनी पायल लेने पहुँच जाती थी। उस बक्से में उसे बहुत कुछ दिखता था!

गोलमी को लाल कपड़े में बँधे हुए कुछ काग़ज़ भी दिखायी देते थे, मगर उसे कुछ समझ नहीं आता कि क्या था? मगर कुछ तो था और ये कुछ बहुत अहम था। वह बक्से के तल से खोजकर अपनी पायल निकालती और उस लाल कपड़े को हैरानी से देखती हुई बक्से को बन्द कर देती।

"ऐ रज्जो! देखो न तुम्हें खोजते–खोजते मैं क्या–क्या सोच लेती हूँ!"

गोलमी ने रज्जो को पकड़ते हुए कहा।

"जाओ! और सुनाओ, पायल मिली?" रज्जो ने उसके पैर देखते हुए कहा।

"हाँ, अब तो अम्मा कुछ नहीं कहती है!" गोलमी ने राहत की साँस ली।

"अब क्या कहेगी बेचारी! इतने बरस हो गये हैं गोलमी रानी! हम लोगों को पायलें चुराकर नाचते हुए, तुम तो एकदम मोरनी बन गयीं और हम रह गये अनगढ़ पत्थर!" रज्जो ने नदी में पत्थर फेंकते हुए कहा।

"अरे, ऐसी क्या बात!" गोलमी अपनी चुन्नी को कमर में बाँधते हुए उठ जाती।

"अब देखो, तुम नाचो या न नाचो, हम तो हैं ही तुम्हारे साथ न! फिर क्या बात है? हम नाचेंगे और तुम हमारी सहेली बनकर हमारे साथ रहना, हमारा प्रोग्राम करवाना!"

"हाँ, सब तुम्हारी करेंगे तारीफ़ और हम? सब कहेंगे ये ले आयी बिजुरिया और हम?" रज्जो ने उसकी चुन्नी को खींच लिया।

"और तुम सुपर बिजुरिया, इस बिजुरिया की गुरु! जब हम लोग चलेंगे वैशाली महोत्सव में नाचने के लिए तो घोषणा की जायेगी, कि पहले बिजुरिया की गुरु आयेगी जिसने अपने घर का आँगन दिया, इस बिजुरिया को चमकने के लिए और फिर होगा बिजुरिया का नाच!"

गोलमी उसे गुदगुदी करते हुए कहती।

"हाँ, और कैसे पायल चुराकर हम लोग नाचते थे!" रज्जो कहती।

"हाँ!" और गोलमी हँसने लगती।

उन दोनों की हँसी में उत्सव था, उन दोनों की हँसी में उल्लास था! कभी–कभी तो गोलमी को लगता था कि उसके साथ उस गाँव का हर पेड़ नाचता था। खेत को जाते बैल नाचते थे, पान खाकर पनवाड़ी नाचता था, बल्कि वो तो उसे लालच भी देता था–

"अरे गोलमी बिटिया, तनिक हमारी गुमटी पे भी नाच ले! ज़रा कुछ लोग आयेंगे तो पान का धन्धा चलेगा!"

"जाओ काका, हम नहीं नाचते!"

वह गुलाबी फीते वाली अपनी दोनों चोटियों को झटकती हुई मुँह बिचका देती।

ऐसे ही राशन वाले इशाक चाचा रोक लेते थे! उसकी पायल की रुनझुन थी ही ऐसी कि उसे रोक लेती थी!

हर कोई चाहता कि गोलमी का नाच देखते रहें!

एक दिन बुधन चाचा ने भी कहा था–" गोलमी पे तो साक्षात् वरदान है!"

"हाँ, और उस समय अम्मा ने कैसे खा जाने वाली नज़र से उन्हें देखा था न!"

रज्जो और गोलमी खिलखिलाकर हँस पड़ीं।

दिन ढलने लगा था और रज्जो को घर जाना था। वैसे भी वे जिस दौर में चल रही थीं, उसमें ज़्यादा देर तक रुकने में भला नहीं था।

रज्जो का भाई खेंचरू अजीब–सी निगाह से देखने लगा था। अब रज्जो के साथ नहीं आता था, जब मिलता तब अकेला होता। जब–तब उसे बीच रास्ते में रोक लेता। गोलमी का मन हुआ था कि वह रज्जो से शिकायत कर दे, मगर वह रुक जाती थी। उस सहेली से, जिसने उसके

सपनों को सबसे ज़्यादा समझा, जिसका उसके कलाकार बनने में सबसे बड़ा योगदान था, उससे कैसे करती उसके भाई की शिकायत?

खेंचरू पहले भी एक बार उसे मिला था नदी के किनारे। हालाँकि वह बहुत छोटी नहीं थी और बहुत बड़ी भी नहीं, मगर शाम के समय नदी के किनारे उसे खेंचरू का मिलना सही नहीं लगा था। नाचते–नाचते वह रुक गयी थी। उसने देखा, सामने खेंचरू खड़ा है। उसकी आँखों में अजीब से भाव थे। किशोरवय गोलमी को यह नहीं पता था कि उससे उम्र में थोड़ा ही छोटा खेंचरू क्या सोच रहा था? वह जल्दी से वहाँ से वापस घर चली जाना चाहती थी। गोलमी को पहली बार घर नदी से दूर लगा था।

"कहाँ जा रही हो गोलमी?" खेंचरू ने उसका रास्ता रोकते हुए पूछा था।

"रास्ता छोड़ो!" गोलमी ने खेंचरू से कहा था।

खेंचरू ने उसका रास्ता नहीं छोड़ा था, बल्कि उसका हाथ पकड़ लिया था।

"तुमने ताड़ी पी रखी है?" गोलमी ने उसके मुँह से आती हुई बदबू को सूँघकर कहा था।

"हाँ, तुम्हारे कबड्डी–नाच ने मुझे परेशान कर दिया था।" उसने गोलमी की बाजू पर हाथ की पकड़ मज़बूत करते हुए कहा था।

"जाने दो!" गोलमी चीखती हुई बोली थी।

नदी किनारे उस समय कौन आता? वैसे गोलमी अपने नाच के लिए सुनसान जगह खोजती थी। जहाँ पर वह नाच सके और उसकी माँ उसे सहज न खोज सके! मगर उसे यह नहीं पता था कि यहाँ पर वह किसी मुसीबत में फँस जायेगी? क्या करती वह? वह फँस गयी थी। ऐसे में उसे अढ़ाई सौ की याद आ रही थी! वह हमेशा कहता था कि शाम ढलने से पहले आ जाया करो! भूतों का बसेरा गुलज़ार होने लगता है! उसे भूत तो कतई नहीं मिला था, मगर ये मिल गया था! अब क्या करेगी वह? वह रोने लगी थी।

तो क्या उसके रोने से कोई भूत आयेगा उसे बचाने के लिए? क्या खेंचरू से उसे बचाने के लिए कोई आयेगा? अम्मा कहती थी, बेताल होता है! अढ़ाई सौ कहता था, भूत होता है, रज्जो कहती थी, चुड़ैल होती है! मगर ये चुड़ैल, जिन्न अच्छे लोगों को परेशान नहीं करते! मदद करते हैं,

तो उसकी मदद के लिए क्यों कोई आगे नहीं आ रहा था? उसकी आँखों से आँसू छलकने लगे थे, उसके होंठों से 'बचाओ–बचाओ' की पुकार निकल रही थी, मगर कोई जिन्न उसे बचाने नहीं आ रहा था! अचानक से उसमें न जाने कहाँ से हिम्मत आ गयी कि उसने पूरी ताकत लगाकर खेंचरू को धक्का दे दिया था।

अचानक से हुए इस वार को खेंचरू सँभाल नहीं पाया और सीधा जा गिरा नदी में!

अस्त–व्यस्त साँसों को सँभालती हुई, घर की तरफ़ दौड़ती, फिर रास्ते में रुककर दम लेती, आँसुओं से लथपथ, गोलमी बहुत देर बाद सामान्य हो पायी थी। बहुत दिनों तक नदी किनारे जा नहीं पायी थी।

नदी का बहाव तेज़ हो गया था।

बदनाम बस्ती की दास्ताँ

ठाकुर सजावल सिंह के यहाँ आज रौनक थी। उनके बेटे रमेश का जन्मदिन था। रमेश को उन्होंने अपने मन से अपना लिया था, नाम दिया था, पहचान दी थी। बदनाम गली से ले आये थे अपनी कोठी पर ही। रमेश का नाम भी लिखवा दिया था स्कूल में, इस साल सब कुछ ठीक रहता तो इण्टर पास कर लेता। मगर रमेश का मन ही नहीं होता था बहुत कुछ करने का! रमेश को हर समय अपनी माँ का ध्यान आता। उसे हर समय लगता कि आख़िर ऐसा हुआ क्या था कि वह उसे छोड़कर चली गयी? क्या उसके बाबा ने माँ को परेशान किया था? मगर बाबा की भी तो अपनी एक और बीवी है, जो दिल्ली में हैं और बाबा के बच्चे भी दिल्ली में पढ़ते हैं। तो वह उनका बेटा कैसे है? हसीनाबाद की गलियों में रहते–रहते वह हसीनाबाद के इतिहास से एकदम परिचित हो गया था। पहले रमेश का मन होता था कि वह भाग जाये! कहीं भी चला जाये, मगर चला जाये। पर जाता कहाँ? रमेश के बाबा उसका जन्मदिन भी धूमधाम से मनाते थे!

उसके लिए ख़ूब भर–भर गाड़ी गिफ्ट आते थे, आज तो ख़ूब मुर्गा खाया था सभी ने। आज तो पता ही नहीं था कि कितने मुर्गे कटे, कितने बकरे कटे थे हवेली में! रमेश को लगता आख़िर क्यों बाबा ये सब कर रहे हैं? इतने बरस तो देखा भी नहीं और आज? आज ऐसे लाड़ टपका रहे थे मानो न जाने कितने जन्म का नाता हो! कहने के लिए बाबा अपनी पार्टी में इतने बड़े पद पर थे, इतना बड़ा साम्राज्य था, लेकिन किसके लिए? नहीं, नहीं, ये सब रमेश का तो नहीं था।

वह उस्मान के साथ रहता है, उस्मान और उसका बाप यहीं के हैं! पहले सुना था कि उस्मान का बाप इशाक हसीनाबाद में औरतों की निगरानी किया करता था। मगर जब से हसीनाबाद उजड़ा था, तब से वह ईंटों के भट्ठे पर लग गया था। ज़रूरत तो थी ही ठाकुर सजावल को! इशाक काले

रंग का एक क्रूर आदमी था! उसके चेहरे पर नाख़ून के कई निशान थे। हालाँकि नाख़ून के निशान ठाकुर साहब की गरदन वगैरह पर भी थे, मगर ठाकुर में अब क्रूरता नहीं थी। हाँ, इशाक में क्रूरता अभी भी थी। इशाक की क्रूरता शायद भट्ठे पर काम करने के कारण और बढ़ गयी थी! हसीनाबाद की चौकीदारी करते हुए तो केवल उसे लड़कियों को ही देखना होता था, मगर भट्ठे पर तो वह ज़िन्दा लोगों को झोंकता था। आह! इशाक कभी नहीं सुन पाता था उनकी चीख! क्योंकि वह बहरा था। लोग कहते हैं कि पहले इशाक को माशा अल्लाह काफ़ी सुनायी पड़ता था, मगर अब काफ़ी सालों से उसे सुनना बन्द हो गया था। इसके पीछे का कारण नहीं पता था। उस्मान को इससे कोई फ़र्क़ नहीं पड़ता था। उस्मान, ठाकुर साहब के सबसे नज़दीकियों में से एक था। उनका राज़दार और दायाँ हाथ था। वह जानता था कि उसे अब उस्मान के साथ ही काम करना था। उस्मान को पता था कि वह मालिक का बेटा है, जबकि रमेश को पता था कि वह कुछ नहीं था।

रमेश अब सिर पकड़कर बैठने लगा था। वह चौंकने लगा था। उसे उस्मान भी अजीब लगता था। जब वह इशाक को देखता तो उसे लगता कि कहाँ उस्मान इतना गोरा चिट्टा, इतना प्यारा और कहाँ वह काला हब्शी! रमेश जाकर हसीनाबाद में देखता कि कहीं कोई उस्मान की शक्ल की औरत मिल जाये, मगर उसके हाथ खाली रहते। इशाक की बीवी कौन थी? कौन थी आख़िर उस्मान की माँ? यह एक रहस्य था। रमेश को लगता कि कहीं उस्मान भी हसीनाबाद की पैदाइश तो नहीं? कहीं उसकी माँ भी तो उसे छोड़कर नहीं चली गयी? कभी–कभी दोनों का मन होता कि अपने–अपने बाप की गरदन पकड़कर अपनी–अपनी माँओं के बारे में पूछें।

मगर दोनों चुप लगा जाते! दोनों को दर्द का एक सिरा जोड़ता था और अपने–अपने बाप के लिए नफ़रतों के बीज बो जाता था। इशाक कभी–कभी अँधेरे में बैठा–बैठा गाता रहता था–"खोया–खोया चाँद, खुला आसमान, हमको भी कैसे नींद आयेगी..."

उस्मान हँसता, वह चाँद को देखता रहता और सोचता कहीं से तो उसकी माँ आयेगी! रमेश के मन में भी यही ख़याल आता।

"सुन रे रमेश!" उस्मान ने एक दिन कहा था।

"हाँ! उस्मान!" रमेश ने जवाब दिया।

उस्मान ने अपनी लाठी दालान में फैली हुई चारपाई पर रखते हुए कहा–"सोचो तो अपनी ज़िन्दगी भी क्या?"

रमेश ने सिर उठाकर देखा, लेकिन उस्मान की आँखों के सवाल पढ़ नहीं पाया! रमेश जैसे–जैसे आगे बढ़ रहा था, उसे उस्मान में कभी–कभी अपना प्रतिद्वन्द्वी नज़र आता तो कभी उस्मान में उसे अपनी खोई हुई बहन दिखायी देती। वह नफ़रतों में नहा जाता। अपनी अनदेखी बहन के लिए कितना नफ़रत भरे बैठा था वह, वह ख़ुद भी नहीं जानता था। कहाँ होगी वह? क्या उसे पहचानेगी कभी? वह पसीने से नहा उठता। मगर आज उसे उस्मान पर ग़ुस्सा नहीं आ रहा था। उसे पता था कि वे दोनों एक ही सफ़र के सहयात्री हैं।

रमेश की जान बचाई थी उस्मान ने! रमेश उठाईगिरी करने लगा था। उसकी आदत थी कहीं से कुछ भी उठा लेने की। मालती माई की नसीहतों का उस पर कोई असर नहीं होता था। पैसे की कोई कमी होते ही वह दूसरों के सामान पर हाथ साफ़ कर लेता था। अपनी ही बस्ती में उसका उत्पात बढ़ गया था।

उस दिन भी वह एक लड़की के गले से सोने की मोटी चेन झपटकर भाग खड़ा हुआ था। उसे नहीं पता था कि वह द्रुमदल ठाकुर साहब की नयी–नयी हसीना थी जिसे हाल ही में असम से ढोल–बाजे के साथ ख़रीदकर लाये थे। वह लड़की अकेली नहीं चलती थी, उसके आगे–पीछे ठाकुर साहब के कारिन्दे चलते थे। रमेश इस बात से अनभिज्ञ था। उसने चमचमाती हुई मोटी, लम्बी सोने की चेन देखी और बावला हो गया। बाज़ की तरह उसके गले की तरफ़ झपटा और फुर्ररर।

सारे कारिन्दे उसके पीछे भागे। रमेश समझ ही नहीं पाया था कि किधर भागे। बस्ती की तरफ़ भागने पर तुरन्त धरे जाने का ख़तरा था। कारिन्दे पीछे–पीछे सीटी बजाते उसे खदेड़ रहे थे।

रमेश बेतहाशा दौड़ता हुआ जंगल में घुस गया था। घुस तो गया, मगर उसे बाहर निकलने का कोई रास्ता समझ में नहीं आया! राह भटक चुका था। बूझता ही नहीं था कि बाहर निकले तो निकले कैसे? घनी झाड़ियों में छिपकर बैठ गया था। रास्ता साफ़ देखकर कुछ दूर चला। फिर बड़ी–सी चट्टान पर लेटकर वह देर तक अपने भीतर अपनी गुमशुदा माँ और बहन की स्मृतियों से नफ़रत करता रहा। ठाकुर साहब का भय भीतर से निकल गया। कई बार घृणा भय पर भारी पड़ती है और इन्सान को बेहद दुस्साहसी बना देती है।

रमेश अपने भीतर घृणा को पोसता रहा और अराजक तथा भयहीन होता गया। जंगल का सन्नाटा, रेंगते हुए कीड़े, तरह–तरह की आवाज़ें

भी उसे डरा नहीं पा रही थीं। उसे संशय था कि ठाकुर के कारिन्दे उसे यहीं कहीं आसपास ढूँढ़ रहे होंगे या उसकी शिकायत लेकर मालती देवी के पास न पहुँच गये हों। उसने तय किया, रात जंगल में ही काटी जाये, तड़के ही बगल वाली बस्ती की ओर निकल जायेगा। हल्का अँधेरा घनी झाड़ियों से छन–छनकर आने लगा था। हल्की आहटें भी सुनायी पड़ती थीं। पता नहीं, कौन–सा जानवर कब सामने आ खड़ा हो!

हल्की सिहरन हुई कि कहीं यहीं उसकी समाधि न बन जाये। मर भी गया तो क्या? कौन उसकी जान को रोएगा। वह तो पहले से ही शाख से टूटा हुआ पत्ता है, हवा के सहारे उधियाता फिरता है इधर–उधर। उसकी आँखों में नमी उतर आयी थी। उजड्ड, अराजक रमेश अपने अकेलेपन पर कलप उठा था। कहाँ था उसकी राह देखने वाला कोई? उसके लिए मनौती के धागे बाँधने वाली माँ और बहन तो उसे ज़िन्दगी के भँवर में डूबने के लिए कब का छोड़ गयी थीं!

फिर लगा, क्या इसी गम में वो अपनी पूरी ज़िन्दगी होम कर देगा? क्या ऐसी माँ, जो उसे बेसहारा छोड़कर चली गयी हो, उसकी नफ़रत के भी क़ाबिल थी?

अचानक ज़िन्दगी की चाह ने मौत के ख़याल को हरा दिया था। दिल ज़िन्दगी के लिए फ़िक्रमन्द हो उठा था।

तभी उसके कन्धे पर किसी ने हाथ रखा था। उसने डरते–डरते सिर उठाया तो उसने देखा, उस्मान खड़ा हुआ था। उसे लाठी लिए उस्मान किसी देवदूत से कम नहीं लगा था!

"घर चलो!" उस्मान ने उसका हाथ पकड़ते हुए कहा।

"इस बार बचा लो!" वह हाथ जोड़ते हुए गिड़गिड़ाया।

उस्मान रमेश को जंगल से बचाते हुए ले आया था। तब से रमेश ने उठाईगिरी से तौबा कर ली थी। उस दिन रमेश के दिल से एक और गाँठ भी खुल गयी थी–उस्मान के प्रति उसकी घृणा की गाँठ। रमेश ने उस वीरान, अँधेरे जंगल में उस्मान के लिए भरा अपने मन का सारा कलुष धो दिया था।

उस दिन थोड़ा सुधरा हुआ रमेश घर वापस आया था। उसके बाद उस्मान से झगड़ा करने का उसका मन नहीं हुआ था। हाँ, इशाक से नफ़रत कम नहीं हुई थी।

नफ़रतें विषैली जंगली बेल की तरह होती हैं, फैलती जाती हैं और बिना प्रयास हटती नहीं।

बाली उमरिया रे जट्टा

गोलमी चारपाई पर बैठी–बैठी न जाने क्या सोच रही थी!

"ये खेंचरू भी न जाने अपने–आपको क्या समझता है! कभी भी परेशान करने के लिए आ जाता है।"

रज्जो भी आज उसका मन नहीं बहला पा रही थी।

"क्या सोच रही हो?" रज्जो ने उसकी चोटी खींचते हुए पूछा।

"ऊहूँ! कुछ नहीं! ये आजकल खेंचरू कुछ अजीब नहीं हो गया!" गोलमी ने अपनी चोटी उससे छुड़ाई।

"हाँ, आजकल बहुत बहकी–बहकी बातें करने लगा है!" रज्जो ने उसकी हाँ में हाँ मिलायी।

चारपाई से उठकर वह झूले की तरफ़ बढ़ी। झूला झूलना उसे बहुत पसन्द है। गोलमी और रज्जो दोनों ही उड़ना चाहती हैं!

"पहले तो ऐसा नहीं था!" वहीं पेड़ पर झूले पर पींगें बढ़ाते हुए गोलमी ने कहा।

"हाँ, कह तो सच रही हो! मगर वह अब न जाने किस दुनिया में रहने लगा है, अम्मा कहती है वह बड़ा हो गया है!" रज्जो ने उसके झूले में पींगें बढ़ाते हुए कहा।

"सच्ची! बड़े तो हम लोग भी हुए हैं!" खी–खी करती दोनों हँस पड़ीं।

जल्दी ही रज्जो भी दूसरे झूले पर बैठ गयी और दोनों ही सहेलियाँ एक–दूसरे से ऊँची पींगें लेने लगीं।

रज्जो अपनी पींगें किसी भी क़ीमत पर गोलमी से कम नहीं रखना चाहती थी।

"ले बलैया के...उड़!" गोलमी को उड़ने में बहुत मज़ा आ रहा था। वह ऊपर जाती, नीचे आती। दोनों हवा से बातें कर रही थीं।

दोनों सहेलियों की यह प्रतियोगिता बहुत पुरानी थी, रज्जो की अम्मा

तो कहती है कि ये रज्जो तो तब से गोलमी से आगे निकलना चाहती थी, जब उसके दूध के दाँत भी न टूटे थे!

सुन्दरी हँसने लगती थी, रज्जो की अम्मा की बातों पर!

"गोलमी...बचके।" नीचे से आवाज़ आयी।

पेड़ में लगा मधुमक्खी का छत्ता न जाने कैसे टूट गया था। जब तक झूला अपने आप रुकता, तब तक तो मधुमक्खियाँ दोनों को अपना शिकार बना लेतीं। नीचे अढ़ाई सौ उर्फ़ चेथरू बिना अपनी जान की परवाह किये, अपने अँगोछे में आग लगाकर ऊपर तेज़ी से चढ़ गया था! मधुमक्खियों का ध्यान उन दोनों से हटकर अढ़ाई सौ की तरफ़ चला गया था। जब तक दोनों सहेलियों का झूला रुका और रुककर उन लोगों ने शोर मचाया, तब तक अढ़ाई सौ कई सारे डंक अपने अन्दर ले चुका था।

"तुम भी न!" गोलमी ने उसके चेहरे पर लोहा छुआते हुए कहा।

"का तुम भी! अब तुमको हम कुछ होने देते भला!" अढ़ाई सौ शरमा उठा।

"काहे! हम कौन ऐसे खास हैं?" गोलमी तुनक गयी।

"तुम खास हो, गोलमी! तुम तो इस गाँव की जान हो! तुम्हें कैसे कुछ हो जाने देते, तुम्हारा चेहरा न बिगड़ जाता?" अढ़ाई सौ ने सिर झुकाकर कहा।

उसके पूरे शरीर में दर्द हो रहा था, जलन हो रही थी! गुस्सैल मधुमक्खियों के फेरे में पड़ गया था। पर गोलमी पर कोई आँच आये, यह भी तो उसे बर्दाश्त नहीं था! गोलमी न केवल उसकी बचपन की सहेली थी, बल्कि अब तो गोलमी पूरे गाँव की बेटी थी! पूरे गाँव की शान थी, उसकी कमर पर या उसकी गोरी कलाई पर वह किसी भी कीड़े के डंक को नहीं देख सकता था! अढ़ाई सौ अभी दर्द में डूबा बैठा ही था कि पीछे से उसके किसी ने धौल जमाया–

"अरे, ये क्या कर लिया ?" आँखों में शरारती मुस्कान लिए खेंचरू आ गया था।

"कुछ नहीं! बस ये मधुमक्खी का छत्ता...!" उसने दर्द को दबाते हुए कहा।

"ओह! तो तुम क्या कर रहे थे उनके पास?" उसने आँख मारते हुए पूछा।

"ऐ खेंचरू, तुम अढ़ाई सौ को परेशान न करो! ये तो बेचारा हमें बचाने के लिए ख़ुद शिकार हो गया!" रज्जो बोली।

"तुम्हें?" खेंचरू ने उस पर आँखें तरेरीं!

"माने, गोलमी को और हमें।" उसने गोलमी के पीछे घुसते हुए कहा।

गोलमी के घर में आज अच्छा–खासा जमघट लग गया था। उस जमघट में बहुत लोग थे। मगर उसकी दीवारों पर अढ़ाई सौ जो लिखना चाह रहा था, वह नहीं लिख पा रहा था। पहले तो सगुन महतो का घर गाँव के बाहर था, मगर अब पसरते–पसरते गाँव भी पसर गया था तो वह घर अब बीच गाँव में आ गया था।

गाँव में अढ़ाई सौ और खेंचरू के घर के बीच में था गोलमी का घर! वह जैसे इन दोनों के बीच हर तरह से फँसी हुई थी।

"गोलमी के कारण आज तुम बच गयीं, नहीं तो न जाने तुम्हारा क्या होता?" खेंचरू ने ढिठाई से हँसते हुए कहा।

"काहे! क्या हम रज्जो को नहीं बचाते? अब तुम्हारी बहन हमारी भी तो बहन हुई?" अढ़ाई सौ ने सिर झुकाकर कहा।

"और गोलमी? गोलमी कौन है तुम्हारी?" खेंचरू ने उसकी बाजू पर हाथ धरते हुए पूछा।

खेंचरू का कमीनापन अढ़ाई सौ ने पढ़ लिया था, मगर वह शान्त रहा। वह आँखें नीची किये रहा। खेंचरू ने भी कच्ची गोली नहीं खेली थी।

वह गोलमी चिरैया के पंखों को अपने तक ही सीमित करने के बारे में सोचता रहता था। वह सोचता था, कैसे भी कसम से एक बार गोलमी हामी भर दे, बाकी तो वह निपट ही लेगा! रज्जो को पटाना तो बायें हाथ का खेल है! मगर रज्जो ही तैयार नहीं होगी गोलमी को उसकी झोली में डालने के लिए! वह ख़ुद ही गोलमी को मौक़ा मिलते ही प्रपोज करेगा।

मगर इस अढ़ाई सौ का क्या करें? यह अढ़ाई सौ तो उसके सिर पर अट गया है, न तो हिल ही रहा है और न ही जा रहा है! वह तो गोलमी के आसपास घूमता रहता है, बताओ कित्ती मुश्किल से सोचा था कि मधुमक्खी से बचायेगा और कित्ती मुश्किल से छत्ता तोड़ा, और हीरो बन गया साला अढ़ाई सौ!

"चलो, लड़को!" उसने अपने साथ आये लौंडे–लपाड़ों को आवाज़ दी।

"न जाने आजकल कैसे लोगों की संगत में पड़ गया है! समझ नहीं आता।" रज्जो बड़बड़ा रही थी। उसे साफ़ दिख रहा था कि किसके मोह

में पड़कर ये ऐसा हो रहा था। मगर वह बहुत ज़्यादा बोल नहीं सकती थी! ज़्यादा चूँ–चपड़ करने की अब उसकी हिम्मत नहीं थी। एक तो वह गबरू जवान हो गया था और दूसरा उसे डर लगता था कि कहीं खेंचरू उसे गोलमी से दूर न कर दे!

रज्जो बहुत सोचती थी कि उसका भाई खेंचरू सही रास्ते पर आ जाये, मगर उसे नहीं लगता था कि वह सही रास्ते पर आ पायेगा! अब इधर–उधर भटकने से क्या होगा? फालतू में ही नाम बदनाम होगा और इस गोलमी को उड़ाकर ले जायेगा ये अढ़ाई सौ! सोने की खान चली जायेगी, उसके हिस्से क्या आयेगा? उसे अपने भाई पर बहुत गुस्सा आने लगा था, न जाने उसने कितने सपने देखे थे और न जाने कितने तरीके से गोलमी को अपने शीशे में ढाला था, और दूसरी तरफ़ उसका भाई था जो उसके सब किये–कराये पर पानी फेर रहा था।

उसने एक दिन खेंचरू को बहुत समझाया था। खार खाये बैठा खेंचरू दाँत पीस रहा था–

"बड़ी नाच का घमण्ड है न तेरी सहेली को, लौंडे ले आऊँगा, लौंडानाच कराऊँगा फिर देखना क्या हाल होगा! कोई न पूछेगा, तुम्हारी गोलमी को।"

""लौंडानाच? हिम्मत भी मत करना! अभी हम लोग सब साथ मिलकर मण्डली बनाने की सोच रहे हैं, तुम बीच में भंडोल मत करो भाई, साथ रहो। अगर तुम कुछ गड़बड़ किये तो हम तुमसे भी लड़ जायेंगे।"

"तुम मेरी बहन होकर उसकी मण्डली के लिए लड़ोगी?" खेंचरू चीखा।

"हाँ, क्यों नहीं?" वह खूँखार शेरनी की तरह अपना हाथ छुड़ाते हुए बोली।

"और सुनो, अगर तुमने कुछ ऐसा किया जिससे हमारी योजना को इत्ता–सा भी नुक़सान हुआ तो देखना! तुम्हारा ये चेहरा जिसे आजकल गोलमी के लिए चिकना बनाये घूमते हो, उसके कितने रंग करूँगी, जान नहीं पाओगे! हरी मिर्च घिसकर लगा न दिया तो मेरा नाम बदल देना!"

रज्जो बुरी तरह भड़ककर आपे से बाहर हो रही थी। खेंचरू अपनी बहन का ऐसा रूप देखकर सहम गया। वह समझ गया कि उसकी बहन ने कोई बड़ा सपना देखा है और इसके आड़े किसी को नहीं आने देगी। भलाई इसी में है कि चुपचाप रज्जो के साथ हो ले। उसने तुरन्त पैंतरा बदल दिया।

"चलो, भाइयो! चलो!" खेंचरू की लाठी की ठकठक से रज्जो एकदम से सचेत हो गयी।

"जाओ, तुम लोग और सुनो दोबारा इन लोगों को यहाँ लेकर न आना!" रज्जो ने अपने भाई को धमकाया।

"आय हाय, ये गिलहरी भी बोलने लगी है! अब तो गिलहरी के मुँह में भी ज़ुबान आ गयी।" खेंचरू का लठैत रमैया बोला।

"अबे, तुम लोग जाते हो या नहीं! या ज़ुबान दिखाऊँ मैं!" रज्जो गुस्से से तमतमा गयी थी।

"चलो अब! झगड़ा नहीं, वैसे भी हम नचनिया गिरोह वालों पर गोली–डण्डा नहीं चलाते!" खेंचरू उठते हुए बोला।

गोलमी इन भाई–बहन के झगड़े के बीच नहीं पड़ना चाहती थी और वह यह भी नहीं चाहती थी कि उसके कारण उन दोनों में किसी भी तरह का मनमुटाव हो। उसे इस बात का अहसास था कि दोनों भाई–बहन उस पर समान रूप से अधिकार जमाते हैं, मगर पिछले कुछ दिनों से खेंचरू उसे बहुत अजीब लगने लगा था। वह उसके सामने आते ही केवल उसी बात का ज़िक्र करता, जब उसने उसे धक्का देकर कभी पोखर में तो कभी नदी में गिरा दिया था।

गोलमी बार–बार सोचती–'तब की बात अलग थी, तब दोनों ही छोटे थे। हुँह! जब देखो तब आ जाता है, मुँह उठाकर और कहता है–अब न धक्का देबो। अब क्यों धक्का देना!'

उसका ध्यान अढ़ाई सौ पर चला गया! सच, कितने सरल दिल का है!

"रज्जो! नदी किनारे चलेगी?" गोलमी ने ख़यालों को झटकते हुए पूछा।

"कुछ खास कारण है क्या?" रज्जो अचानक नदी के नाम पर चौंक गयी।

"नहीं, कुछ खास नहीं। बस ऐसे ही। आज इतनी भीड़ हो गयी थी न घर पर! तो इसलिए।" गोलमी ने उससे कहा।

"ठीक है चलो।"

इस समय मण्डली के निर्माण का मामला ज़ोरों पर था। उसके क्रियाकलाप तय होने थे, पदाधिकारी तय होने थे और फिर सबको काम बाँटे जाने थे। उसके लिए संसाधन जुटाने थे। अपने घर से पैसे लगाने थे। नाच–गान के न्योते आने लगे थे। गोलमी को लगता था कि जल्दी ही ठीक–ठाक कमाई हो जायेगी तो मण्डली की सारी ज़रूरतें पूरी हो

सकती थीं। शुरू की दिक्कतों का उसे गहरा अहसास था। गोलमी का बड़ा मन था कि उसकी मण्डली का नाम उसकी अम्मा रखे। सबने हिम्मत जुटाई कि अम्मा तक यह प्रस्ताव लेकर जाया जाये। सुन्दरी उस दिन अच्छे मूड में थी। बिना किसी डाँट–फटकार के फट से मुँह से निकला–

"सोन चिरइया ऑर्केस्ट्रा"

मण्डली में तालियाँ गूँजने लगीं। किसी को यक़ीन नहीं हो रहा था कि सुन्दरी इतनी आसानी से मान जायेगी और नाम भी इतना सुन्दर रख देगी। गोलमी ज़रूर चिन्तित हो गयी कि ऑर्केस्ट्रा नाम रखने से लोग फ़िल्मी नाच–गानों की फ़रमाइश कर सकते हैं, जबकि वह तय कर चुकी थी कि सिर्फ़ बज्जिकांचल और मिथिलांचल के लोकगीत गायेगी, उसके पारम्परिक नृत्य पर काम करेगी, वही उसकी मण्डली का मुख्य उद्देश्य होगा। गोलमी तो फ़िल्मी धुन पर आधारित लोकगीत गाने के भी ख़िलाफ़ थी। इन दिनों उस तरह के गाने का चलन शुरू हो गया था। लोग भी पसन्द करने लगे थे और ऐसे मंच पर पैसे भी फेंकते थे। गोलमी हर तरह का नाच देखने जाती और सबसे कुछ अच्छा सीखने–समझने की कोशिश कर रही थी। इसमें उसकी सबसे ज़्यादा मदद बिठौली वाली चाची करेंगी, यह अहसास उसे पहले न था। बाभन टोले से जब जाट–जटिन नाच की फ़रमाइश आयी तो पूरी मण्डली फँस गयी। किसी को पूरा गाना याद नहीं और न ही नाच की मुद्राएँ आती थीं। खोज होते–होते बात पहुँची बिठौली वाली चाची के पास। उन्होंने सबको बुलावा भेजा। चाची ने अपने बक्से से पुराने लोकगीतों की पुरानी डायरी निकाली। डायरी का पहला पन्ना हल्का–सा उधड़ा हुआ, उसके ऊपर वैशाली लिखा हुआ था और स्तम्भ का चित्र था।

चाची ने कॉपी गोलमी को थमाई, जैसे कोई विरासत सौंपता हो। गोलमी के हाथ में डायरी रखते हुए बोलीं, "सँभालकर रखना, इसमें गीतों का खज़ाना है। जन्म से लेकर मरण तक के गीत हैं। सीता की व्यथा है, जाट–जटिन है, डोमकछ के गीत हैं, जगदम्बा का भजन है, सोहर झूमर सब...बहुत सालों की मेहनत से तैयार कॉपी है। सब गाना लिख लेते थे। गाँव जवार में मेरी कॉपी लेकर लोग गाना लिखकर ले जाते थे। खोना मत...शादी के बाद की सब निशानी माटी में मिल गया, ई कॉपी बच गया। तोहरे भाग्य में जाना लिखा था। हमको अब गाना–वाना से क्या लेना..."

चाची बोलते–बोलते तप रही थीं। गोलमी को लगा कोई सोन चिरई

गा रही है, वह मुग्ध होकर सुन रही है। चाची बात ख़त्म करके उठीं–

"चल गोलमी तू जटनी बन, रे अढ़ाई सौ..."

उसका नाम लेते–लेते ठठाकर हँस पड़ी। "इसके माँ–बाप भी कमाल के हैं, बेटा का का नाम रख दिया, कोई और नाम नहीं जुड़ा था उनको ...कैसे पुकारेंगे...नाम है कि दाम है रे..."

"चाची, आपको नहीं पता...जब चेथरू पैदा हुआ था न, तब इस पर अढ़ाई सौ रुपये खर्च हो गये थे। इसकी अम्मा को बड़ा सदमा लगा कि बेटा तो बड़ा महँगा पड़ा, क्यों न ऐसा नाम रखें कि दुनिया को पता चलता रहे...सो रख दिया नाम के बदले दाम..."

रज्जो हँसते–हँसते लोट–पोट हो रही थी, अढ़ाई सौ के नाम का खुलासा किये जा रही थी।

पूरी मण्डली चाची–रज्जो के इस परिहास पर हँस पड़ी। अढ़ाई सौ खिसियानी हँसी हँसता रहा। खेंचरू को बड़ा मज़ा आ रहा था।

अढ़ाई सौ से नहीं रहा गया। वह बोल पड़ा–

"चाची–चाची, ये भी कोई नाम है...मतलब पूछिए ज़रा...हमारे नाम का मतलब दाम है और इसके नाम का...पूछिए ज़रा! वो का है न कि इसकी माँ ने ऐसा सड़ा हुआ नाम रखा कि उनके बेटे को नज़र न लगे। इसके पहले सारे बच्चे ऊपर निकल जाते थे। ई बच गया तो सड़ा–सा नाम धर दिया कि नज़र कटे...चेथरू–चेथरू, नाम का मतलब बता रे..."

रज्जो उठी–"देखो झगड़ा नहीं होगा ईहाँ...हम लोग काम से आये हैं...हँस लिया तो चाची के कहे पर ध्यान दो..."

गोलमी को वहाँ बहुत अच्छा लग रहा था। वह सुहानी दोपहर थी जहाँ एक नयी चाची से मिल रही थी। जो अब तक बन्द थीं दुनिया के लिए, जिन्हें हँसते हुए कम देखा गया था। व्यापारियों की तरह चकचक करते हुए वे ज़्यादा नज़र आतीं। हमेशा खार खाई हुई–सी दिखतीं। पता नहीं किससे किस बात पर खफ़ा रहतीं! गोलमी को लगा ज़रूर वे जानती होंगी कि गाँव वाले उन्हें क्या समझते हैं। विधवा स्त्री का अकेलापन वह पहली बार देख–समझ रही थी और भीतर–भीतर द्रवित हो रही थी। सोचा एक दिन पूछेगी कि चाची ने दूसरी शादी क्यों नहीं की? क्यों दिन इसी घर गाँव में काट दिया?

"गोलमी...चल यहाँ ऐसे खड़ी हो जा...अढ़ाई सौ तू जाट बन, ईहाँ खड़ा हो जा...ऐसे..."

किसी डांस टीचर की तरह चाची नृत्य करने लगी। पहले जटिनी बन के गाती–नाचती फिर जाट बनकर जवाब देतीं...

जटिनी–

"नथिया जब–जब मंगइली हो जटवा, नथिया काहे न लवले रे...
बाली उमरिया रे जट्टा नथिया काहे न लवले रे..."

जाट–

"नथिया जब–जब लइली गे जटिनी, नथिया काहे न पेन्ह ले गे
तोरा बाली उमरिया गे जटिनी, नहिरा काहे गंवएले गे..."

नाचते–नाचते चाची दोनों हाथ ऊपर उठाकर चक्कर लगा रही थी, सारी मण्डली चकित होकर देख रही थी। इतना मोहक रूप, इतना गुण, चाची ने किस तहखाने में छिपाकर रखा था...उनकी आभा धूप की तरह छिटक रही थी। गोलमी उनकी तरह नाच रही थी। वैसी महफ़िल की कल्पना पूरी मण्डली ने नहीं की थी। रज्जो और बाकी सारे ताल दे रहे थे।

चलते समय चाची ने सख़्त हिदायत दी कि उनके नाच की बात कहीं बाहर पहुँची तो वे कॉपी वापस ले लेंगी। सब वहाँ से निहाल होकर लौटे। दरवाज़े पर खड़ी सोन चिरइया सख़्त होती जा रही थी। यह उसके कायान्तरण का समय होगा। शाप–मुक्ति का एक समय होता है। दूर से गोलमी ने देखा–शाम की शापित छाया ने चाची को ग्रस लिया है। उनके मुँह पर अनकही उदासी थी। उसे यह उदासी देखी–देखी–सी लगी। किसी और के चेहरे पर...किसके? चेहरा स्पष्ट नहीं हो रहा था।

वह नाच–गाने के उन्माद में डूब गयी। गोलमी को बहुत अच्छे सदस्य मिले थे। सबकी अलग–अलग खासियत थी। मण्डली के सारे प्रतिबद्ध सदस्य एकसाथ रहा करते। गोलमी उनमें से गुण खोज–खोजकर निकाल रही थी। गोलमी की हमउम्र सुमन एक–से–एक गाने गाँव भर की बूढ़ी औरतों से लिखवाकर ला रही थी। शान्ति स्वाँग रचने में माहिर। एकल अभिनय भी बढ़िया कर लेती थी। मिमिक्री में टुनटुन का जवाब नहीं। रज्जो अच्छी मैनेजर साबित हो रही थी। वह लोकगीतों में पहने जाने वाली ड्रेस की डिजाइनिंग कर लेती थी और भगवानपुर के सबसे अच्छे मास्टर जी के साथ बैठकर माथापच्ची कर ड्रेस सिलवा भी लेती थी। झिझिया और डोमकछ की ड्रेस ज़रा अलग होती है, इसलिए रज्जो का ध्यान गहन शोध पर था कि झूमर के वक़्त क्या पहना जाये।

गोलमी इतिहास–पुराण खँगाल रही थी कि आम्रपाली नृत्य के समय

क्या पहनती थी। वैशाली म्यूज़ियम में उसे कोई क्लू नहीं मिला। एक टूटी हुई मिट्टी की मूर्ति मिली जिसे आम्रपाली की इकलौती मूर्ति बताया था, गाइड ने। उस छवि को आँख में भरकर ले आयी। वह किताबों से भी मदद ले रही थी, लेकिन फ़िल्मों से नहीं। वह लोकछवि पर ज़्यादा निर्भर रहना चाहती थी। वह लोक को विस्मृति की गुफा से निकालना चाहती थी। वह लोक–गाथाओं पर गर्व करना सिखाना चाहती थी।

यह लोक की खोज का दौर था।

कोई एक राह तो होगी

गाँव में विकास की बयार का एक झोंका आया था। काली–काली चिकनी सड़कें अब इस गाँव में आने वाली थीं।

सड़कें आने से थोड़ा–बहुत सरल हो गया था सफ़र! उनका सोन चिरइया ऑर्केस्ट्रा पूरे तिरहुत प्रमण्डल में प्रसिद्ध होने लगा था।

उस दिन बहुत देर तक दोनों सहेलियाँ नदी किनारे बातें करती रहीं। न जाने कहाँ–कहाँ तक की बातें! सहेलियों की बातें ख़त्म ही कहाँ होती हैं! रज्जो को कई बार बहुत बुरा लगता कि वह अपनी सहेली के कन्धे पर रखकर बन्दूक चला रही है, मगर क्या करे, उसे भी तो अपने सपने पूरे करने हैं! उसे भी तो जाना है अपनी राह!

गोलमी की जान थी रज्जो! वह तो अपनी मण्डली की कल्पना ही रज्जो के बिना नहीं कर सकती थी! हमेशा उसे लगता कि क्या कोई लड़की अपनी सहेली के लिए इतना सब कुछ कर सकती है! उसके सपनों के साथ ख़ुद को जोड़ सकती है, दूर तक सोच सकती है! मगर यह हो रहा था! यह सच था! और उसकी सहेली थी ही ऐसी! वह रज्जो को अपने साथ पाकर ख़ुशनसीब समझती थी।

"अम्मा सही कहती है, तुम जैसी सहेली क़िस्मत वालों को मिलती है, जो अपनी शादी के बारे में भी न सोचे और सहेली के सपने पूरे करने में मदद करने लगे!" गोलमी रज्जो के गले लगकर बोली।

"मेरी सहेली सपने देखती नहीं, बुनती है बाबू..." रज्जो ने ठहाका लगाया।

"अच्छा तुम्हारी अम्मा की भी कोई सहेली थी न?" रज्जो ने सवाल किया।

"हाँ, कोई मालती का ज़िक्र करती हैं हमेशा?" गोलमी ने बताया। उसे याद आया, अम्मा जब भी ज़िक्र करती हैं, कहीं खो जाती हैं। चेहरे पर स्याह परछाइयाँ डोलने लगती हैं। ज़्यादा देर बात नहीं कर पातीं। झटके से याद करती हैं और जैसे कोई पन्ना फड़फड़ाने से पहले किताब बन्द कर देती हैं।

"ये कौन हैं और कहाँ रहती हैं?"

"पता नहीं!" वह बुदबुदाई।

मन–ही–मन ठान लिया कि एक–न–एक दिन पता करके ही रहेगी। कोई रहस्य है जिसकी परदेदारी है। सबके मुँह पर ताला है सिवाय गाँव की कुछ औरतों को छोड़कर जिनका काम ही दिन भर इधर–का–उधर करना है। बाबू ऐसी औरतों के बारे में कहते–

"बैठा बनिया क्या करे, इस कोठी का धान उस कोठी करे।"

सुन्दरी को ज़रूर उनकी बतकहियों में आनन्द आता। वे स्त्रियाँ ही उसके लिए अख़बार और रेडियो का काम करती थीं। वैसे भी रोज़ कहाँ मिलतीं। सप्ताह में एक दिन जब मुर्गिया चौक पर पेंठिया लगता, तब पूरा झुण्ड निकलता, हँसी–ठिठोली करते हुए। उनमें से इमादपुर वाली, जलालपुर वाली और साहेबगंज वाली रुक के सुन्दरी को आवाज़ देतीं। सुन्दरी के मना करने पर कहतीं–"गोलमी माए, तुम्हरे लिए कचरी–बड़ी लेते आयेंगे...सेन्नूर, टिकुली तो नहीं चाहिए?"

सुन्दरी को प्लास्टिक वाली लाल बड़ी बिन्दी बहुत पसन्द थी। उसके लिए आम के पेड़ से लस्सा निकालकर लाती थी, मगर ख़रीदारी करने नहीं जाती।

सुन्दरी को कहीं भी भीड़–भाड़ वाली जगह जाने में डर लगता। अनजाना–सा भय। सोनपुर मेले में भी वह ज़्यादातर टेण्ट में पड़ी रहती या ब्यूटी का सामान ख़रीदने किसी दुकान पर जाती। अफगान स्नो, पाउडर ख़रीदकर झट चली आती। सगुन से अपना भय कहती कि कोई पीछा कर रहा हो, ऐसा लगता रहता है। सगुन हँसता। कहाँ इतनी दूर कोई आयेगा। उन्हें क्या पता और पता चल भी जाये तो क्या! जो होगा देखा जायेगा के मूड में रहता था सगुन। लेकिन सुन्दरी को बेटी का भय सताता। सच्चाई जानने के बाद उसकी प्रतिक्रिया से डरती थी। वह सिमटती चली गयी।

गोलमी चाहती कि उसकी अम्मा दूसरी औरतों की तरह झमके। अम्मा की सिहरन उसकी समझ से परे थी। वह रज्जो से इस पर बात करना चाहती थी। अम्मा के बहुत सारे डर, उनकी आशंकाएँ गोलमी के लिए रहस्य की वजह बन रही थीं। वह अवसर की तलाश में थी और अम्मा उसे अपने बहुत करीब नहीं आने देना चाहती थी। गोलमी भी कम कहाँ! जो ठान लिया तो ठान लिया। देर–सवेर तो उसे वहाँ पहुँचना था, चाहे जैसे पहुँचे।

दिल में लगन है, मिलन चाहता हूँ

लुटा–पिटा खेंचरू सोच रहा था, 'आज तो साला अढ़ाई सौ एकदम ही हीरो बन गया। जाल बुना मैंने, छत्ता फोड़ा मैंने, सारी तैयारी की गोलमी को बचाने की मैंने और ऐन मौक़े पर पेड़ पर चढ़ गया वह! वाह! वाह रे भगवान! ये गोलमी भी उसी की दीवानी हो गयी है! मगर देखेंगे कि ये दीवानगी कितने दिनों तक चलती है!'

वह अपनी लाठी घुमा रहा था।

"भैया जी, बताओ तो उठा ही लायें गोलमी भउजी को?" रमैया बोला।

"साले, लाठी मुँडाते–मुँडाते तुम सब लाठी हो गये हो क्या! कभी देखे नहीं का कुछ! दिमाग़ लगाओ सोचने में दिमाग़! समझे?" खेंचरू चीखा।

"अब एक बात तो समझ में आ गयी कि लाठी–गुम्मद से तो बात बनेगी नहीं, अब बात बनेगी तो केवल शराफत से! और वो भी इनकी मण्डली में शामिल होकर!" उसने अपने गले में पड़े रूमाल को कसते हुए कहा।

उन दिनों ऐसे रूमाल के ही जलवे थे, फ़ैशन था! गाँव में कई आवारा किस्म के लड़के गले में रूमाल बाँधकर चलते थे और उनमें सबसे आगे था खेंचरू।

बचपन से गोलमी पर बुरी निगाह गड़ाये खेंचरू की निगाह जवान होने पर भी न बदली थी। वह किसी भी क़ीमत पर गोलमी को हासिल करना चाहता था, उसका साथ नहीं छोड़ना चाहता था। बचपन की उस घटना का ज़िक्र दोनों में से किसी ने किसी से न किया था। खेंचरू को यही बात गोलमी की मण्डली से जोड़े हुए थी। भीतर–भीतर दोनों को अपने–अपने ज़ख्म याद थे। गोलमी ने ज़ख्म सँभाल लिए, खेंचरू के इरादे और ख़तरनाक होते जा रहे थे। गोलमी के साथ रहकर ही उसे बदला लेने का मौक़ा मिल सकता था। उसे गोलमी के अलावा अढ़ाई सौ से भी टकराना था। कला में तो उसको मात नहीं दे सकता, प्रबन्धन में ज़रूर

दे देगा। खुद को इसी दिशा में पारंगत कर रहा था इस उम्मीद में कि एक दिन सोन चिरइया पर क़ाबू पा ही लेगा।

देखने–सुनने में अढ़ाई सौ से उन्नीस पड़ता था, लेकिन फ़ैशन में सबसे अव्वल। इत्र के बिना घर से क़दम नहीं निकालता था। वह गोलमी की सारी कमज़ोरियों को भाँप रहा था और उस दिशा में खुद को मज़बूत करता चला जा रहा था। मण्डली के सारे सदस्य नोटिस कर रहे थे कि खेंचरू कुछ ज़्यादा ही बनता–सँवरता है और इत्र की बोतल उड़ेलकर पूरे दिन महमह करता रहता है।

अढ़ाई सौ और गोलमी की दोस्ती उसे भीतर तक जला देती। वह जितना उसे दूर करने की कोशिश करता था, वह उतना ही उसके पास दिखायी देने लगी थी! खेंचरू का मन हो रहा था कि कनपटी के नीचे एक लगा दे। उसके गले पे निशाना रखकर बन्दूक चला दे, नहीं तो लाठी से ही कूट दे, मगर कैसे? वो अढ़ाई सौ तो गोलमी के दिल में छिपकर बैठ गया था।

"साला, नचनिया की चोली में छिपकर बैठा है!"

उसने थूकते हुए कहा था। मगर उसकी नफ़रत जम के बैठ गयी थी, उसके दिल–दिमाग़ के ही किसी कोने में।

अढ़ाई सौ के लिए आज बहुत ही खुशी का दिन था। आज वह सहेजे बैठा था गोलमी के स्पर्श को! आज तो वह धन्य महसूस कर रहा था! उसकी प्रीत का उसे भी अहसास नहीं था। उसकी प्रीत कितनी गहरी है और कितनी सच्ची है, उसे भी नहीं पता था। अपनी प्रीत में वह इस तरह रंग गया था कि उसे सिर्फ़ गोलमी ही दिखायी देती थी। अपने छोटे से खपरैल घर में बैठा–बैठा वह गोलमी के सपने देखता था। उसकी झोंपड़ी में बहुत ज़्यादा जगह नहीं है, मगर उसके दिल में है। वह गोलमी की रक्षा कर सकता है। वह उसके सम्मान की रक्षा कर सकता है। उसे आज तक बचपन के वो दिन याद हैं, जब वह नाचती थी और वह छिप–छिपकर देखता था। न जाने कितनी बार उसको मार पड़ी! डाँट पड़ी! एक बार जब वह गिर गयी थी नाचते–नाचते, तब उसने उस पेड़ की डाली को ही काट खाया था। ओह! ये अहसास!

वे बचपन के सुहाने दिन, जब छेमी के खेत में दोनों घुसकर लेट जाते थे। लेटे–लेटे सारे मटर को छीलकर अन्दर के दाने खाते जाते और उन्हें चिपका देते। दूर से खेतिहर को मटर की फली सही–सलामत

दिखती। अढ़ाई सौ दाने छुड़ाकर गोलमी को देता जाता, ख़ुद दो दाने खाता, बाकी सारा गोलमी को खिला देता। कितनी गर्मियाँ निकलीं, गाछी में टिकोला तोड़ते, नून के साथ खाते–खाते दोनों के दाँत कोठ हो जाते। घर पर रोटी न काटकर खायी जाती। अढ़ाई सौ को गोलमी की अम्मा के हाथों का बना आम का अचार बहुत पसन्द था। मिट्टी की बड़ी हंडिया में बनाती थीं। गोलमी को चुराकर लाने को उकसाता रहता। एक दिन गोलमी ने लम्बी फाँकें चुरा ही लीं। फ्रॉक के नीचे पैंटी की रबर के सहारे छुपाकर घर से निकली। गोलमी की पहली चोरी थी घर की। अगले दिन सुन्दरी जब कपड़ा धोने बैठी तो अचार की महक से परेशान हो गयी। सारे कपड़े उठाकर देखे। गोलमी की पैंटी से अचार की महक आ रही थी और उसमें ख़ूब सारा तेल लगा हुआ था। फिर उस दिन सुन्दरी की जो ठुकाई हुई कि वह अचार खाना तो दूर, उसकी तरफ़ देखना भी भूल गयी। गोलमी के साथ बचपन की सारी शरारतें याद करता हुआ अढ़ाई सौ भावुक हुआ जा रहा है। वह नेह के पनपने के दिन थे। अपना नेह जाहिर नहीं कर पाता था खुलकर। गोलमी भी किसी और दुनिया में जीती थी हमेशा, जिसमें प्रेम, शादी, बच्चे उसकी सोच की हदों के बाहर थे। वह अपनी हमउम्र लड़कियों से भिन्न थी। उससे कहे तो कैसे अपनी प्रीत की बात?

गोलमी को जिस दिन समझ में आयेगी उसकी प्रीत, उस ही दिन कह देगा। तब तक वह उसका दोस्त बना रहे! वह उसकी मण्डली का अभिन्न हिस्सा भी तो था, जिस पर गोलमी ख़ुद से भी ज़्यादा भरोसा करती थी।

वह उस भरोसे की आड़ में हमेशा उसकी रक्षा करेगा। जैसे गाछी में टिकोला चुराते हुए पकड़े जाने पर गोलमी को बचाकर ख़ुद गुलटनवा का डण्डा खाने के लिए आगे आ जाता था। गोलमी फिर पूरी वानर सेना लेकर गुलटन को घेर लेती और सब मिलकर फुर्रर्र। पीछे से लाठी पटकने और गालियों की आवाज़ें आतीं। सारी शरारतें याद आ रही हैं। शरारतें नहीं, प्रेम के पायदान थे जिस पर पैर धरकर वे उम्र के इस पड़ाव तक पहुँचे थे।

कभी–कभी उसके मन में ज़ोर से हूक उठती। गोलमी को सब कुछ कह देना चाहिए उसे। बचपन की दोस्त से कैसी परदेदारी? उसे सब पता होना चाहिए। चिट्ठी भी तो नहीं लिख सकता था। इतने करीब थे दोनों कि चिट्ठी लिखना भी बेकार था। फिर सोचता, एक पुर्जी पकड़ा ही दूँ। सोचते–सोचते उसने एक दिन यह काण्ड कर ही डाला।

"कुशले कुशल हूँ, कुशल चाहता हूँ
दिल में लगन है मिलन चाहता हूँ..."

लिखने से पहले दस बार सोचा। किसी विशेषज्ञ की सलाह लेना चाहता था। बहुत दिमाग़ दौड़ाया तो भोला भाई याद आये जिनके ढेलामार प्यार के क़िस्से गाँव भर में मशहूर थे। कायस्थ जाति के भोला भाई, भूमिहार की बेटी से प्यार कर बैठे। भोला भाई साइकिल उधर ही घुमाते रहते। लड़की अक्सर दालान पर आती–जाती दिख जाती थी। एक दिन ख़त लिखा और ढेले में बाँधकर दालान में फेंक दिया। लड़की ने उन्हें ऐसा करते देखा था, वे निश्चित थे कि उनके प्यार की गाड़ी अब चल निकलेगी। साइकिल की घण्टी टुनटुनाते हुए वे चौक की तरफ़ खिसक लिये। कुछ दिन एकतरफा सिलसिला चला। वे ढेला–ख़त फेंकते रहे, लड़की उठाती रही। रोज़ एक समय पर वह दालान में आकर खड़ी हो जाती, उसके चेहरे पर अब स्निग्ध मुस्कान रहने लगी थी और आँखों में आकुल प्रतीक्षा। भोला भाई दोतरफ़ा सिलसिला चाहते थे। ढेलामार खत उधर से भी आये तो प्रेम को रफ़्तार मिले। इसी तरह का कड़ा मजमून लिखकर भोला भाई ढेला फेंकने पहुँचे। लड़की खड़ी थी इन्तज़ार में। वह उदास थी और भयभीत भी। भोला भाई ने पीछे मुड़कर ये नहीं देखा कि वह ढेलामार ख़त किसके हाथ लगा या किसके सिर से टकराया। वह अपने में मग्न चले जा रहे थे।

ढेले में बँधा ख़त सीधा टकराया लड़की के बाबा से, जो दिन भर दालान में बैठे चुपचाप रामायण बाँचा करते थे। इससे पहले कि लड़की उठाती, बाबा ने उठाया, खोला, रामायण की जगह उस ख़त को बाँचा...

"सागर से सुराही टकराती, बादल को पसीना आ जाता
तुम जुल्फें अगर बिखरा देतीं सावन का महीना आ जाता..."

ख़त का मजमून सुनकर लड़की का चेहरा रक्तिम हो उठा।

वह घर के अन्दर भाग गयी। फिर तभी निकली, जब शादी के बाद विदाई हुई। भोला भाई अगले दिन उसी समय साइकिल टुनटुनाते हुए वहाँ चक्कर लगाने पहुँचे। दालान पर गहरा सन्नाटा देखकर उन्हें चिन्ता हुई। वे हिम्मत करके साइकिल से नीचे उतरे और धर लिये गये। लड़की के तीनों भाइयों ने उनकी और उनकी साइकिल की जो हालत की, कई दिनों तक दोनों की मरम्मत नहीं हो पायी। प्यार कहीं बन्द कोठरी में रोता रहा और भोला भाई शायर हो गये। दूर–दूर से शेर–ओ–शायरी और

मुशायरों के लिए उन्हें बुलाया जाने लगा। वे पूर्णकालीन शायर हो गये थे। विफल प्रेम की सफल शायरी उनके खाते में दर्ज होती चली गयी। कुछ कूढ़मगज़ ज़रूर उन्हें चिढ़ाते–

"ऐ भोला, तू लोला ले लअ, सूखले संख बजा लअ..."

उन्हें कोई फ़र्क़ नहीं पड़ता। वे दीन–दुनिया से ऊपर उठ गये मालूम होते थे। अढ़ाई सौ की चाहत भोला भाई तक खींचकर उसे ले जा रही थी। भोला भाई का दौर बीत चुका था। उसके बाद गाँव में कई सफल प्रेम क्रान्तियाँ हुईं। कई जोड़े भागे और कई जोड़े पकड़े गये। अढ़ाई सौ अपने प्रेम का पहला पत्र बहुत सुन्दर लिखना चाहता था।

भोला भाई के सामने वह प्रेम–प्रार्थी की तरह खड़ा था। विफल आशिक़, सफल शायर मसनद पर केहुनी टिकाए डायरी में कुछ लिख रहे थे। एक नये प्रेमी की ख़्वाहिश उनके भीतर नयी शायरी पैदा कर रही थी। मगर उन्होंने सोचा कि कुछ सफल शेर अनाड़ी बालक को देना सही होगा, ताकि 'हाल–ए–दिल सनम' समझ जाये। उनके खज़ाने में सफल प्रेम के नुस्खे ढूँढ़े न मिले। हारकर उन्होंने मुज़फ़्फ़रपुर से ख़रीदकर लाया हुआ नया कैसेट टू इन वन में लगाकर बजा दिया।

हुसैन बन्धु गा रहे थे–"चल मेरे साथ ही चल, ऐ मेरी जान–ए–ग़ज़ल... इन समाजों के बनाये हुए बन्धन से निकल चल..."

सिर झुकाए अढ़ाई सौ सुनता रहा। अपने काम की पंक्ति ढूँढ़ रहा था। ग़ज़ल बज रही थी।

"प्यार सच्चा हो तो राहें भी निकल आती हैं, बिजलियाँ अर्श से ख़ुद रास्ता दिखलाती हैं..."

अढ़ाई सौ उठ खड़ा हुआ।

"सुनो भाई..."

भोला भाई गम्भीर थे। ग़ज़ल धीमी कर दी...

"उसका सपना क्या है, तुम्हें मालूम है। वह जीवन में क्या करना चाहती है, तुम बहुत अच्छे से समझते हो। तुम उससे उन सपनों की कथा कहो! एक लड़की के लिए उसका सपना सबसे महत्त्वपूर्ण होता है दोस्त...जो वो टूट जाये तो सारी उम्र प्यार नहीं करती, प्यार का ढोंग करती जीवन गुज़ार देती है। यह लड़की ही है जो बिना प्यार के साथ निभा जाती है...सोच लो...तुम्हें क्या चाहिए...प्यार करते हो तो उसके सपने पूछो, उसे पूरा करने में जी–जान लगा दो...गर तुम्हारा

सपना वो है तो तुम उसका सपना पूरा करो, तुम्हारा सपना अपने आप पूरा हो जायेगा..."

"वह सपने देखती नहीं, बुनती है भाई..."

"तो तुम उसका धागा बन जाओ मेरे भाई..."

अढ़ाई सौ के दिमाग़ में हज़ार वाट का बल्ब जल उठा। "प्यार सच्चा हो तो राहें भी निकल आती हैं...बिजलियाँ ख़ुद अर्श से..."

भोला भाई के चेहरे पर अवसाद घुमड़ रहा था। कुछ देर और बोले तो रो न पड़ें। अढ़ाई सौ ने उनके पैर छुए और तेज़ी से वहाँ से निकल गया।

उसके सामने राहें जैसे चमक रही थीं। बस पैर तेज़ी से बढ़ाने की ज़रूरत थी। उसे अपनी समझदारी पर गर्व हो आया। बचपन से अब तक वही तो करता आया है। गोलमी के सपने के साथ ऐसे जुड़ा है कि अपना करियर तक अलग से नहीं सोच पाया। सोन चिरइया ऑर्केस्ट्रा ही गोलमी का सपना है और वह इस सपने को हर हाल में पूरा करेगा। मन–ही–मन संकल्प लेकर वह राहत महसूस कर रहा था। गोलमी के साथ अपने बिताये हुए लम्हे याद करने लगा।

कैसे एक दिन बहुत गम्भीर होकर गोलमी ने पूछा–

"एगो बात पूछें अढ़ाई सौ? तुम हमको एतना काहे मानते हो? सबसे लड़ जाते हो! कोई कुछ बोले तो सहन नहीं होता तुमको...मने तुम मेरे लिए लड़ते रहते हो... काहे...?"

"बहुत मानते हैं तुमको...तुम हमरी बचपन की सहेली हो न...चलो सखी लगा लेते हैं हम...एक–दूसरे को नाम से नहीं पुकारेंगे...सखी कहेंगे... ठीक...?"

"चल ठीक! लेकिन केतना ख़राब लगेगा न! तुम मरद होके सखी..." गोलमी ठठाकर हँस पड़ी। अढ़ाई सौ झेंपा, फिर सँभलकर बोला–"जब हमको कोई हर्ज नहीं, तुम काहे परवाह करती हो। बोल के देखो न... सबको आदत पड़ जायेगी!"

"ना, ना! हम तुमको सबके सामने सरमिन्दा नहीं करेंगे...हम एकान्त में सखी कहेंगे तुमको। ठीक?"

दोनों ने हाथ मिलाया और गोलमी गले लग गयी। उस पल अढ़ाई सौ को लगा, वह घुल गया है और अपनी बालसखी की त्वचा पर फैल रहा है वह, ओजोन परत की तरह, सुरक्षा गार्ड की तरह।

का खाऊँ का पीऊँ, का ले परदेस जाऊँ

लग्न का समय था। पितृपक्ष के हटते ही उत्सवों की आहट शुरू हो गयी थी। मण्डली के सुस्त पड़े कलाकारों ने राहत की साँस ली। कमाई का सीजन आ गया था। गोलमी ने भी दशहरा से लेकर आगे के छह महीने तक का प्लान बना डाला। रज्जो डायरी लेकर बैठती और फिर प्लान बनता कि कब प्रोग्राम करने जाना है। दुर्गा पूजा के बाद गोलमी की मण्डली लगातार व्यस्त चल रही थी। गोलमी इस बार छठ पूजा के लिए कुछ अलग ही सपना देख रही थी। असोई, भगवानपुर, हाजीपुर, मुज़फ़्फ़रपुर तक उसकी मण्डली धूम मचाकर आ चुकी थी। दो ज़िलों, वैशाली और मुज़फ़्फ़रपुर में वह धूम मचा चुकी थी। कोई थाना या ब्लॉक नहीं बचा था, जहाँ वह अपनी मण्डली को लेकर नहीं गयी हो। अब तो मण्डली में एक ड्रामा सेक्शन भी बना दिया था जो जाट–जटिन, डोमकछ पर आधारित स्वाँग नाच करता। क़िस्सा कहने की कला वह सीख रही थी। लोककथाएँ जुटा कर उन्हें याद करती और मंचों से गा–गा कर सुनाती, नाचती। वह नये किस्म का लोक रच रही थी। उस इलाके की सारी लोक कथाएँ ज़िन्दा हो उठी थीं। भगवानपुर में जनेऊ के लिए न्योता आया तो वहाँ मण्डली ने लोककथा पर आधारित कार्यक्रम दिया, सारे दर्शक वाह–वाह कर उठे। बच्चों को बहुत मज़ा आया। गोलमी साथ–साथ कथा का गायन करती और उनकी व्याख्या भी करती जाती...जिस कथा को बच्चे खेल–खेल में कविता की तरह पढ़ते थे, उसे मंचित होते देखकर उन्हें बहुत रोमांच हो रहा था।

वह छोटी–सी चिरई बनती, मंच पर उड़ान भरती...बिजली की गति से!

"सुनो कथा एक चिरई की...एक चिरई थी, उसे भूख लगी थी। वह चोंच में दाल का दाना लेकर परदेस जा रही थी कि दाना, जाता के खूँटे में गिर गया। अब चिरई परेशान! दाना निकाले कैसे? उसकी मदद

सिर्फ़ बरही कर सकता था जो खूँटा चीरकर उसका दाना निकाल देता।"

उसने बरही से गुहार लगायी–

बरही–बरही खूँटा चीर
खूँटे में दाल हय
का खाऊँ, का पीऊँ
का ले परदेस जाऊँ

(बरही चिरई का आग्रह ठुकरा देता है। चिरई राजा के पास शिकायत करती है)

राजा–राजा बरही डारु
बरही न खूँटा चीरे
खूँटे में दाल हय
का खाऊँ, का पीऊँ
का ले परदेस जाऊँ

(राजा भी नहीं सुनता, चिरई रानी के पास जाती है)

रानी–रानी राजा बुझाऊ
राजा न बरही डारे
बरही न खूँटा चीरे
खूँटे में दाल हय
का खाऊँ का पीऊँ
का ले परदेस जाऊँ

(रानी भी नहीं सुनती तो चिरई सर्प के पास सहायता के लिए जाती है)

सरप–सरप रानी डंसू
रानी न राजा बुझावे
राजा न बरही डारे
बरही न खूँटा चीरे
खूँटे में दाल हय
का खाऊँ का पीऊ
का ले परदेस जाऊँ

(सर्प भी उसकी फरियाद नहीं सुनता, फिर वह लाठी के पास जाती है)

लाठी, लाठी सरप मारु

सरप न रानी डंसे
रानी न राजा बुझावे
राजा न बरही डारे
बरही न खूँटा चीरे
खूँटे में दाल हय
का खाऊँ का पीऊँ
का ले परदेस जाऊँ...
(लाठी भी नहीं सुनती, चिरई आग के पास जाती है)
आग–आग लाठी जारु
लाठी न सरप मारे
सरप न रानी डंसे
रानी न राजा बुझावे
राजा न बरही डारे
बरही न खूँटा चीरे
खूँटे में दाल हय
का खाऊँ का पीऊँ
का ले परदेस जाऊँ

(आग भी नहीं सुनती चिरई की प्रार्थना, फिर वह समुद्र के पास जाती है)

समुन्दर–समुन्दर आग बुझाऊँ
आग न लाठी जारे
लाठी न सरप मारे
सरप न रानी डंसे
रानी न राजा बुझावे
राजा न बरही डारे
बरही न खूँटा चीरे...
खूँटे में दाल हय
का खाऊँ, का पीऊँ, का ले परदेस जाऊँ...

बच्चे कोरस में गाने लगते, का खाऊँ का पीऊँ, का ले परदेस जाऊँ...

इसकी धुन मण्डली के सबसे शान्त हारमोनियम वादक परगट राम ने बनायी थी। गोलमी इसे गाते–नाचते हुए कमाल कर देती। चिरई की

बेचारगी उसके नाच में दिखती। वह एक के बाद दूसरे ताकतवर के पास जाती और वहाँ से निराश होकर विलाप करती... .

और अन्त में कहती–

"देखा आप लोगों ने, एक छोटी–सी चिरई की मदद सबसे ताकतवर समुन्दर ने भी नहीं की...सो किसी से उम्मीद बेकार है। अपना दाना खुद ही निकाल लेना चाहिए...जब कोई न सुने तो क्या रास्ता..."

यह परफॉर्मेंस इतना पोपुलर हुआ कि कई जगह इसकी प्रस्तुति के लिए बुलावा आने लगा। गोलमी कोई और सपना देख रही थी। ख़्वाहिशों की फेहरिश्त लम्बी और ऊँची होती जा रही थी।

अढ़ाई सौ को गोलमी की ख़्वाहिशों की भनक लग गयी थी। पर उसे समझ में नहीं आ रहा था कि इस ख़्वाब को पूरा करे कैसे? वह मौक़ा निकालकर पटना जाना चाहता था।

वहाँ छठ समिति वालों से मिलकर कोई–न–कोई जुगाड़ बिठा लेगा। उसे विश्वास था खुद पर। वह अपना प्रेम–पत्र और आयोजन का पत्र एक साथ गोलमी के हाथ में देना चाहता था। उसे फिर भोला भाई की याद आयी। वे कवि–सम्मेलनों में धूम मचाने वाले कवि बन गये थे। पटना के कई आयोजकों को वे जानते होंगे, यही सब सोचते हुए अढ़ाई सौ फिर उनके पास जाने की सोचने लगा। उनकी मदद से ख़त का मजमून तो तैयार था, जो बात वह जुबां से नहीं सह सकता था, वो लिखकर देना लाजिमी समझता था। गोलमी के साथ ज़िन्दगी की पूरी योजना उस ख़त में थी। अपने लिखे ख़त और दर्ज शायरी को बार–बार पढ़ता और आनन्द लेता। उसे यक़ीन हो गया था कि एक पिटा हुआ प्रेमी बेहतर कवि साबित होता है और बेहतर सलाहकार भी। मण्डली के साथ बैठा हुआ इसी उधेड़बुन में वह लगा रहा।

सारे सदस्य बैठकर आगामी पर्व–त्योहारों पर बात कर रहे थे और सम्भावित अवसरों पर भी बात हो रही थी। सबको अढ़ाई सौ अनमना–सा दिख रहा था। जबकि गाने–बजाने और प्रस्तुतियों की योजना बनायी जा रही थी। सबके काम बाँटे जा रहे थे। उधर खेंचरू भी दो दिन से ग़ायब था। रज्जो भी अनभिज्ञ थी। रज्जो के दालान पर बैठकर माथापच्ची चल रही थी कि खेंचरू साइकिल से उतरा। उसके चेहरे पर घनी मुस्कान थी। जैसे कोई बड़ा तीर मारकर लौटा हो। चिढ़ के बावजूद गोलमी ने खेंचरू की उपयोगिता को कई बार महसूस किया था। सबने खेंचरू की तरफ़ सवालों की बौछार कर दी।

"हो...कहाँ से टंडइली करके आ रहे हैं जनाब?"

खेंचरू ने सबको अनसुना करते हुए गोलमी को कहा–

"हाथ बढ़ाओ..."

सकुचाते हुए गोलमी ने हाथ बढ़ाया, उसने एक लिफ़ाफ़ा उसकी हथेली पर रख दिया। कंकड़ बाग छठ पूजा समिति, पटना।

गोलमी लिफ़ाफ़े की तरफ़ भौचक होकर देख रही थी।

"रज्जो, चल मुझे मिठाई खिला... ला बताशा कहीं से!"

"पेटक्कर कहीं का...हरदम खाने–पीने की बात करता है। बात क्या है पहले ई तो बता भाई! कुछ कमाल करके आया है?"

गोलमी ने लिफ़ाफ़ा धड़कते दिल से खोला और ख़ुशी की चीख पूरे दालान को हिला गयी। हल्के अँधेरे में दुबके कुछ पक्षी फड़फड़ाकर उड़ गये। रज्जो की माँ अन्दर से दौड़ती हुई बाहर आयीं। मण्डली के सारे सदस्य एक–दूसरे से लिपट–लिपटकर नाच रहे थे। छठ में गंगाघाट में संझिया अगर के बाद शारदा सिन्हा के गायन के साथ नाच का न्योता मिला था। पूरे दो घण्टे का शो पेश करना था। सारी रात का आयोजन होता है जिसमें राज्य भर से नामी कलाकार बुलाये जाते थे। कई बार बाहर से भी नामी–गिरामी गायक आते थे। बड़े प्रतिष्ठित मंच से बुलावा पाकर सोन चिरइया मण्डली नाच रही थी। पूरा माहौल बदल गया था। अढ़ाई सौ थोड़ी देर ठिठका रहा। उसे लगा, हाथ से तोते उड़ गये। एक सपना पूरा करने का अवसर वह खो चुका था। खेंचरू बाजी मार ले गया था। वह हारे हुए जुआरी की तरह खिसियानी हँसी हँसता रहा, ठुमकता रहा। अढ़ाई सौ की आत्मा भीतर–भीतर कलपती रही। खेंचरू विजेता की तरह चौकी पर बैठकर घनी मूँछों पर ताव देता रहा।

अढ़ाई सौ वहाँ से उठा, वह नदी किनारे जाकर कुछ देर अकेले बैठना चाहता था। प्रेम–पत्र को हमेशा के लिए कहीं रखकर या नदी में बहाकर भूल जाना था उसे।

गोलमी ने उसी शाम सबको काम पर लगा दिया। बीस दिन ही बच गये थे। कम समय में धाँसू तैयारी करनी थी। गीतों की कमी नहीं थी। खज़ाना उसके पास था। शारदा सिन्हा के कैसेट से लेकर चाची की कॉपी तक।

पूरी मण्डली जोश में थी! गोलमी भी एकदम ख़ुश थी! इतने दिनों के इन्तज़ार के बाद उसे पटना में नाचने का मौक़ा मिल रहा था। वह भी

इतनी भीड़ के सामने। हालाँकि हाजीपुर में कई टोलियाँ थीं, मगर गोलमी के कारण उसकी मण्डली का नाम बहुत था। और ऊपर से सगुन ने जिस तरह से मण्डली बनाने और मण्डली का प्रचार करने का तरीका बताया था, उसने आसपास के गाँवों में गोलमी को एकदम स्टार बना दिया था। अब वह मामूली न रह गयी थी। उस मण्डली में सबके अपने–अपने लक्ष्य थे। सब उसी दिशा में लगे थे। सबके काम भी बँटे हुए थे।

हिसाब–किताब का काम खेंचरू देखता था। खेंचरू को यह काम रज्जो की काफ़ी खुशामद करने के बाद मिला था। वह केवल अढ़ाई सौ को अपने रास्ते से हटाना चाहता था। वह मण्डली से तो क्या, इस गाँव से भी अढ़ाई सौ का निशान मिटाना चाहता था। पटना जाने के लिए साजो–सामान समेत पूरी मण्डली टैम्पो ट्रेवलर में बैठकर निकली। मन–ही–मन गोलमी सोच रही थी कि पैसे जुटाकर इस तरह की एक गाड़ी ख़रीद ली जाये। कब तक सुलभ चाचा से कम भाड़े पर माँगते रहेंगे। वह हिसाब–किताब लगा रही थी कि इसी तरह के कुछ और प्रोग्राम मिल जायें तो जल्दी यह सपना भी पूरा हो जायेगा। उसके ऊपर ऑर्केस्ट्रा का नाम लिख देगी। अपनी तस्वीर पेण्ट करवायेगी और सोन चिरई की तस्वीर थोड़ी बड़ी...मन–ही–मन टैम्पो ट्रेवलर पर अपनी मण्डली का नाम पेण्ट होते देख रही थी।

उसके पास बैठा अढ़ाई सौ अपनी ही धुन में था। वह किनारे की तरफ़ बैठा था। उसकी आदत थी एकदम किनारे बैठकर सफ़र करने की। खेंचरू ड्राइवर के साथ अन्दर बैठा था। अचानक गाड़ी धचके के साथ रुकी और ज़ोर से किसी के चीखने की आवाज़ आयी।

"उई माँ! मर गया!!" अढ़ाई सौ ज़मीन पर गिरा पड़ा था।

हालाँकि सड़क नयी थी, मगर रोड़े और पत्थर झाँकने लगे थे। उसके शरीर में भी एक मोटा पत्थर चुभ गया था।

सब लोग उधर ही दौड़े।

"क्या हुआ?" रज्जो ने पूछा। अढ़ाई सौ ने उठते हुए कहा–"कुछ नहीं!"

"तुम लोग सही से देख नहीं सकते थे, अभी कुछ हो जाता किसी को तो?" गोलमी चीखती हुई बोली।

"ओहो! तुम लोग तो ऐसे चीख रही हो, जैसे कोई मर–मरा गया हो! अरे कुछ हुआ तो नहीं न! चलो उठो, आइन्दा से ध्यान रखेंगे!" खेंचरू ढिठाई से बोला।

किसी को कोई चोट नहीं आयी, मगर इस घटना से रज्जो बहुत डर गयी थी और उसे लगने लगा था कि किसी तरह उसे अपने भाई को नियन्त्रित करना ही होगा।

छठ की रात मण्डली रंग जमाने की पूरी तैयारी कर चुकी थी। राज्य भर से नामचीन गायक–गायिकाएँ जुटी हुई थीं। सब सज–धजकर तैयार थे। ख़ूब अभ्यास कर लिया था। गोलमी ने नीले रंग का लहँगा पहना था। मण्डली की चार अन्य लड़कियाँ नारंगी रंग के लहँगे में थीं। मंच पर गोलमी के उतरते ही ख़ूब सीटियाँ बजीं। देर रात होने के कारण भद्र श्रोताओं की संख्या कम हो रही थी। भोर के अरग की तैयारी में कई लोग घर की तरफ़ जा रहे थे। गोलमी इन सबसे बेख़बर नाच रही थी। पहले छठ के गाने और फिर लोकगीतों पर उसने नृत्य शुरू किया।

नीचे से कुछ लोग चिल्लाये–"रे बबूनी, दोसर तेसर गाने पर नाचो... गाना हम बताये का..."

"एगो चुम्मा दे ले जइअह हे करेजऊ....गोदिया में बइठा के सिनेमवा देखइह हे करेजऊ–ए गाना पर नाचो..."

कोई चिल्लाया, " 'छउरी पतरकी रे...मारे गुलेलवा...' पर नाचो..."

गोलमी ने सारे कटाक्ष सुने। उसने नाच रोककर गाया–"ऊ जे पटना सहर एक सुनिले...जहाँ बहे गंगाधाम..."

गाना शुरू होते ही फिर सन्नाटा छा गया। पूरे गाने में पटना शहर का महिमामण्डन था। शान्ति होने के बाद गोलमी ने नाच शुरू किया। फिर नीचे से फ़िल्मी गाने पर नाचने की फ़रमाइश आने लगी। गोलमी ने मण्डली के साज़िन्दों को संकेत दिया और उसके बाद एक–से–एक झूमर पर जो धमाल मचा कि दर्शकों की भीड़ में लोग नाचते नज़र आये।

गोलमी की ख़ूब तारीफ़ें हुईं। उस मंच से वह राज्य स्तरीय नर्तकी बनकर उतरी। उसके सामने प्रोग्राम के बुलावों की बहार थी। तारीखों की कमी पड़ सकती थी, लेकिन वह रज्जो थी जो इतने बढ़िया तरीके से वह सारा काम सँभाल रही थी।

कभी–कभी तो गोलमी को आश्चर्य भी बहुत होता था कि रज्जो कैसे इतना सब कर लेती थी। हालाँकि कैसे कहाँ से काम लाना है, उसमें सगुन महतो ने बहुत मदद की और अभी भी करते थे, मगर रज्जो ही जाती थी। उसने मण्डली के काम की वीसीपी बनवा रखी थी। मण्डली के काम की फ़ोटो खींचकर एल्बम बना रखा है, वह आसपास के गाँवों में सरपंच

के पास या पंचायत में जाती, मण्डली के कामों की वीसीपी दिखाती थी और उसकी फ़ोटो दिखाती थी। फिर न जाने कैसे उन्हें अपनी लच्छेदार बातों में फँसाती थी। ग़ज़ब बोलती थी और उसके साथ जाता था ये सीधा–सादा अढ़ाई सौ। जिसे न बोलना आता था और न ही कुछ और मगर उसका सीधापन ही उसकी सबसे बड़ी खूबी थी। रज्जो ख़ूब खुलकर बोलती थी। एक सफलता ने मण्डली को बदल दिया था।

"अरे साहब! ग़ज़ब नाचती है हमारी टोली, एक बार भरोसा करके तो देखिए!"

सगुन महतो ने समझाया था कि कैसे ट्रेलर दिखाना था! बस अब थोड़ा–सा व्यवस्थित होकर चलना ज़रूरी था। पहले जैसी बात नहीं रह गयी थी। अब पूरा डोक्युमेण्ट रखा जाता था। रज्जो न जाने कैसे सीख गयी थी सब! रज्जो को आसपास के सभी गाँवों में सरपंच और बाबू लोग जानने लगे थे। अब तो वह बीडीओ आदि से भी मिलने लगी थी। उसी दिन बीडीओ से मिलकर आयी थी।

"सुन गोलमी, अब ये नाच केवल शादी–ब्याह का काम नहीं रह गया है, बल्कि यह अब बड़ी कमाई का काम बन गया है और अब इसे इज़्ज़त से देखा जाता है।" उसने गोलमी से कहा था।

"हाय दैया कैसे?" गोलमी ने चौंकते हुए पूछा।

"पहले ये बताओ कि ये नया शीशा कब ख़रीदा और लगवाया?" रज्जो ने उसके ड्रेसिंग टेबल को देखकर कहा।

"अरे, तुम उस दिन गयी थीं न बाबू लोगों से बात करने के लिए तो सखी अढ़ाई सौ ख़रीद लाया था बड़ा आईना! तो उसे अब कैसे और कहाँ लगवाते, सो बढ़ई को बुलवाकर यहीं बनवा लिया। अब देख न लाली, लिपस्टिक सब यहीं रख सकेंगे!" गोलमी ने उसे अपनी नयी ड्रेसिंग टेबल दिखाते हुए कहा।

रज्जो ने उस घर पर नज़र डाली। उसे मन–ही–मन डाह ने घेर लिया।

"देखो तो, ज़रा ऐश–ओ–आराम! ये सब आधा मेरे कारण है, नहीं तो केवल नचनिया बनी रहती! इहाँ गाँव में ही नाचती रहती! कभी शादी में तो कभी तिलक में!" रज्जो कुण्ठा से भरती जा रही थी।

"क्या सोच रही हो?" गोलमी ने उसे कन्धे पर हाथ मारकर टोका।

"कुछ नहीं! बस देख रही थी कि बहुत ऐश हो गयी तुम्हारी!" रज्जो

ने उसके ड्रेसिंग टेबल पर रखी हुई लिपस्टिक देखते हुए कहा, "ये तो महँगी लग रही है!"

"हाँ, खेंचरू ही तो लाया है, पूरा सेट! तुम्हारे लिए नहीं लाया?" गोलमी ने आश्चर्य से पूछा।

रज्जो के चेहरे पर ग़ुस्से और अपमान के भाव तैर गये। "नहीं तो! साला आदमी, तुम्हारे लिए ले आया और अपनी बहन के लिए कुछ नहीं!" ग़ुस्से के कारण उसके मुँह से अपने ही भाई के लिए गाली निकल गयी।

"छोड़ो न! जो मेरा है, वह तुम्हारा है! हम तुम अलग हैं क्या?" गोलमी ने रज्जो को वह सेट पकड़ाते हुए कहा।

"जाने दो, हम ख़रीद लेंगे!" वह तुनकते हुए बोली! रज्जो ग़ुस्से और जलन के कारण मरी जा रही थी! ऐसा क्या है गोलमी में कि पूरा–का–पूरा गाँव ही फिदा है! मेहनत मेरी और जलवे इन महारानी के! उसका गेहुँआ चेहरा एकदम लाल हो गया।

"और देखो महारानी को, कहीं कोई तोहफा ले आता है तो कहीं कोई? कोई लाली ला रहा है तो कोई शीशा! और ये टूटा–फूटा मकान महँगे सामानों से भरा जा रहा है! टूटा–फूटा!" उसने जैसे ख़ुद से बात की!

ओह! ये टूटा–फूटा मकान अब टूटा–फूटा नहीं रहा। गाँव वालों से दान में मिले घर में अब बहुत बदलाव आ गये थे! अब वह पक्का तीन मंज़िला मकान बन गया था। इस तीन मंज़िले मकान में आज सब कुछ था। क्या नहीं था? टीवी था, डिश कनेक्शन था, वीसीपी था, अब तो मुए खेंचरू के कारण एक कोने में नया–नवेला कम्प्यूटर भी झाँकने लगा था। ऐसे में उसे अपने घर में कम्प्यूटर लाने को लेकर लड़ाई याद आ गयी।

"तुम्हें क्या ज़रूरत है कम्प्यूटर की?" खेंचरू ने उससे पूछा था।

"काहे ज़रूरत नहीं है?" उसने कहा था।

"अरे तुम्हें क्या काम? मण्डली का काम तो तुम गोलमी के घर जाकर भी कर सकती हो? वैसे भी केवल मण्डली का ही तो काम है तुम्हें?" उसने कम्प्यूटर के डिब्बे को उठाकर गोलमी के घर की तरफ़ ले जाते हुए कहा।

"ले जा, ले जा, सब कुछ दे आ उसे! कुछो न रखना घर पर! एक दिन पछताएगा! कीड़े पड़ेंगे तेरे! देखना कैसे एक दिन अपनी बहन के पीछे ही आना होगा! इन सबसे से वह हाथ नहीं आयेगी! एक दिन आओगे

नाक रगड़ते हुए, फिर देखना!" ग़ुस्से के कारण वह उसके पीछे–पीछे दरवाज़े तक भागी थी।

मगर जल्द ही उसने अपने ग़ुस्से पर नियन्त्रण कर लिया था। उसे पता था कि अन्ततः ये ग़ुस्सा उसे ही नुक़सान पहुँचाएगा।

बार–बार वह ख़ुद को इस ग़ुस्से से बचाने की कोशिश करती थी, मगर भीतर से डाह जाती ही नहीं थी। अब देखो, शहर गयी वह, मेहनत की उसने, बीडीओ से मीटिंग की उसने, तमाम प्रपोजल बनाये उसने, सर खपाया उसने और ये दोनों आशिक़ लोग निकल गये अपनी माशूक़ा के लिए गिफ्ट ख़रीदने! एक ले आया आईना और दूसरा लाली लिपस्टिक का सेट! रज्जो का मन हुआ कि उस आईने को तोड़ दे और पूरे सेट को उठाकर अभी नदी में फेंक आये! उस लाल लिपस्टिक में उसे न जाने कितनी आग निकलकर जला रही थी।

मगर उसने बहुत जल्द ही ख़ुद को सँभाल लिया। गोलमी अपने नये टी–सेट में उसके लिए चाय लेकर आयी थी। गोलमी ने इस घर में नयी पुताई कराई थी। इस बार पुताई डिस्टेम्पर से हुई थी। रज्जो जब आती तब उसे वही गिरते हुए चूने की दीवारें ही याद आतीं या फिर टूटे आँगन का फ़र्श! मगर अब तो गोलमी ने सब मार्बल का करा लिया था। एक तो गोलमी इतना पैसा कमा रही थी और दूसरा वह सबकी चहेती भी बनी हुई थी! रज्जो की तरफ़ किसी का ध्यान ही नहीं था।

बताओ तो, उसके साथ ही शहर जाते हैं ये मुए अढ़ाई सौ और उसका निकम्मा भाई, मगर मजाल है कि उसे कुछ बता भी दें! उसके साथ बड़ी–बड़ी गाड़ी में घूमते हैं, उसके कारण ही महँगी–महँगी दारू पीते हैं, कम्बखत ये दोनों उसके पैसों से अपने सारे शौक़ पूरे करते हैं और देखो, गिफ्ट किसके लिए लाते हैं ये दोनों? रज्जो के मुँह में कसैलापन घुल गया! रज्जो कभी–कभी उस कसैलेपन में अपने बचपन के बिताये हुए हर लम्हे को भूल जाती थी। लेकिन उसे अपने सपने पूरे करने थे और वह उन सपनों को पूरा करने के लिए हर विष को पीने के लिए तैयार थी। उसने उस कसैलेपन को एक तरफ़ झटक दिया।

उसे चाय का कप पकड़ाते हुए गोलमी ने पूछा–"रज्जो, तुम कुछ कह रही थीं न! तुम बीडीओ के ऑफ़िस गयी थीं? फिर क्या हुआ?"

"अरे सुनो! तुम्हारी लाली लिपस्टिक के चक्कर में असली बात बताना भूल गयी।" रज्जो ने सब बातें चाय के घूँट के साथ गटकते हुए कहा।

"बोलो न!" गोलमी ने उसे बिस्कुट देते हुए कहा।

"वो बीडीओ बाबू ने कहा कि अब सरकार कई योजनाएँ चला रही है, मज़ेदार वाली! जैसे परिवार कल्याण वगैरह तो चल ही रही हैं, मगर अब इन योजनाओं के प्रचार को और ज़्यादा फैलाने के लिए मण्डलियों और टोलियों की ज़रूरत होगी, गाने बनाकर अपनी भाषा में उन्हें समझाना है।" रज्जो ने उसे समझाया।

"हाय, अब इसमें भी नाच होगा कि कैसे बच्चा पैदा करें और कितना?" गोलमी ने अपनी बड़ी–बड़ी आँखें घुमाते हुए कहा।

"और इधर हमारी अम्मा को भी पता था कि बच्चा एक ही रखना है। अम्मा को किन्ने बताया होगा?" गोलमी की हँसी का ठिकाना न रहा था।

"बच्चा पैदा करने के लिए क्या गाना बनायेंगे रज्जो? ज़रा बताओ न!"

"इत्ते बरस तुम पास न आना,
इत्ते बरस तुम दूर न जाना..."

दोनों तमाम गाने बनाती हँसती रही थीं।

तभी घड़ी ने बताया कि दो बज गये! दोनों को बातें करते–करते वक़्त का पता ही नहीं चला था। अब तो खाना–खाने का भी समय हो गया था। सुन्दरी खाना लेकर आ गयी थी।

अब तो रोज़ घी भरी दाल होती थी।

"लो गोलू, खाना खा लो! दाल में घी ख़ूब डाला है! जो गोलमी के लिए नहीं है! नहीं तो ये तो गा नहीं पायेगी।" सुन्दरी ने उसे भर कटोरा घी वाली दाल देते हुए कहा।

गोलमी की आँखों में इस समय थोड़ी जलन थी।

"जल लो, जल लो, यहाँ मैं तुमसे आगे हूँ!" रज्जो ने हुंकार भरी।

"खा लो, डकार लो!" गोलमी हँसते हुए बोली।

दोपहर के बाद दोनों ही सहेलियों ने आगे की बात की, कम्प्यूटर पर प्रपोजल बनाकर बीडीओ को दिखाना था। कम्प्यूटर पर फिलहाल इतना ही काम आता था उन्हें। भगवानपुर में इतनी सुविधा थी, गाँव में होते तो कम्प्यूटर बक्से में ही बन्द रहता। प्रपोजल सीडी में भरकर प्रिण्ट निकालने के लिए व्यग्र हो रही थीं दोनों। कुछ नेता भी आने वाले थे, उन्हें भी ये सब दिखाना था, बजट बनाकर पूरा प्रपोजल बन जाये, फिर देखेंगे।

रज्जो का दिमाग़ तेज़ी से काम करने लगा था।

चुनावी रंग

रामबालक सिंह बाल कटाते–कटाते न जाने सोच की किस कन्दरा में चले गये थे। हालाँकि वे अपने हालात से हार नहीं माने थे, मगर निराश से होने लगे थे। उनके बालों में अब सफेदी झाँकने लगी थी और अब राजनीतिक अनुभव भी तमाम हो चला था, मगर न जाने क्यों यह राजनीतिक अनुभव उन्हें बहुत कुछ दे नहीं पाया था।

"भैया जी, इस बार किसकी सरकार बनवायेंगे आप?" रमुआ ने बालों में मेहँदी लगाते हुए पूछा।

"क्या पता! इस बार लग तो रहा है कि ज़ोर होगा अपना, मगर कितना होगा ये नहीं पता! तुम तो अपना ज़ोर ज़रा बालों में लगाओ!" रामबालक सिंह ने हड़काया।

ये रमुआ नाई कोई मामूली नाई नहीं था, छोटी–सी दुकान चलाने वाला रमुआ राजनीति के ककहरे के बारे में बहुत ज़्यादा जानता था। रमुआ की दुकान में आकर इस ज़िले के अधिकतर छुटभैये और बड़े नेता सिर झुकाते थे और इनमें से ही एक थे रामबालक सिंह!

जेपी आन्दोलन में हिस्सा लेकर राजनीति बदलने की इच्छा ने रामबालक सिंह को अपने घर और परिवार से बेगाना कर दिया था। माई चली गयी, बाबा चले गये और जिससे प्यार करते थे उसने दुनिया बसा ली कहीं और ज़ख्म अभी तक भरा नहीं था। प्रेम–विहीन संसार में रामबालक सिंह के लिए राजनीति ही इकलौता आसरा रह गयी थी। पहले वे दुनिया बदलने का दम भरते थे, मगर अब केवल इस ज़िले को ही बदल दें, यही गनीमत थी!

एक छोटे से खोखे में बाल कटाते हुए रामबालक सिंह की आँखों के सामने से पिछले कुछ सालों की पूरी कहानी जैसे गुज़र रही थी। कैसे

जेपी आन्दोलन के दौरान राजनीति में आना, कैसे कांग्रेस के बड़े–बड़े नेताओं का सामना करना और कैसे उनका बड़े–बड़े प्रलोभनों से अनछुआ गुज़र जाना। उन पर तो जैसे समाज को बदलने का जुनून था, युवा ख़ून ज़ोर मार रहा था, वे बस कुछ कर गुज़रना चाहते थे।

जेपी आन्दोलन के बाद राजनीति वैसी रह नहीं गयी थी, जैसी पहले थी। और जैसे–जैसे राजनीति बदली, वैसे–वैसे राजनीतिक खानदानों में भी बदलाव आता गया। अब बिहार में भी अलग–अलग खानदान पनप रहे थे। कभी–कभी रामबालक सिंह को लगता था कि जिस परिवारवाद और वंशवाद के ख़िलाफ़ लड़ाई में उन्होंने अपना परिवार और परिवार का सुख नष्ट कर दिया था, वह अब और ही बड़े और विनाशकारी रूप में सामने आया था। कम–से–कम इस प्रदेश में तो यही हो रहा था। ऐसे में वे क्या करें!

"सही से तो लगाते! कनपटी से ही तो बाल सफेद होते हैं! और तुमने यहीं छोड़ दिया!" वे रमुआ से बोले।

"भैया जी, अब बाल सफेद तो होंगे ही! उमर भी तो हो चली आपकी!" रमुआ ने एक्स्ट्रा डाई लगाते हुए कहा।

"इस बार तो आपको टिकट मिलना ही चाहिए!" रमुआ ने चेहरे पर तौलिये से पानी पोंछते हुए कहा।

"टिकट तो मिल जायेगा, मगर जीत?" रामबालक सिंह ने थोड़ा निराशा भरे स्वर में कहा।

"जीत तो आपकी पक्की ही है! वो करमू तो इस बार दौड़ में है नहीं!" रमुआ की चापलूसी में ग़ज़ब का आत्मविश्वास था।

"करमू नहीं है! ये किसने कहा?" रामबालक सिंह चौंक गये। यह नयी जानकारी थी उनके लिए।

"सुनने में आया है, पार्टी ने उसे इस बार दूर रहने को कहा है!" रमुआ ने अपने खोखे में पड़ी इकलौती कुर्सी पर उन्हें बैठाते हुए कहा।

रामबालक सिंह के लिए यह नयी घटना थी। करमू तो पार्टी के ज़िला प्रमुख का मुँह लगा था, जिसने पिछली बार क्रॉस वोटिंग कराकर उन्हें हरवाया था। वैसे उनके जीतने के सबसे ज़्यादा चांस थे और वे अन्त तक अपने निकटतम प्रतिद्वन्दी से आगे थे, मगर उसने अपने टोले, मोहल्ले में दूसरे को वोट दिलवाकर बाजी पलट दी थी। केवल पाँच हज़ार मतों से सांसद बनने से रह गये थे। और उन्हें जाति की तोड़–फोड़ से

परहेज था, क्योंकि कभी–कभी जातीय गणित के कारण ही वे मात खा जाते थे। भूमिहार बहुल इलाका होने के कारण जीत भी हुई और हार भी। बिना पिछड़ी जातियों को साथ लिए जीत सम्भव नहीं थी। इस बात को वे हजम भले न करें, समझ तो अच्छी तरह से गये ही थे।

वैसे भी दो लोकसभा चुनाव लड़ने के बाद राजनीति और राजनेता दोनों पूरी तरह बदले–बदले नज़र आ रहे थे।

अब सोशल इंजीनियरिंग का दौर था। इंजीनियर बाबू ही मुख्यमन्त्री की दौड़ में थे और वे तमाम तरह की सोशल इंजीनियरिंग में माहिर थे। वे लाल, हरे और भगवा–तीनों ही रंगों के दुलारे थे और उनकी पार्टी इन तीनों ही रंगों से परहेज नहीं करती थी। वैसे भी राजनीति में परहेज किसी का नहीं होता है, इसमें तो परहेज से ही बदहजमी हो जाती है। और अधिकतर नेता इस बदपरहेजी से बचते हैं।

मगर रामबालक सिंह हर जातिगत फॉर्मूले के ख़िलाफ़ रहते थे।

बालों में डाई लगवाकर और रमुआ से बातें करने के बाद वे वहाँ से निकल लिए थे। अब इस ज़िले में उन्हें हर कोई जानता था। पिछले चुनाव में उन्होंने बहुत काम और प्रचार दोनों किये थे! उनका अपना एनजीओ था, जो ग़रीब बच्चों के भरण–पोषण और शिक्षा के लिए काम करता था। वे ग़रीब और अनाथ बच्चों के लिए शिक्षा से लेकर कपड़े आदि सब कुछ निःशुल्क उपलब्ध कराते थे। जब से माई गुज़री थी, तब से उन्होंने अपनी सारी जमा–पूँजी केवल उन्हीं बच्चों के लिए समर्पित कर दी थी। वैसे इस ज़िले में ऐसे बच्चों की संख्या ख़ूब थी। कभी किसी के माँ–बाप नक्सली के हाथों मारे गये तो किसी के पुलिस के हाथों। कोई सामाजिक न्याय के हाथों शहीद होता था तो कोई क़ानून व्यवस्था के नाम पर! मगर यह इस प्रदेश का दुर्भाग्य था कि चाहे बन्दूक किसी की भी चले, मरता केवल आम नागरिक था!

इस बार सालाना जलसे में उन्होंने अपने एनजीओ के बच्चों के द्वारा बनाये गये सामानों का भी स्टॉल लगाने का सोचा था। अपने एनजीओ के बच्चों को वे कुछ–न–कुछ बनाने का प्रशिक्षण देते रहते थे। बीते कुछ समय से मोमबत्ती आदि बनाने का प्रशिक्षण देते–देते वे अब कम्प्यूटर एवं मशीन रिपेयरिंग आदि का भी प्रशिक्षण देने लगे थे।

न जाने किस सोच में मग्न थे!

जलसे में अपने स्टाल का उद्घाटन किससे कराऊँ? रामबालक

सिंह ने मन–ही–मन सोचा। ये भी ग़ज़ब ही था। माने, जलसा अब आने को था, अब दिन ही कितने बचे थे? इधर जलसे की तैयारी हो रही थी और उधर रामबालक सिंह इस बात को लेकर ज़िद पर अड़े थे कि इस बार अपने एनजीओ के किसी भी कार्यक्रम में वे किसी भी नेता को नहीं बुलायेंगे। उनके मंच पर कोई भी नेता क़दम नहीं रखेगा। नहीं तो नेता अपनी जाति के बच्चों को ही गिनते रहते थे। पिछली बार का वाक़या उन्हें बहुत ही अच्छी तरह से याद है! बहुत ही बारीकी से दोनों नेताओं ने अपनी ही जाति के बच्चे खोज लिए थे और उन बच्चों के बहाने न जाने कौन–कौन से लेवल पर जाकर निशाना साधा था! और न जाने क्या–क्या फ़ायदा उठाया था! इस बार रामबालक सिंह बिल्कुल भी नेताओं का नाम नहीं देना चाहते थे।

उनके एनजीओ में तैयारियाँ चल रही थीं। और इस बार नये सेंटर का प्रचार भी जलसे में कराने का सोच रहे थे। देखते–ही–देखते शाम होने लगी थी। चिन्ता ने उनके दिल–दिमाग़ पर कब्ज़ा कर लिया था! चिन्ता से चतुराई घटे...कहावत उन्हें याद आयी और समाधान की तरफ़ उन्मुख हुए।

दुनिया न रही बेकाबू

कुनमुनाते हुए गोलमी ने करवट बदली! सवेरा सिर पर चढ़ आया था। उसे आज वैशाली में कार्यक्रम में जाना था। जैसा रज्जो ने कहा था कि अब नाच हवेलियों और आँगनों से निकलकर बड़े लेवल पर ज़रूरी हो गया था, अब मण्डली को शिक्षा अभियान को लोकप्रिय बनाने के लिए गाँव–गाँव जाकर काम करने का प्रोजेक्ट मिल गया था। रज्जो इन सब कामों में बहुत कुशल हो गयी थी। अभी दो ही महीना पहले ही तो मिलकर आयी थी बीडीओ और पंचायत से और पन्द्रह दिनों में पूरा प्रपोजल बनाकर भेज भी दिया था। न जाने कैसे तुरत–फुरत कर देती थी!

गोलमी का काम तो केवल जाकर नाचना रह जाता है! मगर इस बार काम अलग है। रज्जो ने बहुत मेहनत की है और उसने भी। गोलमी ने शिक्षा के महत्त्व पर कई गाने बनाये थे। सच में, शिक्षा पर लिखते समय उसे न जाने कितने पापड़ बेलने पड़े थे। और उसे याद आ गया वह बहता हुआ बस्ता जो उसकी माई ने गुस्से में फेंक दिया था नदी में! सुन्दरी देवी ने बस्ता उठाकर फेंक दिया था, जब वह लाख बार समझाने के बावजूद नाचने के लिए पहुँच गयी थी।

सुन्दरी देवी ने भरसक कोशिश की कि वह पढ़ने पर ज़्यादा ध्यान दे, घुँघरू की आवाज़ों और तबलों की थापों से दूर रहे, मगर उसके हाथों में तो पेन्सिल की जगह जो एक बार लाल मेहँदी ने ली तो फिर गोलमी कभी पलट नहीं पायी। जैसे ही वह अपने बस्ते से किताबें निकालती, वैसे ही उसकी आँखों के आगे अक्षर आकर नाचने लगते। उसे समझ ही नहीं आता कि क्यों क के बाद ख आता है, क्यों मात्रा का इस्तेमाल होता है, अक्षर भरतनाट्यम करते, अक्षर ताण्डव करते और उसके दिमाग़ में जाकर धमाचौकड़ी मचाते! इतना कि वह परेशान हो जाती और अब देखो उसे नाचना है शिक्षा पर! वह ख़ूब हँसी थी। हँसते–हँसते उसके पेट में दर्द होने लगा था!

"का गोलमी! गाना लिख लिया?" रज्जो ने उसे छेड़ते हुए कहा था।

"क्या रज्जो! क्या लिखा जाये?" जैसे ही कुछ बोलते हैं, वैसे ही बहता हुआ अपना बस्ता ध्यान आ जाता है! उसने हँसते हुए कहा था।

दसवीं से आगे भले न कोर्स की किताबें पढ़ी हों, ज़िन्दगी की किताबें तो रोज़ पढ़ती रही थी। अख़बार रोज़ बाँचती थी। दुनियाभर की ख़बरों पर नज़र रहती थी। सरकारी अभियानों पर पैनी निगाह रहती थी।

सरकार की तरफ़ से कई अभियान चल रहे थे, और रज्जो उसे पिछले दो–तीन महीने से न जाने कितनी पुरानी वीसीपी और गाने के कैसेट लाकर दे रही थी। बहुत जल्द ही शिक्षापरक अभियान तैयार होने लगा था।

"पढ़ लिख ल हो राजा, पढ़ लिख लअ
बन जाओ बाबू
धन मिली, दौलत मिली
दुनिया न रही बेकाबू...बाबू पढ़..."

ऐसे ही न जाने कितने गाने उसने बना लिए थे और लाल लहँगा पहनकर जब उसने अपनी आवाज़ से गाना शुरू किया तो सारा शिक्षा विभाग इस सुरीली नार पर मोहित हो चला था।

गाँवों में स्कूल में बच्चे आने शुरू हो गये। जब उनकी मण्डली की तारीफ़ और दूसरे गाँवों की पंचायतों तक पहुँची तो सुन्दरी को भी अपनी गोलमी पर गर्व हो आया।

ऐसे ही किसी काम के लिए मण्डली हाजीपुर आयी थी। अढ़ाई सौ और खेंचरू दोनों भी उसके साथ ही थे। रज्जो को डर ही लगा रहता था कि कहीं ये दोनों फिर न भिड़ जायें! अजीब कहानी थी इस गोलमी के कारण! दो दोस्त आपस में लड़कर जानी दुश्मन हो गये थे। एक कुछ कहता था तो दूसरा कुछ! इन दोनों के बीच केवल गोलमी ही नहीं, रज्जो के भी सपने फँस गये थे।

अब एक कह रहा था जलसे में रुकना चाहिए तो दूसरा कहता था जलसे में रुकने से क्या फ़ायदा? रज्जो का आधा समय मण्डली में इन दोनों का झगड़ा निपटाते हुए ही बीत जाता।

गोलमी को इन सबमें कोई रुचि नहीं। उसे मानो दोनों की ज़रूरत थी। सारा मामला रज्जो पर डालकर वह बेफ़िक्र हो गयी थी।

अढ़ाई सौ का जहाँ कहना था कि जब आये हैं तो जलसे में रुकना

चाहिए तो वहीं खेंचरू का कहना यही था कि जलसे में रुकने से क्या फ़ायदा? वह जल्द–से–जल्द गाँव वापस जाना चाहता था।

"अरे जलसे में तो अभी हैं तीन–चार दिन? तब तक रुकने से क्या फ़ायदा? कौन करेगा इतना खर्चा? चलो गाँव।" खेंचरू ने पान–मसाला चबाते हुए कहा।

वैशाली की धर्मशाला में टिकी हुई मण्डली में उस दिन ख़ूब ज़ोरदार गर्मागर्म बहस हुई। गोलमी को भी कई बार समझ नहीं आता था कि वह इन दोनों का क्या करे? उसे अढ़ाई सौ की बात सही लगी कि जब यहाँ हैं और जलसा शुरू भी होगा कुछ दिनों में तो रुककर ही जाते हैं। कौन सा रोज़–रोज़ आना है! और जलसे में कई विभागों के अफ़सर भी आते हैं, तो क्या पता कुछ काम ही मिले?

यही विचार रज्जो का भी था। रज्जो तो दो–तीन विभागों का काम लेकर ही जाना चाहती थी। क्या पता मिल ही जाये! मगर इस ठस्स बुद्धि को कौन समझाए? वह तो कुछ समझ ही नहीं रहा था। खेंचरू तो केवल अढ़ाई सौ का विरोध करने के लिए अड़ा था अपनी माँग पर!

मगर इस बार गोलमी भी उसके विरोध में थी।

"तुम हमेशा उसकी कही बात का उल्टा क्यों कहते हो?" गोलमी ने खेंचरू से पूछा। धर्मशाला में बहुत सुविधा नहीं थी, मगर कमरे में उनके आराम के लिए सब कुछ था।

"तो क्या तीन–चार दिन हम लोग यहीं ऐसे रहेंगे?" खेंचरू ने ग़ुस्सा झलकाते हुए कहा था।

"क्यों नहीं रह सकते? अपने गाँव में रहते हैं न?" गोलमी तिलमिला गयी।

"गाँव में तो शाम होते ही सन्नाटा हो जाता है, तारे अपनी छाँव में बुलाते हैं, वहाँ हमारे घर हैं। यहाँ क्या है? क्या करेंगे यहाँ?" खेंचरू ने बहाना किया।

"देखो, हमें उसी गाँव से बाहर निकलना है! कब तक हम गाँव का गान गाते रहेंगे? आख़िर हमें भी तो बढ़िया जीवन जीने का हक है!" रज्जो तपाक से बोल पड़ी।

"और देख, क्या पता जलसे में कोई नेता ही आये! न जाने कितने कार्यक्रम होने हैं! अब चुनाव में किसी भी नेता का काम मिल गया न मण्डली को तो कितना पैसा मिलेगा, तुम सोच भी नहीं सकते?" रज्जो ने उसके पैर पर हाथ रख दिया।

"नेता? तुम नेता से मिलीं?" खेंचरू चीखा।

उसकी चीख से धर्मशाला में काम कर रहे कर्मचारी भी उन लोगों की तरफ़ देखने लगे। नीली दीवारों पर पड़े हुए हरे पर्दों ने उन चीखों को थोड़ा थाम लिया था, नहीं तो जाने क्या हो जाता!

"एक तो तुम अपना लठैतपना न गाँव छोड़कर आया करो! ये तुम्हारा गाँव नहीं है जो तुम अपनी लाठी लेकर सब पर हावी हो जाओगे! समझे! और सगुन चाचा तो हैं ही अपने साथ! फिर?" रज्जो को उसका चीखना पसन्द नहीं आया!

"न जाने क्या समझता है ख़ुद को? जैसे कोई लाटसाहब हो कहीं का!" रज्जो बड़बड़ाती जा रही थी।

बड़बड़ाते हुए वह उससे लड़ाई भी करती जा रही थी। न जाने कितनी देर तक भाई–बहन का झगड़ा चलता, अगर सगुन महतो बीच में न आते।

उन दोनों का झगड़ा निपटाकर सगुन महतो ने चैन की साँस ली। इतने बरस के बाद वे हाजीपुर में इतने लम्बे समय तक रहने आये थे। हाजीपुर बहुत कम आना–जाना होता था। कीर्तन मण्डली छोड़ने के बाद कहीं आना–जाना बन्द–सा ही था। फिर बीमारी भी लग गयी थी रतौंधी की। रात होते दिखना बन्द हो जाता था। दिन भर कहीं रहें, शाम तक घर लौट आते, अपनों की पनाह में। हाजीपुर आते समय भी सुन्दरी चिन्तित थी। सालों बाद कहीं दूर निकलना हो रहा था।

पहले जब वे आते थे, तो उन्हें इतना पसन्द नहीं आता था, मगर इस बार जलसे में आने का उनका मन था। पहले वे अपनी मण्डली के साथ आया करते थे हाजीपुर। बहुत यादें जुड़ी हैं, हाजीपुर की सड़कों पर चलते हुए न जाने वे क्या सोच रहे थे! सगुन महतो शायद आने वाले पलों से डर रहे थे।

एकदम से हवा का झोंका आया और वे होश में आये।

वे एक सुनसान सड़क पर चले जा रहे थे, अपने ख़यालों में गुम। दूर तक कोई गाड़ी–सवारी नहीं दिखायी दे रही थी। पतली, कच्ची–पक्की सी सड़क किसी बस्ती की तरफ़ जाती थी। सगुन टहलते–टहलते अनजान दिशा में भटक गये थे।

अरे, ये कहाँ आ गया मैं? उन्हें होश आया और उन्होंने ख़ुद से पूछा। शाम गहरा गयी थी। आँखों में रतौंधी बीमारी की वजह से साफ़–साफ़ कुछ दिखायी नहीं दे रहा था। वे लड़खड़ाए।

"अरे आप गिर जायेंगे? कहाँ जाना है?" अचानक से एक भद्र स्वर ने उनसे पूछा।

उन्होंने सिर उठाया।

अपनी ही उम्र के अधेड़ खुशनुमा, मगर रोबदार चेहरे के व्यक्ति को धुँधलाती आँखों से देखकर वे थोड़े चकित हो गये।

"आपको रतौंधी की शिकायत है क्या?"

उन्होंने सीधे पूछ ही लिया। जिस तरह से अनजान आदमी अपनी आँखें फाड़कर उन्हें देखने की कोशिश कर रहा था, वे समझ गये। इस इलाके में यह बीमारी आम थी।

"जी..."

"मुझे धर्मशाला जाना है। मैं अपनी मण्डली के साथ आया हूँ, न जाने कहाँ भटक गया हूँ, आप सही समझे, इधर पकड़ लिया है हमको ई बीमारी, इसीलिए शाम के वक्त में कम दिखायी देता है।"

"आप बतायें कि कौन–सी धर्मशाला जाना है?" भद्र सज्जन ने पूछा।

"जी, वो तो मुझे पता नहीं है!" सगुन महतो एकदम से चकराए।

"ओह! तो आप आये कहाँ से हैं? आप यहाँ के नहीं हैं क्या?" भद्र सज्जन ने पूछा।

"जी!" सगुन अब समझ नहीं पा रहे थे क्या करें।

ये भद्र सज्जन क़िस्मत से रामबालक सिंह ही थे, जो फार्म हाउस से शहर की तरफ़ लौट रहे थे। अब क्या करें वह? इस अनजान व्यक्ति को ऐसे छोड़ भी नहीं सकते थे।

"रुकिए, चलिए आप मेरी बाइक पर बैठिए। इस शहर में जितनी धर्मशालाएँ हैं, सब में पता करवाते हैं, आपकी मण्डली कहीं–न–कहीं तो मिलेगी!" रामबालक सिंह ने उन्हें ढाढस बँधाया।

"आप तो देवता हैं, मालिक!" सगुन महतो ने कृतज्ञ भाव से हाथ जोड़े।

"शर्मिन्दा न कर भाई। लगता है, नये हो इस इलाके में। वैसे गया ज़माना मालिक–वालिक का। कोई नहीं मालिक हम किसी के...हम तो अजनबी हैं, पहले परिचय तो हो जाये महाराज! चलिए...बैठिए...आपको मोटरसाइकिल की सैर करायें। वैसे आपकी मण्डली यहाँ किसलिए आयी थी?" रामबालक सिंह ने अपनी मोटरसाइकिल स्टार्ट करते हुए पूछा।

रामबालक सिंह की फेवरेट थी यह मोटरसाइकिल। जब फार्म हाउस

की तरफ़ जाते तो अकेले इसकी सवारी करते। अपने चेलों–चपाड़ों से भरी जीप छोड़ जाते।

"जी, दरअसल हमारी मण्डली सरकार के शिक्षा अभियानों में अपना नाच–गाना करती है! माने नाच–गाकर शिक्षा के बारे में बताती है।"

बात करते–करते सगुन महतो राजदूत मोटरसाइकिल की पिछली सीट टटोलते हुए उस पर बैठ गये।

"बहुत ही बढ़िया! तो मतलब मण्डली छाई है! और कौन है आपकी मण्डली में?" बाइक को चलाते हुए रामबालक सिंह ने पूछा।

"जी सब हैं! जैसे ही धर्मशाला मिलेगी, वैसे ही आप सबसे मिल लीजिएगा! आप कोन्हारा घाट की तरफ़ चलिए, हमको रास्ते में याद पड़ जायेगा।"

सगुन महतो ने उन्हें आश्वस्त किया। रामबालक सिंह ने सोचा, आज पुण्य का काम कर ही लिया जाये। बिछड़े को उसके परिवार से मिलवा दिया जाये। कोठी पर जायेंगे तो फिर जनता से घिर जायेंगे। रोमांच मन में लिए एक्सीलरेटर ज़ोर से दबाया।

जल्द ही बाइक शहर की तरफ़ दौड़ने लगी।

कुछ खोना है, कुछ पाना है

इधर धर्मशाला में सब लोग परेशान हो गये थे। न जाने सगुन महतो कहाँ चले गये? अनजान शहर में कहाँ जा सकते थे? पान खाने के लिए गये थे! अढ़ाई सौ और खेंचरू दोनों ही आसपास देख आये थे, मगर कहीं किसी को नहीं पता था।

कहाँ चले गये? कैसे मिलेंगे?

"देखा, तभी कहा था कि चलो! वापस चलो! अब भुगतो! और देखो जलसा!" खेंचरू का बोलना चालू था।

"तुम कभी कुछ अच्छा नहीं बोल सकते हो?" रज्जो ने घुड़कते हुए कहा।

"महारानी! चचा खो गये हैं! अब तुम जी भर के जलसा घूमना!" खेंचरू का बोलना रुक नहीं रहा था।

उधर गोलमी का बुरा हाल था। आख़िर बाबा कहाँ चले गये? इस छोटे–से शहर में किसी को जानते भी नहीं हैं। आख़िर वे कहाँ जा सकते हैं? उनको शाम को दिखायी देना कम हो जाता है। वह डर गयी, कहीं लूटपाट के शिकार न हो गये हों!

दिन ढल गया था और सगुन महतो का कुछ पता नहीं था। कुछ लोगों का कहना था कि पुलिस स्टेशन चला जाये तो कोई कह रहा था कि इन्तज़ार किया जाये! सबकी जान अटक गयी थी गले में! सुन्दरी देवी से क्या कहेंगे सब? कि इतने लोग थे फिर भी सगुन चाचा खो गये? गाँव में सब पूछेंगे कि कैसे खो गये सगुन महतो? कोई बच्चा तो नहीं थे कि खो जायेंगे।

सबके चेहरे पर जलसे का जो उल्लास पसरा था, अब ग़ायब हो गया था और सबका यही कहना था कि जैसे ही चाचा मिलते हैं, यहाँ से चलो। ये अच्छा शगुन नहीं है।

गोलमी की आँखें तो एकदम तर थीं, वह ख़ुद को ही ज़िम्मेदार ठहरा रही थी!

"चुप हो जाओ! मिल जायेंगे चाचा!" अढ़ाई सौ उसे समझा रहा था।

उसने अढ़ाई सौ का हाथ पकड़ लिया, अढ़ाई सौ इस अप्रत्याशित स्पर्श से काँप गया। मगर इस समय वाकई में गोलमी को ज़रूरत थी, उसके दिल में जो भय का आतंक था, उसे समाप्त करना ही होगा! उसके मन में विश्वास जगाना होगा कि चाचा आ जायेंगे!

"ऐ अढ़इया...! बाबा मिल तो जायेंगे न!" उसकी बड़ी–बड़ी आँखों से सवाल उभरा। अढ़ाई सौ हिल गया! वह उन आँखों की ख़ुशी के लिए सब कुछ कर सकता था। वह इन आँखों में आँसू नहीं देख सकता था। उसे कुछ–न–कुछ करना ही था! यही मौक़ा था कि वह गोलमी का दिल जीत सकता था।

"कुछ नहीं होगा चाचा को!" उसने ढाढस बँधाया!

"वे कहाँ गये होंगे?" उसने व्यग्रता से पूछा।

"वे जल्द आयेंगे! ठीक होंगे वे! भरोसा रखो!" अढ़ाई सौ उसे भरोसा ही दे सकता था। खोजने जाता तो कहाँ? गोलमी को कस के थामे रहा।

संशय और दुख के लम्हे दो दोस्तों को थोड़ा पास–पास ला रहे थे। दुख जोड़ता है। दोनों की साँसें टकरा रही थीं। गोलमी बेबसी से छटपटाती हुई अढ़ाई सौ की छाती में माथा रगड़ती जा रही थी। अढ़ाई सौ ने उसे बाँहों के घेरे में लिया। दुख ने दोनों के बीच पुल का काम किया था। दोनों एक–दूसरे से लिपटने ही वाले थे कि शोर मच गया–"चचा आ गये, चचा आ गये!" गोलमी की हथेली उसके खुरदुरे हाथों से बाहर निकल गयी। अभी तक तो उसे वह खुरदुरापन एक भरोसा दिला रहा था, पर अब बाबा की सलामती अपनी आँखों से देखने की चाह में गोलमी उस दिलासा को जैसे भूल ही गयी थी।

"बाहर चलो, गोलमी, चचा आ गये!" अढ़ाई सौ चहक उठा। वह गोलमी की महक में बँधा हुआ था।

सबने देखा कि चाचा की ही उम्र के एक और अधेड़ व्यक्ति चाचा के साथ धर्मशाला के अन्दर क़दम रख रहे थे। सगुन महतो ने अपनी कहानी बताई कि कैसे कुछ सोचते–सोचते वे इतनी दूर निकल गये थे कि अँधेरा हो गया और दिखायी देना कम हुआ नहीं कि वे धर्मशाला भूल

गये। वो तो भला हो बाबू साहब का, जो राह में मिल गये और धर्मशाला खोजकर यहाँ तक ख़ुद ही छोड़ने आ गये थे।

रामबालक सिंह की तरफ़ गोलमी ने कृतज्ञता से देखा। रामबालक सिंह को ये आँखें असाधारण लगीं। इतनी निर्दोष आँखें और वो भी एक साधारण नचनिया की! वे इतनी गायन–वादन मण्डलियों से मिल चुके थे, मगर जो बात उन्हें इस मण्डली में दिखी, वह अद्‌भुत थी! कला और उसे इस तरह प्रोफ़ेशनल तरीके से इस्तेमाल करना, ये सहज नहीं था! जल्द ही वे रज्जो से घुल–मिल गये और उन्हें रज्जो के माध्यम से उनकी कार्यशैली के बारे में तमाम बातें पता चलीं। रामबालक सिंह के अचरज का ठिकाना ही नहीं था कि इतने सुनियोजित तरीके से मण्डली का मैनेजमेंट एक गाँव में हो रहा था। मगर जब रज्जो ने उन्हें अपनी मण्डली की फ़ोटो दिखायीं और यह भी बताया कि कैसे उसे शिक्षा अभियान का प्रोजेक्ट मिला और उसकी सफलता और जब गोलमी की आवाज़ तथा उसके नाच के साथ शिक्षा के गाने सुने तो रामबालक सिंह एकदम भौचक्के रह गये! ये प्रतिभाओं का खज़ाना क्या कर रहा था गाँव में?

उन्हें अपने स्टाल का उद्‌घाटन करने वाला मिल गया था। उन्होंने सोच लिया था कि इस असाधारण प्रतिभा से ही जलसे में अपने स्टाल का उद्‌घाटन कराना है। उन्होंने चार–पाँच दिनों के लिए पूरी मण्डली को अपने एनजीओ के गेस्ट हाउस में आमन्त्रित कर दिया।

मण्डली के लिए तो ये बिन माँगे मोती मिले जैसा मौक़ा हो गया। सब ख़ुश थे एक खेंचरू के सिवा। न जाने क्यों उसे लग रहा था, जैसे गोलमी तक पहुँचने की उसकी राह में एक और रोड़ा आ गया था। सगुन महतो को यह तो लगा था कि रामबालक सिंह साधारण व्यक्ति नहीं हैं मगर रामबालक सिंह का क्या रुतबा है, यह अब पता चला और जब उन्हें यह पता चला कि पिछले संसद के चुनावों में उन्हें हराने के लिए क्या–क्या तिकड़म की गयी थी तो यह सुनकर तो वे और भी उनके मुरीद हो गये थे।

चुनाव लड़ना क्या इतना सरल है? और उस पर इस तरह से हारना? रामबालक सिंह के लिए उनके दिल में आदर बढ़ गया। इधर रज्जो को लग रहा था कि कुछ तो माँ कसम बढ़िया होने जा रहा था। ये रामबालक सिंह का मिलना इत्तेफाक नहीं हो सकता था।

"ये तो ब्रह्म बाबा की कृपा है!"

अढ़ाई सौ ख़ुश था और गोलमी भी ख़ुश थी। उसे बस जलसे में शामिल होने की ही ख़ुशी थी।

इस ख़ुशी के मौक़े पर एक व्यक्ति था, जो विचार–मग्न था और वे थे खुद रामबालक सिंह। उनके स्टाल के लिए मुख्य अतिथि तो तय हो गया था, मगर गोलमी के लिए उनके विचार यहीं नहीं रुके थे। गोलमी हर पल उन्हें विस्मित कर रही थी। उन्हें यक़ीन ही नहीं हो रहा था कि गाँव की एक लड़की इस तरह से नाचकर ही सरकार के साथ काम कर सकती थी? यह तो लोगों को अपनी तरफ़ खींचने की ग़ज़ब ताकत रखती थी! इसमें बहुत कुछ था, जो इस्तेमाल किया जा सकता था! बहुत कुछ! इसे पहचानने का मतलब था लॉटरी लगना!

नेता रामबालक सिंह अलग गणित में उलझे हुए थे। राजनीति में हर क़दम सोच–समझ कर उठाया जाता है। क्या दाँव खेला जाये इस पर? गोलमी एक लम्बी रेस का घोड़ा थी। दाँव तो खेलना ही था! वे समझ गये थे कि आज उनके हाथ में एक कोहिनूर लगा है। लेकिन इस चमक को कब और कैसे सबके सामने लाना है, यह बहुत सोच–समझकर वक़्त के अनुसार करना होगा। राजनीति के धुरन्धर रामबालक सिंह जिस सोशल इंजीनियरिंग की काट खोज रहे थे, वह उन्हें गोलमी में दिख रही थी, मगर उसके लिए इसे तैयार करना होगा। गोलमी की आँखों में कुछ खास दिखा था, कुछ ऐसा जो आज तक उन्होंने कहीं नहीं देखा था। कृतज्ञता से भरी गोलमी की बड़ी–बड़ी आँखें उन्हें ख़ुद से दूर कर ले गयी थीं। ऐसा कैसे हुआ? यह तो जादूगर है!

लम्बी, छरहरी, गोरी–चिट्टी, लास्य से भरी हुई यह लड़की जो एक कद्दावर नेता को पिघला सकती है वह जब उनके घोषणापत्र को गा–गाकर सुनायेगी और नाच–नाचकर उनके लिए वोट माँगेगी, तो कौन पत्थर होगा जो रामबालक सिंह को वोट नहीं देगा?

छत पर बैठे–बैठे रामबालक सिंह बहुत कुछ सोचते रहे। बहुत कुछ कहते रहे ख़ुद से।

इधर रज्जो कुछ–कुछ समझ रही थी। आज बहुत दिनों के बाद उसे लग रहा था कि चैन की नींद सोई जा सकती है।

अब वाकई अच्छे दिनों की आहटें सुनायी देने लगी थीं, इतने बरस का उसका संघर्ष शायद अब ख़त्म होने वाला था! उसे यह तो समझ आ गया था कि रामबालक सिंह कुछ बड़ा सोच रहे थे, लेकिन क्या–यह वो

लाख चाहकर भी नहीं समझ पा रही थी। वे राजनीति के शातिर खिलाड़ी होने के साथ–साथ बहुत सहज–सरल व्यक्ति थे। वे ईमानदार तो थे, मगर वे राजा राम भी नहीं थे।

कुछ तो चल रहा था! मगर क्या? क्या? रज्जो का दिमाग़ ख़राब हुआ जा रहा था। वह बहुत सोचती, सिर धुनती, मगर उसे समझ नहीं आ रहा था। आख़िर उसने यही सोचकर शान्ति कर ली थी कि खैर अभी तो जलसे तक रुकें, अभी मुख्य अतिथि बनने दो! बाद में देखा जायेगा!

"नींद नहीं आ रही क्या? या एसी में लेटने की आदत नहीं है?" गोलमी ने करवट बदलते हुए पूछा।

"जाओ! समय आने दो, ऐसे बड़े–बड़े एसी में रहेंगे हम! ध्यान नहीं पण्डित जी ने क्या कहा था? वैसे तुम ही तो कहती हो...गोलमी सपने देखती नहीं..."

"...बुनती है।" गोलमी ने बीच से लपक लिया जुमले को। उसकी मण्डली में जिसे देखो, वही गोलमी को यह जुमला सुनाता रहता था। गोलमी की ज़ुबान पर हमेशा चढ़ा रहता था। बड़ी अदा से जो कहती थी। रज्जो छत घूरती रही।

प्लास्टर ऑफ पेरिस की बहुत ही ख़ूबसूरत कारीगरी की गयी थी छत पर। किसी सेठ का प्राइवेट गेस्ट हाउस था। रामबालक सिंह ने पत्रकारों के लिए यह कुछ कमरे बुक कर रखे थे, क्योंकि उन्हें अच्छे से पता था कि स्थानीय पत्रकार कितनी बड़ी भूमिका निभाते हैं। तीन बड़े–बड़े हॉल, उनसे लगे हुए तीन बड़े–बड़े कमरे! हर कमरे में एक एसी! और बटन दबाते ही एक कारिन्दा तैयार!

ग़ज़ब की मेहमाननवाज़ी करते थे रामबालक सिंह!

कमज़ोर कौमें नेता पैदा नहीं करतीं

जैसे–जैसे राजनीतिक मौसम बदल रहा था, वैसे–वैसे ठाकुर साहब का दिल बैठता जा रहा था। अभी बहुत दिन नहीं हुए थे जब राजनीतिक गलियारे में उनका नाम गूँजता था। बहुत दिन नहीं हुए जब दिल्ली के प्रिय हुआ करते थे, बहुत दिन नहीं हुए जब वे राजनीतिक मीडिया के प्रिय हुआ करते थे। छोटी हवेली को उन्होंने बड़े आलीशान बँगले में बदल दिया था। उनका रुतबा और बढ़ गया था। हवेली जब बँगले में बदल जाती है तो एक नशा–सा छा जाता है। हुक्का गुड़गुड़ाते हुए वे बदलाव की बयार को महसूस कर रहे थे। आज़ादी के बाद जब ज़मींदारी गयी तो उनके बाउजी यानी बड़े ठाकुर बहुत ही चालाकी से राजनीति में आ गये थे। वैसे बड़े ठाकुर भी ख़ूब रंगीन मिज़ाज थे। रंगीन मिज़ाज ठाकुर सजावल प्रताप सिंह के मुँह पर विद्रूप मुस्कान तैर गयी!

"अरे उस्मान! रमेश आया कि नहीं?" ठाकुर सजावल ने पूछा।

"नहीं आया साहेब! बहुत खोजे हैं।" उस्मान ने लाठी टिकाते हुए कहा।

"ये लड़का भी न! अब देखो रात का ग्यारह बज गया है और वह घर पर नहीं है, उसकी बीवी और बिटिया कितनी परेशान हो रही होगी?" ठाकुर सजावल ने कुर्सी से उठते हुए कहा।

रमेश से ठाकुर बहुत परेशान थे। ऐसा लगता था, जैसे उनकी क्रूरता पूरी–की–पूरी उसमें उतर गयी हो। अब क्रूरता दिखाकर काम करने या कराने का समय चला गया। उसे अपने दादा जैसा होना चाहिए, जो अपना काम कराने के लिए मीठेपन की किसी भी हद तक चले जाते थे। कहने को वे ठाकुर साहब थे, मगर वे ठाकुरगिरी में काम क्या करते थे, ये बहुत ही कम लोगों को पता था। उनका नाम बहुत था और सुने हैं उनके पास काम बहुत थे। मगर क्या–क्या...ये नहीं पता था यह कोई नहीं जान पाया था। वे हवा के पंखों पर सवार रहते थे। वे ऐसा कैसे कर पाते थे, ठाकुर

सजावल सिंह कभी समझ ही नहीं पाये। कई बार कई लोगों ने उनके जैसी ठसक पैदा करने की कोशिश की, मगर सब असफल रहे। आख़िर असफलता का चस्का इतना क्यों था? बड़े ठाकुर साहब को बहुत ही चाव था, सब चीज़ों का। वे अपने शौक़ को जीते थे। वे अपने शौक़ को पीते थे। और सिर्फ़ पीते नहीं थे, पिलाते भी जमकर थे।

वह अपने शौक़ की रौ में बहते। उन्हें बहना भी पसन्द था और बहाना भी। जब वे जामों की नदियाँ बहाते तो बहा देते तमाम लोगों के शिकवे–गिले। "बैर कराते मन्दिर मस्जिद, मेल कराती मधुशाला" उनका फलसफ़ा बन जाता। ऐसी महफ़िलों में न केवल वे गले लग जाते, बल्कि न जाने कितने लोगों को गले लगा लेते। बहुत ही बेचैनी रहती थी उन्हें गले लगाने की। मगर वे कोई घाटे का सौदा नहीं करते थे। अंग्रेज़ों का शासन था, वे अंग्रेज़ों के चाकर थे, मगर उनके चाकर तो अपने ही लोग थे न! उन्हें भी कभी–कभी एक–दो पेग लगवाकर चस्का लगवा देते। उनके घर की महरारू फिर उस स्वाद के आगे कहाँ?

ठाकुर को किसी और का स्वाद पसन्द था और चाकरों को किसी और का! ठाकुर को पसन्द था जोरू और जर का मेल! मगर ऐसे मेल का आनन्द उठाने के लिए कई बार कई समझौते तो करने ही पड़ते हैं। ठाकुर साहब केवल अपनी थोड़ी–सी जेब ढीली करते थे और उसका चस्का लगने पर लोग अपने मन से ही अपनी ज़मीन और जोरू ठाकुर साहब पर न्योछावर कर देते थे। ठाकुर साहब के पास अपनी रातरानी करने का मोल चुकाने की हैसियत भी थी और दिल भी। वैसे हसीनाबाद के होते हुए शामों को रंगीन बनने में कहाँ कोई कमी थी? हसीनाबाद ठाकुर साहब की रातों की चाँदनी कभी भी कम नहीं होने देता था।

मर्दों का दिल और देह भी अजीब शह होती है, उन्हें 'और और और' चाहिए होता है, और इस और का भी संघर्ष अजीब है! कितना और? यह नहीं पता! इस और की परिभाषा तय करते–करते न जाने कितने गाँव हसीनाबाद में तब्दील हो गये। जाने कितने समुद्र भर जायें उनकी कहानियों से! वैसे कहानियाँ भी तो ठाकुरों की ही होती हैं।

ठाकुर सजावल कभी–कभी आम आदमियों और चाकरों के बारे में सोचते कि वाकई आम लोग इतिहास नहीं बनते, वे इतिहास बनाते हैं। वे क्रान्ति करते हैं। वे नायक बनाते हैं, वे ख़ुद नायक नहीं बनते। वे नायकों का निर्माण करते हैं। न जाने क्यों वे लोग आवाज़ नहीं उठाते, उठाते भी

हैं तो उन्हें ठाकुर जैसे लोग दबा देते हैं या कहें कि चालाकी से उनकी आवाज़ बन जाते हैं। कभी–कभी तो ठाकुर सजावल सिंह को लगता था कि आम आदमियों को जीने का अधिकार ही नहीं होना चाहिए। कमज़ोर क़ौमें ऐसी ही होती हैं, परजीवी!

"साले कमज़ोर क़ौमें नेता पैदा नहीं करतीं!"

ठाकुर उस्मान से कह रहे थे। उस्मान अब आदी हो गया था। जब रमेश कहीं चला जाता था, तब ठाकुर साहब पीने के बाद अपने इतिहास में जाकर अपने ज्ञान की उल्टी उस्मान के सामने करते थे। रमेश के बाद उस्मान ही तो उनका मुँहलगा था।

"ये जो कमज़ोर क़ौम रही ठाकुरों की? उसने पता है क्या किया? साला सब जोरुओं को बाहर बेच दिया! हा–हा!"

"वे बस सोफ़े पे बैठकर शराब पीते रहे और उनकी ज़मीन और जोरू हमारे पास आती रही! ये जो सन्नाटा देख रहे हो न उस्मान! ये सब उन सभी चीखों की हाय है!"

उस्मान उनकी बहुत इज़्ज़त करता था। वह भी हसीनाबाद की ही किसी कोठरी में पैदा हुआ था। उसका कोई नहीं था! बाप का पता नहीं था। माँ थी, मगर माँ से अकेले बसर कैसे होता? एक दिन उसे सहारा देने वाला ठाकुर मर गया। तब से उसकी माँ तो मन्दिर में जाकर किसी तरह खा–पी आती थी, मगर वह! वह तो बढ़ता हुआ शरीर था। वह क्या करता? रमेश का जिगरी दोस्त था। रमेश के साथ ही वह ठाकुर साहब की इस कोठी में आ गया था। इस कोठी में आने के बाद उस्मान को कई नयी बातें पता चली थीं।

खासतौर पर ठाकुर सजावल सिंह से। जैसे वे बँगले में बीचोबीच वाले कमरे में रात के नौ बजे बैठते, उस्मान समझ जाता कि अब ठाकुर के दारू और उसके इतिहास पीने का समय हो गया है। ठाकुर साहब के बच्चे और बीवी तो दिल्ली में थे, यहाँ पर उनका हसीनाबाद वाला बेटा रमेश था। जो उनके इस पूरे साम्राज्य को सँभाल रहा था। मगर वह इतनी आज़ादी पाकर बिगड़ गया था और ठाकुर साहब उससे बहुत ख़ौफ़ खाने लगे थे।

उस्मान को ठाकुर सजावल से ही पता चला था कि जब आज़ादी के बाद ज़मींदार वगैरह के लिए भी लोकतन्त्र की आँधी में टिकना मुश्किल हो गया था तो बड़े ठाकुर ने कितनी चतुराई से हवाओं का रुख मोड़ते हुए राजनीति में आने की घोषणा कर दी। अपनी ज़मींदारी छोड़ दी।

उस वक़्त ठाकुर साहब की जय–जयकार से पूरा गाँव गूँज गया था। उन्होंने यह सब अपने बच्चों के लिए किया था। उस समय हसीनाबाद में क्या हो रहा होगा? या उसके नाजायज़ बच्चों का क्या होगा? क्या उन्हें अब हवेली में रहने दिया जायेगा, क्या अब उन्हें वही सम्मान मिलेगा? ठाकुर ने इस चिन्ता को अपने कन्धों से हिलाकर गिरा दिया। उसका पूरा ध्यान इस समय अपने बेटे के लिए बहुत कुछ छोड़ जाने पर था। कई ज़मीनें वापस हो गयीं, मगर काफ़ी हिस्सा बच भी गया।

उन्होंने परम्परागत पार्टी छोड़ दी थी। पहले वे कांग्रेस के साथ थे, मगर जेपी आन्दोलन के बाद और फिर इमरजेंसी के बाद कांग्रेस के लिए लोगों के मन में बहुत ग़ुस्सा था। हालाँकि जब आज़ादी मिली तब बात अलग थी। तब तो कांग्रेस के बड़े नेता जिस पर भी हाथ रख देते थे, वह सोना बन जाता था। उनमें पारस की शक्ति थी। उन्हीं में से एक, अवसान की तरफ़ बढ़ते हुए दिग्गज नेता ने बड़े ठाकुर को छू लिया था और बड़े ठाकुर सम्माननीय होकर उस ज़िला की राजनीति पर छा गये।

मगर इस समय बात अलग थी। इस समय तो रामखिलावन जैसों का समय था। रामखिलावन वैशाली के बड़े नेता थे और किसी समय में ठाकुर सजावल सिंह के परम मित्र रहे थे। दोनों ने मिलकर राजनीति में ख़ूब खाया, जितना अपना साम्राज्य बढ़ा सकते थे, उतना बढ़ाया। ठाकुर सजावल को यह राजनीति पसन्द आयी थी, कई बार वे उस्मान के साथ मज़ाक़ भी करते थे–

"ई तो गजब ही है, ये लोकतन्त्र में तो और भी कमाल है। जब ज़मींदारी थी, तब तो जनता आ जाती थी लड़ने के लिए अब आये कोई हिसाब माँगने, तो ससुर पटना का नाम दे दो, अगर पटना में भी कुछ न बने तो दिल्ली का नाम दे दो, साला ई तो गजबे गोरखधन्धा है!"

ठाकुर साहब को यह गोरखधन्धा बहुत पसन्द आ रहा था। उनकी ये नयी रियासत बहुत ही कमाल की थी। इस रियासत में अकूत अधिकार थे, मगर जवाबदेही नहीं थी। जवाबदेही थी पटना की, दिल्ली की!

उस्मान ये जानता था और यह भी जानता था कि कैसे ठाकुर लोग और अमीर होते गये ग़रीब लोग और ग़रीब। यह सब सोचकर उसका ख़ून खौल जाता था मगर वह क्या करता? कभी–कभी तो उसे लगता कि ग़रीबों की ग़रीबी एक ऐसी चादर बन गयी थी जिसका छोर सिर्फ़ बढ़ता है, सिमटता नहीं!

यक़ीनन ग़रीबी की चादर होती ही ऐसी है कि एक बार जो जीवन पर छा गयी, तो जल्दी हटती ही नहीं। अमीरी का कालीन बहुत ही मुश्किल से आ पाता है, जो ग़रीबी की चादर को सहज हटा नहीं पाता है। ग़रीबी की चादर पर फिर घूँघट और बुरका आदि सब आ जाते हैं, माने वह पुख़्ता होती जाती है, ऐसे में घरों में जो लड़कियाँ पैदा होती हैं, वे या तो हसीनाबाद जैसे बदनाम, गुमनाम मोहल्लों में पहुँचा दी जाती हैं या फिर महानगरों में खपा दी जाती हैं।

हसीनाबाद का नाम सुनकर उसकी आँखों में ख़ून तैर जाता और वह रमेश के और नज़दीक हो जाता। रमेश के कारण ही वह उस नरक से निकल सका था जिसमें उसने अपनी माँ को बिना इलाज के तड़प–तड़पकर मरते हुए देखा था। वह अब इस बँगले का हिस्सा था।

ठाकुर सजावल सिंह ने रामखिलावन के साथ मिलकर एक साम्राज्य बना लिया था। अब उनके दो–तीन भट्ठे थे, न जाने कितनी ज़मीन थी। और न जाने कितने बच्चे! बच्चे हालाँकि वैध तो दो ही थे, मगर वैसे तमाम थे। एक रमेश भी तो था। सुन्दरी का बेटा। जिसे सुन्दरी छोड़कर चली आयी थी। क्या रमेश को छोड़कर जाना सुन्दरी के लिए सहज था? रमेश पर क्या बीती होगी जब उसे पता चला होगा कि उसकी माँ उसे आवारा बनने के लिए छोड़ गयी है?

अब वह भी गबरू जवान हो गया था और ठाकुरों की सोहबत में रहने के कारण वह भी उन्हीं रंगीनियों का आदी हो गया था, जिन रंगीनियों में सजावल सिंह डूबे रहते थे। अब रंगीनियाँ जीने का समय उसका था। वह उन्हीं रंगीनियों और अय्याशियों का हिस्सा बन गया था, जो ठाकुरों के खानदान का क़िस्सा हुआ करते थे।

रमेश अब भट्ठे चलाने वाले गैंग का हिस्सा था बल्कि यह कहा जाये कि लीडर था। वह नेतृत्वकर्ता था। ठाकुर की क्रूरता के जितने क़िस्से मशहूर थे, उससे कहीं अधिक क़िस्से रमेश के थे। बात–बात पर देसी कट्टा निकाल लेना, हवाई फायर कर देना, ये सब उसकी आदतें बन गयी थीं। रमेश की मानसिकता को शायद ही कोई समझ सके। जब–जब वह माँ पर भजन सुनता उस दिन उसकी क्रूरता का सबसे चरम रूप दिखता। वह गायक के प्रति नफ़रत से भर उठता था।

उसका कोई तोड़ नहीं हो सकता था। अपने ही रिश्तों से टूटे इन्सान का क्या तोड़ हो सकता था?

टूटे हुए रिश्ते लोगों को तोड़ देते हैं। नफ़रत ही एकमात्र भाव है जो उन्हें जोड़े रखता है। ऐसी ही टूटन और जुड़न का शिकार था रमेश।

उस्मान इस बात को समझता था और हर क़दम पर रमेश का साथ देता था। रमेश को उस्मान का बहुत सहारा था। और ये भरोसा उस दिन से और जमा था जिस दिन ठाकुर साहब पर वह मुसीबत टूटी थी...

उस दिन ठाकुर साहब को एकदम से दिल का दौरा पड़ा था। अच्छे–खासे आये थे भट्ठे से। जैसे ही आये, दालान पार करते ही अपने कमरे में लेटने चले गये थे। मगर धीरे–धीरे उन्हें अपनी खोई हुई बेटी की याद आने लगी थी और याद आने लगी थी अपनी हार। उन्हें लगने लगा था कि वो एक ही वक़्त पर हार भी गये हैं और जीत भी गये हैं। इस हार और जीत के समीकरण में वे खो जाते और कभी जब वे इस समीकरण को हल करने बैठते तो भयानक आग में घिरा पाते ख़ुद को! ऐसी ही आग में ख़ुद ही सुन्दरी को जलाते हुए पाते! उन्हें लगता होलिका की जगह वही बैठी है और उन्होंने रमेश और गोलमी दोनों को बैठा दिया है उसकी गोद में। वो तो न जाने कहाँ से बिन चेहरे का कोई आदमी आ गया और सुन्दरी को उस आग से निकाल लिया, और बचा लिया तीनों को! ठाकुर साहब के हिस्से में केवल आयी हार!

वैसे तो यह सपना जब–तब ठाकुर साहब को परेशान करता रहता था लेकिन उस दिन के सपने ने ठाकुर साहब को भीतर से हिला दिया था। एकदम से उन्हें लगा कि वह आग सगुन ने उनकी तरफ़ फेंक दी थी और वह जलने लगे थे। एकदम से उनके सीने में एक तरफ़ तेज़ दर्द उठा था! वे घों–घों करते हुए उठे और न जाने कितनी देर तक ऐसे ही कराहते रहे होंगे! अचानक से ही उस्मान की नज़र पड़ी थी और रमेश और उस्मान ने मिलकर उन्हें अस्पताल तक पहुँचाया था। बहुत दर्द हुआ था ठाकुर साहब को! शायद उन्हें लगा था यह पश्चात्ताप का एक मौक़ा है। उस दिन के बाद से ठाकुर साहब रमेश और उस्मान के लिए बहुत सरल हो गये थे। उनके तमाम धन्धे थे और उन धन्धों को सँभालने के लिए उनके बेटे तो आयेंगे नहीं! आना तो रमेश को ही था। उनका राजनीतिक कैरियर था। उनकी साफ़–शफ़्फ़ाक ज़िन्दगियाँ भट्ठों की कालिख बर्दाश्त नहीं कर सकती थीं। उनके पास और बहुत कुछ था।

उस दिन रमेश को अहसास हुआ था कि उस्मान क्या था? उस्मान ने उसे बचाया था। समाज के सामने उसे अनाथ होने से बचाया था!

शराफ़त ओढ़ ली मैंने

जलसे में रामबालक सिंह के स्टाल का उद्घाटन बहुत धूमधाम से हो गया था। गोलमी ने नाच–गाकर उस उद्घाटन को और भी सुरीला बना दिया था। उसे बहुत ही अच्छा लग रहा था इस संगठन के लिए काम करना। रामबालक सिंह संघर्षों के तपे नेता थे और वे ग़रीबों के लिए बहुत कुछ कर रहे थे। गोलमी उन बच्चों से भी मिली, जिनके बाप या माँ को या तो नक्सली होने के शक के कारण मार डाला गया या फिर पुलिस का मुखबिर होने के शक में मार डाला गया। गोलमी का गला कई बार रुँध गया। वह उनके दर्द का हिस्सा बन गयी थी।

उद्घाटन समारोह के बाद जब रामबालक सिंह गोलमी के पास चाय लेकर आये तो गोलमी ने श्रद्धा से उनके पैर छू लिए। अचानक इस आदर प्रदर्शन से वे अचकचा गये।

"अरे–अरे, ये क्या कर रही हैं? उठिए आप! इस तरह से आप मेरे पैर...?"

"आप बहुत ही नेक काम कर रहे हैं। आप बहुत महान हैं। आप जैसे व्यक्ति से मिलना मेरा सौभाग्य है! आपके साथ कभी काम कर सकूँ तो मेरा सौभाग्य होगा!"

गोलमी भावुक होकर बोल रही थी।

"मेरे साथ काम?" रामबालक सिंह चौंके।

"जी! आपके साथ। मैं इन बच्चों के लिए कुछ करना चाहती हूँ। कम–से–कम दान वाला नाच तो कर ही सकते हैं!" गोलमी ने चाय सुड़की।

सफेद टेण्ट के अन्दर बच्चों के बनाये उत्पाद रखे थे, जैसे पापड़, मोमबत्ती आदि।

लोग आ–जा रहे थे और रामबालक सिंह इस समय गोलमी से बात करने में बहुत सहज नहीं थे, क्योंकि स्थानीय मीडिया बहुतायत में

उपस्थित थी। मगर बात करना भी ज़रूरी था। स्थानीय मीडिया से बात करने के बाद वे फिर से गोलमी के पास आ गये।

"जी, तो आप चैरिटी इवेंट की बात कर रही हैं?" उन्होंने गोलमी को बिस्कुट पकड़ाते हुए पूछा।

"जी! मैं नाच करूँगी और उसमें जो भी टिकट का पैसा आयेगा, वह आप इन बच्चों के लिए ख़र्च कर सकते हैं!" गोलमी ने बिस्कुट लेते हुए कहा।

"वो तो ठीक है, मगर आप चाहें तो इस सोर्स की भी मदद कर सकती हैं। मैं मज़बूत रहूँगा तो ही तो ये बच्चे मज़बूत रह पायेंगे।" रामबालक सिंह ने उसके चेहरे पर अपनी नज़र टिका दी।

गोलमी को कुछ अजीब–सा लगा। न जाने क्या माँग रहे थे? मगर उसने अपने भावों को मन में ही रखते हुए कहा–"जी, बताइयेगा न, मैं कैसे आपकी मदद कर सकती हूँ? मुझे तो ख़ुशी होगी। रज्जो आपसे बात कर लेगी।"

"हाँ, रज्जो! उसे तो मैं भूल ही गया! आपकी सहेली कम मैनेजर!" रामबालक सिंह हँसे।

"जी, वह इन दोनों से कहीं बढ़कर है! वह इस मण्डली की जान है!" गोलमी ने हँसते हुए कहा।

रामबालक सिंह उठकर रज्जो की तलाश में चले गये और गोलमी चाय पीते हुए फिर से उन्हीं बच्चों से बात करने लगी।

उसका काम केवल नाचना था, बाकी मैनेजमेंट रज्जो का था।

जलसे में गोलमी के नाच की बात अगले दिन ही पूरे हाजीपुर का क़िस्सा बन गयी। स्थानीय मीडिया ने खुलकर कवर किया था। रज्जो ने अख़बार देखा तो वह ख़ुशी के कारण पागल हो उठी! यही तो वह चाहती थी कि उसकी मण्डली का नाम पूरे बिहार, पूरे देश में फैले। हर जगह से बुलावा आये, पैसे मिलें, नाम हो।

सुबह की चाय पीते–पीते वह ख़ुशी से नाच रही थी। आज इस सपने की पहली सीढ़ी चढ़ गयी थी वो।

अब जलसा भी देख लिया था, जलसे में आना सफल भी हो गया था। अब घर जाने का समय आ गया था। आज ही उनकी मण्डली को निकल जाना था। मगर न जाने क्यों रज्जो को लग रहा था कि अब आगे बढ़ने का समय है, पीछे जाने का नहीं। मतलब अब पटना जाना

था, वापस अपने गाँव नहीं! और रज्जो का यह अन्दाज़ा गलत भी नहीं था। कल ही रामबालक सिंह से उसकी खुलकर बात हुई थी। वे उसकी मण्डली का उपयोग अपने चुनाव–प्रचार में करना चाहते थे। रज्जो को वह इसके लिए मुँह–माँगी क़ीमत देने के लिए तैयार थे। रज्जो तो हैरान थी! उसकी गोलमी में बहुत जान है यार! वो तो हीरा थी हीरा! वह गोलमी के साथ नाचने के लिए भी तैयार थी।

मगर उसका काम केवल काम लाना और मण्डली का हिसाब–किताब रखना था, नाचने के लिए थे न दो पहले से ही और एक यह आ गया था! नाच ही तो रहा था गोलमी के आगे–पीछे! मगर उसे क्या! रज्जो हँसी, उसके लिए तो एक नया काम आ रहा था! चुनाव–प्रचार में नाचने का मतलब अगर जीत गये तो बाबू मालामाल कर देंगे! वापस गाँव नहीं रे बाबा! बिल्कुल नहीं!

उस एसी कमरे में बैठी–बैठी वह रात की ही बात सोच रही थी, जब रामबालक सिंह ने उसे अपने कमरे में बुलाया था।

"डरिए नहीं! मैं बहुत शरीफ़ हूँ! बस शराफ़त के कारण ही नेता हूँ।" रामबालक सिंह ने हँसते हुए कहा था।

"नहीं, मैं डर नहीं रही। डरना मुझे आता भी नहीं।" रज्जो ने सोफे पर बैठते हुए जवाब दिया।

"कुछ पियेंगी?" रामबालक सिंह ने अपने कमरे में बने हुए मिनी बार को दिखाते हुए पूछा।

"जी, हम लोग गाँव के लोग हैं, पीते नहीं!" रज्जो ने मिनी बार के आमन्त्रण को ठुकरा दिया।

"वैसे मुझे लगता नहीं कि आप भी पीते होंगे?" रज्जो चकित थी।

"जी नहीं, आपका अन्देशा गलत है! मैं शौक़िया पीता हूँ और सोचता हूँ कि दुनिया के हर व्यक्ति को हर सुख भोगने का अधिकार है।" रामबालक सिंह ने व्हिस्की का एक पेग बनाते हुए कहा।

"आप वोदका ट्राई करें, नशा नहीं होगा और यक़ीन मानिए, आप एकदम सुरक्षित हैं।" रामबालक सिंह ने वोदका उसकी तरफ़ बढ़ाते हुए कहा।

रज्जो ने कुछ हिचकिचाहट के बाद गिलास पकड़ लिया।

"आपने मुझे यहाँ क्यों बुलाया है?" रज्जो ने सवाल उछाल ही दिया।

"जी बताता हूँ! देखिए मैं एक राजनेता हूँ, ये आपको पता ही है! चुनाव पिछली बार कुछ जातिगत गणित से हार गया था। इस बार कुछ

गलत न हो! मैं चाहता हूँ कि आप लोग मेरी मदद चुनाव जीतने में करें।" रामबालक सिंह ने बिना लागलपेट के अपनी बात कह दी थी।

"मगर हम लोग?" रज्जो ने पूछा।

"जी आप लोग! आपकी गोलमी के अन्दर लोगों को अपनी तरफ़ आकर्षित करने की अजब ताकत है! वह लोगों को सहज अपना बना लेती है! उसकी आँखें बोलती हैं। उसके कहने पर लोग जब स्कूल में अपने बच्चों को भेज सकते हैं तो मुझे वोट भी दे सकते हैं। और उसके लिए आप लोग जितनी चाहे उतनी क़ीमत ले सकती हैं! मैं क़ीमत देने के लिए तैयार हूँ।"

"जी, तो हमें करना क्या होगा?"

"आप लोगों को हमारी पार्टी के लिए गाने बनाने होंगे, गाने होंगे, हर ब्लॉक में जाना होगा, हमारे घोषणापत्र को उन लोगों को समझाना होगा।"

"जी ठीक है, मगर उसके लिए हमारा रहना–खाना?"

"वह सब हमारे यहाँ, हमारी तरफ़ से, रहना, खाना और पीना भी! वैसे आपकी मण्डली में कई हैं पीने वाले, मैंने देखा था!" रामबालक सिंह ने रज्जो को आश्वस्त किया।

रज्जो कटकर रह गयी! ज़रूर ये खेंचरू ही होगा! वही है दुष्ट आदमी जो उसकी मण्डली की नाक कटाता रहता है।

"आप सोचिए, हम कल सुबह बात करेंगे।"

रज्जो ने उन्हें हाथ जोड़कर नमस्ते की और अपने कमरे में चली गयी।

दर्द की लहरें

"क्या सोच रही है सुबह से? बोरिया–बिस्तर बाँधती क्यों नहीं?" गोलमी ने उसे हिलाया।

"नहीं, मेरी जान! हम लोग यहीं रहेंगे।"

रज्जो की अलसाई आवाज़ में उत्साह घुला हुआ था।

"मतलब?"

"रुको, अभी चचा और बाकी सबको ले आऊँ, फिर बताती हूँ।"

सुबह–सुबह मण्डली को चाय और नमकीन के साथ यह बात भी बताई गयी कि रामबालक सिंह ने क्या प्रस्ताव दिया है।

अढ़ाई सौ खुश नहीं था मगर उसने कुछ कहा नहीं। वहीं उसके चेहरे पर नापसन्दगी देखकर खेंचरू ने हाँ कर दी। सगुन महतो को इस बात से कोई आपत्ति नहीं थी। पूरे महीने की एक बँधी बँधाई रकम, खाना, रहना सब यहीं। और क्या चाहिए! क्या पता इस बहाने और भी कई कॉन्टेक्ट बनें!

सहमति बन गयी थी। गोलमी हैरान थी। ये नाच इतना कुछ कर सकता है! उसका नाच इतना खास है? उसने ख़ुशी के मारे ठुमके लगा दिये। सब लोग ख़ुश हो गये।

"ऐ अढ़ाई सौ, तुम ख़ुश नहीं हो?" रज्जो ने उसे कन्धे से मारते हुए पूछा।

"नहीं–नहीं ऐसा नहीं है! मगर हमें कला को एक आदमी और एक पार्टी के लिए बेचने पर आपत्ति है।" अढ़ाई सौ ने सख़्त आवाज़ में प्रतिवाद किया।

"अरे, कौन से हमेशा के लिए हैं। यहाँ चुनाव बीता, वहाँ हम अपनी राह चले! बस चुनाव भर की ही तो बात है। उसके बाद तो हम अपने रस्ते और ये लोग अपने!" रज्जो ने मस्ती में कन्धे उचकाए।

गोलमी भी रामबालक सिंह के लिए बहुत कुछ करना चाहती थी। वह यही सोच रही थी कि कैसे वह इस महान इन्सान के साथ काम करे और कुदरत ने उसे मौक़ा दे दिया था।

"ऐ अढ़ाई सौ, ऐसा कुछ नहीं है! तुमने देखा नहीं, वे कितना बड़ा काम कर रहे हैं, अनाथ बच्चों के लिए! हम अब तक क्या करते रहे, मनोरंजन ही न। कुछ नेक काम कर लें। उन जैसों के लिए हम कुछ कर सके तो हमारा सौभाग्य होगा!" गोलमी बोली। उसकी निगाहें कहीं दूर देख रही थीं।

गोलमी की एक–एक बात से आदर झर रहा था। अढ़ाई सौ इस श्रद्धा के खेल में गोलमी की महत्त्वाकांक्षा भी देख रहा था। वह समझ गया कि गोलमी की दिशाएँ बदल गयी थीं। उसे दिख रहा था कि यह चिरैया अब किस आसमान में उड़ने की तैयारी में थी। उसे समझाना या रोकना मूर्खता होगी। वैसे भी गोलमी जो ठान ले तो कोई डिगा नहीं सकता। बचपन से अभी तक देखा है उसको। कई बार गोलमी ने सिर्फ़ अपने बारे में सोचा है। आज भी अपना भविष्य देखकर इतना आदर टपकाकर सबको भरमा रही है। वह इस राह के बीच में बाधा बनकर नहीं अड़ना चाहता था और न ही वह अपनी मण्डली की ख़ुशी में खटाई बनना चाहता था। उसने अपना विरोध चुपके से वापस ले लिया।

अढ़ाई सौ मुस्कुराया और अँगूठा दिखाकर समर्थन का भरोसा दिया। किसी ने नोटिस नहीं किया कि उस मुस्कान में दर्द और आशंकाओं की कितनी लहरें पछाड़ खा रही थीं।

ज़िद्दी धुन

जैसे ही यह बात गाँव में पहुँची, वैसे ही सुन्दरी ने हाजीपुर आने की ज़िद ठान ली। और कोई न जाने, मगर वह बहुत कुछ जानती थी इस पार्टी के बारे में। दूर बैठा हुआ कोई इस पार्टी से जुड़ा था! वह इस पूरे अभियान में गोलमी के ही साथ रहना चाहती थी। सगुन महतो समझ रहे थे, मगर उन्हें सुन्दरी को शान्त ही कराना था।

"आख़िर कब तक हम दोनों एक अनाम डर से घिरे रहेंगे, अब तो बच्चे को आज़ाद करो!"

गोलमी को यह नहीं समझ आ रहा था कि वैसे तो माँ किसी भी कार्यक्रम में नहीं जाती, हमेशा कहती, "तुम अच्छा न नाच पाओगी, मेरे होने से!" फिर इस पूरे अभियान में शामिल होने के लिए क्यों आ रही है? और क्यों वह उसके साथ रहने की ज़िद कर रही है? वह जैसे कोई सिरा खोजने की फिराक में है। गोलमी बेचैन हो उठी। माँ कभी–कभी उसे रहस्यमयी लगती, उसे लगता जैसे एक ज्वालामुखी उसकी माँ के अन्दर धधक रहा है, जो कभी भी फट सकता है। वह उसके लावे से डरती थी। उस लावे में जाने क्या–क्या भस्म हो जाये? उसकी माँ के बारे में, उसके बारे में, शायद उसके अस्तित्व के बारे में भी!

उसकी माँ उसके बारे में बोलते–बोलते कभी–कभी चुप हो जाती और खो जाती थी कहीं! जब–जब लोग चतुर्भुज स्थान, कोठेवालियों या बाई नाच की बातें करते, वह चूल्हे की आँच तेज़ कर देती थी, जैसे बहुत कुछ जला देना चाहती हो! मगर उसके चाहने से क्या जल सकता था सब कुछ! जलेगा तो तब जब समय आयेगा, जब आँच तेज़ होगी।

सच की आँच बहुत देर से तेज़ हो पाती है और तब तक सुलगना होता है, गीली लकड़ी की तरह, किसी मोटे लक्कड़ की तरह, कतरा–कतरा!

गोलमी सुलग रही थी मगर उसने कुछ कहा नहीं, अम्मा को अभियान का हिस्सा बन जाने दिया।

इधर रज्जो और पूरी मण्डली ब्लॉक लेवल पर जा–जाकर कितने लोग हैं, कहाँ–कहाँ नाच हो सकता है, उसकी तैयारी में लग गयी थी।

रज्जो का रामबालक सिंह के निजी कमरे में आना–जाना बढ़ गया था। सच, बोतल में ग़ज़ब नशा होता है! उसके साथ ही खेंचरू भी नज़र आ जाता था। भाई–बहन को बहुत कुछ मिल गया था और बहुत कुछ मिलने जा रहा था।

रज्जो को लग रहा था कि उसके सपने जल्द पूरे होंगे। और खेंचरू? उसका तो नशा ही अलग था!

गोलमी अपने श्रद्धेय का काम करने में लगी थी। अम्मा का आना उसके लिए अब भी एक रहस्य बना हुआ था। अढ़ाई सौ गोलमी के साथ हर क़दम पर था, गाने बनाने में, उन पर थाप देने में, उनके लिए स्टेप डिसाइड करने में, उससे प्यार करने में।

देर रात तक दोनों अकेले कमरे में बैठे काम में मग्न रहते। अढ़ाई सौ आँख चुराकर उसे देख लेता। कितने पास थी, मगर कितनी दूर। वह हज़ार तरीके से अपने प्यार का इज़हार कर चुका था। गोलमी भी संकेतों में जताती रहती अपना प्यार, कभी खुलकर इज़हार–ए–मोहब्बत नहीं किया, जिसके लिए अढ़ाई सौ का दिल तरसता रह जाता। कभी–कभी वह सोचता कि कैसी लड़की है, उम्र निकलती जा रही है, न प्रेम के बारे में सोचती है और न शादी के बारे में। दोनों की चर्चा से ही इसको बैर है। गानों के बोल लिखते–लिखते अढ़ाई सौ ने सोचा अच्छा मौक़ा है, खुलकर बात कर ही ले।

उसने कनखियों से देखा–गोलमी तप रही थी। कोई आन्तरिक आँच थी, जो उसे तपा रही थी। कई बार उसे लगता कि वह सामान्य लड़की नहीं, बिजली वाली लड़की है, जिसे छूते ही वह भक्क से जल उठेगा। इस वक़्त वह जलना चाहता था। बाहर–भीतर अँधेरे गहरा रहे थे। वह मन का अँधेरा दूर करना चाहता था। उसकी जवान भुजायें अपने प्रेम को अपने पाश में लेने को बेचैन थीं। वह ख़ुद को इस आग से प्रेम करने लायक मानता था और इसीलिए आग के पक्ष में शुरू से खड़ा रहा। उसकी भुजायें ही इस दहक को समेट सकती थीं।

उसने कहा–"एगो बात पूछें...बुरा तो नहीं मानोगी...?"

गोलमी ने आँख उठाकर उसे देखा। कत्थई आँखों में बहुत राग भरा था। मन हुआ, लपककर उन्हें चूम ले। सहसा डर गया। क्या पता, खेंचरू की तरह उसे धकेल दे और फिर हमेशा के सिए वह विलेन बन जाये। अढ़ाई सौ ख़ुद पर क़ाबू नहीं रख पा रहा था, और उसके बहकने में बहुत कुछ आड़े आ रहा था।

उसने अपने बढ़े हुए हाथ रोक लिए।

"सुनो...मेरे बारे में क्या सोचा है, क्या मण्डली के सारे लोग ऐसे ही सूखे–सूखे जीवन काट देंगे...?"

"क्यों, किसको रोका है हमने, सब अपनी मर्ज़ी से अकेले हैं!"

"हम अकेले नहीं रहना चाहते..."

"कोई पसन्द है क्या...?"

गोलमी की मृदुल हँसी फूटी।

"सुनो...अम्बपाली नाटक (रामवृक्ष बेनीपुरी) का एक अंश सुनाता हूँ..."

"आजकल बहुत ई नाटक कलेजे से लगाये फिरते हो, क्या बात है?"

"इस पर नया खेला तैयार कर रहा हूँ, तुम चुनाव–उनाव से फ्री हो जाओ, इस पर छोटा–सा गीति–नाटक खेलेंगे।"

"अच्छा...सुनाओ..."

"अरुणध्वज अपनी प्रेमिका आम्रपाली से कहता है, 'अच्छा चल, सोमरस की दुकान पर, थोड़ी पी ले, थकावट दूर हो जायेगी!'

आम्रपाली (चौंककर) : सोमरस, मौसी कहती थी, लड़कियों को सोमरस नहीं पीना चाहिए।

अरुणध्वज : हर मौसी मना करती है, हर लड़की पीती है। यही होता आया है उस युग से, जब दुनिया में लड़कियाँ पैदा हुईं और देवताओं ने सोमरस भेजा।

आम्रपाली : देवताओं ने भेजा...

गोलमी के मुँह से भी यही निकला–"देवताओं ने भेजा होगा...?"

दोनों के मुँह से एक साथ निकले वाक्य। अढ़ाई सौ रुका नहीं, पढ़ता चला गया...

"हाँ, हाँ देवताओं ने भेजा। सुरों द्वारा सुरलोक से भेजी गयी होने के कारण ही तो यह अलौकिक पेय सुरा कहलाती है..."

"तुम दारू लेकर आये हो क्या?" गोलमी ने ठहाका लगाया।

"क्यों?"

"इतनी मोटी किताब से यही अंश क्यों सुना रहे हो मुझे? एक बात तो मान गये, वैशाली की लड़कियाँ प्राचीनकाल से ही शराब पीती थीं और तुम जैसे मोहक नायक ही उन्हें उकसाकर पिलाते रहे होंगे। चलो लाओ! छोड़ो काम! आज की शाम हम रंगमहल में उत्सव मनायेंगे! सुनो अरुणध्वज..."

गोलमी ने उठकर राजनर्तकी–सा अभिनय किया। अढ़ाई सौ रूप की इस धूप को देखता ही रह गया।

इस धूप को उसकी बाँहें कहाँ बाँध पायेंगी! एक पल के लिए अचकचा गया। धूप उसकी बाँहों की अलगनी में कपड़ों–सी लटक गयी थी जिसमें ठण्डे पानी की फेनिल बूँदें झरझरा रही थीं।

शाख से टूटा पत्ता

रमेश को लेकर ठाकुर सजावल सिंह की चिन्ता बढ़ती जा रही थी। रमेश ने जिस तरह से भट्ठे का काम सँभाला था, उसने ठाकुर साहब के राजनीतिक जीवन पर एक धब्बा ही लगाने का काम किया था। कहने को वे इस पार्टी के प्रदेश अध्यक्ष थे, मगर पार्टी किसी भी समय उनसे सवाल पूछ सकती थी। वे चाहते थे कि उसे समझायें, मगर न जाने क्यों उनसे कुछ कहे नहीं बनता था। वह उल्टा सवाल कर देता था–"हमारी अम्मा के साथ हमें क्यों नहीं भेजा? क्या समझौता हुआ था आप दोनों के बीच? अब मैं यहीं हूँ, यहीं तुम्हारी छाती पर मूँग दलने के लिए!" रमेश ताड़ी पी–पी कर ठाकुर साहब से लड़ता।

"और इतना ही प्यारा हूँ तो क्यों हसीनाबाद की ही एक लड़की से मेरा ब्याह किया? क्यों नहीं किसी ठाकुर खानदान की लड़की लाये मेरे लिए?" रमेश चीखता।

ठाकुर साहब अपना सिर झुका लेते, मगर वह सच ही तो बोल रहा था। उन्होंने केवल उसे नाम के लिए ही तो अपना बेटा माना था, क्या वे खुद ही अन्याय नहीं कर चुके थे रमेश के साथ? अपने बच्चों को उन्होंने दिल्ली भेज दिया था। वे वहाँ कंस्ट्रक्शन कम्पनी सँभालते और बड़े–बड़े नेताओं से डील फिक्स करते। यहाँ के गैर–कानूनी कामों के लिए उन्होंने रमेश को रखा हुआ था। बड़का बेटा का ब्याह किया नेता घराने में और रमेश का ब्याह कर दिया यहीं हसीनाबाद की एक लड़की से!

रमेश के मन में जितना गुस्सा अपने बाप के लिए था, उससे इंच भर कम भी अपनी माँ के लिए नहीं था। उसने सुन रखा था कि उसकी एक बहन भी है।

"मरने दो साली को!" रमेश थूकता हुआ बोलता। उसे एक धुँधला

चेहरा दिखता, दूसरा चेहरा उससे भी ज़्यादा अस्पष्ट। वह घने कोहरे में घिर जाता। कलेजे में धुआँ उतर आता। आँखें लाल हो उठतीं। वह और उग्र हो उठता। कोहरे में हाथ–पाँव मारकर दो चेहरे तलाशने की कोशिश करता। लाठी उठाता और हवा में भाँज देता।

ठाकुर सजावल सिंह अब सब ठीक करना चाहते थे, मगर अब सही नहीं हो सकता था। पार्टी की तरफ़ से दबाव हो रहा था कि वे सब सही करें, आख़िर रमेश उनके बने–बनाये पर पानी क्यों फेर रहा था? लठैत और दबंग होता जा रहा था।

रमेश के अन्दर एक आग थी जिसमें वो हर पल जल रहा था और वह उसमें बाकी सब कुछ जला देना चाहता था। मगर समझता था कि एक सीमा के बाहर जाने पर उसके सारे ऐश–मौज़ ग़ायब हो सकते हैं, बाबा को अगर पार्टी ने पद से हटा दिया तो वह तो कहीं का नहीं रहेगा।

उस्मान ने उसे बहुत समझाया था। और बाबा की ख़राब सेहत का हवाला देते हुए कहा था कि अगर उन्हें कुछ हो जायेगा तो उनकी यहाँ की राजनीतिक विरासत तो केवल उसे ही सँभालनी है, और है ही कौन, जो सँभालने आयेगा?

धीरे–धीरे ही सही रमेश की खोपड़ी में यह बात आ रही थी और वह अब गुण्डागर्दी से बचना चाह रहा था। वह भी एक अच्छी छवि बनाने की चाह में था। अब वह पार्टी में अपने बाप की जगह चाहता था और चाहता था कि वह इस ज़िले में पार्टी का सर्वेसर्वा बने। वैसे ठाकुर साहब का नाम बहुत था।

रमेश अपने बचपन के टूटे तिलिस्म को कैश कराना चाहता था। जिस तिलिस्म में पला, उसे भुनाना चाहता था। उसे अब सुधरने के फ़ायदे दिखायी दे रहे थे। वह कल्पना करता और अट्टहास कर उठता। उस अट्टहास में उन्मुक्तता कितनी थी और कितनी करुणा थी, यह भी केवल हवा जानती थी या वह घना अँधेरा जानता था जो धीरे–धीरे रमेश के चारों तरफ़ पसर रहा था।

नचनिया के जलवे

रामबालक सिंह के साथ काम करके गोलमी बदलने लगी थी। उसके हाव–भाव, उसके तेवर नये हो गये थे। गोलमी को अपने नाच को पार्टी के लिए ढालने में अच्छा लगने लगा था। पार्टी से ज्यादा भला उसे अनाथ बच्चों के लिए कुछ करके सार्थकता मिलती थी। दूसरी तरफ़ रज्जो एकदम स्पष्ट थी की आख़िर उसे किस राह और कहाँ जाना है।

मगर इन लोगों को यह नहीं पता था कि वे आख़िर किससे टकरा रहे थे! गोलमी और रज्जो ने रामबालक सिंह के लिए चुनावों तक गाने का तो अनुबन्ध कर लिया था, मगर उन्हें यह नहीं पता था कि अनुबन्ध जिसके ख़िलाफ़ है, वह बवाल मचा देगा। वह घमासान करने में माहिर है। रामबालक सिंह पिछली बार भी रामखिलावन से हारे थे, जिसके तरकश में हमेशा तीर रहते थे। वैसे भी राजनीतिक खिलाड़ियों का तरकश हमेशा भरा होना चाहिए। रामखिलावन सिंह काफ़ी समय से राजनीति करते हुए आ रहे थे, उन्हें पता था कि कौन–सा तीर कब चलाना है और कौन–सा दाँव कब खेलना है। दाँव–पेंच खेलते हुए ही तो उनकी पूरी जवानी निकली थी! रामखिलावन सिंह के बाउजी भी कुशल राजनेता रहे थे और आज से नहीं, वे अंग्रेज़ों के समय से ही! अब उन्होंने अपनी विरासत सौंप दी थी अपने बेटे रामखिलावन को!

रामखिलावन के पास अंग्रेज़ों के समय से सहानुभूति भी थी। हुआ ये था कि रामखिलावन सिंह के बाउजी संग्राम सिंह को गुलाम भारत में जेल जाना पड़ा था और उन पर क्रान्तिकारी का ठप्पा लग गया था। एक दिन वे दिन में नशा किये हुए लेटे थे। घरवालों ने दुत्कारकर भगा दिया था। सो दिन में ही ताड़ी लगाकर सड़क किनारे लेट गये थे। इत्तिफाकन, उधर से अंग्रेज़ों के विरोध में जुलूस निकल रहा था। सो संग्राम सिंह भी कुछ खाने के लालच में जुलूस में घुस गये थे। खाने

को डण्डों के अलावा कुछ नहीं मिला था, पन्द्रह दिन जेल में रहना पड़ा सो अलग! मगर जैसे ही जेल से बाहर निकले, मोहल्ले में हीरो के जैसे स्वागत हुआ! संग्राम सिंह के माँ–बाबा जो उसे गाली देते नहीं थकते थे, वे आज मोहल्ले वालों के साथ आगवानी करने के लिए खड़े थे। संग्राम सिंह की तो समझ में ही नहीं आ रहा था कि कैसे उस लम्हे का शुक्रिया अदा करें!

धीरे–धीरे निठल्ले संग्राम सिंह कांग्रेस पार्टी में छोटे–मोटे काम करने लगे। और कुछ बरस में देश के आज़ाद होते ही उनका नाम स्वतन्त्रता सेनानियों में आ गया। जैसे बिल्ली के भाग्य छींका फूट गया हो, वैसे ही उनका नाम तो हो ही गया था! अब दूसरे आम चुनावों में अपने ज़िले से सांसद भी बन गये थे और तब से लेकर अभी तक सांसद ही थे। अब जमे हुए राजनेता हो चुके थे। अब उन्हें समझ आ गयी थी कि क्या और कैसे करना है। भावुकता की लहर पर सवार होकर जो संग्राम सिंह ने एक चुनाव जीता तो फिर कभी हारे ही नहीं। उन्होंने जनता से जो माँगा, जनता देती गयी। हर बार जनता साथ देती गयी, वे समय माँगते गये और जनता समय देती गयी। वे सब भावुक पीढ़ी के थे, मगर अब?

अब तो रामखिलावन माथे पे हाथ रखे सोच रहे कि क्या करें? आखिर क्या करें?

"क्या किया जाये भाई साहब? इस बार तो जनता हिसाब माँगने लगी है।" रामखिलावन ने अपने दूर के रिश्ते के भाई से पूछा जिन्हें रामखिलावन ने जमकर ठेके दिलवाए थे। था ही क्या इसके पास? दो कमरे भी नहीं थे अपने कहने को और अब? अब तो देखो ठाठ लाटसाहब के! उनके दायें हाथ बन गये थे। और न जाने कितने मकानों के मालिक बन गये थे।

"क्या करने का इरादा है?" रामखिलावन के भाई ने उनसे पूछ ही लिया।

"भाई साहब, पिछली बार तो ज़रा क्रॉस–वोटिंग से रामबालक से जीत गये थे! इस बार?" बियर की बोतल खोलते हुए रामखिलावन ने पूछा।

बियर की बोतल को देखकर भाई साहब की आँखों में चमक ने अपनी जगह अपने ही आप बना ली थी।

"इस बार सुने हैं किसी नचनिया की सेवा ले रहा है, ये रामबालक?" रामखिलावन ने कहा।

"क्या? नचनिया! अब नचनिया आपके सामने आयेंगी?" भाई जब हँसा तो इत्ते बरस में ठेके से उपजाई हुई रकम से मोटी हुई तोंद हिलने लगी।

"नचनिया! हा हा हा! नचनिया!!" वह खिस–खिसकर हँस रहा था।

"अबे, ये कोई आम नचनिया नहीं है! इन लोगों की मण्डली बहुत आँधी–तूफ़ान मचाए हुए है। तुम्हें पता है कैसे पाँच गाँव के लोगों ने अपने बच्चे केवल इस नचनिया के गानों के कारण स्कूल भेजे हैं!" रामखिलावन एकदम पगलाये जा रहे थे।

"और उस पे ये जेपी के चेले, जो और तो कछु न कर पाये, बस हमारी पार्टी को तोड़ने चले आये!" रामखिलावन पर बियर चढ़ रही थी। दो बोतल पी गये थे।

"भैया, सबसे पहले तो बियर पीना बन्द करो! ये बताओ, पीडब्ल्यूडी वालों में सड़क का काम कब से आने वाला है? काम की बात करो!"

भाई साहब पर अभी शराब का नशा नहीं चढ़ा था।

"अबे साले, तुम्हें केवल अपने ठेके की पड़ी है और यहाँ हमें यही नहीं पता कि साला सांसद बनेंगे भी या विधायकी में आना पड़ेगा!"

रामखिलावन ने गुस्से से अपना गिलास पटक दिया।

रामखिलावन का गुस्सा जायज़ था। उनके बाबा की राजनीति तो आराम से निभ गयी। उनके समय की राजनीति में टीवी चैनल वाले पीछे पड़ जाते हैं। कुछ भी छिपना मुश्किल होने लगा था। राजनीति का चेहरा ही बदल गया था।

मगर अब तो हर जाति की अपनी–अपनी पार्टी थी, कोई सोशल इंजीनियरिंग कर रहा था और कोई दलित और महादलित का वोट बैंक बना रहा था।

रामखिलावन की नींदें उड़ चुकी थीं। वे अब हर क़ीमत पर जीतना चाहते थे। पिछली बार भी उनके हारने के पक्के चान्स थे, मगर रामबालक सिंह के खेमे में क्रॉस–वोटिंग करने के कारण वे जीत गये थे। पर इस बार नहीं। इस बार रामबालक सिंह प्रोफेशनली चुनाव लड़ रहे थे।

सब गड्ड–मड्ड हो रहा था। बिहार में जातिवादी राजनीति शुरू हो चुकी थी। जातिवाद इस समय अँगड़ाई लेने वाला था और जातिवाद में लोकतन्त्र का तड़का लगा रहे थे जेपी के शिष्य। कुछ शिष्य जेपी आन्दोलन से मोहभंग होकर अपनी अलग राह चुन चुके थे। समय करवट ले रहा था। जो पार्टी सालों से सत्ता में थी और जिसका रिकॉर्ड रहा था अपने विरोध में

बनी हुई लोकतान्त्रिक सरकारों को गिराना, वह इस समय खुद ही लड़खड़ा रही थी और इस बार लड़खड़ा रहे थे रामखिलावन भी।

रामखिलावन ने अपने सभी कारिन्दों को काम पर लगा दिया था। मगर उन्हें ऐसा लग रहा था कि इस बार कोई भी उनके काम नहीं आयेगा! रामखिलावन ने गुस्से में बियर की बोतल उठाकर ज़मीन पर फेंक दी। बियर का झाग पूरे फ़र्श पर फैल रहा था। उसकी महक हवा में तैरने लगी थी।

कोई दे रहा सदाएँ

रामबालक सिंह, रामखिलावन के हर वार के लिए तैयार थे। उनको पता था कि रामखिलावन शान्त नहीं रहेगा। वैसे भी इस समय रामखिलावन की हालत खस्ता थी। इस बार वह अपनी जीत तय मान रहे थे। मगर उन्हें यह भी पता था कि रामखिलावन कुछ–न–कुछ हरकत ज़रूर करेगा, सो वे तैयार भी थे।

उन्हें सबसे ज़्यादा चिन्ता गोलमी की थी। वह मासूम और निर्दोष थी, मगर यह भी सच है कि गोलमी की क्षमता ने उन्हें आश्वस्त किया था कि वही रामखिलावन को हरायेगी। रामबालक सिंह इमेज बिल्डिंग में जुट गये थे। पूरे जनपद में गोलमी की एक इमेज बनती जा रही थी कि एक तो नचनिया और तिस पर ग़रीबों के लिए काम करती है। राजनीति में और कुछ ज़रूरी हो न हो, ये इमेज बिल्डिंग बहुत ज़रूरी होती है।

कुछ ही महीनों में रामबालक सिंह ने अपनी इमेज के साथ–साथ गोलमी की भी इमेज चमका दी। एक साधारण–सी गोलमी अब जनपद की संस्कृति की रक्षक के रूप में उभर रही थी। वह संस्कृति की मसीहा के रूप में उभर रही थी। वह उभर रही थी, नयी आस के रूप में। जो भी हो रज्जो ख़ुश थी। रोज़ ही उसकी मण्डली का साक्षात्कार आता था। रामबालक सिंह ने स्थानीय मीडिया के साथ मिलकर काफ़ी काम किया था। अब समय था मीडिया का बदला चुकाने का। मीडिया भी खुलकर गोलमी और उसकी मण्डली का महिमामण्डन कर रही थी। शायद वह मीडिया को मैनेज करने के युग की शुरुआत थी। उदारीकरण के दस्तक देने के बाद कुकुरमुत्तों की तरह तमाम अख़बार और समाचार चैनल खुल गये थे। उन्हें ख़बर भी तो चाहिए होती थी। और ख़बर मुफ़्त में तो आती नहीं है। उसके लिए पसीना बहाना पड़ता है, मगर यहाँ तो बिना पसीना बहाए ही बढ़िया ख़बर मिल रही थी।

गोलमी और उसका ग्रुप 'सोन चिरइया ऑर्केस्ट्रा' सुपरहिट हो रहा था। और क्या चाहिए था? गोलमी में अब कई लोगों की रुचि बढ़ गयी थी। तीन–चार महीनों के बाद ही रामबालक सिंह ने अपनी बात पार्टी को बता दी थी कि इस बार गोलमी से प्रचार करवाकर उस पर दाँव खेला जा सकता है, कोई ख़तरा नहीं है! रामखिलावन से लोग दुखी हैं, उन्हें नया चाहिए कुछ! कुछ अलग! वे बदलाव चाहते हैं, मगर बदलाव का वादा देने के प्रचार तक की हैसियत अभी स्थानीय नेताओं के बस की बात नहीं है।

रामबालक की जगह पर जो स्थानीय नेता टिकट की आस में थे, उनका फूल मुरझाया तो मगर पार्टी हाईकमान ने यही समझाया कि पहले जीतना ज़रूरी है, फ़र्क़ नहीं पड़ता कि किस पर दाँव चलाया जा रहा है। गोलमी के नाच में उन्हें जीत का संगीत सुनायी देने लगा था। जाति के दाँव को केवल सांस्कृतिक पैंतरे से ही मात दी जा सकती थी। स्थानीय नेताओं की फ़ौज हालाँकि सहमत तो नहीं हुई, मगर सोशल इंजीनियरिंग के ज़माने में गोलमी के सामने आख़िरकार नतमस्तक हो गये। शायद गोलमी ही जिताए उन्हें! उन्हें लाल लहँगे में लाल–लाल वोट दिखने लगे थे। वे उसका नाम इस्तेमाल कर सकते थे। वे जी खोलकर उसके नाच का इस्तेमाल कर सकते थे। जो सपने उनके पूरे होंगे, उसके सामने टिकट तो कुछ भी नहीं है।

स्थानीय नेताओं की आँखें तमाम तरह के टेण्डर जीतने और उसके बाद तोंदें फुलाने को सोचने लगी थीं।

कितना भी उठा–पटक वाला जीवन हो, गोलमी इस नये जीवन से बहुत ख़ुश थी। उसके लिए तो जैसे सब कुछ एकदम नया था। वह नयेपन की बारिश में भीग रही थी। वह पटना तक नाच आयी थी और उसके नाच पर अब बहुत पैसा मिलने लगा था। रज्जो और खेंचरू ही पैसों का हिसाब रखते थे, आख़िर मण्डली के कर्ता–धर्ता तो वे ही थे। मण्डली का नाम पूरे मण्डल में फैल गया था और गोलमी धीरे–धीरे फेमस हो गयी थी। मगर इस प्रसिद्धि में बहुत कुछ खोता जा रहा था। वह क्या खो रही थी, उसे भी नहीं पता था। कभी–कभी उसे लगता कि वैशाली महोत्सव उसे बुला रहा है और कभी लगता उसे राजगीर महोत्सव बुला रहा है, तो कभी उसे लगता कि उसे दिल्ली बुला रही है! गोलमी समझ नहीं पा रही थी कि उसे बुला कौन रहा था!

असम्भव की तलाश

ठाकुर सजावल सिंह ने रमेश के लिए पार्टी का रास्ता खाली करना शुरू कर दिया था। प्रदेश स्तर पर उन्हें रमेश को स्थापित करना था। उसके लिए वे सब कुछ करने के लिए तैयार थे, मगर पार्टी इस बार उनके नेतृत्व में जीतना चाहती थी। पार्टी वैशाली संसदीय क्षेत्र से लेकर पटना तक लोकसभा तक की अधिकतर सीटें अपने खाते में चाहती थी। हाईकमान को इस बार अच्छे प्रदर्शन की उम्मीद थी और यह भी उम्मीद थी कि इस बार शायद वे संसद में अपने सदस्य भेज दें। वैशाली से उन्होंने रामबालक बाबू पर ही दाँव खेलने का सोचा था, क्योंकि इस बार उस ओर से वे निश्चिन्त थे। रामबालक बाबू ने गोलमी की इतनी तारीफ़ कर दी थी कि चुनाव के बाद ठाकुर सजावल सिंह ने रामबालक सिंह से गोलमी से मिलवाने के लिए कह दिया था।

चुनावों में होने वाली उठापटक के लिए रामबालक और ठाकुर सजावल सिंह तो तैयार थे मगर गोलमी, वह तो तैयार भी नहीं थी फिर भी उसमें ग़ज़ब की ऊर्जा थी। उसने घोषणापत्र के आधार पर जो गाने तैयार किये, वे ठाकुर सजावल सिंह को इतने पसन्द आये कि उन्होंने इसी आधार पर हर ज़िले की लोकसभा सीट के लिए तमाम गाने बनवा लिए। इन गानों को घोषणापत्र के साथ हर ब्लॉक लेवल पर गाया जाने लगा। गोलमी के नाम की कैसेट पूरे राज्य में, पार्टी कार्यालयों में उपलब्ध हो गयी।

कुल मिलाकर यह चुनाव न केवल गोलमी के लिए, बल्कि पूरी पार्टी के लिए एक नया जन्म था। टीवी चैनलों के शुरुआती युग में प्राचीन नाच को नये रूप में जिस तरह से पार्टी इस्तेमाल कर रही थी, वह राष्ट्रीय स्तर पर भी हलचल मचा रही थी। कांग्रेस और बाकी क्षेत्रीय क्षत्रप इस प्रयोग को बारीकी से देख रहे थे। रामखिलावन की तो अजीब हालत थी। उन्हें लगने लगा था कि इस बार वैशाली संसदीय सीट उनके हाथ

से निकल जायेगी। वे अपनी उस मेहनत को बर्बाद होते देख रहे थे, जो उन्होंने की ही नहीं थी। उन्हें अफ़सोस होता कि अगर उन्होंने विकास के क्षेत्र में ज़रा भी मेहनत की होती तो ये हाल ही न होता।

रज्जो और गोलमी की जोड़ी एकदम सुपरहिट हो रही थी। खेंचरू और अढ़ाई सौ भी इस समय से खुश थे। खेंचरू के पास अपना मिनी बार आ गया था। वह मिनी बार से जब चाहता, तब दारू निकालकर अपने मन माफ़िक पी लेता। और अढ़ाई सौ! वह तो केवल गोलमी के साथ ही नाच गाकर, ढोल बजाकर खुश हो लेता था। वह बस इन्हीं लम्हों में खुद को ज़िन्दा महसूस करता था। मगर धीरे–धीरे वह देख रहा था कि गोलमी का, उसके पैसों का नियन्त्रण रज्जो और खेंचरू के हाथ में जा रहा था। बेबस–सा वह देख रहा था कि मानसिक रूप से गोलमी रामबालक सिंह के निकट होती जा रही थी। उसे यही बातें काट रही थीं। अढ़ाई सौ को लग रहा था कि कहीं गोलमी आगे जाकर एकदम अकेली न हो जाये। वह उसे उस अकेलेपन से बचाना चाहता था।

रामबालक सिंह गोलमी के प्रति बहुत कृतज्ञ थे। जब से उन्होंने गोलमी को देखा था, तब से ही वे अजीब–से हो गये थे। न जाने उनके दिल और दिमाग़ में क्या–क्या होने लगा था। वे जितना खुद को शान्त करने की कोशिश करते, उतना ही और बेचैन हो उठते। वे सही और गलत की कशमकश में जी रहे थे। वे सोचते थे यह समय प्रेम का नहीं है। यह समय जीत का है, और गोलमी! वह तो नर्म नाजुक मलाई है! बिल्कुल रूई के फाहे की तरह है। उसे छूने से तो ऐसा लगेगा, जैसे वह मुरझा न जाये! वह ठिठक जाते। अपनी बेचैनी को झटक देते। लक्ष्य की राह में कोई बाधा उन्हें मंजूर नहीं।

बड़े लक्ष्य तक पहुँचाने वाली राहें निर्मम होती हैं। सबसे पहले कोमल इच्छाओं का गला घोंट देती हैं। कई बार भावनाओं को अपने क़ाबू में कर उनका गला घोंट देती हैं। ऐसी राहों में फूल कम, धूल–धूप ज़्यादा मिलती है। सफलता की चमकार ज़रूर भव्य होती है। कुछ छूटता है, कुछ मिलता है। उम्र के इस मोड़ पर वह यह सब अनुभव कर रहे थे।

बदलाव की बेचैनी

ब्लॉक लेवल से लेकर बड़े लेवल तक लोगों से बातचीत करने से गोलमी की सोच में बदलाव आने लगा था। कई गाने उसने केवल लोगों से बातचीत करने के बाद ही तैयार किये थे। और ये गाने लोगों के दिल में बहुत अन्दर तक समा गये थे। गोलमी को देखकर लोगों को लगता, जैसे कोई उनके परिवार का ही सदस्य है जो उनसे बात करने आया है। गोलमी का किसी भी घर के आँगन में घुसकर औरतों से बात करना तो सामने वाली पार्टी के महिला मण्डल को भी समझ नहीं आ पाया था। वह कैसे परिचय के इस धरातल पर जायें? गोलमी ने कई सालों तक देहरी से आँगन तक का सफ़र अपने गीतों से तय किया था और औरतों को इस तरह अपने गानों से रामबालक सिंह की पार्टी की तरफ़ ला दिया था कि पूरा कैडर हैरान था। रामबालक सिंह अपनी कल्पना को सार्थक होते देखकर खुश हो रहे थे। उस दिन चुनाव–प्रचार के बाद वे दोनों साथ लौट रहे थे। जीप में बैठे–बैठे दोनों ही सोच रहे थे कि क़िस्मत ने उन्हें कैसे मिलाया है! रामबालक सिंह क़िस्मत को नहीं मानते थे। राजनीति में आने के बाद तो एकदम ही नास्तिक बन गये थे।

मगर गोलमी को देखकर उन्हें न जाने क्यों क़िस्मत पर यक़ीन आ गया था। रामबालक सिंह ने गोलमी पर एक उड़ती हुई नज़र डाली। गोलमी की आँख लग गयी थी। सारे दिन की थकान ने कब उसकी पलकों को भारी कर दिया था, वो जान ही नहीं पायी थी! वे चौंक गये।

गोलमी जैसे–जैसे चुनाव–प्रचार में लगती जा रही थी, वैसे–वैसे उसके चेहरे पर एक नयी चमक आती जा रही थी। वह चमक किसी कॉस्मेटिक की नहीं थी, बल्कि वह चमक अपनी पहचान पाने की थी। वह अपनी पहचान पाने के लिए बेचैन थी और उसे उसकी पहचान उसके नाच के साथ–साथ ये चुनाव भी दे रहे थे। गोलमी ने अचानक अपनी

आँखें खोलीं। रामबालक सिंह की जीप का सन्तुलन बिगड़ गया। गोलमी ने तुरन्त आगे बढ़कर स्टीयरिंग सँभाला।

"आपको क्या हुआ?" उसने पूछा। उसकी आँखों में रामबालक सिंह के लिए फ़िक्र साफ़ थी। उसका हाथ अब भी रामबालक सिंह के स्टीयरिंग पर रखे हाथ पर था।

रामबालक सिंह इस स्पर्श से घबरा गये। वह इस स्पर्श के लिए तैयार नहीं थे। वह सोच की जिस गुफा में थे, उसके सबसे गहन अँधेरे में स्त्री के स्पर्श की तीव्र लालसा थी। गोलमी को वह उस स्त्री के रूप में नहीं देखना चाह रहे थे, मगर यह चुम्बकीय स्पर्श था।

"क्या हुआ?" उसने फिर पूछा।

रामबालक सिंह ने जीप की गति बढ़ा दी। वे जल्द–से–जल्द शहर पहुँचना चाह रहे थे। गोलमी चौंक गयी, वैसे उसका चौंकना और खुश होना बहुत ही सामान्य था।

उसे रामबालक बाबू उस रोज़ बहुत असामान्य लगे थे। शहर पहुँचकर उन्होंने उसे गन्तव्य पर उतार दिया और ख़ुद चले गये। उसे रामबालक सिंह ऐसे बच्चे की तरह लग रहे थे जिसके सामने उसकी मनपसन्द चीज़ रखी है और वह चाहकर छू नहीं पा रहे थे। वह तो नितान्त अपने लग रहे थे। उनकी आँखों में वही भाव था, जो उसे अढ़ाई सौ की आँखों में दिखता था। अढ़ाई सौ को लेकर कभी उतनी गहराई से डूबकर सोचा–विचारा नहीं, लेकिन इनके बारे में सोच रही है।

ओह! गोलमी ने अपनी आँखें बन्द कर लीं। उसे अपने शरीर पर कुछ रेंगता हुआ–सा लगा! वह चौंक गयी! वह एकदम से पसीना–पसीना हो गयी थी।

तभी सुन्दरी चाय लेकर आयीं।

"अरे, रामबालक सिंह चले गये?" सुन्दरी ने चौंककर पूछा।

"हाँ!" गोलमी ने शॉल को कसा और वह अपने कमरे में चली गयी। सुन्दरी को गोलमी का व्यवहार बहुत अटपटा लगा। ये इसे क्या हुआ? कहीं कुछ गलत तो नहीं हो गया उसके साथ? नहीं–नहीं! भले इन्सान हैं! वे भला क्या करेंगे?

सुन्दरी देवी ने अपनी सोच वहाँ देहरी पर झटक दी।

चुटकी बजा के

ग्यारहवीं लोकसभा के चुनाव सही समय पर सम्पन्न हुए। जब तक चुनाव नहीं हुए, तब तक गोलमी और रामबालक सिंह अकेले नहीं मिले। रज्जो पूरे चुनाव प्रचार में खुश थी। नतीजा आते ही सबकी खुशी बढ़ गयी। वैशाली संसदीय सीट से रामखिलावन हार गये थे और रामबालक जीत गये थे।

और जीत गयी थी गोलमी भी! जीत के जश्न में भी रामबालक अनमने से थे, उनके भीतर शायद आणविक विस्फोट हो रहे थे, रसायनिक प्रतिक्रियाएँ हो रही थीं, जिसे लेकर वे सहज खुशी प्रदर्शित नहीं कर पा रहे थे।

सुन्दरी देवी खुश थीं कि लड़की की मेहनत सफल हुई। अढ़ाई सौ खुश था कि राजनीति से पीछा छूटा, पर खेंचरू खुश नहीं था! उसकी मुफ़्त की शराब का इन्तज़ाम बन्द होने को था।

मगर इन सबसे अलग गोलमी सशंकित थीं। वह अपने जुमले के हिसाब से सपने बुनने लगी थी।

गोलमी सपने देखती नहीं, बुनती है बाबू...चुटकी बजा के।

रज्जो भविष्य की टोह ले रही थी।

रात खुशी और ग़म की करवट पर थी।

ठाकुर सजावल सिंह की खुशी का ठिकाना न था! उनके लठैत बेटे का कैरियर पार्टी में बच गया था। वे और दो साल के लिए प्रदेश अध्यक्ष बन गये थे। उनकी कुर्सी बचने का मतलब ही था रमेश का बच जाना। रमेश ने मन–ही–मन उस गोलमी को बहुत दुआएँ दीं। गोलमी के नाम पर उसने दो–तीन बोतल ज़्यादा दारू पी ली।

"बाबा, उस गोलमी कुमारी महतो को बुलाइए न यहाँ?" रमेश ने रात में अपने बाबा से कहा।

"हाँ, सोच रहे हैं उसे प्रदेश स्तर पर महिला मण्डल में कोई नियुक्ति दे दें और महिलाओं को उससे थोड़ा प्रशिक्षण दिलवाएँ!" ठाकुर सजावल सिंह के दिमाग़ में कोई योजना पक रही थी। "जी बाबा! पार्टी के लिए सही होगा!" रमेश ने बाबा के साथ जाम टकराते हुए कहा। रमेश को लग रहा था कि अपनी भी मेहनत कम होगी।

जाना है बहुत दूर

उस जीत के बाद रामबालक सिंह गोलमी के अभिभावक के समान हो गये थे। अब उनमें गोलमी के लिए स्नेह और वात्सल्य भी ख़ूब आ गया था। गोलमी उन्हें ओस की ऐसी बूँद लगने लगी थी जिस पर कोई धूप न आये। मगर धूप को तो आना ही है, उसे कैसे कोई रोक सकेगा? पार्टी के प्रदेश अध्यक्ष की तरफ़ से उनके साथ गोलमी को भी बुलाया गया था। उन्हें जाना ही था! राँची में मीटिंग तय हुई। ठाकुर सजावल सिंह ने गोलमी के बारे में अपनी योजना रामबालक सिंह को बता दी थी।

रामबालक सिंह को नहीं पता था कि गोलमी इस बात को कैसे लेगी। गोलमी के साथ उनका अनुबन्ध केवल चुनावों तक ही था, इधर चुनाव ख़त्म हुए और अढ़ाई सौ और सुन्दरी देवी ने गाँव जाने की ज़िद करनी शुरू कर दी, मगर अब गोलमी का विचार पटना में ही टिकने का था। वह अब वापस नहीं जाना चाहती थी। रामबालक सिंह का भी मन था कि गोलमी यहीं रहे क्योंकि यह खिचड़ी सरकार थी, मात्र बीस और तीस सांसद वाले दलों की सरकार, नहीं पता था कि कितने दिनों तक टिक सकेगी? कभी भी गिर सकती थी! तो ख़ुश होने का अधिक मौक़ा किसी के पास नहीं था। सभी यह जानते थे कि साल–दो साल के अन्दर ही चुनाव दोबारा होंगे और उसी के हिसाब से तैयारी करनी थी।

राँची तक का सफ़र तय करने के लिए सुन्दरी देवी तैयार नहीं थी, लेकिन वे अपनी गोलमी को अकेले राँची भी नहीं भेजना चाहती थीं। जब से उन्हें पार्टी के प्रदेश अध्यक्ष का नाम पता चला था, तब से वह ख़ौफ़ में थीं। गोलमी इस ख़ौफ़ को लेकर ही बहुत आशंकित थी! गोलमी को हमेशा अम्मा के हाव–भाव में रहस्य दिखायी पड़ता। अब वह उस रहस्य का पर्दा उठाना चाहती थी। बत्तीस बरस हो गये थे और न जाने कब तक यह लुका–छिपी चलेगी? ठाकुर सजावल के नाम से सुन्दरी के हाथ से पानी का गिलास छूट गया था।

सुन्दरी के इस डर को देखकर तो रामबालक सिंह भी चौंक गये थे। सगुन महतो ने आकर स्थिति सँभाली थी।

"राँची तक अकेली नहीं गयी गोलमी! इसलिए उसे चिन्ता हो गयी!" सगुन ने चाय देते हुए कहा।

मगर गोलमी के दिल में जो खटका लग गया, उसका निकलना इतना सहज नहीं था। कहीं कुछ तो था। गोलमी की आँखों में कुछ कचरा–सा फँस गया था! किरकिरा रहा था, मगर निकल नहीं पा रहा था।

राँची तक के सफ़र में रज्जो और खेंचरू साथ नहीं थे। इस बार रामबालक सिंह और गोलमी ही थे। राँची तक का सफ़र बहुत सरल नहीं था गोलमी के लिए, मगर जाना था और उसे वह रहस्य भी पता करना था, जिसके कारण उसकी माँ के हाथों से एकदम से गिलास गिर गया था। कहीं कुछ तो था! मगर क्या?

राँची तो उसे एकदम सपनों के शहर जैसा लगा था।

"इतना बड़ा शहर, इत्ता सुन्दर, क्या हवा, क्या मौसम, चारों तरफ़ पहाड़, कितना ख़ूबसूरत शहर है...अपने प्रदेश में इतना सुन्दर शहर भी है...!" गोलमी ने आह्लादित होते हुए रामबालक सिंह से पूछा।

"अरे, तुम्हें तो दिल्ली जाना है! फिर पटना–राँची तुम्हें गाँव–सरीखा लगेगा!" रामबालक सिंह ने गोलमी से कहा।

"दिल्ली?" वह चौंकी।

"हाँ, तुम्हें प्रदेश महिला मण्डल का अध्यक्ष बनाया जा रहा है। तुम बहुत जल्द दिल्ली का सफ़र करोगी। कभी तुम्हें किसी मीटिंग में जाना होगा, कभी किसी सेमिनार में!" रामबालक सिंह ने चुटकी ली।

"क्या बालक जी!" गोलमी शर्माते हुए बोली।

"बालक! हा–हा! ये नाम बढ़िया!" वह हँसने लगे।

"और क्या, मैं आपको रामबालक सिंह जी कहते–कहते थक गयी हूँ।" उसने सामान उठाते हुए कहा।

"कोई बात नहीं! आपका मन आप जिस नाम से भी पुकारें! अच्छा होटल पहुँचकर आराम करिएगा, फिर शाम को हमें प्रदेश अध्यक्ष जी से मुलाक़ात करनी है!" टैक्सी में बैठते हुए रामबालक सिंह हँस रहे थे।

"जी बालक जी!" गोलमी ने फिर चुहल की।

इस बार इस चुहल में रामबालक भीग गये। गोलमी को भी उनकी हँसी बहुत मदिर लगी।

अपने हुए पराये

ठाकुर सजावल सिंह पार्टी कार्यालय में बहुत ही बेताबी से गोलमी का इन्तज़ार कर रहे थे। इतना इन्तज़ार तो उन्होंने किसी का कई दिनों से नहीं किया था। कौन है ये नचनिया? इतनी लोकप्रिय कैसे है? क्यों सब इसके पीछे पगलाये हुए हैं?

वे मन–ही–मन उधेड़बुन में लगे थे।

"किस सोच में डूबे हैं ठाकुर साहब?" रामबालक सिंह ने कमरे में प्रवेश करते हुए पूछा।

"कुछ नहीं! आपका ही इन्तज़ार हो रहा था। आइये!"

गोलमी ने कमरे में प्रवेश करते ही उन्हें प्रणाम किया और आदरवश उनके पैर छू लिए।

"ये हैं सुश्री गोलमी कुमारी महतो। सोन चिरइया ऑर्केस्ट्रा की प्रमुख, जैसे आप पार्टी प्रमुख, बाकी सब पता ही है आपको।"

ठाकुर सजावल सिंह महतो सुनकर मुस्कुराये। पिछड़ा कार्ड खेलने की तरकीब तभी सूझी होगी। उन्हें यक़ीन नहीं हो रहा था कि उनके सामने एक नचनिया बैठी थी जिससे उन्हें राजनीतिक डील करनी थी। राजनीतिक समीकरणों की मजबूरियाँ ही ऐसी अजब–गजब होती हैं।

बातों–बातों में उन्होंने न केवल गोलमी को उसके आने वाले दायित्व के बारे में बताया, बल्कि उसकी तारीफ़ें करते हुए उसके परिवार के बारे में पूछ लिया। पिता के नाम से पहले उसने अम्मा का नाम लिया। नाम सुनते ही उनके हाथों में एक कम्पन हुई जिसे गोलमी ने तुरन्त ताड़ लिया।

जल्द ही इस कम्पन पर नियन्त्रण पाकर उन्होंने दो साल में ही चुनावों के लिए तैयार रहने के लिए कह दिया।

दो सालों में चुनावों की बात पर दोनों ही लोग चिन्तित नज़र आये।

"आप लोग अब जायें! कल मीडिया में जानकारी देकर बाकी काम करेंगे! और चुनावों के लिए यही रणनीति रहेगी। बस हो सकता है प्रत्याशी बदल जाये! आप लोग गोलमी कुमारी जी को भी प्रत्याशी के रूप में तैयार रखियेगा।"

ठाकुर सजावल सिंह ने यह एक नयी बात कह दी थी। अरे! ये क्या?

"ठाकुर साहब, मैं तो केवल एक लोक–नर्तकी हूँ! मैं प्रत्याशी?"

"जी आप प्रत्याशी! और बाकी बातों पर आप गौर न करें! आप लोग तैयारी करें।"

अगले दिन मीडिया के सामने गोलमी का परिचय कराया गया। गोलमी को तो सब जैसे एक चमत्कार–सा लग रहा था। न जाने उसकी ज़िन्दगी में आगे क्या था? मगर मीडिया का इण्टरव्यू, कैमरा सब कुछ उसे बहुत कुछ दे रहा था, जो आने वाले दिन गोलमी को बहुत अच्छे से समझ आने वाला था।

गोलमी को टीवी पर देखते हुए एक ही व्यक्ति दुखी था और वह था अढ़ाई सौ! वह ख़ुश नहीं था, वह गोलमी की कला और कलाकार को मरते हुए देख रहा था। वह सपनों की आकस्मिक मौत पर दुखी था।

दूसरी तरफ़ गोलमी राजनीतिक इतिहास रचने की तरफ़ क़दम बढ़ा रही थी। इतिहास बनाने के लिए कुछ ख़्वाहिशों को खण्डहरों में तब्दील होना ही पड़ता है। अढ़ाई सौ अम्बपाली नाटक के उस पन्ने तक आकर ठिठक गया था–उसे इतिहास की सुरंग से ठहाके सुनायी दे रहे थे, "हा हा हा! मैं राजनर्तकी! अरुण...मैं राजनर्तकी! हज़ार–हज़ार राजकुमारों के मुकुट मेरे चरणों पर लोटेंगे रे...वृज्जिसंघ की सर्वश्रेष्ठ सुन्दर, वैशाली की राजनर्तकी..."

नहीं–नहीं!! राजनेता...सर्वश्रेष्ठ लोकनर्तकी को राजनीति एक बार फिर से हरण करके ले गयी।

अढ़ाई सौ देखता रह गया।

इतना बड़ा फ़ैसला करते हुए एक बार भी गोलमी ने उसके बारे में नहीं सोचा, उससे सलाह–मशवरा करना भी ज़रूरी नहीं समझा! और क्यों ही समझती! अभी तो वह मद में थी, कुछ बाहुबलियों के घेरे में है। उसके सपने राजसी हो गये थे, अढ़ाई सौ तो कब का बेदखल हो चुका था सपनों से, उसके यथार्थ से। गोलमी ने कभी गम्भीरता से लिया ही कहाँ

उसे? जब वो खेंचरू जैसे कमीने इन्सान को भी अपने मतलब के लिए मण्डली में प्रमुख काम दे सकती थी तो अढ़ाई सौ की क्या क़ीमत थी?

कौन था अढ़ाई सौ? जिसे कभी प्रेमी होने का दर्जा नहीं दिया। प्रेमी होने का दर्जा तो दूर, उसके प्रेम का भान ही कहाँ था किसी को? गोलमी हमेशा सीधा देखती थी, दायें–बायें नहीं। वह हमेशा दायें–बायें रहा। अब क्या कोसे किसी को? निःसन्देह, मण्डली की परिकल्पना गोलमी की, जान भी वही। अढ़ाई सौ ने ख़ुद को देखा...

वह कहाँ टिकता था गोलमी के सामने? गोलमी से थोड़ी–सी ही पढ़ाई तो ज़्यादा की। हमेशा चिपका रहा, कुछ गोलमी की वजह से कुछ अपने कला–प्रेम की वजह से। धुनें बनाना, हारमोनियम बजाना, ढोलक बजाना, गाने लिख लेना, इतने सारे काम करने वाला दूसरा कोई गोलमी को मिलता भी कहाँ! गोलमी को हुनरमन्द प्रेमी नहीं चाहिए, उसे कोई ठाठ–बाट वाला साथी चाहिए जो उसे सत्ता तक पहुँचा दे।

अढ़ाई सौ एक आयोजन का आमन्त्रण तक नहीं दिला सकता, सत्ता तो दूर की बात थी। गोलमी न होती तो रामबालक सिंह जैसी हस्ती उसे अपने कारिन्दों में रखते, इतना महत्त्व कहाँ देते! गोलमी की वजह से पूरी मण्डली बेहद सम्मान पा रही थी। गोलमी को जिनकी बदौलत सब मिल रहा था, वह उनके पीछे–पीछे ही तो जाती! राजमार्ग छोड़कर भला कोई खरंजा मार्ग पर क्यों आये!

अरुणध्वज वैसे ही चीखता रह गया, वैशाली के खरंजा मार्ग पर... आम्रपाली एक बार फिर हरण करके ले जायी गयी राजमार्ग पर! अढ़ाई सौ ने मन–ही–मन यह सोचते, कलपते हुए किताब बन्द करके सिरहाने में घुसा दी। अब किसके लिए गीति नाट्य तैयार करना। जब वही नहीं रही जिसे ध्यान में रखकर वह एक अमर कृति पर काम कर रहा था।

इतिहास की दहलीज़ पर

ठाकुर सजावल सिंह की आशंका बहुत ही जल्द सही साबित हुई। खिचड़ी सरकार छह महीने में ही डगमगाने लगी थी। जल्द ही चुनाव होने की आशंका ज़ोर पकड़ने लगी। आपस में दल लड़ने लगे थे। खींचातानी होने लगी थी। इस खींचातानी में सारे सिद्धान्त पानी में बह गये थे। जो पार्टी बड़ी थी, उसने छोटे दलों की खिचड़ी सरकार से माँग न पूरा होने पर समर्थन वापस ले लिया। और देश में जल्द ही चुनाव की आहट दोबारा आ गयी। सभी चुनावी दल एक बार फिर से दो साल के अन्दर जनता के सामने थे।

बारहवीं लोकसभा चुनाव में वैशाली में इस बार समीकरण अलग थे। पिछली बार रामखिलावन जो हारे थे, तो दो साल में और मज़बूत होकर आ गये थे। इस बार रामखिलावन ने जीतने के लिए ताल ठोंक दी थी। जिन वादों की बिसात पर रामबालक जीतकर आये थे, वे इस छोटी अवधि में पूरे नहीं हो पाये थे, जनता में थोड़ा रोष था। और दूसरी तरफ़ रामखिलावन सिंह ने जनता में भ्रामक प्रचार कराने में कोई कसर नहीं छोड़ी थी। ठाकुर साहब की ही बात सही थी। इस बार रामबालक सिंह को चुनाव लड़वाना ख़तरे से खाली नहीं था। इधर चुनाव नज़दीक आते जा रहे थे। चुनाव प्रचार ज़ोर पकड़ रहा था। हर तरफ़ जातिवाद का बोलबाला था। कौन दलित है, कौन पिछड़ा है—वोट गिरने का बस यही एक समीकरण था जैसे! सवर्ण प्रत्याशी के ख़िलाफ़ पिछड़े गोलबन्द होने लगे थे।

दरअसल मण्डल और कमण्डल की लड़ाई में मण्डल अलग हो रहा था और कमण्डल अलग। रामखिलावन न मण्डल में थे और न ही कमण्डल में। वे मण्डल वालों के तब साथ होते थे, जब सत्ता पाने की चाह होती थी। और कमण्डल वालों के साथ जा नहीं सकते थे। उनके साथ जाने

से राजनीतिक अखाड़े में पटखनी खा सकते थे, वोटबैंक छिटककर अलग हो सकता था। तो क्या करें? बहुत ही दर्द में थे रामखिलावन!

रामखिलावन की जो जाति और पार्टी थी, वह सत्ता के लिए बनी थी–या तो अकेली या किसी के साथ। जब पहली बार जनता पार्टी की सरकार बनी थी, तब बिहार में सवर्ण और दलित दंगा हुआ था और रानी फिर से रानी बन गयी थी। रामखिलावन बहुत ही चतुर थे, वे जानते थे कि कहाँ और कैसी तिकड़म करनी है! वे हर तरह की तिकड़म के लिए तैयार थे, उन्हें तिकड़म करने का मौक़ा ही नहीं मिला था। इस बार मौक़ा मिल रहा था। रामबालक सिंह को इस बार वे चुटकी में मसल सकते थे।

ठाकुर सजावल सिंह के निर्देशों के हिसाब से गोलमी को वैशाली से खड़ा करने की बात हुई।

"पर बालक बाबू, मैं कैसे चुनाव लड़ सकती हूँ?" गोलमी ने रामबालक सिंह से कहा था। उन्होंने उससे अपने दिल की बात कही–"मैं चाहता हूँ, कि इस बार तुम इस रामखिलावन के ख़िलाफ़ चुनाव लड़ो!"

"कैसे बालक बाबू? न तो मेरे पास पैसा, न ही राजनीति का ज्ञान? मैं कैसे लड़ सकती हूँ चुनाव? मैं तो ठहरी महिला मण्डल की अध्यक्ष! और मेरें पास वाकई बिल्कुल भी पैसे नहीं हैं। जब से राजनीति में आयी हूँ, तब से एक भी प्रोग्राम नहीं हुआ है, मण्डली वीरान हो गयी है।"

"पैसे की तुम्हें क्या फिकर करनी है जब मैं तुम्हारे साथ हूँ!" यह कहते–कहते उनके माथे पर एकदम से एक लट आ गयी। रामबालक सिंह अपनी लट हटाते हुए जैसे किसी बिजली से टकरा गये। यह कैसा स्पर्श था? यह तो गोलमी का स्पर्श था! गोलमी ने आवेग में उनके हाथ पर हाथ धर दिया था।

"नहीं बालक बाबू! हम तो एकदम ग़रीब, बेवकूफ़ कलाकार हैं, केवल नाच गाना ही जानते हैं! हम कैसे आ सकते हैं रामखिलावन जी के सामने? जैसे आपके लिए पिछले साल चुनाव में काम किया था, वैसे ही इस साल भी कर लेंगे। मगर चुनाव?" गोलमी को चुनाव लड़ने में हिचक थी। वह बचने का हर सम्भव प्रयास कर रही थी, मगर पार्टी इस बार उसे छोड़ने के लिए तैयार नहीं थी।

"तुम्हारे सामने इतिहास बनाने का एक मौक़ा है। अगर तुम चाहो तो इतिहास बना सकती हो और ख़ुद भी एक इतिहास बन सकती हो। तुम

एक ऐसे आदमी को कुर्सी से हटा सकती हो जिसने आज तक जनता के हित का कोई काम नहीं किया है! उसने केवल पैसा खाया है, जनता के साथ बुरा किया है!" रामबालक सिंह जब उसे समझा रहे थे तो ध्यान भी दे रहे थे कि यह देखा जाये कि उस पर बातों का असर हो रहा है कि नहीं।

"गोलमी..." उन्होंने उसके कन्धे पर हाथ रखा।

गोलमी सिहर गयी! ये कैसा स्पर्श था? यह तो वह स्पर्श नहीं था, जो पहले दिन था! यह तो मनुहार का स्पर्श था, यह तो अनुरोध का स्पर्श था! वह स्पर्श में घुलने लगी थी। उस स्पर्श में जो स्पन्दन था, उससे बहुत कुछ कराया जा सकता था।

मगर क्या वह स्पर्श उसे राजनीति में ला सकता था? यह कैसे सम्भव था? वह तो केवल नाच को ही अपनी मंज़िल बनाये हुए थी! वह ख़ुद को केवल नाच में ही डुबोना चाहती थी। राजनीति में तो वह हालात के चलते आ गयी थी, मगर इतनी आगे? उसे ध्यान था एक बार पण्डित ने उससे कहा था–"तू बहुत ऊँचा उड़ेगी, बहुत ऊँचा!!"

तो क्या ऊँचा उड़ने का समय आ गया था?

"गोलमी, तुम्हें पता ही है कि हमारे इलाके में कितनी बेरोज़गारी है, तुमने देखा कि बच्चों के लिए ढंग के स्कूल भी नहीं हैं, तुमने देखा कि कैसे हमारी माताएँ बहनें अँधेरे में ही निकलती हैं। आज़ादी आये हुए इतने बरस हो गये हैं, लेकिन यह ज़िला बुनियादी सुविधाओं के लिए आज भी लड़ रहा है!"

"वो सब ठीक है, लेकिन..."

"और समस्या यह है कि रामखिलावन घाघ आदमी है। जो यहाँ का स्थानीय आदमी होगा, उसे वह अपने जाल में फँसा लेगा। कुछ–न–कुछ पिछला ले आयेगा। मगर तुम! तुम कोरी स्लेट हो! तुम्हारे बारे में क्या पता लगायेगा? तुम तो आग हो, उसका जलना तय है!"

कहते–कहते उन्होंने अपना हाथ सहलाया। अभी वे भी तो जले थे। शायद उसे जलाना ही आता था। कुछ ना–नुकुर के बाद गोलमी ने हाँ कर दी।

उसके लिए एक नया सफ़र शुरू हो रहा था। राजनीति में कोई नचनिया अब सामने से आ रही थी। वैसे तो राजनीति सबको नचाती है, मगर गोलमी के लिए यह नाच बहुत अलग था। जैसे–जैसे चुनाव–प्रचार अपने चरम पर जा रहा था, वैसे–वैसे माहौल की तल्ख़ी बढ़ती जा रही

थी। उस माहौल में कई तरीके से तकिया कलाम बनते जा रहे थे। और उन तकिया कलामों से चुनाव जीतने की ज़िद होती जा रही थी।

रणनीतियाँ बनती जा रही थीं! बदल रही थीं! अख़बारों में धड़ाधड़ लेख लिखे जा रहे थे। पुरानी नीतियों पर नयी बहसें हो रही थीं, गोलमी की मण्डली के कुछ सदस्यों ने नुक्कड़ नाटक भी तैयार किये थे और उसमें गोलमी का नाच भी हो रहा था। इन सबमें रमेश भी साथ दे रहा था। वैसे भी ठाकुर साहब की राजनीतिक विरासत सँभालने के लिए वह काफ़ी सुधर गया था।

अढ़ाई सौ के प्रति न जाने क्यों गोलमी के मन में भी बहुत अबोलापन पनप रहा था। यह अढ़ाई सौ भी समझ रहा था। ऐसा नहीं था कि वह गोलमी के सपनों से रूबरू नहीं था। वह इस संक्रमण काल में गोलमी को अकेले नहीं छोड़ सकता था। उसकी लाख उपेक्षा के बावजूद वह साथ था। वह जानता था कि उसकी गोलमी अकेली है। ये रामबालक सिंह और खेंचरू कोई भी उसके साथ नहीं होगा। ये रज्जो जो आज गोलमी के आगे पीछे चलती है, वह अपने फ़ायदे के लिए सब कुछ कर सकती है! जबकि वह चाहता था कि वह बेशक उससे दूर हो जाये, मगर गोलमी जीत जाये! वह चाहता था कि गोलमी जीते रण को और साबित करे ख़ुद को। और वह एक दिन साबित भी कर देगी, यही सोचती हुई गोलमी आज रामबालक सिंह के कमरे में ही बैठी–बैठी सो गयी थी।

अगले दिन का सूरज उसके लिए बहुत कुछ लेकर आया था। एक नयी सोच का स्वागत करने के लिए तैयार थी वह।

गोलमी चुनाव के लिए पूरी तरह से तैयार थी। रामखिलावन की पार्टी जो रामबालक सिंह को चुटकी में मसलने की बात कर रही थी, वह गोलमी के सामने एकदम विवश नज़र आ रही थी। गोलमी फिर से जुट गयी थी! उसे जीतना था! चुनावों की घोषणा हो चुकी थी। गोलमी खुलकर शारदा सिन्हा के गानों पर नाचने लगी थी। बहुत थक जाती थी, मगर वह जनसभाओं में भीड़ ख़ूब जुटाने लगी थी। जीतने के लिए वह अपनी जान की बाज़ी भी लगा सकती थी! उसे पता था कि उसे जीतना है। उस पर ठाकुर सजावल सिंह ने जो भरोसा जताया है, वह उसका मान रखेगी।

उसकी आवाज़ से भी अब जादू होने लगा था। जब एक ही व्यक्ति में दो–दो कलाओं का जादू आ जाता है तो वह अद्‌भुत हो जाता है।

उस रोज़ गोलमी ने ग़ज़ब नाच किया!

"पार्टी अपनी बाबा–माई,
पार्टी ही गंगा मैया,
पार्टी में आकर मिले हैं,
हमको बहना–भैया..."

वो पार्टी के लिए इस हद तक समर्पित हो चली थी कि पार्टी उसे परिवार, रिश्ते, नाते सबसे ऊपर लगने लगी थी। गोलमी का नाच अब सिर्फ़ उसकी पार्टी के लिए था। सीधे पल्ले की साड़ी पहनकर, लाल बिन्दी लगाकर, आलता लगाकर जैसे ही गोलमी मंच पर चढ़ती, वैसे ही जनता पार्टी की दीवानी हो जाती।

जैसे–जैसे प्रचार के दौर ख़त्म होते जा रहे थे, रामखिलावन की खीज बढ़ती जा रही थी। हर बार तो वह दारू की बोतल और अश्लील भोजपुरी नाच दिखाकर जीत जाते थे, इस बार तो लोग शराब भी लेने के लिए तैयार नहीं थे। और अश्लील नाच! उसकी तरफ़ तो देखते भी नहीं थे। गोलमी के नाच के साथ पार्टी के गानों की कैसेट उस समय सुपरहिट थी।

रामखिलावन को इस बार कुछ सूझ नहीं रहा था। ऐसे में गोलमी की ही कोई कमज़ोरी पता चल जाती तो सही रहता! मगर उसकी कमज़ोरी का पता चलना इतना सरल था क्या?

न जाने क्यों रामखिलावन के मन में शक का कीड़ा बैठा था। ठाकुर सजावल सिंह और गोलमी दोनों में कुछ तो पक रहा था, ठाकुर सजावल सिंह ऐसे ही किसी को वैशाली से टिकट दे दे, यह रामखिलावन की खोपड़ी मान ही नहीं रही थी। कहाँ रामखिलावन विरोधियों को पटकनी के लिए राजनीतिक दण्ड बैठक कर रहा था, पिछड़ी और दलित जातियों के नेताओं को खिला–पिलाकर वह अपने बस में कर चुका था, मगर गोलमी तो एकदम अलग ही थी। वह उनके जैसी नहीं थी। किसी और ही मिट्टी की बनी थी। गोलमी किसी जाति के लिए नहीं, वह स्त्रियों के उत्थान के लिए बात करती थी, उनकी पढ़ाई–लिखाई और रोज़गार की बात करती थी, लड़कियों को आर्थिक रूप से ताकतवर होने की बात करती थी, वैशाली के प्राचीन वैभव की बात करती थी। वह बुद्ध की बात करती थी, वह आम्रपाली की बात करती थी। वह वैशाली के इतिहास की बात सुनाती थी।

रात को रामवृक्ष बेनीपुरी का नाटक अम्बपाली के कुछ अंश रटकर जाती और जनसभाओं में उसे नाटकीय मुद्रा में सुनाती।

"आह...देवपुरी वैशाली...क्या इस पर राक्षस का शासन होगा...इसे बचाइए जनता महामात्य...!!"

"मुझ पर आरोप लगाया जाता है कि मैं नचनिया हूँ, लोगों का मनोरंजन करती हूँ। हाँ, मैं करती हूँ। वैसे ही, जैसे इस धरती की बेटी आम्रपाली करती थी। हाँ, मैं मनोरंजन करती थी। मनोरंजन कोई तुच्छ चीज़ नहीं है। मनोरंजन ज़िन्दगी जीने के लिए अहम है। जहाँ मनोरंजन नहीं, वहाँ जीवन नहीं। जहाँ कला नहीं, वहाँ पशुता होगी। धरती पर हिंसा थामने की ताकत सिर्फ़ कला में है। आप आजमा लेना। कला का मुक़ाबला कोई ताकत नहीं कर सकती। वह हमें मनुष्य बनाये रखती है, देवत्व से जोड़ने का एक मार्ग यह भी है।"

"मैं झूमर, सोहर सुना सकती हूँ तो मैं राग भैरवी भी सुना सकती हूँ...मैं साबित कर दूँगी कि मैं भी इसी माटी की बेटी हूँ...अपनी वैशाली के लिए कुछ भी करूँगी...अपना सब सुख–चैन छोड़कर मैं आपके पास आ गयी हूँ..."

"वृज्जि संघ के नागरिको, सपूतो!! मेरे इस रूप को देखकर आप चकित होंगे! चकित मत होइए! जो हाथ फूल थाम सकते हैं वे हाथ तलवार भी उठा सकते हैं! वैशाली आज एक बार फिर संकट में है! आइए...संकल्प लें...हम बचायेंगे इस नगर को! वक़्त आ पहुँचा है। आपने सबको आजमाया! एक बार अपनी बेटी को आजमाकर देखिए। मैं आप लोगों को छोड़कर कभी नहीं जाऊँगी...सदा यहीं रहकर काम करूँगी...यह बुद्ध की धरती है, आम्रपाली की धरती है, जिसने राज के लिए बहुत त्याग किया और जिसने इसी धरती के लिए मगध सम्राट अजातशत्रु का प्रणय निवेदन तक ठुकरा दिया। यह त्याग भूमि है...मैं कहीं नहीं जाऊँगी आप लोगों को छोड़कर! यह मेरा घर है। मुझे आशीष दें! बेटी के खोइंछा में वोट का दान दें...!"

बोलते–बोलते वह कभी अपने दुपट्टे का कोना आगे बढ़ा देती तो कभी आँचल। किसी कुशल नेता की तरह दोनों से वह सिर ढकने लगी थी।

गोलमी किसी सधी हुई नेता की तरह जनता के सामने आम्रपाली शैली में वादे पर वादे किये जा रही थी। भाषण के बाद दो–चार लाइन वैशाली को सम्बोधित गाने गा देती। जनता को लुभा रही थी। यह सब देखते हुए दूसरे प्रत्याशी रामखिलावन ने चुनाव में अपनी पूरी ताकत झोंक दी थी। उसे हर क़ीमत पर सांसद की कुर्सी चाहिए थी, मगर उन्हें इस

बार सांसद की कुर्सी पर बैठना नामुमकिन लग रहा था। जीत के लिए वे किसी भी हद तक जाने को तैयार थे। गोलमी की कमज़ोर नसें ढूँढ़ने में लगे थे। उनकी नज़र मण्डली के सदस्यों और फिर परिवार पर गयी। साज़िशों का दौर शुरू हुआ।

खेंचरू को अपने पाले में लाने के लिए हर सम्भव प्रयास होने लगे, मगर कुछ समझ नहीं आ रहा था कि कैसे लायें? फिर रज्जो पर भी जाल फेंका था। राष्ट्रीय दल में महिला मण्डल में उच्च पद और विधानसभा का टिकट के वादे का काँटा लगाया गया था। रज्जो क्या करती? रज्जो की उम्मीदों को भी पंख चाहिए थे। वह समझ नहीं पा रही थी कि जब कर्ता–धर्ता वह थी तो सारी वाहवाही गोलमी के पास क्यों थी? एक तरफ़ गोलमी चुनाव की मुसीबतों से जूझ रही थी और दूसरी तरफ़ उसकी सबसे प्यारी सहेली उसी की पीठ में छुरा भोंकने वाली थी। रामखिलावन ने भी कच्ची गोटियाँ नहीं खेली थीं। उन्हें जीतना ही था, हर हाल में, हर क़ीमत पर।

गोलमी और रामबालक सिंह के बीच धुएँ को आग का रूप देकर रामखिलावन ने अपना दाँव खेल दिया था। एक दिन जब दोनों प्रचार के लिए गये थे, तब प्रेस कॉन्फ्रेंस में रज्जो ने राष्ट्रीय दल में वैशाली की ज़िला प्रमुख का पद सँभाल लिया था।

बचपन की दोस्ती इस तरह टूटेगी, ऐसा तो सोचा भी नहीं था गोलमी ने! ये क्या हो रहा है उसके साथ? उसने और रज्जो ने तो हर त्योहार एक साथ मनाया था, उसने और रज्जो ने तो लाल छींट वाली कुर्ती सलवार एक ही तरह की ख़रीदी थी।

उफ़ रज्जो! ये तुमने क्या किया? वह मंच पर बैठ गयी थी! गोलमी को आज सब बेकार लग रहा था। पूरे वैशाली शहर में उसके पोस्टर लगे पड़े थे। उसका मन हुआ कि वह उन्हें फाड़कर फेंक दे। उसे राजनीति से वितृष्णा होने लगी थी। पहले खेंचरू और अब रज्जो!

"राजनीति का पहला उसूल है, इसमें कोई रिश्ता टिकता नहीं है!" रामबालक सिंह ने उसे पानी देते हुए समझाया था।

उस रात के बाद आज मुखातिब हुए थे उससे। उसके सामने रज्जो के साथ नदी किनारे झूला झूलने वाले सारे दृश्य बार–बार घूम रहे थे! पुराने टायर का पहिया बनाकर सड़क पर दौड़ने का दृश्य याद आ रहा था...वो 'छपाक–छपाक' पोखरे में हाथ पकड़कर कूदना, वो बरगद के नीचे

झूम–झूमकर नाचना–गाना, एक–दूसरे के लिए घरवालों से पिट जाना, एक–दूसरे के लिए घर से अचार चुराकर लाना, जीवन भर साथ निभाने की कसमें खाना...घुटने छिल जाने पर किसी पौधे की पत्ती का रस निचोड़कर लगाना...हर समय नाचने और गाने के लिए उकसाना...नन्ही हथेलियों से उसका हौसला बढ़ाने के लिए तालियाँ बजाना...उछलना–कूदना...

यहाँ तक कि पूर्ण स्त्री बनने का अहसास तक एक–दूसरे से बाँटना...

यह सब सोचते–सोचते आँसू बार–बार उसके गालों पर आ रहे थे! वह आँसू पोंछने के लिए अपनी प्रिय रज्जो का इन्तज़ार कर रही थी जिसके साथ वह गाना गाती थी...

"संगे जीवन काटब गे मोर सखी...
रतिया से पहिले होतई भोर सखी..."

मगर उसे नहीं पता था कि अब वह कब रज्जो को देखेगी? रज्जो?

"भूल जाओ उसे और जुट जाओ काम पर! तुम्हारा लक्ष्य यहाँ नहीं रुकना है। तुम्हें आगे बढ़ना है।"

रामबालक सिंह उसे समझा रहे थे। क्या वह समझ पा रही थी? उसके बचपन की एक शाख टूटकर उससे अलग हो रही थी और वह चुप रहने के अलावा क्या कर सकती थी? उसकी वो बेफिक्र हँसी अब कहाँ मिलेगी? वह टूटी हुई मिट्टी की गुल्लक की रेजगारी की तरह बिखर रही थी। और बिखर रहे थे उसके सँजोए सपने भी। सब कुछ बेमानी–सा था। अपनों का धोखा अक्सर दिल को अपाहिज कर देता है।

रामबालक सिंह ने उसे सहारा दिया और उसे दुलारा।

उसे दुलार की बहुत ज़रूरत थी। वह छोटी बच्ची बन गयी थी, जो पहली बार चलते–चलते गिरी थी। राजनीति में ऐसे दुलार की ज़रूरत हर नवागन्तुकों को होती है। राजनीति नवागन्तुकों के लिए नहीं होती है। वह हर नवागन्तुक को अपनी गोद में लेकर दुलारती नहीं है। वह केवल उन्हीं नवागन्तुकों को दुलारती है, जो राजनीति की गोद में पले–बढ़े होते हैं। राजनीति की गोद भी मगर दुर्लभ ही होती है, और कुछ खानदानों के लिए संरक्षित होती है। ऐसे में बहुत ही मज़बूती से रामबालक सिंह ने उसे दुलार दिया था और बाँध दिया था भरोसे का ताबीज़ उसके हाथ पर। रख दिया था अपना हाथ उसके सिर पर!

वह सँभल गयी थी।

उसे सँभलना ही था। कहाँ जानती थी वो कि आगे–आगे क्या होने

वाला है? रज्जो को खो देने का ग़म बहुत था। रज्जो महिला मण्डल के पद पर आसीन हो गयी थी और जहाँ–जहाँ गोलमी जाती, वह भी रामखिलावन की महिला मण्डल के सदस्यों के साथ पहुँच जाती।

गोलमी एक नारा देती, वह भी दूसरे नारे के साथ खड़ी हो जाती। ऐसा लगता, जैसे नारों की अन्त्याक्षरी चल रही हो! वह जो भी बोलती, रज्जो उसकी काट करती।

अजीब–सा युद्ध का मैदान बन गया था। दो पक्की सहेलियाँ जब एक–दूसरे के ख़िलाफ़ खड़ी होती हैं तो बहुत कुछ नष्ट होता है। गोलमी को पहली बार अहसास हुआ कि बहुत ख़तरनाक होता है दोस्त का दुश्मन बन जाना।

दो दाँतकटी सहेलियाँ, अब एक–दूसरे के ख़िलाफ़ वार करने लगी थीं। रज्जो की वैसे ऐसी कोई खास मजबूरी नहीं थी कि वह गोलमी के ख़िलाफ़ खड़ी होती, मगर वह अपनी आकांक्षाओं के आगे विवश हो गयी थी। और अब रज्जो के बचपन की वह इच्छा उभरकर आ गयी थी, जो आज तक वह दबाती हुई आयी थी। वह थी गोलमी से मुक़ाबला। उसे गोलमी के सामने कमतर समझा जाता था। जबकि वह गोलमी की तुलना में बहुत ही ख़ूबसूरत थी। पूरे गाँव में सबसे ख़ूबसूरत लड़की थी रज्जो, मगर उस ख़ूबसूरत लड़की को गोलमी से नीचा समझा जाये और वह भी इतने बरस तक तो क्या होगा? रज्जो के लिए मौक़ा था, आज यह साबित करने का कि वह उससे बेहतर थी। वह इस मौक़े को गँवाना नहीं चाहती थी, वह चाहती थी ख़ुद को साबित करना और यह साबित करना कि वह घुँघरू तो नहीं पहनती मगर वह समय आने पर कैसा भी नाच सकती है और नचा भी सकती है।

गोलमी रज्जो के दिये रोज़–रोज़ के इस दर्द से उबर नहीं पा रही थी, मगर रामबालक सिंह ने उसे समझाया–"राजनीति में कोई अपना नहीं होता। राजनीति में सब कुछ बहुत व्यापक होता है, न कोई व्यक्तिगत दुश्मन होता है और न ही कोई व्यक्तिगत मित्र। व्यक्तिगत मित्रता से राजनीति में बचकर रहना चाहिए। अब देखिए ठाकुर सजावल सिंह जो कल तक रामखिलावन के परम मित्र थे, आज वे एकदम अलग हो गये थे। रमेश के साथ एक तरफ़ बैठ गये।"

इस युद्ध में किसकी हार और किसकी जीत होगी, यह तो समय पर था, मगर दोनों सहेलियाँ एक–दूसरे पर वार करने से नहीं चूक रही थीं।

रज्जो कभी सामने से वार करती तो कभी पीछे से! खेंचरू के साथ गोलमी का क्या सम्बन्ध था, यह वह बताना चाहती थी, मगर उसके दिल ने इतना नीचे गिरने की अनुमति नहीं दी। खेंचरू को जिस तरीके से रामखिलावन उपयोग करना चाहते थे, उस तरीके से नहीं कर सके थे। पर यह ज़रूर था कि मण्डली तोड़ दी थी। समूह का टूटना भी तो आधी जीत हो जाती है! इस आधी जीत को पूरी जीत में बदलना चाहते थे रामखिलावन। क्योंकि आधी टीम के साथ जीत नहीं सकते थे रामबालक सिंह। मगर यही राजनीति है, जिसमें दाँव होते हैं और रज्जो और खेंचरू के धोखे के बाद अब तो गोलमी को हर क़ीमत पर जीतना ही था।

ठाकुर सजावल सिंह भी रामखिलावन के इन दाँव–पेंचों को ख़ूब जानते थे। पुराने साथी रहे थे। वह यह जानते थे कि वह साम–दाम–दण्ड–भेद सब इस्तेमाल कर डालेगा। रामखिलावन बहुत मज़बूती से हर दौर पर वार पर वार करते जा रहे थे। हर बार यह जताने की कोशिश थी कि वे भी दौड़ में हैं। इसी बीच खेंचरू पर भी उन्होंने दाँव खेल दिया था। खेंचरू भी कम घाघ नहीं था। खेंचरू को मिनी बार की जगह अब बिग बार मिल गया! और खेंचरू को इस समय केवल अपनी गोलमी वापस चाहिए थी। चाहे वह हारकर ही क्यों न मिले! जहाँ–जहाँ गोलमी जाती, वहाँ–वहाँ वह लौंडा नाच करने वालों को भेज देता। वह खुलकर विरोध में नहीं आया था। वह गोलमी को परेशान करना चाहता था, मगर उसका दिल क्या चाहता था, वह खुद ही कन्फ्यूज़ था।

जहाँ–जहाँ गोलमी जाती, वहाँ–वहाँ लौंडा जाकर अश्लील नाच करता! सबको खिजाता! मगर गोलमी को परेशान न कर पाता। इस चुनाव अभियान में जातिगत मर्यादाएँ भी तार–तार हो रही थीं। 'भूरा बाल' जैसे–जैसे जुमले अमल में आ गये थे और समरसता जैसे समाप्त होती जा रही थी। क्षेत्रीय दल जमकर अपनी–अपनी जातियों पर दाँव खेल रहे थे। रामबालक सिंह भी तो अपनी जाति के ही वोटबैंक पर निर्भर थे। जाति का गणित बैठाया जा रहा था और इस जाति के गणित पर सभी दल अपनी बिसात बिछा रहे थे।

मगर बीच में कुछ काण्ड हो गया। रामबालक सिंह के बिछाए जाल में खेंचरू फँस गया था और उसकी करतूतों के सबूत भी रामबालक के हाथों में लग गये थे।

वे चाहते तो पल भर में ही उसका काम–तमाम कर सकते थे, मगर उन्होंने ऐसा कुछ नहीं किया। उन्होंने बड़े–बड़े नेताओं का पूरा–का–पूरा राजनीतिक कैरियर केवल इसी बात पर नष्ट होते देखा था। रामबालक सिंह ने कई नेताओं को केवल देह की कमज़ोरी के आधार पर धूल चाटते हुए देखा था। वे नहीं चाहते थे कि एक गुमराह होता युवा अपराध की दुनिया में ख़त्म हो। उन्होंने बुलाया था एक दिन उसे और उसके सामने वे सभी फ़ोटो बिछा दी थीं! उन रंगीन तस्वीरों में खेंचरू की प्रणय–लीला की अंतरंग छवियाँ क़ैद थीं। लड़की का चेहरा स्पष्ट नहीं था। खेंचरू साफ़–साफ़ लीला–पुरुष नज़र आ रहा था।

"तो खेंचरू! क्या किया जाये इन तस्वीरों का?" रामबालक सिंह ने ठण्डे स्वर में पूछा था। दुस्साहसी खेंचरू भी उस ठण्डे स्वर से काँप उठा था। समूचे शरीर में बर्फ़ की लकीर–सी खिंचती चली गयी।

"तो बताओ क्या करें?" रामबालक ने अबकी घुड़क दिया।

खादी की साड़ी पहने गोलमी एक कोने में अवाक् खड़ी थी। वह उसकी तरफ़ नहीं देख सकता था। उसकी आँखों में उभरते हुए सवालों में वह घिर गया था। उसकी आँखों में छोटी–सी लड़की नाच रही थी और नाच रहा था उसके सामने वह समय जब वह उसका नाच छिप–छिपकर देखा करता था! जिसे राह में घेरकर बाँहों में दबोचने को बेचैन रहता था। जिसके आसपास रहना उसे पसन्द था। जिससे भविष्य की उम्मीदें जोड़े बैठा था।

आख़िर उसने क्यों कर दिया था यह सब? वह बचपन की प्रिय सहेली को पाने के लिए ही तो उसके ख़िलाफ़ गया था और उसको पाने के लिए वह इतना नीचे गिर जायेगा, उसने कभी सोचा भी नहीं था! और उससे ये क्या पाप हो गया था? इतने बड़े पाप को जस्टीफाई करने का कोई भी कारण नहीं था! वह क्या करेगा?

रामबालक सिंह ने इन फ़ोटो को लेकर कोई भी झूठ–सच बात गोलमी से नहीं की थी, वैसे राजनीति के कच्चे खिलाड़ी तो वे थे नहीं! वे भी मँझे हुए थे जिनके जाल में वह फँस गया था। जाल में फँसाना उन्हें भी ख़ूब आता था! अगर रामखिलावन चतुर्भुज स्थान की कोई बाई जी भेजकर उन्हें और गोलमी को फँसाने के लिए चाल रच सकता था तो वे भी उस लड़की की और खेंचरू की तस्वीरें तो निकलवा ही सकते थे! वे गोलमी को बचाने के लिए हर हद तक जा सकते थे।

"बताओ खेंचरू!" गोलमी गरजी।

"काहे किये ये सब! बस हमें हराने के लिए इतना नीचे गिर गये? सब कुछ भुला दिये! हमारा बचपन और हमारा एक साथ नाचना! सब कुछ भुला दिये!"

उसकी आँखों से निकलते हुए शिकायत के शोले वह बर्दाश्त न कर सका!

"अगर हम चाहें तो ये सारी फ़ोटो और ये सब किसने किया, कल ही मीडिया में जा सकता है, अब ये तुम पर है कि तुम क्या करना चाहते हो?" रामबालक सिंह ने उसकी फ़ोटो को मेज़ से हटाते हुए कहा।

"और अगर तुम्हें ये लगता है कि तुम ये फ़ोटो जला दोगे तो ध्यान रखना कि सारे निगेटिव हमारे पास हैं!" रामबालक सिंह ने फ़ोटो को अपनी जेब में रखते हुए उसे धमकाया...

"चलिए गोलमी जी, आपके बचपन के मित्र आपकी इम्पोर्टेंस नहीं समझते!"

रामबालक सिंह ने गोलमी का हाथ पकड़ा और वहाँ से निकल गये। क्या ताल–मेल सम्भव था?

ये क्या कर दिया था खेंचरू ने? गोलमी को उसे हराना था हाँ, वह चाहता था कि वह गोलमी को अपने कब्ज़े में कर ले, मगर क्या वह उस कब्ज़े को लेकर ऐसा हो गया था कि वह अपनी ही देह का सहारा ले ले! वह रामखिलावन के जाल में फँस गया था। उसे ख़ुद से नफ़रत होने लगी थी।

पहली बार ही चतुर्भुज स्थान गया था, घुल्टनवा के ज़िद करने पर। उसे क्या पता था कि वह किसी साज़िश का हिस्सा बन गया है। घुल्टनवा उसे ज़ीनत बेग़म के लालच में फाँसकर ले गया था। उस समय ज़ीनत बेगम का नाच बहुत मशहूर हो रहा था। उजड़ते मोहल्ले को ज़ीनत बेग़म जैसी तवायफ़ें ही अपने जलवों के दम पर बचाये हुए थीं। वहाँ जाकर पता चला कि ज़ीनत बेग़म सिर्फ़ नाच–गाना करती हैं, किसी दारोगा के प्रति समर्पित हैं। धन्धा कब का बन्द कर चुकी हैं। उस रौनक गली में जाने के बाद खेंचरू जैसे दिलफेंक आशिक़ का बच पाना कहाँ सम्भव होता, जब साज़िश हो रही हो।

कहाँ पता था कि इस रात की कहानी तस्वीरों में दर्ज हो जायेगी और वह इस तरह गोलमी के सामने रुसवा हो जायेगा।

पैदल चलता हुआ खेंचरू गंगाघाट की तरफ़ बढ़ चला। मन हुआ, घुल्टनवा का गला दबा दे या उस तवायफ़ का जिसका नाम तक उसे नहीं मालूम। मन–ही–मन गंगा मईया की कसम खायी–जीवन में कभी उस गली पैर नहीं रखूँगा और अब गोलमी के सामने अपराधी की तरह खड़ा रहूँगा। कभी–न–कभी माफ़ कर ही देगी, जैसे पहले करती आयी है। कोई ऐसा काम कर देगा कि गोलमी ख़ुश हो जायेगी।

फिर उसे गोलमी पर रंज हुआ। वो क्यों खफ़ा हो रही है? कोई मेरी प्रेमिका है क्या? प्यार तो पता नहीं किससे करती है? हम तीन जनों को गलतफ़हमी में डाले हुए ख़ुद अपनी मंज़िल की तरफ़ बढ़ी चली जा रही है। इधर हम हैं कि उसके लिए साधन बने हुए हैं। मेरी मर्ज़ी, चाहे जिसके साथ...वो कौन होती है!!

मन हुआ पलटकर ये सवाल उछाल दे। फिर उसे गोलमी के बढ़ते हुए रुतबे का ख़याल आया। विवाद खड़ा करने से बात फैलती चली जायेगी और उसका भविष्य अन्धकारमय हो जायेगा। उसने सवालों को ज़ोर से दबा दिया। चालाक खेंचरू ख़ुद को समझाता हुआ कोन्हारा घाट पहुँच गया था। इन्सानों की अन्तिम मंज़िल यही घाट है। उसे इस मंज़िल तक पहुँचने से पहले वांछित मंज़िल तक पहुँचना था। तब तक कोई ऐसी–वैसी हरकत नहीं।

उसने कल–कल बहती गंगा की तरफ़ देखा, सिक्का उछाला, हाथ जोड़े और कसम खा ली।

बरही–बरही खूँटा चीर

राजनीति सबका चैन छीन रही थी। गोलमी की कला छीन रही थी, मगर बहुत कुछ दे भी रही थी। वह दे रही थी, शाम का धुँधलका, उस धुँधलके में गोलमी को अपना सपना पूरा होता दिखता तो कभी वैशाली महोत्सव खोता हुआ दिखता। मुद्दे खो रहे थे, चिरकुटबाज़ी उभरकर आ रही थी! गोलमी परेशान हो रही थी।

इन सब जोड़, गुणा, भाग में कुछ गुम हो रहा था। गुम हो रहा था नचनिया के पैरों का नाच, उनकी थिरकन कम हो रही थी। दिन के धुँधलके में घुँघरू की आवाज़ खो रही थी। और ये बात सबसे ज़्यादा अढ़ाई सौ को सताती थी। वह मण्डली की दुर्दशा देखकर रोता था। सब कुछ छिन्न–भिन्न हो गया था। कहाँ तो तय था कि अपनी गाड़ी ख़रीदेंगे और उस पर लिखा होगा–सोन चिरइया ऑर्केस्ट्रा। चिरइया उड़ गयी। कहाँ गयी? वह किस ताकतवर के पास जाये और लोककथा की चिरई की तरह फ़रियाद करे...

"बरही–बरही खूँटा चीर...

गोलमी–गोलमी खूँटा तोड़, खूँटे में घात हय..."

न अरुणध्वज की पुकार आम्रपाली ने सुनी थी, न गोलमी ने अढ़ाई सौ की। वह भीतर–भीतर चीत्कार कर उठा।

"मत जा, राजनीति की चाल में फँसकर मर जायेगी गोलमी! तेरे बस की नहीं राजनीति! लौट आ! एक कलाकार को घाघ राजनेता में बदलकर नष्ट होते नहीं देख सकता मैं। अब मैं क्या करूँगा गोलू? मैंने तो सारा जीवन तुझे और तेरी मण्डली को दे दिया! क्या न किया? ढोल बजाये, गीत गाये, अभिनय किया, अनुबन्ध लाया, पैसे कमाकर दिये! प्रेम तक ठीक से न जता सका, यह सोचकर कि किस दिन तुझे ख़ुद समझ में आयेगा कि मैं किसलिए तुम्हारे साथ खड़ा रहा। क्या सारी वृज्जिकुमारियाँ ऐसी ही होती हैं...?"

मन में आक्रोश की तेज़ लहर उठी। मन हुआ बलिष्ठ बाँहों में कस

के बाँध ले। गोलमी कहा करती थी–"तू बालसफा साबुन लगाता है क्या, कितनी चिकनी हैं रे तेरी बाँहें..."

"मैं कर्पूर गौरवं करुणावतारम् हूँ सखी..."

वह हँस पड़ता। वह भरपूर जवाँ मर्द था, जो किसी भी सुन्दर स्त्री के लिए काम्य हो सकता था। गोलमी उस पर यूँ ही नहीं फ़िदा रहती है। कोई डोर है, जो दोनों को बाँधे थी। बस वह डोर गोलमी की तरफ़ झुकती जाती थी। उसने ख़ुद अपने अरमानों के बारे में कहाँ सोचा? घर–परिवार सबको छोड़ दिया। बूढ़ी माँ कहती रह गयीं कि शादी कर ले। कहीं नौकरी कर ले। इन सबकी कहाँ सुध? लक्ष्य तो उसने चुन लिया है और आज लक्ष्य ही उसे छोड़कर जा रहा था...किसी और लक्ष्य की तरफ़ वह रोकना चाहता है, चीख–चिल्लाकर, रोकर, मनुहार कर के...

मन–ही–मन फ़रियाद उठती थी। यह फ़रियाद जैसे खँडहरों से गूँजकर वापस आ रही थी। चुनाव के मद में डूबी गोलमी कहाँ सुन पायी थी यह फ़रियाद? सब छितरा गये थे। सबको बाँधने वाली गोलमी जो चली गयी थी!

कुछ लोग अब रज्जो के साथ चले गये थे, अच्छे पैसे और पद के लिए तो कुछ दूसरी मण्डलियों में चले गये थे। मण्डली में लेकिन ढोल, मंजीरे और ढोलक बन्द हो गये थे, केवल पार्टी के घोषणापत्र, पार्टी प्रशंसा ही तारी थे। अढ़ाई सौ को गोलमी ने समझा दिया था कि अभी कुछ दिनों की ही तो बात है, फिर तो खुलकर कला की सेवा करना ही है। मगर गोलमी को शायद नहीं पता था कि दिल्ली और भी निर्मम है! दिल्ली की निर्ममता उसने देखी नहीं थी। वह तो वैशाली की मुहब्बत से ही बहुत उकता गयी थी।

दो महीनों की अथक मेहनत और मण्डली से दूर रहने के बाद अन्ततः जाति का गणित इस बार रामबालक सिंह के पक्ष में रहा था, माने गोलमी के पक्ष में रहा था।

जीत के नगाड़ों ने गोलमी का स्वागत किया। जीत के लड्डू वैशाली में बाँटे जाने लगे थे। गोलमी ने इतिहास रच दिया था, रामखिलावन की रज्जो और खेंचरू को तोड़ने की और रात को दारू बाँटने की कोई भी तरकीब काम नहीं आयी थी। इस बार वैशाली ने अपना नेता चुन लिया था।

अब वैशाली के मज़बूत कन्धे पर बैठकर ही गोलमी को सफ़र तय करना था। मण्डली के बचे–खुचे सदस्य उस दिन बहुत ख़ुश थे, उन्होंने पटाखे फोड़े, घी के दीये जलाये। संघर्ष की जीत हुई थी, उनके गाँव की बेटी, रामखिलावन जैसे खुर्राट को हराकर जीती थी।

सुन्दरी उस दिन गाँव में थी, जिस दिन मतगणना होनी थी।

"अब बताओ, रज्जो का क्या करें?"

मतगणना के बाद सवाल उठा था। पंचायत बैठी थी। रज्जो की हरकत से सब लोग बहुत ही दुखी थे। मतगणना के बाद पूरे गाँव ने उठा लिया था सुन्दरी को अपने कन्धों पर और उस दिन रज्जो के परिवार का भतकटवा यानी सामूहिक बहिष्कार करने का फ़ैसला किया था। पूरा गाँव रज्जो से निराश था।

"चचा, रज्जो की सज़ा उसके परिवार वालों को न दो!"

शाम तक गोलमी का फ़ोन सभी पंचों के पास आ गया था। गोलमी की इच्छा का सम्मान करते हुए रज्जो के परिवार का हुक़्क़ा–पानी शुरू कर दिया गया। वैशाली में रामखिलावन ने पार्टी के सामने अपनी हार स्वीकार करते हुए सभी पदों से इस्तीफ़ा दे दिया था, उस रोज़ वैशाली में दीवाली मनाई गयी।

उस दीवाली की आतिशबाज़ी की चमक में रामबालक सिंह सबसे ज़्यादा चमक रहे थे, आख़िर यह जीत थी तो उन्हीं की। दाँव तो उन्होंने ही खेला था। उनका यह दाँव बहुत सफल रहा था। आज उनकी चमक देखने लायक थी। सुन्दरी सन्तुष्ट थी। सगुन महतो भी फेमस हो गया था।

ऐसे में कहीं छिपकर ठाकुर सजावल सिंह रो रहे थे! अपनी शॉल के नीचे मुँह छिपाकर अपनी मोटी मूँछों में रुलाई छिपाकर बैठे थे। गोलमी चिरैया की तरह उनके आँगन में चहचहा रही थी। उन्होंने टीवी बन्द कर दिया, मगर टीवी बन्द करने से पहले उन्होंने चमकते हुए सगुन महतो को देखा और आँखें बन्द कर लीं। डॉ. ने उन्हें कुछ ही दिनों की मोहलत दी थी। इस माहौल में वे न सच्चाई का सामना कर पायेंगे। न ही कभी गोलमी को सच बता पायेंगे।

टीवी पर पीली साड़ी में सुन्दरी पहली रात वाली सुन्दरी की तरह लगी थी उन्हें।

वही मुस्कान! वही आँखें! वही लजाना! मगर अब स्वाभिमान की मुस्कान थी। अब वह सांसद की माँ थी और टेढ़े हाथ वाला सगुन महतो सांसद का पिता था। और वे क्या थे?

परिचय का यह गणित और टेढ़ा होता, उससे पहले ही उन्होंने टीवी बन्द कर दिया था और सच्चाई से मुँह मोड़ लिया।

पातर पिया के जुलुफिया

हर सुबह की तरह उस रोज़ भी गोलमी उठी। वो सुबह बहुत खास थी। ऐसा आख़िर क्या था, ये राज़ गोलमी को ही पता था। आख़िर इतने बरस राजनीति में रहने के बाद आज वह दिन आ ही गया था, जब उसे शपथ लेनी थी। राष्ट्रपति भवन जाने से पहले उस सुबह की शुरुआत उसने रामबालक सिंह के साथ करने की सोची। वो अलसुबह रामबालक सिंह के गेस्ट हाउस के लिए निकल गयी थी। अढ़ाई सौ आज भी उसके साथ था। न जाने क्यों, यह मुआ जाता ही नहीं है कहीं पर! रामबालक सिंह के यहाँ वह अकेली ही जाना चाहती थी, वह नहीं चाहती थी कि अपने गुरु के यहाँ अढ़ाई सौ के साथ जाये! वे क्या कर रहे होंगे? आज तो उनके लिए कितना खास दिन है?

"कहीं जा रही हो?" उसके बाहर निकलते ही अढ़ाई सौ ने पूछा। वह नहा–धोकर कुर्ता–पाजामा पहनकर एकदम तैयार था, जैसे उसकी ही ताजपोशी हो! उसकी ताजपोशी में खिलकर, निखरकर, विवेल सौन्दर्य साबुन से नहाकर तैयार हो गया था। विवेल की ख़ुशबू जैसे ही गोलमी की नाक में घुसी, वह एकदम से हड़बड़ा गयी! यह तो वही गन्ध थी जो उसे पसन्द थी, मगर ये पसन्द अब बदल गयी थी। अम्मा भी जानती थीं, कि अब वह विवेल साबुन इस्तेमाल नहीं करती। ये सब छोटे लोगों की साबुन थी। अब वह पियर्स, लिरिल या फिर लक्मे के सौन्दर्य–प्रसाधन इस्तेमाल करने वाली गोलमी थी!

न जाने क्यों ये लड़का अपनी पसन्द नहीं बदल पाया था! जब देखो तब ये अढ़ाई सौ भी न जाने क्यों उसकी पुरानी पसन्द की सब चीज़ें लेकर उसके सामने आ जाता है! वह उस पसन्द को झाड़कर फेंक देना चाहती है और इन साहब को देखो, उसका मन हुआ कि वह उस ख़ुशबू को हटा दे, मगर कैसे?

अब देखो, उसे जाना है और ये साहब एकदम से उसके सामने उसकी पसन्द का सब कुछ लगाकर खड़े हो गये। उसकी पसन्द का ही कुर्ता पहना हुआ था, आजकल ऐसा कुर्ता बहुत फ़ैशन में भी था।

और एकदम केसरिया कुर्ता! वह 'पातर पिया के जुलुफिया झुलत आवे'...गाते–गाते उसकी तरफ़ आ रहा है!

"कहाँ जा रही हो भोरे–भोरे?" उसने उसे छेड़ा।

"कहीं भी जाऊँ? तुम मेरी जासूसी क्यों करते रहते हो हमेशा?" उसने चिढ़कर कहा।

"ये जो तुम चिढ़ती हो न! इसी कारण मैं तुम्हें परेशान करता हूँ।" वह बोला।

"पर मैं तो इस समय तुमसे बात करने के मूड में नहीं हूँ।" गोलमी खिली हुई थी।

"पर क्यों?" अढ़ाई सौ ने उसकी जैसे परिक्रमा करते हुए पूछा।

"हर बात का बताया जाना ज़रूरी तो नहीं, मुझे जाना है अभी!" उसने आगे बढ़ते हुए कहा।

"कहाँ?" अढ़ाई सौ जैसे अढ़ाई का ढेला बनकर उसके पीछे पड़ गया था।

"बस, अभी आती हूँ, तब तक तुम नाश्ता करके रहना, दोपहर में चलना है!" उसने गाड़ी की तरफ़ क़दम बढ़ाते हुए कहा।

गोलमी के रास्ते में इस समय जो भी आ जाता, वह उसे आज छोड़ आती। आज उसे अपने गुरु को प्रणाम करने जाना था। वे जनपथ होटल में रुके थे। अधिकतर समय रामबालक सिंह जनपथ होटल में ही रुका करते थे। होटल जनपथ का भव्य गेट और शानदार रिसेप्शन उसे बहुत अच्छा लगता था। वह भी एक–दो बार रामबालक सिंह के साथ जब दिल्ली आयी थी, तो उन्होंने उसका कमरा भी यहीं पर बुक करा दिया था। जितना उन्हें पैसा नहीं मिलता था, उससे ज़्यादा तो कमरे का रेंट हो जाता था, मगर इसकी उन्होंने कभी परवाह नहीं की। रामबालक सिंह भी तैयार होकर जैसे उसका ही इन्तज़ार कर रहे थे। वह बेझिझक उनके कमरे में चली गयी।

"मैं तुम्हारा ही इन्तज़ार कर रहा था।"

"आप मेरा? क्या आपको पता था मैं आऊँगी?" उसने उस विशाल और आलीशान कमरे में क़दम धरकर अपना बैग सोफ़े पर धर दिया।

"हाँ!" रामबालक सिंह उसके पास आ गये थे।

"तुम्हारी तपस्या आज सफल हुई है।"

"केवल मेरी ही क्यों? आप थे जिन्होंने ये सपना देखा।" वह भावुक होते हुए बोली।

"चाय पियोगी?" रामबालक सिंह ने पूछा।

"जी!" उसने जवाब दिया।

चाय पीते–पीते वे उससे बातें करते रहे थे कि कितने बजे शपथ ग्रहण है आदि–आदि।

"सुनो, शपथ ग्रहण के बाद तुम्हें अपने से मिलने आने वाले सभी लोगों से सतर्क रहना होगा!" रामबालक सिंह ने उसे चेताया।

"मुझे? मगर क्यों?" उसने चौंकने का अभिनय किया।

"अरे बेवकूफ़! इतने बरसों से राजनीति में हो, कुछो सीखा नहीं!" उन्होंने माथा पीट लिया।

"अभी पिछले दिनों कितने सीक्रेट ऑपरेशन हुए! कितने लोगों पर हम ही लोगों ने सीक्रेट तरीके से जासूसी करवाई, आरोप लगाये! क्या तुमने देखा नहीं?" रामबालक सिंह बोलते जा रहे थे।

वह सुन रही थी।

"तुम्हें यहाँ भी नहीं आना चाहिए था।" रामबालक सिंह ने कहा।

"यहाँ भी?" गोलमी की आँखें चौड़ी हो गयीं।

"हाँ!" उन्होंने उसे गले लगाते हुए कहा।

"पर ऐसा क्यों?" गोलमी ने उस आत्मीय गर्माहट को अपने अन्दर समेट लिया। इसी की चाहत थी, यही अप्राप्य था।

"पगली, अभी तुमने मन्त्री पद की शपथ नहीं ली है, अभी तक तुम्हें केवल विरोधियों पर वार करना आता था। अब तुम विरोधियों के निशाने पर होगी। क्या तुम्हें नहीं लगता कि उन्हें भी हक है तुम्हारी जासूसी कराने का?" रामबालक सिंह ने उसे ख़ुद से परे किया।

"ये जो इधर–उधर फैले हुए कैमरे हैं न! इनसे बचकर रहना! वैसे भी दिल्ली में कब तिल का ताड़ बन जाये, पता ही नहीं चलेगा!"

"दिल्ली जीवित किंवदन्तियाँ रचती है!" उन्होंने उसका चेहरा ऊपर उठाते हुए कहा।

"जीवित किंवदन्तियाँ?" उसकी आँखें एक बार फिर से चौड़ी हो गयीं।

"हाँ, आपको कब जीते–जी केवल कहानी बनाकर सबके सामने पेश

कर दे, तुम समझ नहीं पाओगी!" चाय का घूँट भरते हुए रामबालक सिंह ने कहा।

"तो, क्या मैं आपसे नहीं मिल सकती?" उसने रुआँसे स्वर में पूछा।

"मिल सकती हो, मगर सावधानी से! समझीं?" उन्होंने उसकी पीठ थपथपाई।

गोलमी नयी थी राजनीति में, मगर वे तो नये नहीं थे! उन्हें तो सब कुछ पता ही था, उन्होंने तो कई नेताओं के कैरियर का दम घुटते हुए देखा ही था।

"सुनो, एक बात कहूँ!" उन्होंने गोलमी से पूछा।

"जी, मैंने क्या आपको कुछ कहने से रोका है?"

"मुझसे अब जितना दूर जा सकती हो जाओ! मैं देख रहा हूँ कि तुम अभी रामबालक सिंह की छाया बनकर जी रही हो!" रामबालक सिंह ने उसके सिर पर हाथ फेरते हुए कहा।

ये क्या कह रहे हैं? गोलमी भीतर–भीतर सिहरती गयी! वह तो सहारा माँगने आयी थी, वह उनसे अलग कैसे हो जाये? वह तो भावनात्मक रूप से जुड़ी हुई थी! वही तो थे जो उसे हाथ पकड़कर लाये थे! वे ही तो थे जिन्होंने उसे ख़ुद पर भरोसा करना सिखाया था, नहीं तो वह केवल एक नचनिया ही तो थी! वह कब नचनिया से ऊपर बढ़ सकी थी!

इस होटल में बहुत बड़े–बड़े कलाकार और अभिनेता भी आकर रुकते हैं, हर समय मीडिया की भीड़ होती है, मगर उसे क्या? वह तो साधारण नचनिया थी, उसे बहुत अच्छा लगा था कैमरा और उसे लगा था कि काश! वह भी फ़िल्मी सितारों की तरह कैमरे की नज़र में हमेशा के लिए क़ैद हो जाती।

तब रामबालक सिंह ने ही कहा था कि देखना एक दिन तुम्हें इन्हीं कैमरों से नफ़रत हो जायेगी।

"कहाँ खोई हो?" रामबालक सिंह ने उसकी बाँह पकड़ी तो उसे होश आया।

"कहीं नहीं!" उसने कहा।

"देखो गोलमी, मैं जितना तुम्हें दे सकता था, दे चुका हूँ, जितना तुममें खो सकता था, खो चुका हूँ। तुम्हें सहारा देकर मैं भी पूरा हुआ हूँ और तुम्हें पूरा किया है। तुम्हें मैंने एक मुकाम पर पहुँचाया है। मैं और

इससे ज़्यादा कुछ नहीं कर सकता और फिर यह दिल्ली है! यहाँ पर क़दम–क़दम पर बहुत कुछ है। यहाँ कभी भी कुछ भी घटित हो सकता है, सँभलकर रहो इस रपटीली राह पर!"

रामबालक सिंह बहुत ही सधे शब्दों से बोलते जा रहे थे। न जाने क्यों उनके मन में बहुत कुछ चल रहा था, मगर वह निकाल नहीं पा रहे थे। आख़िर क्या था जो उन्हें रोके बैठा था?

उन्हें ध्यान आ रहा था अपने ही परम मित्र का पार्टी अध्यक्ष के सामने बार–बार गिड़गिड़ाना! कितना गिड़गिड़ाये थे उनके परम मित्र! जबकि वे जानते थे कि उनके मित्र सही हैं, मगर एक शादीशुदा व्यक्ति किसी दूसरी स्त्री के साथ केवल व्यभिचार कर सकता है! राजनीति का कुर्ता सफेद है। इसके नीचे आप कितनी भी काली बनियान पहन लीजिए, मगर कुर्ते पर कोई आँच न आनी चाहिए! अगर कोई भी आँच आयी तो फिर सफेद झक्क कुर्ते का शरीर पर रहना मुमकिन नहीं था। ऐसे ही उनके मित्र थे, जगमगाता राजनीतिक कैरियर उनके सामने था, विचारों से लोहियावादी थे, मगर क्या करें, पुरानी सखी के चक्कर में न जाने कैसे फिसल बैठे! एक बार नहीं न जाने कितनी बार फिसले! इस फिसलन के गवाह रहे रामबालक सिंह भी, मगर कोई ज़ोर–जबरदस्ती नहीं थी। जब दिल मिल गये तो क्या करेंगे! उनकी तस्वीरें बनाकर भेज दी गयी थीं पार्टी अध्यक्ष के पास!

और फिर जो हंगामा बरपा था, वह पूरी पार्टी के लिए एक सबक था! कोई भी आवाज़ नहीं उठा रहा था उनके लिए! पार्टी की इमेज कितनी ख़राब हुई थी! इस पर कोई कुछ नहीं बोल रहा था। और वह तो तब की बात थी जब पार्टी का सूत–कपास कुछ नहीं था, मगर अब तो पार्टी सत्ता में हिस्सेदार थी और ऐसे में इमेज बनाकर चलना था। इस होटल का क़िस्सा अगर सार्वजनिक हुआ तो क्या होगा?

रामबालक सिंह सिहर उठे! वे अपने साथ तमाशा नहीं होने देना चाहते थे। वे पार्टी में अकेले नहीं होना चाहते थे। आख़िर ऐसा क्यों हो रहा था! ओह!

उन्होंने गोलमी की तरफ़ गरदन करते हुए कहा–"गोलमी! अब तुम स्वतन्त्र व्यक्तित्व की स्वामिनी हो। अब तुम्हें अपनी ज़िन्दगी ख़ुद जीनी होगी! मुझसे परे, मुझसे अलग होकर। मुझसे डिटैच हो जाओ। अपनी स्वतन्त्र पहचान बनाओ, पीछे से मैं समर्थन दूँगा। लेकिन हमें सावधान

रहना चाहिए। भूल जाओ कि तुम मुझसे मिली थीं कभी! अब मैं तुम्हारे लिए केवल पार्टी का एक व्यक्ति रहूँगा!"

रामबालक सिंह कैसे अपने दिल का दर्द समेटे सधे शब्दों में कहे जा रहे थे, उन्हें ख़ुद पर अचरज हो रहा था।

गोलमी को तो समझ में ही नहीं आ रहा कि वह करे तो क्या? आख़िर उसका क्या कसूर था? वह क्या अब उनसे मिल भी नहीं सकती?

"क्या मैं आपसे मिल भी नहीं सकती?"

"अरे पागल!" उन्होंने प्यार से चपत लगाते हुए कहा।

"मैं कहाँ जा रहा हूँ! मैं तुम्हारे पास ही हूँ हमेशा! मैं कहीं नहीं जा सकता हूँ। जब तुम्हें ज़रूरत होगी तो तुम्हारे कहने से पहले मैं आ जाऊँगा। मगर तब तक नहीं।"

"दूरी बनाओ, गोलमी! दूरी! नहीं तो दिल्ली निगल जायेगी!"

"चाय ख़त्म हुई तुम्हारी?" उन्होंने पूछा।

गोलमी का मन हुआ कि वह उनके गले लग जाये, एक तमन्ना सिर उठा रही थी। वह उस तमन्ना का गला घोंटने की इच्छुक नहीं थी, न जाने कब अब इस एकान्त का मौक़ा मिले! रामबालक सिंह चाय पी रहे थे, वह भी चाय पी रही थी। मगर उनकी यह बात उसे समझ नहीं आ पा रही थी कि दिल्ली जीवित कहानी बना देती है। बाहर उमस थी, अन्दर जनपथ होटल के कमरे में बहुत ठण्डक थी, उसका मन उस ठण्डक में पिघलने का हो रहा था, कल के बाद शायद वह इतनी फ्री होकर कहीं आ नहीं पायेगी!

"चलती हूँ!" उसने हाथ जोड़कर कहा।

"जाओगी?" रामबालक सिंह ने पूछा।

"जी!" उसने कहा।

"रुकोगी नहीं गोलमी!"

आवाज़ में कम्पन वह महसूस कर सकती थी। एक बेबस बुजुर्ग की ऐसी आवाज़। किसी बहादुर नेता की आवाज़ इतनी लरज नहीं सकती। किसी कायर की आवाज़ ज़रूर ऐसी होती होगी। लम्पट खेंचरू भी कभी इतना कातर नहीं हुआ और न ही उसे बचपन से चाहने वाला अढ़ाई सौ। दोनों आगे बढ़कर थाम लेने वाले लोग थे। जब भी चाहेगी, लड़खड़ाएगी, भरी भीड़ में दोनों उसे थाम लेंगे। यह जानते हुए कि गोलमी का झुकाव किस तरफ़ है, दोनों उफ्फ तक न करेंगे।

गोलमी उठ खड़ी हुई।

"नहीं! क्या पता कब क्या कहानी बन जाये! अभी आपने ही तो कहा कि मुझे जाना चाहिए।" गोलमी ने अपना पर्स उठाते हुए कहा।

उस रात की कसक अब तक बाकी थी। जब दो परछाइयाँ अपनी कामनाओं के तलघर से बाहर निकली थीं और फिर वहीं दफ़्न हो गयी थीं। इस पल की साक्षी अन्य छिपी हुई परछाइयों ने भी ज़ुबान सिल ली थी। कहीं ज़िक्र न चला, किसी बहाने, किसी फ़साने में। वह रात अनदेखी, अनसुनी, अनकही रह गयी थी। उस रात का ज़िक्र दोनों ने फिर कभी अपने बीच न होने दिया। गोलमी भूल नहीं पायी थी कि तब भी लौटी थी बेरंग! उस रात की छाया उसके हर रिश्ते पर पड़ रही थी। पहली बार किसी के प्रति आसक्ति हुई, उसमें वह विफल रही। यहाँ ठसके से बोल नहीं पायी–"गोलमी सपने देखती नहीं, बुनती है।" यहाँ जुमला उलट गया था। एक सपना बुनने चली थी, देखकर रह जाना पड़ा।

एक अतृप्त इच्छा लिए, वह उस कमरे से बाहर क़दम रख रही थी, वह नहीं जानती थी कि इसका परिणाम क्या होगा, मगर उसे यह ज़रूर पता था कि जो भी हो रहा है, सही हो रहा है।

आँखों के सामने अढ़ाई सौ का चेहरा भुकभुकाने लगा। एकाध बार उसने संकेत दिया था, सचेत किया था। उस शाम जब अँधेरे में लौटी थी तब अढ़ाई सौ की रंगत बदली हुई थी। बिना बात के उसने पूछ लिया था–"रामबालक सिंह से मिलकर आ रही हो न?"

"तुम्हें मतलब? मेरा पीछा करते हो क्या?"

कट के रह गया अढ़ाई सौ। बता न सका कि दो परछाइयाँ शुरू से इस सम्बन्ध, मेल–मुलाक़ात का पीछा कर रही हैं और घुट रही हैं। दोनों परछाइयों के बीच अघोषित समझौता है कि किसी से ज़िक्र नही करेंगे, गोलमी से तो बिल्कुल नहीं। भीतर–भीतर दोनों के मन में अलग–अलग किस्म की घृणा और भय भर रहा था।

उस शाम गोलमी ने अढ़ाई सौ की आँखों में रामबालक सिंह के लिए भयानक घृणा देखी थी तब। उस शाम उसकी अम्मा भी कुछ रुआँसी–सी दिखी थीं। शायद अढ़ाई सौ ने कुछ भड़का न दिया हो।

पहले ही परास्त गोलमी को अढ़ाई सौ और अम्मा का व्यवहार अखर गया था। अपनी ज़िन्दगी का नियन्त्रण वह किसी को देने को तैयार नहीं थी। उसकी ज़िन्दगी, उसका फ़ैसला। चोट खाये तो खाये।

एक बार फिर उस शाम की तरह चोट खा गयी थी। ये आख़िरी चोट साबित होगी। फिर न गोलमी लौटेगी इस डाल पर। बाहर निकलते हुए लड़खड़ा रही थी। मन हो रहा था कि अढ़ाई सौ होता तो उसकी बाँहों में झूलकर रो लेती। सब कुछ बताकर मन हल्का कर लेती। वह डगमगाते क़दमों से बाहर निकली ही थी कि होटल के गलियारे में बेचैनी से टहलता हुआ अढ़ाई सौ दिख गया।

"तुम यहाँ...क्यों...?"

डबडबायी आँखों से गोलमी ने उसे देखा। और दिन की तरह चिल्ला नहीं पायी।

अढ़ाई सौ गलियारे में अकेला टहल रहा था। दूर काले–सफेद कपड़ों में एक वेटर ट्रे लिए जाते हुए दिख रहा था।

"एक मिनट रुको...मुझे तुम्हारे गुरु से कुछ कहना है..."

उसने कॉलबेल बजा दिया। शायद वे दरवाज़े पर ही खड़े थे, तुरन्त खोला।

हैरत से अढ़ाई सौ को देखा...फिर गोलमी को। उन्हें लगा, गोलमी साथ लेकर आयी थी। चेहरे पर नागवारी के भाव प्रकट हुए ही थे कि अढ़ाई सौ बोल पड़ा–

"आप कायर हैं नेता जी...दो बार आप इसका अपमान कर चुके। जब आपको इससे मोहब्बत नहीं थी तो काहे एतना जान–प्राण दिये जा रहे थे? काहे हम सबसे दूर कर दिये? कहाँ लेकर आ गये आप, सोचे हैं आप? कायर कहीं के..."

रामबालक सिंह ने लाचार आँखों से अढ़ाई सौ को देखा। कुछ बोल न सके।

गोलमी ने उसे खींचा–"चलो यहाँ से, तमाशा मत बनाओ..."

"तमाशा हम नहीं, यह बुड्ढा तुम्हारा बना रहा है...बाहर मीडिया खड़ी है और तुम अकेली आयी थीं। सो मैं चला आया, साथ देने...कि कहीं कोई सवाल न खड़ा हो। है हिम्मत रामबालक में तो नीचे तक चले साथ...सामना करे मीडिया का...छुपकर मिलता है कायर कहीं का!!"

अढ़ाई सौ की बातों से बुरी तरह बौखलाई हुई गोलमी ने कृतज्ञ भाव से उसे देखा और दोनों तेज़ी से लिफ़्ट की तरफ़ भागे। गोलमी सामान्य हो गयी थी।

रामबालक सिंह की शंका गलत नहीं थी। उसके होटल से बाहर

निकलते ही मीडिया ने घेर लिया था। ख़बर पहुँच चुकी थी कि नयी–नवेली सांसद इस होटल में आयी हैं। और यह भी पता था कि वह पार्टी के ही किसी नेता से मिलने आयी थीं। मीडिया के कैमरे और होटल के बाहर मीडिया का जमावड़ा देखकर गोलमी को अहसास हुआ कि क्या–क्या गिरवी रख दिया है उसने! उसे ध्यान आ गया कि रामबालक सिंह ने क्या बोला था!

वाकई, दिल्ली ज़िन्दा कहानी रचती है!

"मैडम आप यहाँ इतनी सुबह? क्या आपको किसी मन्त्रालय का प्रभार सौंपा जायेगा?" एक पत्रकार ने उसके मुँह पर कैमरा लगाते हुए कहा।

"मुझे नहीं पता!" उसने चेहरा घुमा लिया।

"तो आप यहाँ! इतनी सुबह? कुछ तो खास होगा ही?" दूसरे पत्रकार ने पूछा।

"नहीं, बहुत खास नहीं था! यहाँ मैं अपनी पार्टी के पदाधिकारी के साथ, अढ़ाई सौ की तरफ़ इशारा करते हुए कहा, पार्टी के वरिष्ठ नेता रामबालक सिंह से मिलने आयी थी, जो मेरे गुरु हैं! और मुझे नहीं लगता कि गुरु से मिलने में कोई बुराई है! या हर बात का कोई लिंक होता है!"

उसने आत्मविश्वास से मुस्कुराते हुए जवाब दिया।

"जी, कोई खास रिश्ता लगता है!" माइक उसकी तरफ़ ले जाते हुए एक पत्रकार ने कहा।

"खास या आम रिश्ता कहने वाले आप कौन होते हैं?" उसने सवाल किया।

"अरे मैडम, हम सवाल ही तो पूछ रहे हैं। जनता को यह जानने का हक है कि आख़िर उनके नेता करते क्या हैं? या आप यह बताना ही नहीं चाहती हैं?" माइक के दूसरी तरफ़ से न जाने कैसे–कैसे सवाल आ रहे थे!

"सवाल पूछिए, किसने मना किया है! मगर राजनीति में अपने गुरु से मिलने में कोई परेशानी है क्या!"

"क्या मैडम जी! पहले तो आप कैमरे पर ख़ूब बाइट देना चाहती थीं और आज?"

सवाल ख़त्म नहीं हो रहे थे।

"आज क्या? क्या मैंने आप लोगों का कोई अपमान किया है? आप ही लोग दूसरों की प्राइवेसी का ध्यान नहीं रखते?" गोलमी को ग़ुस्सा आ रहा था।

"तो क्या आप यहाँ प्राइवेट बात करने आयी थीं?"

"चलो, यही टिकर चलाना है!"

चैनल वाले आँधी–तूफ़ान की तरह सवाल पूछकर चले गये। और उसे पहले ही दिन से राजनीति की कँटीली सड़क का अन्दाज़ा हो गया था।

टिकर चलने लगा था–"सरकार बनते ही मन्त्री पद के लिए नेताओं के यहाँ प्राइवेट बैठकें शुरू!"

उसका यह कदम पार्टी के नेताओं को पसन्द नहीं आया था। वह उन्हें परेशान कर रहा था।

मीडिया के साथ यह मुठभेड़ उसके लिए कितनी घातक थी, यह उसे भी पता नहीं था! ख़ैर, ये तो सफ़र की शुरुआत ही थी!

उठाये जा रहे सितम

ख़बरों में उसका मुस्कुराते हुए दिखना शायद पार्टी नेतृत्व को या पार्टी के कुछ नेताओं को पसन्द नहीं आया था। गोलमी के फ़ोन पर नेताओं के फ़ोन आने लगे थे।

"आख़िर आप गयीं ही क्यों? और वह भी इतनी सुबह–सुबह!" बासुदेव जी का फ़ोन आया।

वह सफाइयाँ देती–देती थक रही थी।

ओह! गाड़ी में बैठना दूभर हो गया था! रामबालक सिंह की यह बात अब जाकर उसकी समझ में आ पायी थी!

अब और समझकर ही वह आगे बढ़ेगी।

अब उसने कसम खा ली थी, रज्जो भी इन्तज़ार में थी! अपने–अपने गुनाहों की माफ़ी माँगकर रज्जो और खेंचरू वापस आ गये थे उसकी ज़िन्दगी में। गोलमी कहाँ जानती थी कि सत्ता में आते ही सारे प्रवासी पक्षी पुराने घोंसले में वापस लौट आते हैं। वह तो अपनी सखी और बचपन के साथी की पुनर्वापसी पर गद्गद हो उठी थी। नयी जगह में उसे कुछ पुराने लोग चाहिए थे जो उसका कामकाज सँभाल सकें।

कितनी अकेली हो गयी थी दोनों के जाने से!

खेंचरू कितना भी पापी हो, उजड्ड हो, उसकी उपयोगिता का अन्दाज़ा था गोलमी को। रज्जो के मैनेजमेंट का तो लोहा मानती थी। अढ़ाई सौ के सीधेपन से वह चार क़दम भी नहीं रख सकती थी। हालाँकि फिर से उन पर भरोसा जमना कठिन तो लग रहा था, लेकिन कोई उपाय भी नहीं था। मण्डली में ज़्यादातर कलाकार टाइप थे जिन्हें राजनीति से दूर–दूर तक कोई लेना–देना नहीं था। गोलमी जब पहुँची तो रज्जो उसी बँगले में बैठकर उसका इन्तज़ार कर रही थी, जहाँ पर वे अधिकतर रुका करते थे। ये बासुदेव जी के किसी खास नेता का ही बँगला था जिसे वे इस्तेमाल

करते थे। वे आज खासे खफ़ा लग रहे थे, शपथ ग्रहण से पहले ये सब बवाल! ठीक है उनकी पार्टी इस गठबन्धन की सबसे बड़ी पार्टी थी, और अन्य राष्ट्रीय दल उनसे दबकर ही रह रहे थे, फिर भी!

इस बवाल का बहुत असर न पड़ जाये, इस बात को लेकर वे बहुत ही चिन्तित थे। मगर दोपहर होते–होते मीडिया का ध्यान एकदम से बदल गया और अब शिफ्ट होकर मन्त्रिमण्डल पर आ गया था।

"नीलिमा जी का फ़ोन आया था?" बासुदेव जी ने पूछा।

"हाँ!" रामबालक सिंह ने कहा।

"कुछ मन्त्रालयों के बारे में बात करनी थी उन्हें!" बासुदेव जी ने कहा।

"इस बार मीडिया से ज़रा बचकर रहना है!" रामबालक सिंह ने चाय पीते हुए कहा।

"हाँ!" बासुदेव जी ने हामी भरी।

"वैसे ये गोलमी आज सुबह आयी क्यों थी?" बासुदेव जी ने रामबालक सिंह को छेड़ा।

"कुछ नहीं!" उन्होंने पल्ला झाड़ दिया।

"मीडिया बहुत शरारती है! बचकर रहिएगा!" बासुदेव जी ने आँख मारी।

रामबालक सिंह ने आँखें बन्द कर लीं, यह इस बात का संकेत था कि अब इस मुद्दे पर और बात नहीं करनी।

दो मिनट की चुप्पी के बाद उन्होंने पूछा–

"चाय और लेंगे? वैसे भी मीडिया अभी मन्त्रालय बाँटने में व्यस्त है!"

"चाय ही लेंगे, और कुछ तो ले नहीं सकते हैं! हा–हा!" बासुदेव जी ने ठहाका मारा।

"वैसे नीलिमा से बचकर रहना! काफ़ी दिनों से टोह में है कि किसे हम कौन–सा मन्त्रालय देंगे!"

"और का! ये सब बहुत ही चालू औरतें हैं! खास तौर पर नीलिमा तो सबसे ही ज़्यादा! बचकर रहना होगा।" बासुदेव जी ने बातों का सिरा अब नीलिमा तक मोड़ दिया था।

नीलिमा ऐसी पत्रकार थी जिससे सब आम और खास नेता भय खाते थे। एक तो उसकी शैली बेबाक थी और दूसरा उसका भरोसा नहीं था कि कब ब्रेकिंग बनाकर उसे पेश कर दे!

ख़ैर, धीरे–धीरे शाम होने लगी। मीडिया के कैमरे नये सांसदों की

तरफ़ मुड़ने लगे। कयासों से माहौल गर्म होने लगा था। आम जनता के साथ–साथ गोलमी के गाँव में भी टीवी देखने का खास इन्तज़ाम किया गया था। आज उनके गाँव की बेटी, लोकनर्तकी को इतना बड़ा सम्मान मिलने जा रहा था!

मीडिया की गाड़ियाँ राष्ट्रपति भवन की तरफ़ आँखें टिकाए थीं। राष्ट्रपति सांसदों को शपथ दिलाने के लिए निकल चुके थे। तपेश्वर बाबू, गोलमी, बासुदेव जी, खेंचरू और अढ़ाई सौ सब अपने नियत समय पर पहुँच गये थे। वे प्रतीक्षा कर रहे थे। शाम रुक गयी थी, इतिहास को अपनी झोली में समेटने के लिए।

पैंतीस बरस की गोलमी इस मन्त्रालय की सबसे युवा सांसद थी और अनुमान था कि वह सबसे युवा मन्त्री बनेगी। बाकी इस सरकार में अधिकतर वृद्ध लोग ही थे, उन पर निगाह नहीं थी, निगाह केवल गोलमी जैसे नये लोगों पर थी, और विपक्ष इस बार सजग होकर हल्ला मचाने के मूड में था। कहा जाता है कि अगर दस साल तक सत्ता न मिले तो कोई भी दल आलसी हो जाता है और वह सहज रूप से सत्ता के लिए संघर्ष नहीं कर पाते हैं। विपक्ष इस चूक को करने के मूड में नहीं था और गोलमी तो सबसे आसान शिकार थी।

जैसे–जैसे शाम गहरा रही थी, वैसे–वैसे स्थिति क्लियर होती जा रही थी कि गोलमी को कौन–सा मन्त्रालय मिलेगा? और नीलिमा का अन्दाज़ा एकदम सटीक था कि गोलमी को संस्कृति मन्त्रालय मिलेगा। नीलिमा का चैनल सुबह की टिकर चलाते हुए कह रहा था–

"सुबह से ही गोलमी कुमारी अपने पद को लेकर बैठक कर रही थीं और उन्होंने मन्त्री पद पाने के लिए हर किसी से प्राइवेट बैठक की, इस बार मन्त्री पद प्राइवेट बैठकों में मिले हैं।"

गोलमी को पता नहीं चल पा रहा था कि वह नीलिमा का क्या करे? उसे कुछ बात नहीं करनी थी किसी से। इस समय केवल उसे अपने काम पर ध्यान देना था। इस समय तो खुशी से उसे पतंग की तरह उड़ना था। वह तो संस्कृति मन्त्रालय के कारण बहुत ख़ुश थी, उसे लग रहा था कि अब वह अपना मन का कर सकेगी। अपने मन का आकाश चुनकर उड़ सकेगी।

अपनी बेटी को मन्त्री पद की शपथ लेते देखते हुए सुन्दरी के मन में बहुत कुछ उमड़ रहा था। कोई अनदेखा सपना जैसे पूरा हुआ–सा लग

रहा था। बार–बार सुन्दरी को लग रहा था कि क्या अब समय आ गया है कि गोलमी को उसके अतीत के बारे में बताया जाये? अब वे गोलमी को सब कुछ बताकर हल्का हो जाना चाहती थीं। वे नहीं जानती थीं कैसे, मगर बताना तो था ही! सुन्दरी देवी को ठाकुर सजावल सिंह की बीमारी के बारे में पता चल गया था। और हवाओं ने कह दिया था कि ठाकुर साहब अधिक दिनों के मेहमान नहीं हैं। वे अपनी बिटिया को आशीर्वचन भेज रहे थे। सुन्दरी ने हर आशीष को अपनी पोटली में बाँधकर उसे गोलमी के लिए सहेजकर रख लिया कि समय आने पर दे देंगी। वहाँ से हवाओं ने कहा–"समय नहीं है अब! चलाचली की वेला है!"

वैसे ठाकुर सजावल सिंह ने गोलमी तक अपना सन्देशा और बधाई भिजवा दी थी, मगर वह पार्टी अध्यक्ष के रूप में थी। कभी–कभी सुन्दरी हिल जाती थीं, वे बैठे–बैठे चौंक जाती थीं! गोलमी के सामने कैसे वे सब कुछ कहें? कब कहें? मगर समय आने वाला था। इतना तो उन्हें गोलमी से पता चल गया था कि ठाकुर साहब की तबीयत ठीक नहीं और रमेश भी ठीक–ठाक काम कर रहा था। फिर भी बेचैनी उसका पीछा कर रही थी। वह तड़प उठी! कुछ भी हो, उसके बच्चों का बाप थे ठाकुर साहब। उसके बेटे को तो पाल–पोसकर बड़ा किया ही था। गोलमी तो पूरी–की–पूरी ठाकुर पर ही गयी है। अब क्या करे? शपथ ग्रहण समारोह के बाद शानदार भोज था। सुन्दरी की जितनी उम्र भी नहीं थी, उतनी तरह के व्यंजन ही थे वहाँ पर! ऐसा लग रहा था, जैसे दिल्ली में दो–तीन शहर बसते हैं।

दिल्ली में इस कोने में बसे बड़े लोगों के शहर का क़िस्सा बनने में उसे बहुत ही आनन्द आ रहा था! आख़िर कैसे और कितने जतन से उसकी बेटी जीतकर आयी थी! गोलमी की जीत सुन्दरी की जीत थी।

अगले कुछ दिन गोलमी के बहुत ही उत्सुकता में बीते कि उसका काम क्या होगा? संस्कृति मन्त्री होने के नाते उसने अपनी प्राथमिकताओं की सूची बना ली थी। उसने उस सूची में सबसे पहले लिखा "नृत्य के लिए बजट आवंटन" और सचिव के पास भेज दी। उसे कला और संस्कृति के बीच सम्बन्ध और मज़बूत करना था। वह चाहती थी कि नाचने वाली लड़कियों में आत्मविश्वास आये जिससे वे पतुरिया न कहलाई जायें। उनके पुनर्वास के बारे में, वैकल्पिक रोज़गार के बारे में राय–विचार करने लगी थी।

बहुत काम था। वैसे तो केन्द्र में खिचड़ी सरकार थी, और प्रधानमन्त्री पर भी रोबोट प्रधानमन्त्री बनने के आरोप लगते रहे थे, मगर मीडिया के अनुसार सरकार नहीं जानी थी, यह तय था।

उसने अपने सपने पूरे करने के लिए अपने नये प्रोजेक्ट के लिए फाइलें सचिवों के पास भेजना शुरू किया। मीडिया इस नयी मन्त्री पर फ़िदा था। उसके किये गये हर काम पर दिनभर बहस की जाती थी। कभी–कभी उसकी अनुभवहीनता के बारे में बात होती थी।

कई बार तो गोलमी को लगता कि कहीं उसकी पार्टी के ही तो लोग उसे नीचा दिखाने के कारण ये सब बाइट्स नहीं देते हैं? न जाने क्यों आरटीआई के माध्यम से उसके ही विभाग के बारे में पता किया जाने लगा। उसकी प्रसिद्धि बढ़ रही थी। इधर सरकार में और पार्टी में उसके बारे में अंट–शंट बातें होने लगी थीं। यह अनजाना लोक था उसके लिए। सीधे वैशाली से दिल्ली तक आ गयी थी। बीच में पटना आया ही नहीं। राजनीति का लोक उसे बहुत डरावना और रहस्यमय लगने लगा था, जहाँ एक–से–एक एय्यार घूम रहे थे चारों तरफ़। मुँह में राम, बगल में छुरी कहावत को चरितार्थ होते यहीं देख रही थी। सारी बातें छन–छनकर उस तक पहुँच रही थीं।

उस पर घटिया किस्म के झूठे आरोप लगने लगे कि वह केवल फ़िल्मी गानों पर नाचने वाली सेकण्ड ग्रेड की डांसर थी। उसके अतीत के क़िस्से खोजे जा रहे थे। कानों में शोर बढ़ रहा था।

एक नचनिया को कैसे बना दिया संस्कृति मन्त्री? इसने क्या पढ़ा है? क्या डिग्री है? कैसे इसे रख लिया गया? लोकतन्त्र का चौथा खम्भा, शोर मचाता हुआ, भूखे गिद्ध की तरह टूट पड़ा था। अख़बार उसे नोचकर खाने के लिए तैयार थे। जैसे ही वह कोई पत्र लिखती, कोई आदेश जारी करती या कोई बयान देती, रामखिलावन के पालतू अफ़सर और पालतू पत्रकार, उस आदेश का पोस्टमार्टम करने लगते। अगले ही दिन ख़बर बनती–

"अनपढ़ संस्कृति मन्त्री का नया कारनामा..."

कुछ ही महीनों में इस सरकार में गोलमी सबसे विवादित मन्त्री हो गयी। वो एक शब्द बोलती और उसकी बातों का मज़ाक़ उड़ने लगता। उसकी हालत अजीब हो गयी थी, उसके अतीत के पन्ने हवा में फड़फड़ाते दिख रहे थे।

उसका कितनों के साथ अफेयर रहा होगा, ये भी लोग चर्चा करने

लगे थे। आख़िर एक पूरी–की–पूरी सरकार कैसे एक ही मन्त्री के कारण शर्मिन्दा हो सकती थी, मौजूदा सरकार को देखकर समझा जा सकता था।

बासुदेव जी बहुत परेशान थे। गोलमी का चयन उनके लिए गले की हड्डी बनता जा रहा था। गोलमी का अतीत भी उनकी सरकार पर बवण्डर मचाये हुए था। कौन थी गोलमी? कई लोग हसीनाबाद का दबी ज़ुबान में ज़िक्र करते जिसका वर्तमान नाम हुसैनाबाद हो गया था, तो कुछ लोग खेंचरू के साथ! अढ़ाई सौ सीन से ग़ायब हो चुका था। खेंचरू इन ख़बरों का आनन्द लेता था। एक मन्त्री के साथ अवैध सम्बन्धों का ज़िक्र उसके लिए मानो गर्व की बात थी। वह किसी से खण्डन नहीं करता, दाँत निपोर देता।

हसीनाबाद एक ज़ख़्म की तरह उसके सीने में धँस गया था। हसीनाबाद का ज़िक्र आते ही बासुदेव जी असहज हो जाते थे। सुन्दरी भी बेटी के सामने सहम जाती थी। उसके चेहरे पर दर्द की इबारत पढ़ी जा सकती थी। लेकिन जहाँ सब ज़ख्मी हों, वहाँ किसे फुरसत कि उसके दर्द को समझे।

गोलमी अपने ही मन्त्रालय में बुरी तरह घिर गयी थी।

हालाँकि सरकार में वह मन्त्री बन गयी थी, मगर अधिकारी तो अभी भी पुराने मन्त्री के ही थे, चपरासी तक उन्हीं के थे। वे सब उन्हीं को अपना माई–बाप मानते थे। ऐसे में कैसे अधिकारी उसकी कही बात पर चलते?

पार्टी आलाकमान भी उससे चिढ़ने लगा था। रामबालक सिंह को भी समझ नहीं आ रहा था कि क्या करें? वे घिर से रहे थे! यह नयी मन्त्री अपने काम में कुशल है या अकुशल, यह आँकने का मौक़ा ही नहीं दे रही थी मीडिया। बस सब कुछ हो जाये, सब कुछ मिल जाये! उस पर भूखे शेर हमला कर रहे थे और उसका बचाव करने वाला, कोई नहीं था। जो उसकी उम्र थी, उस उम्र में किसी भी स्त्री का बचाव करना बहुत ही मुश्किल हो जाता है, और वह भी राजनीति में। राजनीति में औरत केवल औरत होती है!

राजनीति में यह भी बहुत मैटर करता है कि आपकी पृष्ठभूमि क्या है? चुनाव लड़ते समय से लेकर मन्त्री बनने तक ये सब मायने रखने लगता है। राजनीति का चरित्र ही निराला होता है, जहाँ बखिया उधेड़ने की पूरी तैयारी और ट्रेनिंग दोनों होती है।

अगर महिला मन्त्री है तो और भी ज़्यादा! राजनीति में महिलाओं की

क्या बिसात, यह समझ में झट से आ जाती है। राजनीति में वह महिला पहले, नेता बाद में और मन्त्री सबसे बाद में मानी जाती है।

फिर तो विवाद पीछा ही नहीं छोड़ते कि कौन महिला मन्त्री का डिक्टेशन ले, जो जुम्मा–जुम्मा किसी की लहर में जीत गयी है? अगर ख़ुद के बूते की बात होती तो पार्षद का चुनाव भी नहीं जीत पातीं! कन्धे का सहारा चाहिए! औरतों को राजनीति में दूसरे के कन्धे पर रखकर बन्दूक चलानी आनी चाहिए। बस हो गयी उनकी राजनीति! यह अहसास महिला मन्त्रियों को तब होता है, जब उनकी पूरी ज़िन्दगी उधेड़कर रख दी जाती है। वैसे भी हड़बड़ी और असावधानी महिलाओं के स्वभाव में होती है और भावुकता और अति उत्साह का मेल कुछ ज़्यादा ही होता है।

गोलमी कौन–सी अलग थी! महत्त्वाकांक्षा ने उसे सत्ता तक ज़रूर पहुँचा दिया था, मगर उसे खुर्राट राजनीतिज्ञ में नहीं बदल पायी थी।

गोलमी को पता भी नहीं चलता कि कब उसका कहा गया कौन–सा वाक्य उसके ख़िलाफ़ हो गया! कभी वह मज़ाक़ में ही कुछ कह देती, अगले दिन की हेडलाइन बन जाती। और उसे अपने बाबू की याद आ जाती–"दिल्ली असुर है, लील जाती है गोलू!"

रामबालक सिंह की बात याद आती कि दिल्ली में बहुत सँभलकर क़दम उठाने की ज़रूरत है।

इधर नीलिमा का चैनल तो एक अलग ही रार ठाने बैठा हुआ था। वह केवल उसका विरोध करने के लिए न जाने कितनी शृंखलाएँ चला चुका था।

नीलिमा को उससे क्या दुश्मनी थी? उसने कई बार बासुदेव जी से पूछा था, मगर वे भी उसे सही उत्तर नहीं दे पाये थे, वे उसे नहीं समझा पाये थे कि आख़िर नीलिमा पुरानी मन्त्री की बहुत नज़दीकी थी और उन्होंने बहुत सारे अनुबन्ध उस चैनल को दिलवाए थे, जबकि गोलमी केवल और केवल अपने काम पर ध्यान दे रही थी।

रज्जो ऐसे में उसके साथ खड़ी थी। रज्जो ने दिमाग़ लगाकर रामबालक सिंह के एनजीओ का विस्तार कर लिया था और गोलमी के माध्यम से काफ़ी अनुदान उसके कार्यक्रमों के लिए ले लिया था।

हालाँकि गोलमी ने तो सहज ही और एक अच्छे प्रोजेक्ट के लिए मन्त्रालय से अनुदान दिलाया था, मगर उसे क्या पता था कि दिल्ली की शक्ल में रज्जो ही उसे लील रही थी? बहुत कुछ लील गयी थी, दिल्ली!

एक तो लील गयी थी, उसके घुँघरुओं को। जब से मन्त्री बनी थी उसी दिन से उस पर घुँघरू पहनने पर प्रतिबन्ध था, नितान्त अपने पलों में भी घुँघरू पहनकर केवल अपने नाच की नहीं हो सकती थी वह!

धीरे–धीरे वह ऊबने लगी थी। दिल्ली ने सहारा नहीं दिया, वैशाली ही सही थी। वह बहाने बनाकर दिल्ली से बाहर का दौरा करना चाहती थी। मन्त्री बनने के बाद अपने इलाके और राज्य भर के कार्यक्रमों में जाने की इच्छुक हो गयी थी। कला–संस्कृति के लिए काम करने वाले संगठनों को खोज–खोजकर उन्हें उपकृत करने का अवसर ढूँढ़ती। उनमें जाने के मौक़े भी मिलते, तब बहुत राहत की साँस लेती। दिल्ली की हवा में वह असहज हो रही थी।

रामबालक सिंह के एनजीओ को एक प्रोजेक्ट दिया था, उसी सिलसिले में उसे हसीनाबाद यानी हुसैनाबाद जाना पड़ा। हसीनाबाद के नाम से सुन्दरी चौंक गयीं। अतीत के साये सामने आते चले जा रहे थे। कितना भी पीछा छुड़ाए कोई, अतीत के घने साये एक–न–एक दिन सामने आकर खड़े हो ही जाते हैं।

"क्यों जाना है?"

"काम है।" संक्षिप्त–सा जवाब दिया।

"क्या काम है?" सुन्दरी ने हार न मानते हुए पूछा।

"अब क्या मन्त्री का हर काम बतायें हम तुम्हें?" वह दाँत पीसती हुई चीखी।

बेटी के ग़ुस्से से बेपरवाह, उसके साथ चल पड़ी थी सुन्दरी भी। अन्तिम वेला में उसके बाप से भी मिलवा आयेगी, रमेश से अपना परिचय गुप्त रखते हुए। नहीं चाहती थी कि इस उम्र में अपने जवान बेटे से गाली सुने। उसे आशंका थी कि रमेश की प्रतिक्रिया बहुत ख़राब होगी। गहरा सदमा लग सकता है। क्या पता, कौन–सा क़दम उठा ले। जो बात अब तक दबी हुई थी, दबी ही रहे तो बेहतर है। एक माँ का कलेजा मसक गया। कहीं भीतर ग्लानि हुई। कैसे छोड़कर आ गयी थी ठाकुरों के अय्याश गढ़ में नन्ही–सी जान को। पलटकर न पूछा, न पता किया। माँ का दिल इतना स्वार्थी, इतना कठोर कैसे हो गया था!

जिस अध्याय को बन्द कर दिया, उसको अब नहीं खोलना। लेकिन ठाकुर को ज़रूर बतायेगी कि उसने बेटी को क्या बनाया है। मिलकर देखे कि रखैल की बेटी क्या बन सकती है। सोचते–सोचते सुन्दरी का सिर गर्व

से ऊपर उठा। वह मन्त्री की माँ थी। इसी रूप में ठाकुर साब को मिलना चाहती थी। इससे अच्छा मौक़ा नहीं मिलेगा। मन–ही–मन पक्का इरादा करके सगुन महतो को बताये बिना सुन्दरी ने चिट्ठी पहुँचवा दी ठाकुर साब को जिसमें बाप और बेटी की मुलाक़ात की पूरी पटकथा लिखी थी।

इधर दो दिन तक गोलमी हुसैनाबाद में ठाकुरों के ठुकराए हुए परिवारों की मदद करने के लिए कई योजनाएँ बनाती रही। कई बच्चे और औरतें तो बहुत ही प्रतिभाशाली थे। गायकी और नाच उनकी रग–रग में बसा हुआ था। उनके लिए संगीत और नृत्य की कक्षाएँ शुरू करवा दी थीं।

अपनी माँ के नाम पर एक एनजीओ सुन्दरी देवी फाउण्डेशन खोल दिया। इस एनजीओ में सब कुछ था। जो वहाँ की औरतें चिप्स, पापड़ और बड़ियाँ का काम करती थीं, उन्हें बाज़ार में ले जाकर बेचना, लड़कियों को ब्यूटी पार्लर आदि के कोर्स कराना और कम्प्यूटर सिखाना।

लड़कों के लिए आईटीआई टाइप के पाठ्यक्रम का प्रशिक्षण, जिसमें टीवी रिपेयर, ऑटो रिपेयर आदि सम्मिलित था। स्टेनो, टाइपिंग आदि के भी प्रशिक्षण की व्यवस्था इस एनजीओ में थी।

कुल मिलाकर गोलमी इलाके की बेहतरी के लिए उपयोगी क़दम उठाने जा रही थी। वहाँ की हवा बदल रही थी। कुछ वक़्त ने बदल दी थी, कुछ गोलमी ने बदल दी थी।

हाँ, मैं बेवफ़ा हूँ

गोलमी को हुसैनाबाद का मौसम पसन्द आ रहा था। दिन में हल्की गर्मी और शाम को पहाड़ियों और जंगलों से छन–छनकर आती ठण्डी हवाएँ। उसे असोई गाँव की लम्बी–चौड़ी नदी याद आने लगी जिसके किनारे नदी की देह को छूकर ऐसी ही ठण्डी हवाएँ चला करती थीं। कमी थी तो पहाड़ियों की। उसे हाजीपुर का कोन्हारा घाट याद आया, जहाँ चबूतरे पर बैठकर शामें पुरसुकून गुज़रा करती थीं। जंगल देखकर गाँव की घनी गाछियाँ याद आयीं, जिसकी डालियों पर झूले डालकर सावन के गीत गाये जाते थे। उसे हुसैनाबाद का भौगोलिक परिवेश बहुत पसन्द आ रहा था। मनोरम दृश्यों वाली रमणीक बस्ती में कैसा खेल चलता रहा था सदियों से। शायद इसके पीछे भौगोलिक परिवेश का भी हाथ रहा हो कि पहाड़ियों और जंगलों ने इसे बाहरी दुनिया से काटकर रखा हो।

इलाके की ख़ूबसूरती कितनी देर बाँधती गोलमी को। वह तो हसीनाबाद उर्फ़ हुसैनाबाद के क़िस्से सुन–सुनकर बौखला रही थी।

ओह, यह भी एक दुनिया थी? ठाकुरों के अत्याचार के क़िस्से सुने थे, मगर चतुर्भुज स्थान के अलावा दो सौ किलोमीटर दूर अय्याशी का एक ऐसा ठिकाना भी होगा, ये नहीं पता था। समय अपने पन्ने पलट रहा था और गोलमी हैरान होती जा रही थी। अतीत और वर्तमान दोनों साफ़–साफ़ दिखायी दे रहे थे। उसे वहाँ के लोकल कार्यकर्ता बता रहे थे कि पहले ठाकुरों के ऐसे बच्चों के जीवनयापन के लिए उत्तरदायित्व उनके परिवार वाले ले लेते थे पर धीरे–धीरे सबने पल्ला झाड़ दिया। यहाँ के लोगों की दुर्गति शुरू हो गयी थी।

ज़मींदारी गयी तो अय्याशी भी ख़त्म होने के कगार पर आ गयी। कुछ ठाकुरों ने परम्परा समझकर सँभाला, तो कुछ ने ज़मीनें बेचकर अय्याशियाँ कीं। उनकी अय्याशियों से पैदा हुए कुछ बच्चे वहीं रहकर गुण्डों में बदल

गये, तो कुछ दूसरे शहरों में पहुँचकर खप गये। ज़माना बदला, टीवी आया तो जागरूकता बढ़ी, राजनीतिक हस्तक्षेप बढ़ा और यहाँ के लोग बतौर मतदाता शामिल किये गये तो सारा बाज़ार बदल गया। कालान्तर में बस्ती का नाम भी बदल दिया गया।

हसीनाबाद यानी हुसैनाबाद में उस शाम काफ़ी चहल–पहल थी। मन्त्री जी के काफ़िले को सुनकर लोग बहुत ही उत्साहित हुए थे।

वहाँ कुछ बची–खुची औरतें जिनमें कुछ भीख माँगने के लिए मजबूर थीं तो कुछ देह बेचकर काम चला रही थीं, उनके चेहरों पर उम्मीद की महीन रेखाएँ उभर आयी थीं।

उस शाम समय एक मुलाक़ात की प्रतीक्षा कर रहा था। ठाकुर सजावल सिंह के अलावा कोई नहीं आया था उस ठाकुरबाड़ी के नीचे, जिस पर कभी हसीनाबाद की सरहद ख़त्म हुआ करती थी। सुन्दरी ने झुककर प्रणाम भर किया। सुन्दरी का प्रस्थान बिन्दु वहीं था। उसकी मुक्ति का मार्ग वहीं से शुरू हुआ था।

सुन्दरी ने मुँह से पल्लू नहीं हटाया। गोलमी अपनी अम्मा की इस भाव भंगिमा से चकित थी। वह अपनी अम्मा से ठाकुर साहब को मिलवाना चाहती थी। मगर वे तो सहमी, सिकुड़ी, सिमटी–सी चली जा रही थीं। भीतर कोई तूफ़ान थमा हो जैसे। अचानक आगे बढ़कर ठाकुर साहब ने सुन्दरी का पल्लू खींच दिया। सुन्दरी भरभराकर उनकी देह पर गिर पड़ी। वह बिलख रही थी...

"तुम बेवफ़ा काहे निकली सुन्दरी। कौन बात का कमी किये थे हम, जीवन भर का ठेका लिए थे हम तुम्हरा...हम फिर दोसर औरत नहीं रखे अपने लिए..."

बेवफ़ा शब्द छन्नाक से गोलमी के सिर पर लगा।

सुन्दरी रोते–रोते चुप हो गयी।

"हम आपके लिए ठेका ही तो थे सरकार, ठेकेदारी हमेशा नहीं चलती है। हम कोई सड़क या मकान नहीं थे कि खाली ईंट, सीमेण्ट से खड़े रहते। हमारे साथ हमारी बेटी भी थी। हम उसको किसी जन्म में सुन्दरी बाई नहीं बनने देते, चाहे जो हो जाये। किसी ठाकुर की दूसरी औरत नहीं बनने देते अपनी बेटी को। आप लोगों को कोई परवाह थी कभी, सारे बच्चे वहीं पैदा होते हैं, वहीं खप जाते हैं। कोई ठाकुर साहब अपनी सन्तान को वारिस नहीं मानता सरकार...रमेस को छोड़कर चले तो आये

थे, क्या बना दिया आपने...? देखिए, हमने एक गोलमी को क्या बनाया... कुछ भी हो, आज समाज में उसकी एक जगह तो बनी है। नाचती है, गाती है, मगर इज़्ज़त से। मेरी तरह रखैल..."

सुन्दरी उत्तेजित थी, कभी रोती, कभी बिसूरती, कभी दहाड़ती, कभी शिकायत, सारे मिले–जुले भाव आ जा रहे थे।

"हाँ, मैं बेवफ़ा हूँ! ज़माना चाहे जो समझे! मेरी आत्मा जानती है कि मैं क्या हूँ...मैंने एक वफ़ादार रखैल बनने के बजाय वफादार प्रेमिका और माँ बनना ज़्यादा पसन्द किया और आज उसी रूप में आपके सामने खड़ी हूँ..."

वह थोड़ी देर रुकी, फिर बोली–"और हाँ...आप भी मुझसे इसी रूप में बात करिए तो बड़ी कृपा होगी।"

सुन्दरी के आँसू सूख चुके थे। वह सख़्त स्त्री में बदल चुकी थी जिसके चेहरे पर स्वाभिमान टपक रहा था।

गोलमी के लिए ये सब एकदम नया काण्ड था! उसकी अम्मा और ठाकुर साहब का कनेक्शन चौंका गया उसे। वह अम्मा की तरफ़ सवालिया निगाह से देख रही थी। सुन्दरी तनकर उसके सामने खड़ी थी। मानो कह रही हो–"पूछ, क्या पूछना है तुझे! ये है मेरा सच। यही थी मेरी परदेदारी। यही छुपाती रही ज़िन्दगी भर तुझसे..."

गोलमी क्या पूछती, उसे अन्दाज़ा तो था ही। दबी ज़ुबान में टोले के कुछ लोग बोल ही देते थे। सौतेले भाइयों और माँ से मिलने गयी थी तब भी वहाँ किसी की फुसफुसाहट सुनायी दी थी। अपनी धुन में मग्न वह किसी बात पर ध्यान ही नहीं देती थी। अम्मा का बात–बात पर चौंकना उसे इशारा तो कर ही गया था।

कभी कल्पना नहीं की थी कि ज़िन्दगी कभी इस तरह सामने अपने सीवन उधेड़कर खड़ी हो जायेगी। जहाँ उसकी माँ की ज़िन्दगी के पन्ने इस तरह खुलेंगे। अतीत के काले साये इस तरह सामने आकर खड़े हो जायेंगे। गोलमी को इन सायों से डर नहीं लगा, न ही उसे घृणा हुई। उसने अम्मा की तरफ़ देखा।

उसके सामने एक कद्दावर स्त्री खड़ी थी जो किसी भी तरह के साये से मुक्त और अपराधबोध से परे थी। अम्मा को इस तरह देख गोलमी से नहीं रहा गया। वह अम्मा से लिपट गयी।

वह आज अपनी अम्मा से ही नहीं, ऐसी स्त्री से मिल रही थी जिसने उसे बचाने के लिए कई ज़िन्दगियों को ख़तरे में डाल दिया था। जो

उसे अपनी तरह नहीं बनने देना चाहती थी। इसीलिए उसे नाच–गाने से रोकती थी। इसीलिए उसे पढ़ा–लिखाकर नौकरीशुदा देखने का सपना पाल रही थी।

"अम्मा..."

गोलमी के आँसू झरझर गिरने लगे।

"मुझे कोई शर्मिन्दगी नहीं अम्मा कि मैं इस गली की पैदाइश हूँ या मेरी अम्मा क्या थी। तुम पहले भी बता देती तो मुझे कोई फ़र्क़ नहीं पड़ता अम्मा...मेरे लिए तुम माँ हो, औरत हो...जिसने महल का जीवन छोड़कर हमेशा अभाव में जीवन जिया...दुख इस बात का है अम्मा कि तुम अपराधबोध या भय से जीवन क्यों जीती रहीं? तुम इतना अच्छा गाती हो, तुम्हारी कला नष्ट हो गयी? अम्मा...अब तुम गाओ मेरे साथ...मेरी मण्डली के साथ...हम मिलकर तिरहुत प्रमण्डल के लोकगीतों को बचायेंगे...हमें उद्देश्य मिल गया है!!"

सुन्दरी की छाती भीग रही थी। उसे लग रहा था कि सीने पर धरा कोई बड़ा पत्थर खण्ड–खण्ड होकर हवा में विलीन हो गया है।

गोलमी ने ख़ुद को अम्मा से अलग किया। पर्स से रूमाल निकालकर आँसू पोंछे। सुन्दरी भी आँचल से अपने आँसू पोंछ रही थी। वह लगभग सामान्य हो चली थी। अभिशापमुक्त चेहरा बहुत दमकता है। आँखें गीली थीं, उनमें 'रमेश, रमेश...' की पुकार गोलमी साफ़ पढ़ सकती थी।

वह ठाकुर साहब की तरफ़ मुख़ातिब थी।

"ठाकुर साहब...आपका शुक्रिया, हम आपकी वजह से इस दुनिया में आये। लेकिन हम आज जो कुछ भी हैं, वह अपने पिता सगुन महतो और अम्मा सुन्दरी देवी के कारण हैं। मैं कुछ बातें कहना चाहती हूँ, ध्यान से सुन लीजिए। मेरी अम्मा बेवफ़ा नहीं हैं। बेवफ़ा तो वह पितृसत्ता है, सामन्त और ज़मींदार है जिसने अपनी बेवफ़ाई के लिए शहर और मोहल्ले बसाये, बेवफ़ाई के स्मारक बनवाये, उन्हें ऐतिहासिक धरोहर घोषित करवाया। पुरुषों के लिए बेवफ़ाई पराक्रम और मर्दानगी का परिचायक रही है। और स्त्री के लिए–पवित्रता की देवी, वफ़ा की मूर्ति। हमारे लिए जगहँसाई, देश निकाला, मन–निकाला और बेदखली..."

"बेटी...हसीनाबाद हमारी परम्परा का हिस्सा है, विरासत में मिली है हमें...हम तो सिर्फ़ उसका पालन करते रहे...हमारी मर्ज़ी से नहीं बसा था यह नगर...तुम तो वैशाली में पली–बढ़ी हो, वहाँ का तो इतिहास रहा है!

कुछ उसका अध्ययन भी कर लो...हमारा क्या दोष? दम तोड़ती ज़मींदारी के बीच भी हमें दो–दो परिवारों का बोझ उठाना पड़ता है।"

ठाकुर साहब बोलते–बोलते हाँफने लगे थे। आवाज़ बेदम थी। किसी अपराधी की तरह अपने गुनाहों की सफाई दे रहे हों जैसे। जीवन भर केस ही लड़ते रहे, बाप–दादाओं ने कितने केस–मुक़दमे भी विरासत में सौंपे थे, जिनकी फ़ाइलें कभी ख़त्म नहीं होती थीं। आज वे अजीब मुक़दमे में फँस गये थे जहाँ उन्हें सज़ा भले न मिले, गुनाह का अहसास चैन नहीं लेने देगा। वे भरसक अपनी बात कहने की कोशिश कर रहे थे।

"ठाकुर साहब...आप अपनी बेवफ़ाई को कुछ भी नाम दे सकते हैं, परम्परा, विरासत, संस्कृति का अभिन्न अंग या प्राचीनकाल की रवायतें...पर सच तो यह है कि आपकी छाया में ही पनपती है बेवफ़ाई। आप लोगों ने अपनी बेवफ़ाई के लिए उन स्त्रियों को चुना जिनका जीवन पुरुष–विहीन था। जब स्त्रियों ने अपने लिए साथी चुना, तो वे बेवफ़ा हो गयीं...कैसा न्याय है पितृसत्ता का..."

"आपको मेरी माँ से इस शब्द के लिए माफ़ी माँगनी चाहिए। वे बेवफ़ा नहीं थीं, उन्होंने अपने मन का साथी चुना। ये हक़ है उनका! यह हर स्त्री का हक़ है, जिसे कोई नहीं छीन सकता। जब चाहे, वह अपने मन का साथी चुन सकती है। हालात नहीं बदलेंगे, सोच नहीं बदलेंगे तो हर स्त्री एक दिन बेवफ़ा नज़र आयेगी आपको!"

गोलमी ने दोनों हाथ जोड़ लिए। चेहरा कठोर था, लेकिन आँखों में आँसू लरज रहे थे।

ठाकुर साहब ने गौर से इस बहसबाज़ लड़की को देखा। भागलपुरी प्रिण्टेड सिल्क की साड़ी में वह भव्य लग रही थी। उनकी बेटी थी, उनकी ही हूबहू थी।

वैसे ही जुड़ी हुई भौंहें, गोरा रंग। कहते हैं अगर बेटी की शक्ल बाप से मिलती है, तो वह बहुत भाग्यशाली होती है। गोलमी का भाग्य देख रहे थे।

"तुमने बहुत अच्छी परवरिश दी है।" ठाकुर सजावल सिंह ने भर्राए स्वर में कहा।

सुन्दरी के बोल न फूटे।

उन्होंने गोलमी की तरफ़ मनुहार भरी आँखों से देखा।

मगर गोलमी की आँखें तो तर्कों के बादल से भरी सावन–भादों बनी

हुई थीं। उन्हें रोकना और उनके साथ बात करना सम्भव नहीं रह गया था।

ठाकुर सजावल सिंह उसे गले लगाना चाहते थे। वे जानते थे कि उन्हें ठुकरा दिया जायेगा। वह उसकी आँखों में नफ़रत और तमाम सवाल नहीं देखना चाहते थे। रमेश के ही सवालों से नहीं उबर पाये थे तो गोलमी के सवाल? नहीं–नहीं! वह बिना कुछ और कहे पलटकर वापस लौटने लगे। उनके क़दम लड़खड़ा रहे थे।

असहाय होकर इधर–उधर देख रहे थे। बदहवासी में किसी से टकरा गये। किसी ने उनका दामन थाम लिया था। वह रमेश था। लाल–लाल आँखों–से गोलमी और सुन्दरी को घूर रहा था। सुन्दरी अवाक् थी। अपने कँपकँपाते हाथ रमेश की तरफ़ बढ़ाकर उसे छूना चाहती थी। कैसा तो रोबीला, गबरू जवान निकला ठाकुर साब और उसका बेटा! नहीं...बेटा तो नफ़रत करता होगा उससे! अब तक जैसे जी रही थी, गोलमी के साथ, गोलमी के लिए, वही उचित। ऊहापोह के भँवर में फँसी सुन्दरी की आँखें फिर से बरसने लगी थीं।

गोलमी के बोल फूटे–"मुझे मेरा भाई लौटा दीजिए ठाकुर साब।"

रमेश, ठाकुर साब के ठीक आगे आकर तन गया।

"मैं सुन्दरी देवी से बात करना चाहता हूँ...!"

सुन्दरी ने चेहरा दूसरी तरफ़ घुमा लिया।

"मुँह मत फेरिए...वो तो बहुत पहले आप मुझसे फेर चुकीं। इतना तो बताइए, क्या सिर्फ़ गोलमी आपकी सन्तान थी, हम नहीं। हमें क्यों छोड़ गयी थीं? हमारा नसीब गुण्डों वाला क्यों लिख गयी थीं माँ...?"

"माँ..." सुन्दरी अब दहाड़ें मार कर रो पड़ी। वर्षों से कान में यह पुकार न पड़ी थी। रात के वीराने में अक्सर उसने यह पुकार सुनी थी। उसके बचपन की कुछ निशानियाँ आज तक सन्दूक में सँभाल कर रखी थीं। एकान्त में कितनी बार कलेजे से उन्हें लगाकर रोयी है, तड़पी है, मगर कभी सगुन और गोलमी तक अपने विलाप को नहीं पहुँचने दिया था। अब जब उसके कलेजे का एक और टुकड़ा सामने खड़ा पुकार रहा है, तो वह उसका सामने करने की हिम्मत नहीं जुटा पा रही है। गोलमी ने सुन्दरी को बाँहों में भर लिया। माँ का विलाप उसका कलेजा चीर गया था। सजावल सिंह अवाक् खड़े थे। रमेश ने उनका हाथ थामा और वहाँ से निकल गया। गोलमी पुकारती रही..."रमेश...रमेश...भाई...भाई... लौट आओ, मुझे तुम्हारी ज़रूरत है, माँ को तुम्हारी ज़रूरत है..."

दूर से हल्की–सी आवाज़ आयी–"मेरे पिता को अब मेरी ज़रूरत है, तुम माँ को सँभालो, मैं पिता के साथ जाता हूँ, वे बहुत अकेले हैं...।"

माहौल में असह्य सन्नाटा छा गया था। किसी के हाथ में कुछ नहीं था।

गोलमी को गीत याद आया–

"अँखियाँ तो नदिया भईं, मन भयो बारू रेत..."

उसे लगा, पाँव रेत में धँसते चले जा रहे थे। चलना मुश्किल हो रहा था। वह तेज़–तेज़ चलकर रेत पार करना चाहती थी, मगर पाँव थे कि धँसते चले जा रहे थे। कुछ छूट गया था बहुत पीछे।

उसे किसी की तेज़ याद आने लगी। कोई था जिसे उसका इन्तज़ार था। उस तक पहुँचना था उसे।

रेत पर छोटी–छोटी इच्छाओं के बहिष्कृत टीले वह देख रही थी। उसे लगा, रेतीली आँधी उठ रही है, कोई पुकार से संचालित है, उसने अपने कान बन्द कर लिए। कान के अन्दर समन्दर की लहरें उठ रही थीं। बाहर रेत की आँधी और अन्दर समन्दर की लहरें...!

ये ज़िन्दगी उसी की है

वह टूट रही थी भीतर–भीतर। दिल्ली की आबोहवा उसे रास नहीं आ रही थी। लगता था विस्मृति की गुफा में क़ैद हो रही थी।

खेंचरू को एकदम भुला चुकी थी। उसकी हरकतें भी तो ऐसी थीं। वह मन्त्री थी, और उसे बात करने तक का अधिकार नहीं था, तो प्रेम का और वह भी ब्याह के अधिकार की बात तो सपने में भी सोचना मूर्खता होती।

इधर फ़ाइलें उसकी मर्ज़ी के बिना ही आगे बढ़ती जा रही थीं। उसकी मर्ज़ी के बिना धन का भी आवंटन होने लगा था। आलाकमान बहुत खुश नहीं था, तो वह क्या करती?

मीडिया और रामखिलावन के वफ़ादार अधिकारी उसे हर क़ीमत पर असफल ठहराने में लगे हुए थे। ऐसे में उसकी मण्डली भी एकदम उदास हो गयी थी। रज्जो उसकी क़ीमत पर पैसा बना रही थी।

धीरे–धीरे उसके एनजीओ पर भी मीडिया सवाल उठाने लगा था। मीडिया में यह ख़बर आम थी कि मन्त्रालय अपनी मन्त्री की मित्र पर बहुत ही मेहरबान था और उसके लिए कभी भी बजट आवंटन के लिए कमी नहीं थी। रही–सही कसर वे असन्तुष्ट कलाकार पूरी कर देते थे, जिन्हें मन्त्रालय आमन्त्रित नहीं करता था। रज्जो और वह दोनों अपने ही क्षेत्र के कलाकारों को सम्मान दिलवाना चाहती थीं। बहुत ही अजब खेल चला दिया था मीडिया और सोशल मीडिया ने! सोशल मीडिया में उसके प्रशंसक बढ़ रहे थे तो उसके निन्दक भी!

हालाँकि वह अधिकतर मामले पर पारदर्शी थी, मगर हुसैनाबाद वाली बात जब आती तो वह असहज हो जाती। उसके अतीत के बहाने सुन्दरी पर तमाम तरह की छींटाकशी होने लगी थी और साथ ही पार्टी के ही कुछ लोग रामबालक सिंह के साथ उसका नाम जोड़ने लगे थे।

"यहाँ एक पंक्ति पर पूरा–का–पूरा महाकाव्य रच दिया जाता है!"

रामबालक सिंह ने कहा था। तब तो उनकी बात हँसी में उड़ा दी थी गोलमी ने, मगर अब!

अब क्या करेगी वह? धीरे–धीरे उसकी कला उसे बुलाने लगी थी। राजनीति उसे चुप रहने के लिए मजबूर कर रही थी, ऐसी नकारात्मक राजनीति उसे मानसिक रूप से हिंसक बना रही थी।

इधर बासुदेव बाबू और रामबालक सिंह पर भी दबाव पड़ने लगा था कि गोलमी को हटाया जाये और यह जितना जल्द हो उतना बेहतर होगी! गोलमी से बात करने की पूरी ज़िम्मेदारी केवल रामबालक सिंह की थी।

हमको उनसे है वफ़ा की उम्मीद

रज्जो पिछले कुछ दिनों से गोलमी पर दबाव बना रही थी कि सोनपुर मेले की तर्ज़ पर हुसैनाबाद में एक मेला शुरू किया जाना चाहिए। हुसैनाबाद की औरतें, अपमान और लांछना की जिस आग में जल रही थीं और जिस तरह वहाँ की लड़कियाँ और लड़के बर्बाद हो रहे थे, उन्हें देखकर और महसूस करने के बाद गोलमी भी इस प्रस्ताव से सहमत दिखी थी। गोलमी ख़ुद वहाँ के लोगों का हाथ पकड़कर भँवर से खींच लेना चाहती थी। उसे न जाने क्यों लगता था कि बहुत हुआ, अब तो कोई आये और हुसैनाबाद का नया अध्याय लिखे। रज्जो उसके मन को पढ़ रही थी। छाया की तरह रात–दिन साथ रहते–रहते उसे गोलमी के मन को समझना आसान हो गया था।

गोलमी के मन में तसल्ली हो रही थी कि रज्जो सुधर रही थी। रज्जो उतनी भी बुरी नहीं थी। हुसैनाबाद के इतिहास को रज्जो एकदम दूसरी तरह से प्रस्तुत करना चाहती थी। गाँव की होकर भी रज्जो शहरी मार्केटिंग में एकदम परफेक्ट थी, उसे पता था कि कैसे क्या बेचना है और नाच, गाना और कहानी बेचना तो उसके बायें हाथ का खेल था। रज्जो एक कुशल खिलाड़ी की तरह आगे बढ़ रही थी। हुसैनाबाद का यह प्रोजेक्ट सबके लिए एक आस लेकर आया था। सुन्दरी के दिल को राहत–सी महसूस हुई। जैसे कोई पुराना कर्ज़ उतर रहा हो। जैसे किसी अभिशप्त छाया से मुक्ति मिल रही हो। रज्जो को वहाँ के बारे में सारी जानकारी देकर जैसे लगा था कि हुसैनाबाद की गलियों का एक कर्ज़ उतार दिया। सुन्दरी देवी उस पल रज्जो के लिए बेपनाह दुआओं से भर रही थी।

गोलमी भी सारी पुरानी बातें भूलकर एक नये सफ़र पर चल पड़ी थी और उसे लग रहा था कि रज्जो उसे पुराने रूप में मिल गयी है। उसके प्रति वफ़ादार सहेली रहेगी। ऐसा सोचते ही उसकी आत्मा को बहुत सुकून मिला।

हुसैनाबाद में हुसैनाबाद महोत्सव के नाम से जब वह यह प्रोजेक्ट लायी, तो गोलमी की आँखों से आँसू निकल पड़े।

"सच रज्जो! तुम्हें नहीं पता तुमने क्या किया है?" उसने भावावेश में रज्जो का हाथ पकड़ लिया।

"चलो छोड़ो, गोलमी! अब तुम मन्त्री हो, मन्त्री को रोना–धोना शोभा नहीं देता..."

रज्जो ने अपनी साड़ी से उसके आँसू पोंछे।

अचानक गोलमी को लगा कि रज्जो तो उससे भी महँगी ज्वेलरी पहनने लगी थी...जहाँ वह अभी भी सोने की पतली सीकड़ी से आगे नहीं बढ़ पायी थी, वहीं वह देख रही थी कि रज्जो मोटी चेन, हीरे की अँगूठियाँ पहनने लगी थी...उसके गले में केवल एक पतली–सी सोने की चेन थी, रज्जो ने डिजाइनर साड़ियाँ पहनना शुरू कर दिया था। उसकी कलाई में जड़ाऊ कंगन भी थे। गोलमी ने अपनी कलाई देखी, सोने की पतली चूड़ी भर बमुश्किल अम्मा ने बनवाकर पहना दिया था।

"बहुत सुन्दर कंगन हैं रज्जो! कहाँ से लिए?" गोलमी ने उसकी कलाई पकड़ते हुए पूछ ही लिया।

रज्जो सकपका गयी! उसे नहीं पता था कि यह सवाल भी आ सकता था! "जब तुम्हारे ख़िलाफ़ न लड़े थे चुनाव, तभी दिलाये गये थे हमें ये सभी! ये कंगन, ये साड़ी! तुम कहो तो अब नहीं पहनेंगे! सहेली से बढ़कर तो कुछ नहीं!"

"अरे नहीं! नहीं! तुम आराम से पहनो!"

गोलमी ने उन कंगनों की तरफ़ से आँखें फेरते हुए कहा। उसे लगा कि जैसे उसने अपने उस अतीत से आँखें फेर ली हों। उसने कंगनों की चमक को पीछे कर दिया!

उस दिन भी एकदम आम ही दिन था। रज्जो हुसैनाबाद महोत्सव की फ़ाइल और इवेण्ट कॉण्ट्रेक्टर के साथ आयी थी। गोलमी बहुत ख़ुश थी, आज उसने मन्त्री गोलमी कुमारी से हटकर हुसैनाबाद की ही एक लड़की की तरह उत्साह को समेट लिया था। आज ही उसने फैब इण्डिया का सफेद कुरता पहना था। उसे लग रहा था नये सपनों का रंग भर लेगी। मानो कोई उससे पूछ रहा था–

"अरी गोलमिया, हुसैनाबाद महोत्सव में नाचना कब होगा! कब आयेगी हमारी गोलमिया!" आज उसका मन हो रहा था कि वह इवेण्ट कॉण्ट्रेकर से बात करके कल ही महोत्सव शुरू कर दे!

उसने अपने दिल को समझाया! रज्जो और एक अनजान व्यक्ति उसका इन्तज़ार कर रहे थे। रज्जो का पर्स बदला हुआ, नया–सा दिख रहा था। उसने गोलमी के सामने ही टेबल पर धर दिया और फ़ाइल निकालकर उसे पूरी योजना समझाने लगी। वह अनजान व्यक्ति गोलमी से जो सफेद कलफ वाली शर्ट और पैण्ट पहने हुए था, गले में सोने की मोटी चेन पहनी हुई थी, मिलना चाहते थे।

उस आदमी ने गोलमी की तरफ़ आगे बढ़ते हुए कहा, "जी...बहुत सुन रखा है आपके बारे में। बहुत प्रभावित हुआ कि आप जैसी महिला कहाँ से कहाँ पहुँची। यह भारतीय लोकतन्त्र में ही सम्भव है कि एक ऐसी महिला..."

"कैसी महिला...क्या कहना चाहते हैं आप...?" गोलमी ने भँवें चढ़ाते हुए कहा।

"अरे मैडम! आप तो बुरा मान गयीं! आपका बैकग्राउण्ड डिफरेंट हैं न! ख़ैर...मैं तो आपकी तारीफ़ कर रहा था...छोड़िए काम की बात करते हैं!"

वह दाँत निपोर रहा था। रज्जो चुप, मुस्कुराती रही।

"जी...मैं नचनिया हूँ...कम पढ़ी–लिखी हूँ, राजनीति का 'क ख ग' भी नहीं जानती...ये सारी कमियाँ मुझे पता हैं। आपको पता होना चाहिए कि इसके बावजूद जनता ने मुझे जिताकर यहाँ भेजा है, मैं थोपी हुई नहीं हूँ, जैसा कि राजनीति में ट्रेण्ड चल रहा है।"

गोलमी ने सीधी चोट कर दी। "जी मैडम! अच्छा मैं काम की बात कर लूँ...ये पैकेट आपके लिए स्वामी जी ने भेजा है। उनकी तरफ़ से सौगात। आपके एनजीओ के लिए...आप महान कार्य करने जा रही हैं। हम ठहरे छोटे–मोटे व्यापारी! स्वामी जी ने आदेश दिया कि मैं आपके किसी काम आ सकूँ। आप चाहे तो गिन लें...दस लाख हैं, आपके हुसैनाबाद महोत्सव के काम आयेंगे, कम पड़े तो बन्दा हाज़िर है..."

"नहीं! मैं ये नहीं ले सकती। मुझे ज़रूरत नहीं...इसके बगैर भी काम हो जायेगा हमारा..."

रज्जो ने उठकर गोलमी का हाथ रोक दिया जिस हाथ में पैकेट पकड़ा हुआ था।

रज्जो कुछ बोली नहीं। वह आदमी बोलता रहा।

"राजनीति में आप नयी–नयी हैं। ऐसे मना नहीं करते। खासकर स्वामी जी के अनुग्रह को कोई मन्त्री मना नहीं कर सकता। आप इस पैसे से भव्य आयोजन करिए। फ़िल्मी सितारे बुलाइए। रंग जमा दीजिए!"

"और ज़रूरत पड़े, तो और पैसे पहुँच जायेंगे आपके पास..."

फिर वो हाथ जोड़कर उठ खड़ा हुआ। उसने रज्जो का दूसरा भारी भरकम बैग टेबल पर से उठाया और कमरे से बाहर चला गया। गोलमी हक्की–बक्की सब देखती रह गयी। कभी पैकेट देखती, कभी रज्जो को। उसका माथा ठनका। उसके गुरु ने राजनीति के सारे पाठ पढ़ाये लेकिन ऐसी भी नौबत आती है, ये सब क्यों नहीं बताया। ऐसी स्थिति में मन्त्री को क्या करना चाहिए, किसी अजनबी से पैसे लेने चाहिए या नहीं...।

गुरु से तो अबोला चल रहा है, पूछे तो कैसे? चुनाव के समय लोग चन्दा देने आते थे, तब भी गोलमी ने पैसों को हाथ नहीं लगाया था। रामबालक सिंह ने उसे दूर ही रखा था। पैसे का बँटवारा तक ख़ुद किया करते थे। सारा हिसाब उनके पास होता था। बहुत पैसों का लालच कभी उसे रहा नहीं। इसीलिए इन पैसों का उसे लालच नहीं हो रहा था। हालाँकि जानती थी कि इतने पैसों में वह हुसैनाबाद में भव्य आयोजन करा सकती है। उसकी मण्डली ने पैसे का बहुत अभाव देखा है। राजनीति में रामबालक सिंह पानी की तरह पैसे न बहाते तो यहाँ तक कभी न पहुँच पाती। इतना पैसा मण्डली के पास होता तो पूरे देश में अपनी कला का डंका बजा देती। उसे विचारमग्न देख रज्जो को आनन्द आ रहा था। उसे लगा, गोलमी पैसों के लालच से अपने भीतर ही लड़ रही है।

गोलमी को गुरु का कहा याद आया– "अनजान लोगों से बस सतर्क रहा करना।" अनजान ही तो था, रज्जो लेकर आयी थी। रज्जो उठकर जाने लगी थी कि गोलमी ने रोक लिया।

"लेकिन ये स्वामी जी कौन हैं और ये व्यक्ति मुझ तक कैसे पहुँचा ?"

उसने रुपये का पैकेट उठाया और रज्जो को पकड़ा दिया–"फिलहाल तुम रखो, पैसे तब तक ख़र्च मत करना जब तक मैं न कहूँ। और पता करो कि ये स्वामी जी कौन हैं, और मुझसे क्या चाहते हैं।"

रज्जो चलने लगी तो गोलमी ने पीछे से आवाज़ दी–"तुम्हें इस आदमी को साथ लेकर घर पर नहीं आना चाहिए था।"

रज्जो गोलमी की आवाज़ की सख़्ती से हिली। भोली–भाली सूरत में यह सतर्क, सख़्त स्त्री कब से रहने लगी थी?

साथी न कोई मंज़िल

सुबह–सुबह जब गोलमी मन्त्रालय जाने की तैयारी कर रही थी, तब उसे नष्ट कर देने वाले तत्त्व सक्रिय हो गये थे। न्यूज़ देखने के लिए उसने न्यूज़ चैनल ऑन किया और सोफ़े पर बैठ गयी।

सनसनीखेज़ ख़बर थी–

देश का विश्वसनीय चैनल ख़बर चला रहा था।

"संस्कृति राज्य मन्त्री पर अपने एनजीओ के लिए सूरज स्वामी से दस लाख रुपये लेने का आरोप। पैसे के लेन–देन के वक़्त की पूरी बातचीत की रिकॉर्डिंग आप हमारे चैनल पर सुन सकते हैं! विपक्ष ने हमला बोला! सत्तारूढ़ दल घोर दबाव में। हमारे संवाददाता मन्त्री से सम्पर्क करने की कोशिश कर रहे हैं, जल्दी ही उनका पक्ष हम दर्शकों के सामने रखेंगे। फिलहाल इस बातचीत से पैसों के लेन–देन का मामला साफ़–साफ़ ज़ाहिर हो रहा है..."

ख़बर ख़त्म होते ही गोलमी माथा पकड़कर सोफ़े पर बैठ गयी। पूरी दुनिया एक पल में उजड़ गयी हो जैसे। क्या मुँह दिखायेगी अपने गुरु को? अपनी जनता को? मण्डली को? किस–किस को यक़ीन दिलायेगी कि सब झूठ है? उसके साथ धोखा हुआ है, उसे फँसाया गया है! पैसों की इतनी लालची होती तो अश्लील गानों पर नाचने–गाने के कितने मौक़े मिलते थे, सबको ठुकरा देती थी। चाहती तो बहुत पैसे बना सकती थी। वह मग्न थी, अपने लक्ष्य में जिसमें उसका पूरा लोक बसता था।

ओह...रज्जो ने उसे कहाँ फँसा दिया था! क्या रज्जो को भी पता था? मगर ये सब करने का समय नहीं था। आख़िर सारी बातचीत रिकॉर्ड कब और कैसे हुई? उसने उसके साथ ऐसा क्यों किया?

गोलमी का मन हुआ ख़ुद को कोड़ों से मारे और लहूलुहान कर दे।

एक बार फिर रज्जो ने उसे धोखा दिया? आख़िर वह रज्जो के झाँसे में आ ही क्यों जाती है? रज्जो और खेंचरू ने एक बार फिर से उसे नीचे गिरा दिया था और अब तो वह उठ भी नहीं सकती थी। मगर उसने तय किया कि उसे उठना ही था। किसी और के बुने जाल में गोलमी फँस के हार मान जाये, इतनी कमज़ोर नहीं थी उसकी अम्मा की परवरिश। उसे पक्का पता था कि इसमें खेंचरू का हाथ होगा, रज्जो कितनी शामिल थी, उसे बस यही पता करना था।

ये हुसैनाबाद महोत्सव उसकी दिल्ली से विदाई का कारण तो नहीं बनेगा? वह पागल हो रही थी! वह कलंक लेकर नहीं जाना चाहती थी, वह मीडिया का सामना करना चाहती थी। हाईकमान के फ़ैसला लेने से पहले वह फ़ैसला करना चाहती थी। नीलिमा को ख़ुद जवाब देना चाहती थी।

मगर नीलिमा को जवाब देना इतना भी सहज नहीं था।

खेंचरू और रज्जो को उसने बुलाना या बात करना सही न समझा। उन दोनों की शक्ल देखना भी गवारा नहीं था उसे। उनके बारे में सोचना भी नहीं चाहती थी। कलेजा मसोस उठता था।

एक पल के लिए सिर्फ़ अढ़ाई सौ के बारे में सोचा और मुरझाई हुई गोलमी के चेहरे पर मुस्कान आयी। इस अकाल वेला में वही एकमात्र तारनहार नज़र आया जिसके निःस्वार्थ प्रेम ने अब तक जोड़े रखा था।

उसका मन हुआ, अढ़ाई सौ को ज़ोर से कस ले अपनी बाँहों में। उससे कहे–

"ले चलो साथी! यहाँ बहुत कपट है! हम चलते हैं अपनी दुनिया में वापस! हमसे न होगा ये सब! मुझे तो नचास लगी है...नचास माने नाच की प्यास...हम ठनठन गोपाल भले थे, हमें नहीं चाहिए ये सारे वैभव...ये सत्ता का नशा...हमें बाहर निकालो इससे..."

यह सब सुनने के लिए अढ़ाई सौ वहाँ नहीं था। देर तक सोफ़े पर सिर टिकाए सुबकती रही। उसे रह–रहकर संशय होता था कि कहीं अढ़ाई सौ भी इनके साथ न मिला हुआ हो। सब साथ ही तो रहते थे दिन भर...क्या पता...ना ना...मन में अपने प्रति धिक्कार भाव भी उठा।

उसे अढ़ाई सौ की ज़ोर से तलब महसूस हुई, इतनी पहले कभी नहीं हुई। उस रात भी नहीं जब अकेले बन्द कमरे में दोनों आम्रपाली और उसके प्रेमी अरुणध्वज की भूमिका में थे। प्रणय के अभिनय के दौरान

प्रणय–लीला में भी उतनी तीव्रता महसूस नहीं हुई जितनी अब महसूस हो रही थी।

आकाश की तरफ़ हाथ उठाये हुए वह बुदबुदाई–"हे कान्हा...कोई एक सच्चा साथी तो दे दो...अढ़ाई सौ को बचाये रखना..."

प्रार्थनाएँ कई बार हवाओं में घुलकर सही पते पर पहुँच जाती हैं। उसने आँखें बन्द कर पूरी ताकत से अढ़ाई सौ के बारे में सोचा...सोचती रही...गाल पर आँसू की लकीरें खिंचती हुई गरदन को भिगोती रहीं।

और गोलमी कान्हा से अपना साथी माँगती रही...माँगती रही...

मोरा बलमा निठुर निरमोहिया

अनजान व्यक्ति से चन्दा लेने और उसके सबूत के मीडिया में आ जाने की वजह से गोलमी का जीना दूभर हो रहा था। अपने पक्ष में ठोस सबूत देने के बावजूद उसकी साख गिरती चली जा रही थी और समूचा माहौल उसके विरुद्ध हो गया था।

उसकी राजनीतिक क्षमताओं की धज्जियाँ उड़ाई जा रही थीं। मन्त्री पद छोड़ने का और भी ज़्यादा दबाव पड़ने लगा था!

दिल्ली की गरम शाम में एसी भी फेल हो रहा था। फ़िरोज़शाह रोड पर गाड़ियों की आवाज़ें आ रही थीं। उसने घबराकर ड्राइंग रूम का दरवाज़ा खोल दिया। आँखें बन्द करके सोफ़े पर सिर टिकाकर सुबक पड़ी।

"रोओ मत! सामना करो!"

उसके कन्धे पर हाथ रखकर कोई ढाढस दे रहा था।

परेशान, हैरान और दुखी गोलमी ने अपना सिर ऊपर उठाया।

पानी का गिलास लेकर अढ़ाई सौ खड़ा था।

"ओह, अढ़ाई सौ...कुछ करो साथी..."

"ये तुम्हारी दुनिया नहीं है! ये तुम्हें लील जायेगी, जितनी जल्दी हो यहाँ से निकल चलो!"

अढ़ाई सौ बोल रहा था। वह कातर हो उठा था। उससे गोलमी की हालत देखी नहीं जा रही थी।

उस समय गोलमी कुछ भी बोलने की स्थिति में नहीं थी और केवल चुप रहना चाहती थी। वह अपनी सफाई मीडिया में देना चाहती थी, मगर वह यह भी जानती थी कि नीलिमा के रहते यह सम्भव नहीं है। नीलिमा की तो चुप्पी का भी आतंक था, तो इस मामले में तो वह मुखर थी! कौन बचाता उसे! बासुदेव जी से नीलिमा के रिश्तों की बात सबको पता थी।

"चलो यहाँ से!" अढ़ाई सौ ने पानी का गिलास देते हुए आग्रह किया।

उसने पानी ले लिया, और कुछ कहा नहीं। अढ़ाई सौ ने उसके कान में कुछ कहा। वह झटके से सोफ़े से उठ गयी।

"ये सुनो..."

अढ़ाई सौ के हाथ में छोटा–सा टेपरिकॉर्डर था। उसने ऑन किया और ड्राइंग रूम में आवाज़ें गूँजने लगीं। टेलीफ़ोन की घण्टी से लेकर सारी बातचीत। तीनों आवाज़ें वह पहचान सकती थी।

गोलमी ज्यों–ज्यों सुनती जाती, उसकी बड़ी–बड़ी आँखें और फैलती जातीं।

"ये चमत्कार कैसे सम्भव...किसने..?"

आँखों में खुशी के आँसू और गमगीन सवाल दोनों भरे वह अढ़ाई सौ की तरफ़ मुख़ातिब थी।

"कौन से जन्म का रिश्ता निभा रहे हो साथी...? किस कर्म का सुफल हो रे तुम? हम तुम्हारे जीवन साथी न बन पाये, तुम तो मेरे जनम–जनम के साथी निकले! जब तक तुम साथ हो, मेरा कोई बाल बाँका भी न कर पायेगा साथी।"

उसने अपने भीतर अपार ताकत का संचार महसूस किया। इतने सालों बाद उसे ऐसी ताकत का अहसास हुआ। इस ताकत के भरोसे तो वह कुछ भी कर सकती है...कुछ भी।

उसके सामने अढ़ाई सौ ने जादूगर का शीशे का ग्लोब रख दिया था जिसमें वह देख पा रही थी कि रज्जो बहुत ही महत्त्वाकांक्षी हो गयी थी, और उसकी महत्त्वाकांक्षाओं की आग में घी डालते–डालते कई लोग उसके साथ शामिल हो गये थे।

अढ़ाई सौ के पास रज्जो, खेंचरू और मंगू भाई पाठक, वही वो मोटी सोने की चेनों वाला आदमी, की आपसी बातचीत, उनके षड़यन्त्रों का कच्चा चिट्ठा मौजूद था। तीनों का टेलीफ़ोन रिकॉर्ड करवा के अढ़ाई सौ ने गोलमी के ख़िलाफ़ साज़िश का भण्डा फोड़ करवा दिया था। गोलमी की आँख पर पड़े रहे सहे परदे भी हट गये थे।

वह तीनों के टेलीफ़ोन की रिकॉर्डिंग सुन ही नहीं रही, आगा–पीछा सब देख भी रही थी। उसके गुरु रामबालक सिंह ने रज्जो की महत्त्वाकांक्षा को पहचानकर उससे बचने की सलाह भी दी थी। दोस्ती की मारी गोलमी ने तब उनकी बात को अनसुना कर दिया था।

किसी बॉयोस्कोप की तरह गोलमी के आगे दृश्य बदल रहे थे,

किरदार खुल रहे थे...अढ़ाई सौ ने उसके सामने शीशे का एक ग्लोब रख दिया था। उसका सारा ध्यान उस ग्लोब की गहराई में था। और उसे साफ़ दिख रहा था, वो हर गलत मोड़, वो हर गलत फ़ैसला जो उसने लिया, जो उसे आज यहाँ ले आया था...

रज्जो के कारण उस पर वित्तीय अनियमितताओं के भी आरोप लगे थे। दिल्ली में अफ़वाहें उड़ने लगी थीं, रामबालक सिंह के अनुसार वह ज़िन्दा कहानी बनने की दिशा में थी। वह उस ग्लोब में साफ़ सुन पा रही थी कि उसका मन्त्रालय बदलने की तैयारी चल रही थी। मीडिया में उस पर लम्बी बहसें होने लगी थीं।

एक और दृश्य भी दिख रहा था...

खेंचरू, जिसे वो अपनी समझ में अपने अँगूठे के नीचे दबा चुकी थी, दरअसल परदे के पीछे से उस पर नियन्त्रण कर रहा था। उसके निजी सचिव को पटाकर अपोइण्टमेण्ट दे रहा था, वही मीडिया के साथ सवाल–जबाव कर रहा था। कड़वाहटें पनपा रहा था...

गोलमी निश्चित, अपने चारों तरफ़ से बेख़बर।

यह सब उसका ख़ुद का ही किया–धरा था। बार–बार खेंचरू के गुनाह को माफ़ करते जाने का यही नतीजा था। वह लोगों की पर्सनल पोलिटिक्स समझ ही नहीं पायी थी। एक साथ कई मोर्चे खुले दिखायी दे रहे थे।

धोखा कैसे न खाती! लोगों की पहचान ही नहीं थी उसे! बेचैनी में ओशो का कैसेट खोजने लगी।

अढ़ाई सौ के जादुई ग्लोब में अचानक ओशो का चेहरा उभर रहा था...वह कुछ कह रहे थे...

"राजनीति तो उनके लिए है, जिनके लिए कुछ और नहीं! जो मूर्ति नहीं बना सकते, जो चित्र नहीं रंग सकते, जो गीत नहीं गा सकते, जो कुछ भी नहीं कर सकते, उन सब अयोग्यों के लिए ही राजनीति है। आख़िर अयोग्यों के लिए भी तो कुछ होना चाहिए? जिनमें और कोई योग्यता नहीं है, उनमें राजनीति की योग्यता होती है। राजनीति के लिए बुद्धि नहीं होनी चाहिए, क्योंकि बुद्धिमान आदमी इतनी बेईमानी नहीं कर सकता, कुछ तो सोचेगा ही..."

सच ही तो कह रहे थे ओशो! सच में वह राजनीति के लिए नहीं थी। उसमें तो नाच करने की क्षमता थी, वह तो अपने अंग–प्रत्यंग को

नयी मुद्राओं में ढाल सकती थी! वह गीत गा सकती थी, वह नाच सकती थी। वह अयोग्य नहीं थी। वह कलाकार है, विश्व नागरिक थी। कलाकार दिलों पर राज करते हैं, राजनीति शक्ति, छल, प्रपंच का समुच्चय है। संवेदनहीन नागरिकों की पंगत में कला नहीं शोभती है। कला जनता के सुख–दुख की आवाज़ है, व्यवस्था के ख़िलाफ़ बुलन्द प्रतिरोधक स्वर।

राजनीति में कला बन्धक है। बँधुआ है। उसकी अपनी ज़ुबान तक गिरवी हो जाती है। यह सब सोचते–सोचते उसके दिल में हुकुर–हुकर होने लगा, उसके सामने ग्लोब पर तमाम सवाल चमकने लगे। कहाँ से लाये जवाब? सवालों के काँटे आत्मा को छेद रहे थे। वह इस वक़्त सवाल–मर्दन करना चाहती थी। वह सवालों के फन पर नाचना चाहती थी। उसे कुछ पल का सुकून चाहिए था। वह तमतमाई हुई उठी और झूम–झूमकर नाचने लगी। सुर साथ नहीं दे रहे थे, बोल टूट–टूटकर निकल रहे थे..."मोरा बलमा निठुर निरमोहिया..."

बिजली कौंध रही थी। चारों तरफ़ वृत्ताकार अग्नि रेखाएँ बन रही थीं। अढ़ाई सौ उस बिजली को सँभालने में ख़ुद को अक्षम महसूस कर रहा था। लेकिन वह अपना बाँहों का घेरा लगातार कसता जा रहा था। चाहे झुलस जाये, इस बिजली को बुझने नहीं देगा। इसी से तो वह रौशन रहता है।

न दैन्यं न पलायनम्

वह सुबह कुछ अलग थी। ऊँची इमारतों पर टँगी हुई सुबह कब उतरकर सड़क पर आयी, उसे अहसास ही नहीं हुआ। रोज़ आते–जाते सुबह–शाम और रातों को इसी तरह दबे पाँव आते–जाते देखती है और सोचती कि आँखों में रेत भर रही है।

पहले अँखियाँ तो नदिया भई, मन भयो बारू–रेत...लेकिन दृश्य बदला तो गीतों के बोल भी बदल गये और सन्दर्भ भी...। आँखें सूख रही थीं। ज़्यादा दिन रोयेगी तो सारा रस सूख जायेगा। वह रसहीन, रंगहीन और गन्धहीन रसायन में बदलने वाली जीव नहीं थी। जिसने इन्हीं तीन अवयवों से खुद को गढ़ा हो, वह सूखाड़ से आशंकित क्यों न हो! उसने कार के शीशे को नीचे किया, सड़क के किनारे लम्बे–लम्बे घने पेड़ हवा में हौले–हौले झूम रहे थे।

उसे अपने घर के आगे लगे अशोक वृक्ष की याद आयी, जिसे बचपन में बाबू के साथ मिलकर रोपा था और अब वे बड़े हो गये थे। आते–जाते उसके पत्तों को छूकर निकलती। कितनी भी आँधी आये, तूफ़ान, उन पेड़ों की शाखें कभी टूटकर न गिरीं, न जड़ें हिलीं। दिल्ली की सड़कों पर अक्सर उसने पेड़ों को धराशायी होते देखा है। बड़े–बड़े पेड़ हल्की आँधी में ही उखड़ जाते हैं। फ़िरोज़शाह रोड से रेसकोर्स रोड तक जाते–जाते उसने पेड़ों को जी भर निहारा। उनके दुर्भाग्य के बारे में सोचा कि पता नहीं कब उखड़कर गिर पड़ें। पेड़ों की क़तारें कहीं–कहीं इमारतों से ढक रही थीं। कहीं–कहीं कोठियाँ पेड़ों से ढकी हुई दिख रही थीं। उसकी आँखों की सारी रेत झरने लगी थी...कोरों को छूकर देखा। आँखों में नदी की छाया लौट रही थी।

उसने गहरी उत्तेजना से भरी हुई साँस छोड़ी। अब दृश्य और जीवन दोनों बदलने वाले थे।

7, रेसकोर्स। दिल्ली की सबसे सुरक्षित कोठी में कई बैरियर पार करते हुए गोलमी कुमारी बैठकखाने में पहुँच गयी थी। जानबूझकर सुबह का समय चुना, जब तक मीडिया वाले अँगड़ाई लेते, गोलमी अपना बड़ा फ़ैसला सुनाकर लौट चुकी होगी।

वह प्रधानमन्त्री के घर से निकलते समय किसी का सामना नहीं करना चाहती थी। वह ज़ानती थी कि जो करने जा रही थी, वह इतना आसान भी नहीं था और उसके बाद शायद वह बेचैन होती। अपनी बेचैनी को सार्वजनिक नहीं करना चाहती थी। प्रधानमन्त्री से इस तरह की पहली मुलाक़ात थी। मन–ही–मन वह अपना पक्ष तैयार कर चुकी थी। बस जाते–जाते वह बता देना चाहती थी कि राजनीति किसी कला पर कभी भारी नहीं पड़ सकती और न लालच में फँसा सकती थी। उसकी पहचान राजनीति से नहीं, उसकी कला से थी, लोक से थी। उसी लोक के लिए उसे जीना–मरना था।

बैठकखाने में आलाकमान का इन्तज़ार कर रही गोलमी मन–ही–मन पटकथाएँ बुन रही थी। सहज मुस्कान के साथ आलाकमान ने जब प्रवेश किया तो गोलमी हड़बड़ाकर उठ खड़ी हुई और अपनी ओढ़नी ठीक करने लगी।

"बैठिए...बैठिए..."

कुछ पल का सन्नाटा रहा। मौन को आलाकमान ने ही तोड़ा।

"जी, कहिए...मन्त्रालय में सब ठीक है न, ज़्यादा अफ़वाहों पर ध्यान न दें...मीडिया तो बात का बतंगड़ बनाता ही है! हमें बस अपने रिएक्ट करने का तरीका संयमित रखना चाहिए...सार्वजनिक जीवन के कई संकट हैं, आपको उसकी क़ीमत चुकानी पड़ती है।"

"सर..." गोलमी ने आँखें उठायीं।

"मैं इस्तीफ़ा देना चाहती हूँ। मैं इस फ़ैसले पर अडिग हूँ...मुझे अपनी दुनिया में वापस जाना है। मैं रास्ता भटककर इस तरफ़ आ गयी थी। मुझे चन्द महीनों में ही अहसास हो गया है कि यह दुनिया मेरी नहीं, मेरे लिए नहीं है। मैं बदनामी से नहीं डरती, मगर मैं अपना सुख–चैन इसके लिए नहीं गँवा सकती। मेरा सुख–चैन किसी और लोक में है...आप मुझे मुक्त कर दें..."

"अरे! चाय तो पीजिए। ठण्डी हो रही है। इतनी–सी बात पर हम राजनीतिज्ञ टूटने लगे तो हो गयी राजनीति! हमारा संकट कितना बड़ा

है, आपको अहसास है या नहीं? बोले तो कहा जाता है, प्रधानमन्त्री चुप ही नहीं होता, न बोले तो कहते हैं, मौनी बाबा है!"

"सर, आप देश के प्रधानमन्त्री हैं, बहुत समय से राजनीति में हैं, मैं नयी हूँ और शायद मेरी मिट्टी अलग किस्म की है। आप खुद आये होंगे राजनीति में, मुझे लाया गया है। आपकी ज़मीन अपनी होगी, मेरी तो उधार की है!"

गोलमी बहुत सधे स्वर में अपनी बात रख रही थी। अपने इस सुर पर उसे ख़ुद भी हैरानी हो रही थी कि कहाँ से इतना संयम आया। कहाँ तो सोचा था कि दो टूक बात करके निकल लेगी। यहाँ तो शास्त्रार्थ की नौबत हो आयी थी, और वो फिर भी नहीं लड़खड़ा रही थी।

आलाकमान के चेहरे पर हल्की मुस्कान आयी।

"राजनीति में ज़मीन बनानी पड़ती है, चाहे उधार मिले या विरासत में..."

प्रधानमन्त्री थोड़े गम्भीर हुए।

"मैं आपको बताने आयी थी और इजाज़त भी लेने...मैं अब चलना चाहूँगी सर..."

वह उठने को हुई। प्रधानमन्त्री ने बैठे रहने का संकेत दिया।

"एक बार फिर सोच लें...ऐसा मौक़ा फिर नहीं मिलेगा...आप राजनीति न छोड़ें, कोई और पोज़ीशन ले लें, पार्टी में, सरकार में...हम आपको प्रमोट करेंगे, हमें एक तेज़तर्रार महिला नेता की सख़्त ज़रूरत है। आप समय लें, अपने फ़ैसले पर फिर से सोच लें। चाहें तो कुछ दिन अपनी कॉन्स्टीट्युएंसी में हो आइए..."

"सर...एक बात बोलूँ...?" वह रुकी। प्रधानमन्त्री अपने बालों पर हाथ फेर रहे थे। पेशानी पर बल पड़े हुए थे। मानो किसी गहरी चिन्ता में पड़ गये हों। आँखें सामान्य नहीं थीं।

गोलमी ने अपना बोलना जारी रखा–

"मैं उस मिट्टी की हूँ, जिसका इतिहास उठाकर देख लें...हम वृज्जि संघ के लोग हैं। जो ठान लिया तो कर के रहेंगे। चाहे इसकी जो क़ीमत चुकानी पड़े। हमारे यहाँ की स्त्रियों ने तख्त–ताज ठुकरा दिया था। इतिहास गवाह है..."

"मैं इतना सुनने का आदी नहीं, मिथकीय और ऐतिहासिक सन्दर्भों को मौजूदा राजनीति से न जोड़ें, बस दो टूक बात करें...आप मेरा कहा मानेंगी या नहीं? जब हम आपको सारे ऑफर दे रहे हैं, फिर भी आप

अपना नुक़सान करने पर आमादा हैं! सोच लें! वक़्त है! चलिए, फिर मुलाक़ात होगी।"

"सर, माफ़ करिएगा...मैं इस रूप में फिर नहीं मिलना चाहती। सामान्य जनता के रूप में हमेशा मिलते रहेंगे।

"आपने मुझे ऑफर दिये, यह लालच ही तो है। इतिहास का हवाला इसलिए दे रही हूँ कि आपको मेरे क्षेत्र की खूबियों के बारे में पता चल जाये। बस थोड़ा–सा बता देती हूँ सर कि मेरी प्रेरणा क्या है।

"मगध नरेश, वैशाली विजेता के रूप में जब आम्रपाली के पास गया और उसे राजगृह की राजनर्तकी बनने का प्रलोभन दिया तब उस स्त्री ने निर्भय होकर ठुकरा दिया। वह कलाकार थी और अपनी वैशाली से बँधी हुई थी। उसे कोई प्रलोभन नहीं डिगा सका और न कोई ख़ौफ़।"

"राजसत्ता के साथ ऐसी कहानियाँ बुन दी जाती हैं, इन्हें सच नहीं मानना चाहिए। आपका उदाहरण सटीक नहीं, सच नहीं, कल्पना मात्र है। खैर...मैं बस इतना कहूँगा कि भावुकता से राजनीतिक फ़ैसले नहीं किये जाते..." प्रधानमन्त्री ने शान्ति से कहा।

"राजनीति में दया, ममता नहीं है, भावुकता भी कहाँ होगी? मुझे उम्मीद ही नहीं करनी चाहिए थी, यहीं मात खा गयी।" गोलमी ने हल्की मुस्कुराहट के साथ जवाब दिया। उसकी मुस्कुराहट सारे राजनीतिक ताने–बाने का मज़ाक़ उड़ाती–सी लगती थी।

"राजनीति आपकी कला में बहुत सहायक होती...आप दोनों साथ–साथ मैनेज कर सकती थीं...किसने आपको बरगला दिया है? क्या रखा है आपके नाच–गाने में? वो भी शास्त्रीय हो तो समझा जा सकता है, लोक नाच–गान में क्या भविष्य देखती हैं आप?"

"आपके मुँह से ऐसी बात शोभा नहीं देती प्रधानमन्त्री जी, आप इस देश के मुखिया हैं, आप चाहें न चाहें, कुछ करें न करें, लोक नहीं मर सकता। शास्त्रीय गीत–नृत्य का रुतबा अलग है, हमारा मुक़ाबला उससे है ही नहीं, हमारा इलाका ही अलग है...आने वाले वक़्त में यही कला आपकी पहचान को बचायेगी सर, आज कहकर जा रही हूँ...याद रखिएगा कि किसी नचनिया ने ऐसा कहा था..."

"यह तो पलायन है राजनीति से, आपकी तरह हर स्त्री राजनीति से ऐसे भागती रहे तो देश का क्या होगा, आधी आबादी का क्या होगा? हम आरक्षण देकर भी क्या कर लेंगे, जब स्त्रियाँ ही अरुचि दिखायेंगी...दूर

भागेंगी...आपको पहले सोचना चाहिए था? सोच–समझ कर इस एरिया में प्रवेश करना चाहिए था!"

"जी, मैं राजनीति के लिए ट्रेण्ड नहीं हूँ। यह बात देर से समझ में आयी। देर हो गयी, समझते–समझते...उसी का खमियाज़ा भुगत रही हूँ, वैसे अच्छा ही हुआ, दुनिया का यह रंग भी देख लिया!"

बोलते–बोलते गला रुँध गया। कुछ पल के लिए रुकी। शीशे के चमकते गिलास से पानी उठाकर गटागट पी गयी। ओढ़नी से मुँह पोंछा।

"और मैं भाग नहीं रही हूँ, यह पलायन नहीं है, अपनी दुनिया में वापसी है, जहाँ इस तरह के छल–छद्म नहीं होते। जहाँ हम काम कर सकते हैं, जो करना चाहते हैं, हमें दस जगहों से परमिशन लेने की ज़रूरत नहीं पड़ती, हम कलाकार मन के मौजी...दुनिया को सुन्दर बनाने का यह सबसे सुन्दर रास्ता नहीं है क्या...?"

"देखिए...जो चीज़ थाली में परोसकर मिल जाती है, उसकी हम क़द्र नहीं करते...आपके मामले में..."

"जी...सही कह रहे हैं आप!"

"इससे स्त्रियों में गलत मैसेज जायेगा..."

प्रधानमन्त्री ने अन्तिम अमोघ अस्त्र फेंका।

"इससे ये मैसेज जायेगा कि राजनीति में बिना तैयारी के नहीं आना चाहिए, खासकर स्त्रियों को, वे अपने दमखम पर आयें और किसी पर आँख मूँद कर भरोसा न करें। और एक बात...मैं कसम खाकर नहीं जा रही...कल का किसे पता? लेकिन पहले मैं अपनी ज़मीन तैयार करूँगी, और फिर सोचूँगी, फिलहाल कलाकार गोलमी की तरफ़ से आप सबको प्रणाम!"

बहस को पूर्ण विराम देती हुई, रहस्य का सूत्र छोड़ती हुई गोलमी हाथ जोड़कर उठ गयी। प्रधानमन्त्री ने भौचक होकर अपनी मन्त्री को देखा। जिसे आउट ऑफ टर्न जाकर प्रमुख मन्त्रालय दिया। जिसमें भविष्य की तेज़तर्रार महिला नेता के सारे गुण–लक्षण मौजूद थे, जो प्रखर वक्ता थी, साथ में मोहक सौन्दर्य से भरपूर।

ऐसी नेता हाथ से निकल रही थी। भन्नाए हुए बैठक से बाहर निकले। गोलमी जा चुकी थी। आन्दोलन से निकले हुए एक नेता, प्रधांनमन्त्री के लिए यह बहुत चोट पहुँचाने वाली बात थी कि एक अदना–सी मन्त्री इस्तीफ़ा इस तरह दे, जैसे मुँह पर मारकर चली गयी हो। उसकी हिम्मत पर फ़िदा भी हो रहे थे और वाचालता पर कोफ़्त भी आ रही थी। गोलमी

कुमारी का जाना पार्टी हित में नहीं था। वे विवादों की वजह से चाहते थे कि गोलमी मन्त्रीपद से हट जाये, हटा दें मगर यह नहीं चाहते थे कि वह पार्टी छोड़े। उन्हें आशंका हुई–

कहीं दूसरी पार्टी तो नहीं ज्वॉइन कर रही। उन्होंने इशारे से पीए को बुलाया, धीरे से कान में कुछ कहा। पूरी बात सुनने के बाद वह सिर डुलाता हुआ वहाँ से तेज़ी से भागा।

प्रधानमन्त्री के भीतर का घाघ नेता जाग चुका था, जो इतनी आसानी से हार नहीं मानने वाला था। अपने साहस, ईमानदारी और अकाट्य तर्कों की वजह से गोलमी उनके रडार पर आ चुकी थी।

कोयल बिन बगिया

फ़ैसले की घड़ी आ गयी थी। मीडिया के लिए खास थी वह सुबह। सुबह–सुबह गोलमी कुमारी प्रधानमन्त्री से गुपचुप मुलाक़ात करके लौटी थी। मीडिया को जब तक ख़बर लगती, वे रेसकोर्स रोड पहुँचते कि उसके पहले गोलमी वहाँ से निकल गयी। मीडिया वालों ने वहाँ से सीधा उसकी कोठी का रुख किया। गोलमी की एक बाइट, एक रिएक्शन आज ख़बर थी, हवा में सनसनी थी। सूत्रों के हवाले से बहुत ख़बरें बुनी जा रही थीं। कोठी में खचाखच भीड़ थी। अन्दर से तेज़–तेज़ गाने और नाचने की आवाज़ आ रही थी।

"कोयल बिना बगिया ना सोभे राजा..."

थोड़ी देर तक असमंजस की स्थिति बनी रही। मन्त्री बाहर आयें तो उनका बयान हो। मन्त्री जाने कहाँ ग़ायब थीं। किसी को उनके करीबी स्टाफ भी नहीं दिख रहे थे। अढ़ाई सौ भी नहीं दिख रहा था। वह ग़ायब हो गया था। खेंचरू दूर, मीडिया की निगाह से बचता हुआ, नाच–गाना सुनकर सन्न था। भीतर–भीतर कुढ़ रहा था–"फिर से शुरू हो गयी नचनिया...आख़िर रहेगी नचनिया ही।"

रामबालक सिंह ग़ायब थे और गोलमी सामने नहीं आ रही थी। अन्दर नाच थमा, थोड़ी देर के बाद गोलमी बाहर आयी।

एक तरफ़ से रामबालक सिंह सामने से आये और गोलमी दूसरी तरफ़ से। आँखों का आमना–सामना होने पर दोनों ने ही असजता की चादर ओढ़ ली। उस चादर की असहजता को वहाँ पर सभी ने महसूस किया।

मगर उसे तुरन्त ही परे करके रामबालक सिंह ने प्रेस को सम्बोधित करना शुरू किया–"हम सबकी प्रिय गोलमी कुमारी जी ने मन्त्रीपद से इस्तीफ़ा दे दिया है। इस्तीफ़ा राष्ट्रपति के पास भेज दिया गया है। पार्टी ने हालाँकि उनसे निर्णय पर पुनर्विचार का अनुरोध किया था, पर उन्होंने

अपनी कला के प्रति अपने समर्पण के कारण राजनीति छोड़ने का निर्णय लिया है। वह अपनी कला को समय नहीं दे पा रही थीं, जबकि उन्हें अपनी लोककला से बहुत लगाव है। जिसकी वजह से वे आज यहाँ तक पहुँची हैं, वही छूट रहा है..."

रामबालक सिंह बोलते जा रहे थे। अजीब–सी असहजता में, अजीब–से पागलपन में!

गोलमी की पपनियों पर दो बूँदें चमक रही थीं और वे कैमरामैन की नज़र से छिप नहीं सकी थीं।

रामबालक सिंह प्रेस कान्फ्रेंस में उतनी मुस्तैदी से नहीं बोल पा रहे थे जिस मुस्तैदी से उन्हें राजनीति में लाने की घोषणा करते हुए बोले थे। उनकी आवाज़ तेज़ थी। वकील रहे थे, अपने शहर में तो बहस करने की आदत भी थी, अपनी बात एकदम सही से रखने की भी आदत थी मगर आज जैसे वे कमज़ोर पड़ रहे थे। आज उनकी आवाज़ में वह दम था ही नहीं। ऐसा लग रहा था, जैसे वे रुक–रुककर ही बोल पा रहे थे। बोल तो गोलमी के भी नहीं फूटे। उससे अनेक सवाल पूछे गये। वह शान्ति से सबको सुनती रही, टालती रही और यकायक उठी, गुरु को प्रणाम किया, और बिना कुछ कहे वहाँ से चली गयी। विदा का एक शब्द भी उसे नहीं मिला। विदा निःशब्द होते हैं कई बार। यह निःशब्दता बरसों पीछा नहीं छोड़ती।

बसन्त ऋतु आएल

गोलमी जा रही थी अपने संसदीय क्षेत्र, जहाँ उसे जनसभा करनी थी और उन्हें बताना था कि वह ज़िम्मेदारियों से भाग नहीं रही थी, बस अपनी भूमिका बदल रही थी। वह जनता के हर तरह के रिएक्शन के लिए तैयार थी।

सुन्दरी और सगुन महतो, दोनों ने मण्डली ज्वॉइन कर ली। दोनों उत्साहित थे, सगुन फिर से झाल बजाने को उतावला हो रहा था और सुन्दरी कोरस में गाने को तैयार हो गयी थी। उसके पास सालों से जुटाया हुआ लोकगीतों का ख़ज़ाना था, जिसे वह अब अपनी कलाकार बेटी के लिए खोलने वाली थी। उस काली अँधियारी रात की छाया से वह मुक्त महसूस कर रही थी। सुकून आया कि उसकी बेटी के जीवन से भी वह अँधेरा छँट गया था जिसका ज़िक्र कभी नहीं कर पायी।

भीतर–भीतर सुलगती रही, बेटी के समर्पित बाल–प्रेमी को भी सुलगते देखती रही पर उस रात का सच कभी बाहर न आने दिया। दोनों अपनी–अपनी तरह से मरजाद बनाकर रख रहे थे। ख़ुद को हवा से भी हल्की महसूस करती हुई सुन्दरी ने बेटी के लिए एक सरप्राइज़ भी रखा था जो उसे मौक़ा आने पर देगी। उसकी वापसी से सब ख़ुश थे। जैसे हवा में गन्ध लौटी हो, धूप में गुनगुनाहट, नदी में वेग, गीतों में करुणा, जलसे में रंग।

सब कुछ था, गली के एक कोने पर सर झुकाए खेंचरू भी था। आज उसके पास कोई सितारा नहीं था, सब कुछ खो–सा गया था! रज्जो दिल्ली से लौटेगी नहीं। उसे उसकी माफ़िक दुनिया मिल गयी थी। रामखिलावन सिंह की पार्टी रज्जो को लेकर महिला और दलित कार्ड खेलने की तैयारी में जुट गयी थी। उसे बाकायदा उसी रूप में प्रमोट किया जा रहा था।

रज्जो टीवी पर गोलमी को लेकर आग उगल रही थी, दोगुने वेग

से प्रहार कर रही थी और बता रही थी कि कैसे उसने जनाकांक्षाओं की अवहेलना की, जनादेश को ठुकराकर लौट गयी। कैसे उसके माध्यम से गलत काम करवाने चाहे, कैसे अपने एनजीओ के लिए लाभ उठाने की तैयारी थी। गोलमी सब देख सुनकर अवाक् थी। मगर हताश नहीं।

गोलमी जैसे सब कुछ पाकर खो चुकी थी और उसके पास अब पाने के लिए अलग जहान है।

उसे लोकगाथाएँ पुकार रही थीं। उसे लोकगीत अपनी तरफ़ खींच रहे थे।

अढ़ाई सौ मुस्कुरा रहा था। जैसे पूछ रहा हो–"बस, थक गयी क्या? मुझे देखो! बचपन से अब तक मैं सारे कष्टों, उपेक्षाओं को अपने ऊपर लिए आ रहा हूँ, मेरी मुस्कान को कुछ नहीं हुआ और तुम? तुम थक गयी हो?"

उसे अढ़ाई सौ की मुस्कान में पनाह मिल रही थी। वह कुछ देर के लिए उसमें छुप जाना चाहती थी। विध्वंस के बाद उसे नये निर्माण की तरफ़ अग्रसर होना था और उसके लिए वो अढ़ाई सौ की छाँव में पल भर को रुकना चाहती थी।

वह मण्डली के साथ चलती जा रही थी, उसे लोक वापस चाहिए था। अपनी खोई हुई दुनिया वापस चाहिए थी। अढ़ाई सौ के साथ वह नाच को नया नाम देने के लिए जुट गयी थी। खोए हुए बोल वापस लौट रहे थे–

"पछेया के झोंका में मन बउराएयल,
मन–मन सिहरल चिहुँक गेल पायेल,
दोल्ह–पाँत खेलइत बसन्त ऋतु आएल..."

चिरई ने सिकुड़े हुए पंख झटके। पंखों से खरपतवार झाड़ा।

बरही ने खूँटा नहीं चीरा, राजा, रानी, साँप, लाठी, आग, समन्दर सबको आजमाने के बाद कोई शक्तिशाली बचता कहाँ? इन सारी ताकतों को दूर से प्रणाम कर उसने खुद खूँटा तोड़कर अपना दाना निकाल लिया। सोन चिरइया के मुँह में दाना वाला पोस्टर मुर्गिया चौक पर लग गया था। टैम्पो ट्रेवलर पर सोन चिरइया ऑर्केस्ट्रा पेण्ट करवाते समय अढ़ाई सौ मोबाइल पर एसएमएस टाइप कर रहा था। बसन्त की आहट सुनायी दे रही थी।

ओ रे पिया, मैं तज आयी परदेस

जनसभा निपटाकर, स्थानीय नेताओं से मिल–जुलकर अब वापसी का समय आ गया था। वह पहले गाँव जा रही थी, वहाँ कुछ दिन रहकर मन को ठीक करना चाहती थी, फिर हाजीपुर लौटकर काम में जुटना था। इस बार वैशाली महोत्सव की तैयारी भी करनी थी।

वह गाँव जाने के लिए तैयार होने लगी। घर में सन्नाटा देखकर चौंकी। अढ़ाई सौ को खोजा, वो भी नदारद। चारों तरफ़ से बदहाल किराए के उस मकान में ना सुन्दरी दिख रही थी, ना सगुन महतो। टीवी बन्द करके बाहर निकली, हैरान–सी थी कि मन्त्रीपद से हटते ही भीड़ ग़ायब हो गयी। दिन–रात आवेदन–पत्र लेकर घेरने वाली भीड़ ग़ायब हो गयी थी। दिन–भर यूँ ही कुर्सी तोड़ने वाले कुछ छुटभैये नेता टाइप युवा, अधेड़ भी खिसक गये थे। किसी नये नाथ की तलाश में। पराये दूर गये तो गये, अपने भी बिना बताये ग़ायब। एक पल के लिए काँप गयी। खड़ी नहीं रह पायी।

घर के बाहर सीढ़ियों पर धम्म से बैठ गयी।

दूर से कुछ सुरीली धुनें बजती हुई करीब आ रही थीं। वह कोई लोकधुन थी। गंगाघाट से आती हुई हवा उसकी रगों में बहने लगी थी।

आँख मूँदकर धुन को चीन्हने की कोशिश करने लगी। तेज़ शोर उठा...झट से आँखें खोलीं...

सामने का नज़ारा देखकर ज़ोर से चीख पड़ी–"माय गे...!!"

एक दर्जन स्त्रियों का झुण्ड खड़ा था जो हाथों में छोटे–बड़े ढोल, मंजीरा, झाँझर लिए ज़ोर–ज़ोर से बजा रही थीं। सुन्दरी सबसे आगे–आगे। उसके हाथ में बैनर था जिस पर लिखा था–

'आम्रपाली बैण्ड
ब्रांच–सोन चिरइया ऑर्केस्ट्रा

बिहार का पहला दलित महिला बैण्ड।'

बैण्ड की स्त्रियों ने सीधे पल्लू से गुलाबी और सुनहरे रंग की साड़ी पहन रखी थी। सिर्फ़ सुन्दरी सबसे अलग रंग की साड़ी पहनी हुई थी–हरे और सुनहरे रंग की साड़ी थी। सबकी साड़ियों पर चमकीले गोटे और सलमा सितारा जड़े थे, जो साँझ के अँधेरे में झिलमिलाते होंगे। बैण्ड की एक सदस्य रेणु जोश में आ गयी–"जड़ी मेरी साड़ी...सलमा सितारा जड़ी..."

गोलमी अपने बचपन का गाना सुनकर गद्‌गद हो उठी। बैण्ड की स्त्रियों में गोलमी को देखकर जोश आ गया था। अढ़ाई सौ हाथ में फूलों का गुच्छा लिए हुए मुस्कुरा रहा था। सगुन तालियाँ बजा रहे थे।

सुन्दरी पास आयी–

"तुम्हारे सपने के साथ एक और सपना जोड़ दिया मैंने। यह एक माँ की तरफ़ से अपनी कलाकार बेटी को उपहार है। यह बैण्ड...घर–घर से औरतों को बाहर निकाला, उन्हें ढोल बजाने की ट्रेनिंग दिलवाई, उन्हें साहस दिया, अपने घर–समाज से लड़कर कुछ अलग करने, नाम और पैसा दोनों कमाने की प्रेरणा दी...नतीजा देखो...

"इस नगर में बाबू लोग अपनी बेटियों का नाम आम्रपाली रखने से हिचकते हैं, हमने उसे इस रूप में ज़िन्दा कर दिया बेटा...उठो...दोनों को सँभालो..."

'सोन चिरइयाँ और आम्रपाली बैण्ड
संचालक–गोलमी कुमारी
ग्राम–लच्छी असोई
थाना–महुआ
ज़िला–वैशाली'

अढ़ाई सौ आगे बढ़ा...उसकी आँखों से अनुराग का ऐसा झरना फूटता हुआ गोलमी ने कभी नहीं देखा था। शिलांग का एलीफेण्टा फॉल जितनी विशाल आँखें उसके सामने शोर कर रही थीं।

इस वक़्त गोलमी वो चट्टान बन जाना चाहती थी जिसके ऊपर से नदी का पानी छलछलाता हुआ निकलता हो, वो भँवर बन जाना चाहती थी जिसमें नदी का नाच होता है, वो धार होना चाहती थी जिसमें पानी की देह पर बल पड़ते हैं, वो किनारा होना चाहती थी जहाँ नदी सुस्ताती है अपने वेग के साथ, अगली उफान और ऊँचाई से गिरने के बाद, वो संगीत होना चाहती थी जो नदी किसी झरने में सुनाती है पृथ्वी को...

अढ़ाई सौ ने उसे फूलों का गुच्छा और एक छोटा–सा बॉक्स पकड़ाया।

"खोलो इसको।"

वह अवाक् सब कुछ करती गयी...

बॉक्स के अन्दर चाभियों का गुच्छा पड़ा था। सगुन बोल पड़ा–

"अब तू किराये में नहीं रहेगी, छोटा–सा घर गंगा किनारे बनवा दिया है। यह बाप की तरफ़ से छोटा–सा उपहार है मेरी गोलमी चिरइया..."

बैण्ड के झुण्ड से एक औरत निकलकर गोलमी के सामने आयी–

"दीदी! हम लोग का बैण्ड बहुत नाम कमा रहा है...हम लोग बारात का द्वार भी लगवाते हैं, जनेऊ, तिलक, छेका सब अवसर पर हम लोग बजाते हैं, हमें पूरे बिहार से बुलाया जाता है, काल्ह ही हम लोग बेतिया से बजाकर आये हैं, मोतिहारी से बुलावा आया हुआ है...ई देखिए हमारा भीजिटिंग कार्ड..."

"बोल मेरी हीरोइन...बोल तो ज़ोर से...गोलमी सपने देखती नहीं, बुनती है बाबू..."

सुन्दरी देवी ने अदा से कही यह बात। गोलमी हँस पड़ी। सगुन पास आते हुए बोले–"ऐसे नहीं, पूरा बोलो गोलमी माई!"

ज़ोर से बैण्ड फिर बज उठा।

बैण्ड की गायिकाएँ डोमकच गीत गा रही थीं–

"अनारकलिया डोमनी के डोम कहाँ गेलई गे....
डोम गेलई सूपा बेचे, ओतही रह गेलई गे..."

गोलमी ने दोनों हाथ हवा में लहराये मानो अनारकली अपने डोम को भीड़ से अपनी तरफ़ खींच रही हो। अढ़ाई सौ मुस्कुराता हुआ उसकी तरफ़ बढ़ा। गोलमी ने उसके बढ़े हुए हाथों को अपनी हथेलियों में थाम लिया।

□□